너와 마주할 수 있다면

너와 마주할 수 있다면

탐신 머레이 장편소설

민지현 옮김

해피북스
투유

차례

조니

내 이름은 조니 웹. 나는 로봇이다.

지난여름, 내 심장은 3분 30초 동안 멈췄었다.

응급처치를 받고 살아나기는 했지만 심장 근육이 손상되어 심장이 제대로 작동하지 않았다. 그래서 지금은 생명을 유지하는 데 필요한 심실 보조 장치를 연결한 상태다. '베를린심장'이라고 하는 인공 심장인데, 실제로 내 몸에서 빠져나간 피가 튜브를 타고 두 개의 작고 둥근 장치에 들어갔다가 다시 내 몸으로 전해지는 과정을 눈으로 볼 수 있어서 조금 끔찍하긴 하지만 신기하다. 가끔 밤에 잠이 오지 않을 때는 내가 아이언맨이고 베를린심장이 아이언맨 가슴에 박힌 소형 원자로라는 상상을 하기도 한다.

그렇다. 비극적인 일이다. 나는 곧 열다섯 살이 되는데 베를린심장을 연결하고 있는 환자 중에 가장 나이가 많다고 한다. 다른 환자들은 대부분 어린아이들이거나 아기들이다. 그래서 컨디션이 좋은 날에는 그 아이들을 엑스맨의 등장인물로 그려서 선물로 주곤 한다. 하지만 컨디션이 좋지 않은 날에는 그 아이들을 보면서 내가 죽어가고 있다는 사실을 통감하게 된다.

사형선고를 받은 채 살아간다는 건 참 끔찍한 일이다. 내가 이렇게 말하면 아는 척하기 좋아하는 사람들은 우리는 결국 모두 죽는다는 사실로 반박할 수도 있겠다. 하지만 나의 절망은 그 대부분의 사람들보다 내가 훨씬 먼저 죽음을 맞이할 것이라는 데서 비롯된다. 나는 내 삶의 절반 이상을 병원에서 지냈고, 매 순간 죽음의 숨결이 조금씩 가까워지는 걸 느낀다.

나에게 필요한 것은 오로지 새 심장이다. 하지만 아시다시피 심장을 쇼핑몰에 가서 사거나 온라인으로 주문할 수는 없는 일이다. 나의 생리적 특성과 일치하는 누군가가 죽기를 기다려야 한다. 그리고 그 사람이 장기 기증을 하겠다고 등록해놓았어야 한다. 그렇지 않은 경우, 유가족의 결정에 따라 이식 가능한 장기를 기부할지가 정해진다. 하지만 모든 유가족이 장기 기증에 동의하는 것이 아니기 때문에 대기자 명단은 한없이 길다. 나에게 죽음이 가까워진다고 느끼는 이유는 바로 그 때문이다. 가족들 앞에서 그런 말을 한 적은 없지만 모두 그렇게 느끼고 있을 것이다. 더구나 나는 아주 희귀한 혈액형을 가지고 있어서 맞는 심장을 찾을 가능성이 더욱 희박하다. 하지만 우리 가족들은 서로 그렇지 않은 척하고 지낸다.

병원에서 나와 가장 친한 사람은 에밀리다. 사실 내 유일한 친구라고 할 수 있다. 이렇게 오래 아프다 보면 학교 다니는 친구들과는 점점 멀어질 수밖에 없기 때문이다. 에밀리는 골수성 백혈병을 앓고 있는데 완치할 수 있을지 확실하지 않다.

일주일에 한 번씩 만나는 병원 내 심리 상담 선생님은 회복된 후에 하고 싶은 일들을 목록으로 만들어보라고 했다. 말하자면 버킷 리스트의 반대 의미인 언버킷 리스트를 만들라는 건데, 그렇게 함으로써 긍정성을 잃지 않을 수 있다고 생각하는 모양이다. 에밀리와 나는 함께 목록을 만들었는데, 주로 영화배우 샘 클라플린 만나기와 같이 현실성 없는 것들로 가득하다. 샘 클라플린 만나기는 에밀리의 목록에 들어 있는데 그녀의 병실에 가면 벽에 온통 그의 포스터가 붙어 있다. 그리고 내 리스트에는 런던에서 열리는 '슈퍼 코믹 컨벤션'에 가서 전설적인 만화가 크리스 클레어몬트를 만나는 것도 있다. 이왕 꿈을 꾸려면 원대하게 꾸어야 하니까. 이렇게 허황된 꿈 말고 평범한 10대라면 누구나 당연하게 누리는 일상 같은 항목들도 있다. 예를 들면 영화 보러 가기, 밴드 공연에 가서 춤추기 같은 것들 말이다. 언젠가 에밀리와 함께 간식거리 한 아름 사가지고 영화관에 가서, 떠드는 사람들 때문에 짜증도 내면서 대형 화면에 펼쳐지는 흥미진진한 액션에 빠져들어보고 싶다.

당연히 데이트는 절대 아니다. 에밀리를 이성으로 생각해본 적은 없으니까. 에밀리는 내 속을 털어놓을 수 있는 유일한 친구다. 사망 선고를 받은 채 살아가는 내 마음을 가장 잘 이해해줄 수 있는 사람은 역시 함께 병원 생활을 하는 또래의 아이일 테니까.

이것이 현재 내 상황이다. 딱히 길게 설명한 것도 없는 생활이다. 나에게 맞는 심장을 가진 사람이 심장을 온전히 줄 수 있는 방식으로 죽기를 기다리며 병원에서 하루하루를 살아가고 있다. 가끔 외과 수술 담당 선생님이 내 진짜 심장을 떼어내고 지금 연결되어 있는 인공 심장으로 계속 살 수 있게 해주면 좋겠다는 생각을 한다. 그러면 만난 적도 없는 누군가에게 비극이 일어나기를 바라지 않아도 될 테니까. 하지만 그렇게 되면 나는 진짜 심장이 없는, 말하자면 무심한 사람이 되는 거다.

그러니까 진실을 말하자면 나는 아이언맨이 아니다. 그저 미래가 없는 아이일 뿐이다.

니브

"바위까지 누가 더 빨리 달리나 내기하자!"

레오 오빠는 조약돌이 깔린 해변에 서서 화강암 절벽 아래 쌓여있는 돌무더기를 향해 달려갈 자세를 취한 채 이렇게 소리쳤다. 나와 달리기 시합을 하자는 것이었다. 나는 잔뜩 인상을 찌푸리고 오빠의 말을 무시하기로 했다. 쌍둥이는 하지만 오빠와 나는 외모나 성격이 완전히 다르다. 이제 곧 열다섯 살이 되는 오빠는 밝고 활달한 성격에 항상 열정이 넘치며 한창 성장기인 강아지 래브라도처럼 갈색 눈동자와 황금빛 머리칼을 가지고 있었다. 물론 인기도 좋았다. 누구나 오빠를 좋아했는데 같은 학교의 멍청한 여자아이들이 특히 더 그랬다. 오빠와 내가 쌍둥이라는 사실을 알게 되면 모두 놀라서 다시 한 번 번갈아 쳐다보곤 했다. 마치 우리가 가족이라는 사실조차 믿을 수 없다는 듯한 눈빛이었다. 나조차도 엄마 배 속에 있는 동안 온갖 좋은 것은 오빠가 다 가져가고 남은 것만 내 몫이 된 것 같다는 생각이 들 정도다.

오빠는 약 올리듯 얄미운 웃음을 지어 보이며 말했다.

"왜 그래, 꼬마야? 또 내가 이길까 봐 겁나는 거야?"

오빠는 단지 3분 먼저 태어났다는 이유로 마치 자기가 어른이라도 되는 양 나를 늘 꼬마라고 부른다. 엄마는 선글라스를 들고 구릿빛 머리칼을 뒤로 쓸어 넘기며 오빠와 나를 번갈아 보고 있었다. 내가 잔뜩 약이 올랐다는 것을 느꼈는지 얼굴은 웃고 있으면서도 눈에는 걱정이 담겨 있었다. 가끔 엄마가 내 마음을 읽고 있는 것처럼 느껴질 때가 있다. 엄마를 위해서라도 그러지 않는 편이 좋을 텐데 말이다. 요즘 내 마음에는 온통 먹구름이 끼어있으니.

엄마가 잔뜩 이맛살을 찌푸리고 서있는 것을 보니 마음이 편치 않았다. 이번 휴가는 엄마가 큰마음을 먹고 계획한 것이었기 때문이다. 햇살이 쏟아지는 해변에서 뛰어놀던 어린 시절의 추억을 되새기면서 가족의 화목을 다지자는 뜻에서 말이다. 어렸을 적에 해변에 오면 오빠와 나는 하루 종일 해적놀이를 하거나 바위 수영장에서 물놀이를 하고 놀았다. 그리고 밤에는 캠핑카 안의 좁은 침대에 끼여 앉아 즐거운 시간을 보내곤 했다. 그런데 시간이 지나고 나이를 먹으면서 오빠와 나는 소원해지기 시작했다.

커가면서 레오 오빠는 우리 가족의 기대주가 되었다. 기대를 한 몸에 받는 축구 선수에, 성적도 항상 A였다. 게다가 누구와도 잘 어울렸다. 나는 아무리 열심히 노력을 해도 오빠를 따라갈 수 없었다. 한 번 오빠의 그림자에 가려지고 나니, 그 그늘에서 빠져나갈 길을 찾을 수 없었고 결국은 노력하는 일조차 포기하게 되었다.

한낮의 뜨거운 햇빛을 받아 반짝이는 물결을 바라보았다. 파도가 거품을 일으키며 밀려오는 해안선을 따라 개와 산책을 하는 남자가 보였다. 나는 최소한 불만과 자격지심으로 들끓고 있는 속마음을 들키지 말아야겠다는 생각이 들었다.

오빠의 제안을 받아들여 기분 좋게 장단을 맞춰줄 것인지 아니면 거절하고 싸울 것인지, 선택의 여지를 놓고 가늠하려니 속이 울렁거리는 것 같았다. 엄마는 이제 노골적으로 신경을 곤두세우는 것 같았다. 내가 어떤 선택을 하느냐에 모두의 행복이 달려있는 듯한 압박감이 밀려오면서 속이 메슥거렸다. 정신적인 괴로움에 대한 신체의 반응을 투쟁 도주 반응이라고 한다는데, 지금 레오 오빠는 내게 큰 스트레스임이 틀림없다. 물론 오빠가 밉기만 한 것은 아니지만, 복잡 미묘하다. 오빠를 좋아한다고 말할 수도 없으니까 말이다.

"제발 바보처럼 굴지 좀 마." 내가 등을 돌리면서 말했다.

"니브!" 엄마가 탄식하는 듯한 어조로 말했다. 곁눈으로 레오 오빠의 미소가 아주 잠깐 흔들리는 것이 보였다. 그리고 오빠의 어깨가 처지는 바로 그 순간, 나는 달리기 시작했고 자갈을 튕기며 오빠를 지나쳤다. 오빠의 놀란 고함과 함께 나를 따라잡으려 달려오는 소리가 들렸다. 오빠가 어느새 가까이 왔는지 귓전에 거친 숨소리가 들렸다. 까르륵거리는 웃음이 깔려있는 호흡이었다. 오빠가 아무리 자신만만해도 우리의 경주는 막상막하였다. 오빠가 체격도 크고 다리도 길지만, 나는 빠르니까. 더구나 오빠보다 먼저 출발한 그 몇 초 덕분에 나는 오빠를 앞설 수 있었다. 등 뒤에서 바람이 불어와 머리칼이 얼굴을 간지럽혔다. 나의 근육은 활짝 펼쳐져 마음껏 기량을 발휘했다. 내가 그 순간을 즐기고 있다는 생각이 들면서 스스로 놀라는 중이었다. 나는 운동을 좋아하는 편도 아니고 별로 해본 적도 없었기 때문에 내 몸이 반응할 줄 안다는 사실만으로도 놀라웠다. 그리고 상쾌했다. 나는 되도록 깊게 호흡을 하면서 목적지에 초점을 맞춘 채 다리를 좀 더 빨리 움직였다. 이겨야 한다, 반드시. 젖은 돌들이 반쯤 해초로 덮여있는 것이 보였다. 이제 거의 다 왔다. 바랜 티셔츠를 입은 내 등에 뭔가 닿는 듯한 느낌이 들었다. 오빠의 손가락이었다. 사람들은 오빠가 모든 면에서 모범적이고 완벽하다고 생각하지만, 자기가 원하는 것을 얻기 위해 약간의 속임수나 변칙을 마다하지 않는다는 점에서 오빠도 남들과 다르지 않다. 하지만 이번만은 안 된다. 나는 마음속에서 또 하나의 결의가 솟구쳐 오르는 것을 느끼면서 있는 힘을 다해 앞으로 내달렸다. 그리고 필사적으로 팔을 뻗어 허리 높이의 돌덩이에 손바닥을 짚었다.

"이겼다!"

그리고 다음 순간 오빠가 내 등 뒤로 달려와 세게 부딪히는 바람에 나는 할딱이던 숨을 토해내며 돌덩이에 납작하게 널브러졌다. 짭짤한 바닷물이 두 발을 적심과 동시에 울퉁불퉁한 바위 면에 눌린 갈비뼈에 날카로운 통증이 전해졌다. 나는 순간적으로 놀라 비명을 질렀다. 오빠가 내게서 떨어지자 나도 비로소 몸을 추스르고 일어나 오빠를 노려보았다.

"미안." 오빠는 짧게 내뱉듯 말하면서 뒤로 한 발 물러섰다. 입가에는 웃음이 번져있었다. "멈출 수가 없었어."

"아니, 오빠는 멈출 수 있었어." 나는 운동화에 들어온 물을 털어내며 말했다. "졌지?"

오빠는 사실을 인정한다는 듯 어깨를 으쓱했다. "좋아, 네가 이겼어. 하지만 정상까지 간다면 나를 이기지 못할걸!"

아, 정말 다섯 살 정도의 정신 연령인 게 틀림없다. 오빠는 지금 돌무더기를 타고 올라가자는 말이다. 절벽 아래 작은 산처럼 쌓여있는 돌무더기는 멀리서 볼 때는 별로 높아 보이지 않아도 실제 올라가면 제법 높을 것이다. 더구나 아무렇게나 쌓여있는 돌덩이들은 끝이 날카로운데다가 표면에는 이끼가 잔뜩 덮여있었다. 나는 선뜻 응할 수가 없었다.

"물론 네가 도저히 겁이 나서 못 하겠다면…."

오빠는 여기까지 하고 말을 멈췄다. 굳이 더 이상 말하지 않아도 충분히 나를 자극했다는 것을 알고 있기 때문이다. 내 마음속에 오빠에 대해 맺혀있는 응어리에는 경쟁심이라는 작은 불씨가 뒤엉겨 있는데 내가 아무리 애를 써도 그 불씨를 꺼트릴 수 없다. 그 때문에 나는 자꾸 뭔가를 확인하고 싶어 한다. 그래서 종종 마지막 남은 과자는 내가 먹고야 말겠다는 것과 같은 혼자만의 사소한 전투를 치르곤 하는 것이다. 오늘도 그 불씨 때문에 이렇게 내기에 휘말린 것이다. 오빠의 표정을 보면 이미 다음 내기에 이겼다고 생각하고 있는 게 확실했다.

"이왕이면 좀 더 재미있게 하자고." 나는 이렇게 말하면서 머릿속으로 내게 유리한 흥정을 할 방법을 찾고 있었다. "내가 이기면, 오빠 기타 내가 가질게."

정말로 기타를 가지고 싶어서가 아니라 오빠가 제일 좋아하는 것을 가지고 협박을 하고 싶었다. 기타 연주에 대한 환상을 가지고 있는 오빠는 언젠가 유명한 기타 연주자가 될 거라고 했다. 특히 오빠가 애지중지하는 펜더 기타는 손도 대지 못하게 하는데, 아마 자기 여자 친구보다도 그 기타를 더 소중하게 생각할 것이다. 어쨌든 나의 제안은 기대했던 효과를 발휘했고, 오빠는 눈을 가늘게 뜨면서 말했다. "말 같지도 않은 소리 하지 마. 기타 칠 줄도 모르면서."

바람이 한 줄기 불어와 머리칼이 얼굴 위로 날렸다. 입술에 묻은 모래가 짭조름하게 혀끝에 닿았다.

"자, 이제 누가 겁먹을 차례일까?"

우리는 말없이 눈을 마주쳤다. 순간 오빠와 나 사이에 스쳐가는 기운이 있었다. 자존심 싸움? 혹은 암묵적 합의? 뭐라 정의할 수는 없었지만 오빠가 물러서지 않을 것이라는 사실 하나는 확실했다.

"좋아. 그 대신 내가 이기면 너는 내 앞에 무릎을 꿇고 존경한다고 해야 해."

내가 가진 것 중에는 오빠가 원할 만한 것이 없어서 그런 제안을 했다는 사실을 깨닫자 더 자존심이 상해, 이미 쓰라린 상처에 소금이 뿌려지는 느낌이었다. 오빠와 쌍둥이라는 사실이 새삼 모욕적으로 느껴졌다.

"절대 그런 일은 없겠지만, 아무튼 좋아."

오빠가 나를 향해 조소를 날리며 물었다. "자, 그럼 질 준비 됐어?"

다리에 다시 한 번 힘을 주었다. 이번에는 약간 찌릿하기까지 했다. 나는 고개를 끄덕였다.

"제자리에! 준비, 출발!"

오빠가 바로 앞에 있는 바위부터 기어오르기 시작했다. 나는 좀 더 쉽고 평평한 길을 찾기 위해 좌우를 살폈다. 그러고는 오른쪽으로 몇 미터 정도 옮긴 다음 기어오르기 시작했다.

처음에는 내 판단이 틀렸다는 생각이 들었다. 오빠는 이미 높이 올라가고 있는데 나는 계속 옆으로 가고 있는 것 같았기 때문이다. 잠시 후 오빠가 오르기를 멈추고 자기 앞에 놓인 바위들을 살펴보기 시작했다. 고민을 하는 것 같았다. 나는 더 속도를 내기 시작했다. 등 뒤에서 희미하게 외치는 소리가 들렸다. 돌아보니 엄마와 아빠가 우리 쪽으로 달려오는 것이 보였다. 엄마가 무어라 외치며 팔을 휘젓는 것으로 보아 걱정스러운 만류를 하는 것 같았다. 그럴수록 더욱 서둘러야겠다는 생각이 들었다. 엄마 아빠가 더 가까이 오면 우리를 끌어내릴 것 같았기 때문이다. 오빠가 웃음 띤 얼굴로 내 쪽을 돌아보았다. 오빠도 나와 같은 생각을 하고 있는 것 같았다. 우리는 둘 다 서두르기 시작했다.

오빠가 또다시 멈췄다고 느꼈을 때는 우리가 거의 같은 높이에 있었다. 내 작전이 성공한 셈이다. 나는 이제 돌 하나만 더 오르면 정상이었고 어렵지 않게 오를 수 있어 보였다. 오빠는 날카로운 두 개의 돌 끝에 한 발씩 걸친 채 잠시 그대로 서있었다. 왜 그러는지 알 것 같았다. 오빠가 서있는 자리와 옮겨가야 할 돌 사이에 깊은 협곡 같은 공간이 있어 너무 멀었던 것이다. 나를 이기려면 오빠는 거기를 건너뛰어야 했다. 오빠의 눈빛이 잠시 흔들렸다. 다른 방향으로 돌아갈까 생각하는 것 같았다. 승리의 예감이 스치면서 온몸에 전율이 흘렀다. 돌아간다면 오빠가 이길 가능성은 없어지는 거다.

"참 답답한 처지가 됐네." 오빠를 향해 소리쳤다. "오빠 기타를 인터넷 경매 사이트에 내놓으면 얼마나 받을까?"

오빠가 인상을 찌푸리며 좀 더 다급해진 표정으로 돌들을 훑어보았다. 나는 웃으면서 마지막 돌로 옮겨가서 정상으로 기어올랐다. 그때 발밑에서 신음 소리가 들렸다. 아래를 내려다보니 오빠가 돌 사이를 건너뛰면서 머리 위에 있는 돌을 잡았다. 그런데 뭔가 이상했다. 오빠의 얼굴이 순간 공포에 질리는 것 같았다. 반쯤 말라붙어 있던 해초 위에 손을 짚은 것이다. 오빠는 발로 돌 벽을 긁으며 몸의 균형을 잃지 않기 위해 버둥거렸다. 오빠는 거의 매달려 있었다. 나는 생각할 겨를도 없이 엎드려서 손을 뻗어 오빠를 잡았다. 내 손이 오빠의 손가락을 잡았고, 아주 짧은 순간 오빠를 구할 수 있으리라는 안도감이 스쳤다. 그러나 바로 다음 순간 오빠는 내 손을 벗어나 떨어지고 있었다. 나의 시선은 오빠의 눈과 마주친 채 얼어붙어 있었고, 오빠는 마치 슬로모션처럼 서서히 멀어졌다. 바위에 뼈가 부딪혀 으스러지는 소리가 들렸다.

오빠는 미동이 없었다. 오빠가 놓인 짙은 회색 바위 위로 붉은 피가 퍼져나갔다. 그리고 어디선가, 누군가의 비명이 들렸다.

조니

"뭐 필요한 거 없니?"

엄마는 좀처럼 내 곁을 떠나지 않는다. 피곤에 찌든 표정으로 병원에서 하루의 대부분을 보낸다. 쉰다섯 살이라는 엄마의 나이보다 훨씬 더 늙어 보이는 것은 나 때문이다. 태어나서부터 지금까지 나는 줄곧 엄마의 걱정거리였으니까. 나를 임신하게 되었을 무렵, 엄마 아빠는 아이 갖는 것을 거의 포기한 상태였다고 한다. 그러다가 낳게 된 아이가 실패작이라는 현실은 엄마 아빠에게 너무 잔인하다. 아빠도 폭삭 늙어 보이긴 마찬가지다. 두 사람 모두 건강 관리에 무척 신경을 쓰는 편인데도 말이다. 예전에 아빠는 마라톤에 주기적으로 참가할 정도로 운동도 좋아하고 자기 관리에 소홀하지 않았다. 하지만 이제는 하지 않는다.

"괜찮아요." 나는 고개를 저었다.

엄마는 테이블 위에 놓인 포도 한 알을 떼어내며 말했다. "이거 맛있어. 한 알 줄까?"

"싫어요." 엄마를 외면한 채 대답했다.

가끔 엄마 때문에 미쳐버릴 것 같을 때가 있다. 아빠는 함께하는 시간이 비교적 적기 때문에 나를 힘들게 할 일이 별로 없지만 말이다. 사실은 대부분의 경우 두 사람 모두 내가 혼자 있고 싶어 하는 것을 잘 알아차리는 편이고, 그럴 때면 자리를 비켜주는 편인데 오늘은 엄마가 내 기분을 감지하는 장치를 꺼놓은 모양이다. 1년 내내, 하루 24시간을 병원에서 생활하면서 가장 힘든 것은 끊임없이 누군가의 감시를 받는 것 같은 느낌이다. 그렇지만 여기는 사이가 틀어지며 관심 밖으로 밀려나는 일도 없으며, 잠시 외출을 할 기회도 없다. 늘 누군가 나를 찾아와서 잠깐 들여다보고 찔러본다. 마치 내가 실험 대상인 것처럼. 같은 병동에 있는 사람이라면 누구나 나에 대한 모든 것을 알고 있다. 어린 친구들까지도. 그러니까 사생활이라는 건 존재하지 않는다.

그래도 침대 머리맡에 신호등 같은 것이 있어서, 대화하고 싶은 기분인지 아닌지는 표시할 수 있다. 파란불이 켜져 있으면 '파티 중'이라는 뜻이고, 노란불이 켜져 있으면 '조심해서 다가오세요'라는 뜻이며, 빨간불이 켜져 있으면 '방해하지 마세요'라는 뜻이다. 물론 엄마는 이 신호등을 대부분

무시하지만 말이다. 에밀리의 신호등은 빨간불일 때가 많은데, 항암 화학 요법을 받고 나면 속이 메스꺼워지기 때문이다. 그렇지만 가끔은 빨간불을 켜놓고도 내 방문을 허용해줄 때가 있다. 그럴 때면 나는 내가 알고 있는 농담 중에서 가장 재미있는 것들을 생각해내서 에밀리에게 들려주곤 하는데, 에밀리가 웃는 소리를 들으면 나도 기분이 좋아진다.

"마네쉬는 집에 갔더라." 엄마는 오늘 나에게 말을 시키기로 작정을 했나 보다. "참 좋은 가족이었는데. 치료가 잘되었다니 나도 기분이 좋아."

마네쉬는 오늘 아침까지도 나와 마주 보는 침대를 차지하고 있던 아홉 살짜리 남자아이다. 병실에서 지내다 보면 종종 긴박한 상황이 닥치기도 하는데, 그럴 때면 병원 가족들은 서로에게 의지하기도 하고, 힘이 되어주기도 한다. 이웃이 슬픔을 당했을 때 함께 깊이 슬퍼했던 만큼, 치료가 잘 되어 좋은 결과를 보게 되면 진심으로 기뻐해준다. 마네쉬는 한동안 아주 위태로운 상태였기 때문에 그의 쾌유를 시샘할 마음은 없다. 더구나 나보다 먼저 이식을 받은 환자가 마네쉬뿐인 것도 아니니 말이다. 일반 혈액형을 가진 사람들은 장기 기증을 받을 수 있는 가능성이 훨씬 높다. 물론 그 경우에도 심장의 크기가 맞아야 하기는 하지만. 아무튼 나는 엄마가 마네쉬의 경사스러운 소식을 전해줄 때에도 툴툴거리는 것 말고는 달리 친절한 대답을 하지 못했다.

"닉이 그러는데 이식 신청자 명단에서 네가 제일 앞 순서라는구나." 엄마는 포기하지 않고 계속 내게 말을 시켰다. "다음엔 네 차례야."

닉은 나를 담당하는 장기 이식 코디네이터인데 벌써 오래전부터 곧 이식받게 될 거라고 해왔기 때문에 나는 더 이상 그의 말을 믿지 않는다. 내 몸의 면역 체계는 극도로 민감해져 있기 때문에 나에게 조직의 특성이 맞는 심장을 찾기 전에는 의사들도 어떻게 해볼 방법이 없다. 베를린심장에 의지해서 지내는 동안은 감염이나 뇌졸중의 가능성이 매일 조금씩 증가한다고 본다. 왜냐하면 혈액이라는 물질은 매우 영리해서 체내를 빠져나가면 바로 그것을 알아차리고, 베를린심장에 있는 혈액은 응고하려는 성향을 띤다. 그런 현상이 일어나면 심실을 새것으로 바꾸어야 한다. 이식받기 전에 뇌졸중이 와서 회생의 기회를 놓칠 수도 있는 것이다.

"닉이 결정할 수 있는 문제가 아니잖아요." 내가 엄마를 돌아보며 말했다. "닉이 신은 아니니까요."

엄마는 늘 그러듯이 내 짜증을 웃음으로 받아주며 말했다. "다음엔 네 차례야. 나는 알아."

이쯤 되면 나는 소리라도 질러야 할 것 같은 기분이 든다. 그건 엄마가 알 수 있는 일이 아니라고. 하지만 엄마는 명랑함을 유지하는데 일가견이 있는 사람이므로 대개의 경우 엄마의 장단에 맞추는 것이 차라리 쉽다. 가끔, 아주 가끔은 제발 엄마가 '모든 것이 잘되어가고 있어' 하는 식의 가짜긍정을 내려놓고 현실을 직면해주기를 바랄 때가 있다. 크리스마스에 나에게 무엇을 선물할 것인지 고민하지 않아도 된다고 말이다. 그렇지만 엄마의 눈빛을 마주하고 나면 엄마에게 그러한 믿음이 얼마나 절실하게 필요한가를 깨닫게 되고, 마음에 가득 찼던 짜증은 어느새 사라진다.

에밀리가 차를 마시고 나서 잠깐 들렀다.

"오늘 무슨 일 있었니?" 내 침대에 걸터앉아 링거 걸이를 끌어다 세우며 물었다. "학교는 시시해서 안 온 거야?"

에밀리는 걱정하는 건 아니라는 듯 입가에 웃음을 머금고 있었다. 병원에서 지내면 학교도 안 가고 좋을 것 같지만 절대 그렇지 않다. 매일 가야 하는 건 아니지만 병원 내에도 학교가 있기 때문이다. 몸 상태가 좋지 않은 날은 선생님이 잠깐 병실로 오시기도 한다. 그게 싫은 적은 없었다. 병원에서 일하는 사람들 대부분이 참 좋은 성품을 가졌기 때문이다. 그중에도 내가 가장 좋아하는 사람은 페미라는 이름의 간호사인데 종종 내게 재미있는 만화책을 가져다준다. 그에게 내가 그린 만화를 보여준 적이 있는데, 나중에 일러스트레이터가 되어도 좋을만한 실력을 가졌다고 했다. 나는 굳이 '나중'이라는 시간은 나에게 영영 없을 수도 있다는 말은 하지 않았다.

"너도 알잖아." 나는 에밀리를 보며 말했다. "그냥 가고 싶지 않았어."

오늘 하루 종일 몸 상태가 안 좋고 기운이 없었으며, 사람 만나는 것도 싫었다는 이야기는 하지 않았다. 사실은 그림 그리는 것조차 귀찮을 정도였는데 말이다. 스케치북은 열어 보지도 않은 채 침대 위에 던져져 있다. 에밀리와 나는 서로에게 언제나 솔직하기로 맹세했지만 나보다 훨씬 더 심각한 상태인 에밀리 앞에서 엄살을 부리고 싶지는 않았다. 하지만 그러기에는 에밀리는 나를 너무 잘 안다.

"뭔데? 또 감염됐어?"

인공 심장을 연결하고 있다는 것은 가슴에 튜브가 연결되어 있는 상태므로, 항상 감염에 노출되어 있다. 사실 지금 감염이 된 것 같지는 않다. 열이나 오한 증상이 없으니까 말이다. 그저 오늘따라 병원 생활이 너무 오래된 것 같은 느낌이 들 뿐이다.

"별일 아닐 거야." 나는 애써 아무렇지 않은 척 대답했다.

"페미를 불러와야겠어." 에밀리는 내 작전에 말려들지 않고 말했다.

"안 돼." 나는 벌떡 일어나며 말렸다. 너무 갑자기 일어나서 머리가 핑 돌았다. "부르지 마."

"그럼 무슨 일인지 말해."

나는 베개에 다시 누우며 말했다. "너는 이 모든 치료를 받을 가치가 있는지에 대해 의문을 가져본 적 없니?"

그러자 에밀리는 나를 빤히 쳐다보며 말했다. "물론 가치가 있지."

다른 때 같았으면 에밀리의 말에 동의했을 것이다. 그렇지만 마네쉬가 퇴원을 해서 자기 집으로 돌아간 것에 심사가 틀어진 나는 그럴 수 없었다. 마네쉬의 성공적인 치료가 내 상태를 더욱 비관적으로 느껴지게 만든 것 같았다. 그래서 줄곧 죽는 생각만 하고 있었다. 그것도 아주 많이.

"더 이상 행운은 찾아오지 않을 것 같아, 에밀리."

"웃기지 마." 에밀리가 딱 잘라 말했다. "너는 나보다 오래 살 거야."

에밀리의 확신에 찬 어조에 나도 모르게 미소가 지어졌다. 에밀리는 말이 직선적이고 거침없는 편이다. 지금까지 그렇게 많은 항암 치료를 받았으니 지금쯤 에밀리의 몸에 있는 모든 세포들이 핵무기로 변했을 수도 있다. 어쩌면 반쯤은 슈퍼히어로가 되어 있는지도 모른다.

"그럴지도 모르지." 에밀리가 일어서서 차가운 손으로 내 이마를 짚었다. "다른 때 같지 않아. 너 정말 어디 아픈 거 아니야?"

잠시 후 이 말이 너무 웃긴다는 사실을 깨달은 우리는 깔깔거리며 한참을 웃었다. "맙소사, 이런 바보 같은 말이 어디 있어." 에밀리가 겨우 웃음을 참으며 말했다. "미안해."

에밀리와 내가 키득거리고 있는데 페미의 검은 머리가 커튼 뒤에서 나타났다. 우리의 웃는 모습에 눈이 휘둥그레진 페미가 물었다. "뭐가 그렇게 재미있는데?"

"그 상황에 있어보지 않으면 몰라요." 에밀리가 손을 휘저으며 말했다.

"재미있는 농담이 틀림없어." 페미가 말했다. "재미있는 농담 규칙 알고 있지?"

페미는 내가 본 사람 중에 가장 환하고 거침없는 웃음을 가지고 있는데, 그 웃음을 다른 사람들과 나누는 걸 좋아한다. 그래서 페미는 항상 재미있는 농담은 게시판에 올려야 한다고 한다. 하지만 방금 우리가 주고받은 농담은 에밀리 말처럼 그 상황에 놓인 사람만이 공감할 수 있는 것이다.

"미안해요, 페미." 내가 말했다. "이건 우리끼리만 통하는 농담이라서 다른 사람은 이해하지 못할 거예요."

그러자 페미가 고개를 끄덕이며 말했다. "너희 둘은 정말 좋은 친구야. 너희가 웃는 걸 보니 나도 기분이 좋다." 페미의 시선이 내 스케치북에 닿았다. "그림 좀 그렸나, 친구?"

"오늘은 안 그렸어요." 나는 이렇게 대답하면서 침대 옆 테이블에 놓인 만화책을 집어 들었다. "전에 가져다준 건 다 읽었어요."

에밀리가 제목을 읽더니 눈을 찡그리며 물었다. "《페일리 테일(Fairy Tail)》? 이런 게 재밌어?"

페미와 나는 서로 눈을 찡긋해 보였다. 에밀리는 만화에 대한 페미와 나의 열정, 특히나 나의 애착을 이해하지 못한다. 그렇지만 페미는 안다. 페미와 나는 비밀 약속을 했다. 완치된 후에 에밀리와 함께 런던에서 열리는 슈퍼 코믹 컨벤션에 가는 것이 내 소망이지만, 만약 에밀리가 함께 가주지 않는다면 페미가 대신 함께하기로 말이다. 솔직하게 말해서 한편으로는 에밀리가 거절을 해서 페미와 함께 가게 되기를 바라는 마음도 있다. 물론 에밀리가 좋기는 하지만 페미는 〈엑스맨〉의 줄거리를 훤하게 꿰뚫고 있기 때문이다.

페미가 다가와서 만화책을 건네받았다. "다음에는 《드래곤의 귀환(Return of the Dragons)》을 읽어야 해. 주인공이 최대의 위기를 맞이하게 되거든. 내일 가져다줄게."

"고마워요."

"고맙긴." 페미는 이렇게 대꾸하면서 입가에 미소를 지어 보였다. "충분한 휴식 잊지 말고."

페미의 모습이 커튼 뒤로 사라졌다. 에밀리도 하품을 하면서 침대에서 일어났다.

"나도 가야겠다." 에밀리가 링거 걸이를 밀며 말했다. "내일 봐, 알았지? 밤사이에 죽지 말고."

나는 다시 한 번 크게 웃었다. 그 말도 역시 우리 사이에만 통하는 농담이었기 때문이다.

"너도."

니브

　사고 직후의 상황이 뚜렷하게 기억나지 않는다. 돌무더기에서 다급하고 내려온 것까지 알겠고, 개와 산책하던 남자가하얗게 질린 얼굴로 충격에 떨고 있는 엄마를 돕기 위해 달려왔던 것도 기억한다. 그러나 그가 실제로 어떻게 도움을주었는지는 떠오르지 않는다. 응급 의료 센터에 전화를 한사람은 아빠였는데, 나중에 아빠에게 들은 바로는 손이 너무떨려서 여러 번 시도를 한 끝에 간신히 전화번호를 제대로누를 수 있었다고 했다. 돌 깔린 해변에 응급 의료 헬기가 착륙하고, 구급 대원들이 오빠에게 응급처치 하는 모습을 지켜보았던 기억은 어렴풋이 있는 거 같은데, 딱딱한 바위에 오빠의 머리가 부딪히는 소리를 들은 순간부터 몇 초간의 기억은 완전히 캄캄하다.

구급 대원들이 낮은 소리로 의학 용어들을 주고받으며 오빠에게 응급처치를 하는 30분 동안 우리는 숨을 죽인 채 속수무책으로 쳐다만 보고 있었다. 그러는 내내 아빠는 내 손을 으스러지도록 꼭 잡고 있었다. 나는 손이 아팠지만 아무 말도 할 수 없었다. 오빠의 눈은 한 번도 떠지지 않았다. 마음 한편에서는 오빠가 한쪽 눈썹을 바르르 떨면서 우리들의 굳은 표정을 엿보며 장난스럽게 입가에 미소를 지을지도 모른다는 기대를 하면서도, 다른 한편으로는 사람이 과연 그렇게 많은 피를 흘리고도 무사할 수 있을까 하는 의문이 맴돌았다. 그러면서 어쩌면 오빠의 웃는 모습을 다시 보지 못할 수도 있다는 두려움이 밀려왔다. 오빠의 무모한 내기에 응한 내 자신이 저주스러웠다. 내가 거절했더라면 지금쯤 우리는 오두막으로 돌아가고 있을 것이다. 돌무더기에 오를 때 내가 다른 길을 택했더라면, 그럼 오빠가 질 수도 있다는 압박감 때문에 그렇게 무모한 시도를 하지 않아도 됐을 것이다. 차라리 내가 오빠 대신 창백한 얼굴로 저렇게 죽은 듯이 누워 있으면 좋겠다는 생각까지 들었다. 나였으면 절대로 그런 위험한 점프를 할 배짱도 없었겠지만 말이다.

엄마는 오빠와 함께 헬기를 타기로 했다. 아빠도 타고 싶었겠지만 자리가 없었다. 그리고 누군가는 주차장에 세워둔 차를 운전하고 가야 하니까. 아빠는 도움을 준 남자에게 감사 인사를 전하고, 오빠의 상태를 전해주겠다고 약속했다.

아빠와 나는 말없이 차를 타고 병원으로 향했다. 창밖으로 펼쳐지는 시골 풍경을 멍하게 바라보다가, 자동차 계기판에 시선을 고정시키기도 했다. 아빠는 무의식중에 자꾸 속도를 내서 모퉁이를 돌 때는 차가 튕겨 나갈 것 같았다. 현실과 나 사이에 유리 벽 같은 게 둘러쳐진 듯 모든 게 뿌옇고 희미했다. 박살이 난 오빠의 핸드폰을 꼭 쥔 두 손이 내 것 같지 않았다. 손등에 돌에 긁힌 자국들이 나있었다.

병원에 도착하니 엄마가 있는 대기실로 안내해 주었다. 헝클어진 머리와 핏기 없는 얼굴의 엄마는 옆에 앉은 간호사와 대화를 나누고 있었다.

"아직 아무 얘기도 못 들었어." 이렇게 말하는 엄마를 아빠가 안아주었다.

"지금 상태를 파악하는 중이에요." 자기를 케리라고 소개한 간호사는 우리가 궁금해하는 것들에 대해 답변해주기 위해 왔다고 했다. 내가 궁금한 것은 한 가지뿐인데 그건 엄마가 벌써 대답을 한 셈이다. 엄마와 아빠는 두 손을 맞잡고 낮은 소파에 나란히 앉았다. 예전에도 가끔 했던 생각이지만 레오 오빠와 나는 참 엄마 아빠를 안 닮았다. 오빠는 종종 우리가 병원에서 태어나면서 바뀐 것 같다는 농담을 했다. 진짜 브로디 가문의 아이들도 지금쯤 자기 부모를 보며 의문을 가질지 모른다면서. 엄마는 체격이 작고 구릿빛이 도는 빨강 머리에 흰머리가 듬성듬성 섞여있다. 아빠는 아일랜드

계답게 검은색 머리에 파란 눈을 가졌다. 지금 케리 간호사를 마주하고 앉아있는 두 사람은 걱정에 짓눌려서인지 평소보다 더 왜소해 보였다. 나는 잠시나마 주의를 환기시키고 싶어서 시선을 돌렸다. 벽에 설치된 어항이 눈에 띄었다. 푸르스름한 조명의 어항에서 헤엄치는 물고기들을 보니 신기하게도 마음이 진정되는 것 같았다. 한동안 지켜보다가 조심스럽게 어항의 유리 벽에 손을 대니 따듯했다. 열대어구나. 나는 계속해서 검정색과 흰색의 줄무늬 물고기의 지느러미와 부채처럼 넓은 꼬리의 움직임을 눈으로 따라다녔다. 물고기의 움직임으로 최면이 걸리길 기대하는 것이 병원의 하얀 벽을 바라보거나 엄마 아빠가 케리와 나누는 이야기를 듣고 있는 것보다 훨씬 나았다. 레오 오빠가 내 손을 빠져나가 떨어지던 순간을 끝없이 반복적으로 떠올리는 것보다도.

"헬기 타고 가는 동안은 어땠어?" 아빠가 물었다.

엄마가 눈을 천천히 깜박이며 내 쪽을 보았다. 내가 엄마의 대답을 듣지 말았으면 하는 것 같았다. 나는 순간적으로 짜증이 났다. 그런 식으로 나를 보호하기에는 이미 늦었단 말이다. 오빠가 떨어지는 순간 나는 바로 거기 있었고 오빠의 머리가 바위에 부딪히는 소리도 들었다. 더구나 조금 찢어지거나 부러진 정도로 응급 의료 헬기를 부르지는 않는다. 그러니까 상황이 심각하다는 것쯤은 나도 알고 있다.

엄마는 떨리는 숨을 길게 내쉬고는 들릴락 말락 한 소리

로 말했다. "심장이 멈췄었어. 다행히 다시 뛰게 하기는 했는
데, 수혈해야만 했어."

엄마의 말이 내 가슴에 아프게 박혔다. 왜 심장이 멈추었
던 거지? 가슴이 아니라 머리를 부딪쳤는데…. 귀에서 윙윙
소리가 들리는 것 같아서 두 손을 어항 벽에 대고 마음을 진
정시켰다. 얼마나 심하게 다친 걸까?

간신히 호흡에 집중했다. 느린 호흡 소리를 들으며 엄마의
말을 하나씩 머릿속에서 정리해보았다. 오빠의 심장이 멈췄
었다, 심장이 멈췄었다.

"다행이군. 심장을 다시 뛰게 할 수 있었다니 다행이야."
아빠가 혼잣말처럼 중얼거렸다.

케리도 고개를 끄덕였다. 아빠의 말처럼 오빠의 심장을 다
시 뛰게 할 수 있었다는 건 다행스러운 일이다. 하지만 그런
일이 없었어야 하는 거 아닌가? 만약에….

"뇌에 혈액이 응고되어 막혀있었다면 어떻게 되는 거죠?"
나는 마치 비명을 터트리듯 물었다. "언젠가 텔레비전에서
그런 내용을 본 적이 있어요. 어떤 사람이 머리를 부딪쳤는
데 혈액이 응고되어 거의 죽을 뻔한 이야기 말이에요. 오빠
의 심장도 그래서 멈춘 거였나요?"

"니브." 아빠가 고통에 겨운 신음과 함께 내 이름을 불렀다.

나는 다급한 마음에 다시 물었다. "그렇게 된 거예요?"

엄마가 두 손으로 얼굴을 감쌌다.

"아직 단정적으로 말하기에는 일러." 케리가 차분한 음성으로 말했다. "비관적인 생각은 하지 않는 게 좋단다."

케리가 내 말을 부정하지 않았다는 사실이 날카로운 칼날처럼 내 가슴을 찔렀다. 텔레비전에서 본 것은 믿지 말라고, 그건 방송을 위해 과장된 거라고 말해주기를 바랐다. 그런데 결국 케리는 내 의구심을 확인시켜준 것이다. 어항 안에서 형광빛을 내는 작은 물고기들이 떼 지어 다니는 것을 바라보면서 뇌 손상에 대해 좀 더 알고 있으면 좋겠다는 생각을 했다.

우리는 아무것도 하지 않고 그냥 앉아있었다. 가끔씩 정적을 깨고 엄마와 아빠가 질문을 했다. 벽에 걸린 시계는 우리가 도착한 후로 줄곧 1시 15분을 가리키고 있다. 병원이라는 곳이 시계 배터리를 교체하는 것보다 위급한 일들이 너무 많은 탓이겠지.

핸드폰을 들여다보는 건 안 될 것 같아서 그냥 앉아있다 보니 도착한 후로 얼마나 긴 시간이 흘렀는지 가늠할 수 없었다. 오빠가 깨어날 때가 되진 않았을까? 지금쯤은 오빠의 손상된 뇌가 복구되었을까? 심장이 다시 뛰기 시작했을까?

케리가 따뜻한 차를 가져다주었다. 더 이상은 아무것도 하지 않고 앉아 있을 수가 없어서 핸드폰을 꺼냈다. 손으로 뭐든 해야 할 것 같은데 막상 화면을 조작하려니 손이 심하게 떨릴 뿐 아니라 집중할 수도 없었다. 글자도 마치 어항 너머로 보는 듯 어른거렸다. 결국 나는 다시 핸드폰을 주머니에 넣고 손톱을 뜯기 시작했다. 손톱 밑에 피가 말라붙어 있는데 오빠의 피인지 내 것인지 알 수 없었다.

문이 열리고 빨간색 수술복을 입은 여자가 청진기를 목에 걸고 대기실로 들어왔다. 그 뒤에는 케리가 김이 나는 찻잔이 놓인 쟁반을 들고 서있었다. 엄마와 아빠가 자리에서 일어났다.

"브로디 씨죠?" 의사가 묻자 엄마와 아빠가 고개를 끄덕였다. "안녕하세요. 저는 필리아 로스라고 합니다. 응급실 고문 의사예요."

"저희 애는 어떻습니까?" 아빠가 물었다.

나는 그녀의 표정에서 어떤 단서든 찾으려고 열심히 살폈다. 그러나 무표정한 얼굴에서는 아무것도 읽어낼 수 없었다. 아마 우리 같은 사람들을 매일 만나다 보니 그런 것 같았다. 의사는 우리에게 앉으라는 시늉을 했고, 나는 얼른 옆으로 가서 앉았다. 케리는 차가 담긴 종이컵을 돌렸다. 두 손으로 컵을 감싸니 따뜻한 온기가 온몸으로 전해졌다. 실내가 추운 것은 아니었는데 왠지 모르게 나는 계속 떨고 있었다. 케리가 차에 설탕을 듬뿍 넣었으면 좋겠다고 생각했다.

"긍정적인 소식부터 전하자면 레오의 상태가 안정적이라는 것입니다." 의사인 로스가 이렇게 말문을 열었다. "그렇지만 두부의 손상이 심각해요. 일단은 출혈을 멈추게 하고 몇 가지 검사를 하고 있어요. 검사가 끝나면 좀 더 확실하게 알 수 있을 것입니다만….” 로스는 잠시 말을 멈추고 엄마와 아빠의 시선을 마주한 후 말을 이었다. “뇌 기능 장애가 있을 수도 있다는 사실을 미리 말씀드려야 할 것 같습니다.”

엄마 손에 들린 컵이 순간 흔들렸다.

“그게 무슨 말씀이죠?”

“뇌가 기대하는 만큼 반응하지 않아요. 현재 상황으로 판단할 때 사고로 뇌 손상을 입은 것 같습니다.”

귓전에서 윙윙대는 소리가 점점 더 커지는 것 같았다. 어떤 손상을 말하는 걸까?

엄마가 눈을 감으며 아빠에게 몸을 기대며 물었다. “얼마나 심각한 손상인가요?”

“아직 단언하기에는 이릅니다.” 의사가 연민이 가득 담긴 음성으로 이렇게 말하고는 자리에서 일어났다. “레오는 지금 중환자실로 옮겨져 검사받고 있어요. 검사가 끝나면 전문 상담사가 찾아뵐 거예요.”

엄마와 아빠도 일어나서 문 앞까지 의사를 배웅했다. 나는 그대로 앉아 있었다. 같이 일어나기엔 후들거리는 다리가 내 체중을 지탱할 수 없을 것 같았기 때문이다.

“더 좋은 소식을 전해드리지 못해 정말 미안합니다.” 의사 로스가 진심이 담겨있는 얼굴로 말했다. “케리가 곁에 있어 드릴 거예요. 필요한 것이 있으면 언제든 부탁하세요.”

나는 두 다리를 의자 위로 구부려 올려 무릎을 끌어안았다. 케리가 내 어깨에 손을 얹으며 말했다. "많이 걱정될 거야. 이해할 수 있어. 그렇지만 최고의 의료진이 레오를 담당하고 있으니까 믿고 기다려보자."

더 이상 견디기가 힘들었다. 고개를 돌리고 호흡에 집중했다. 숨을 쉬어야 해. 생각을 멈추고, 호흡만 생각하자.

문이 닫히자 엄마 아빠의 한숨이 새어 나왔다. 또다시 기다림의 시간이 흘러가기 시작했다. 나는 조금씩 정신을 놓아가는 것 같았다. 더 이상 어항 속의 물고기도 효력이 없었다. 뭔가 하지 않으면 돌아버릴 것만 같아서 다시 핸드폰을 꺼내 손가락으로 화면을 열심히 두드렸다. 페이스북은 여전히 아무 일도 없다는 듯 활발했다. 친구와 지인들이 자기들의 일상을 자랑하거나 불평하는 내용들로 가득했다. 스스로에게 열심히 거짓말을 하다 보면 마치 아무 일도 없는 것 같은 착각을 할 수도 있을 것 같았다. 레오 오빠가 자기 페이스북에 올려놓은 사진을 보았다. 오빠가 바다로 달려가는 모습이었다. 그 순간 내 손을 벗어나 바위로 떨어지는 오빠의 모습이 떠올랐다. 내 눈을 놓치지 않으려던 오빠의 눈빛도. 나도 모르게 손가락이 움찔거렸다. 마치 이번에는 오빠를 꼭 잡고 놓치지 않으려는 듯이 말이다. 나는 다시 급하게 손가락으로 핸드폰 화면을 움직였다. 오빠가 올린 사진에는 87명의 친구가 좋아요를 눌렀다. 그들이 오빠의 사고 소식을 접하면 어떤 반응을 보일까? 크게 충격을 받겠지. 물론 어떤 결과가 나오느냐에 따라 다르겠지만 말이다. 의사의 말이 뇌리에 스쳤다. '뇌가 기대하는 만큼 반응하지 않아서….'

몇 시간이 흐른 뒤에야 다시 대기실의 문이 열렸다. 이번에는 남자가 들어왔다. 흰 셔츠에 회색 바지를 입었는데 우리와 눈을 마주치고도 어떤 표정의 변화도 보이지 않았다. 나는 가슴이 조여드는 것 같았다. 예감이 좋지 않았다. 끝없는 어둠의 심연으로 가라앉는 느낌이 들었다.

"안녕하세요. 저는 신경외과 의사 제임스 아처입니다. 레오가 도착한 후 줄곧 함께 있었어요."

엄마가 무릎 위에 모은 두 손을 초조하게 움직이면서 목청을 가다듬고 말했다. "저희 애를 돌봐주셔서 감사합니다. 무슨 소식이라도 있나요?"

당연히 소식이 있겠지. 그렇지 않으면 이 남자가 왔겠느냐 말이다. 그럼에도 나는 갑자기 이 웃지 않는 남자가 전하려는 말을 듣고 싶지 않았다. 조금씩 솟아오르는 희망을 꺼뜨리고 싶지 않았다. 하지만 우리가 원하든 원하지 않든, 제임스 아처는 둘 중 어느 하나의 진실을 전해줄 것이다. 그가 엄마와 아빠의 초조한 눈빛을 마주했다.

"좋은 소식은 아닙니다." 그가 부드러운 음성으로 천천히 말했다. "초기 검사 결과로 볼 때 떨어지면서 뇌줄기 신경에 치명적인 손상이 가해진 것 같습니다. 유감스럽지만 상당히 많은 부분이 손상된 것 같아요."

엄마가 길고 깊은숨을 들이마셨다. 옆에 앉아있는 아빠는 소파 등받이에 몸을 던지듯 기대며 물었다. "그게 무슨 말씀이죠?"

"검사를 좀 더 해봐야 한다는 뜻이죠." 의사 아처가 말했다. "손상의 범위가 어느 정도인지 정확히 파악하고 나면 어떻게 하는 것이 레오를 위해 최선인지 말씀드릴 수 있을 겁니다."

레오 오빠를 위한 최선은 의사들이 오빠를 고쳐주는 것이다. 하지만 쉽지 않을 것 같다는 느낌이 들자 갑자기 두려움에 휩싸였다. 눈물이 고이다 이내 흘러내리기 시작했다. 걷잡을 수 없이 흐르는 눈물이 핸드폰을 쥔 손 위로 떨어졌다. 케리가 내 손에서 핸드폰을 빼내는 것이 희미하게 느껴졌다.

"검사하는 데 시간이 좀 걸릴 거예요." 아처가 말을 이었다. "결과를 얻기까지 앞으로 몇 시간 정도 더 걸릴 수 있습니다."

"레오를 볼 수 있을까요?" 엄마가 잠긴 음성으로 물었다.

"물론입니다." 아처가 주저하지 않고 대답했다. "하지만 지금 레오는 튜브와 주삿바늘이 여러 개의 기계장치에 연결되어 있는 상태라는 것을 미리 말씀드립니다."

또다시 비현실적인 아득함이 엄습해오는 느낌이었다. 레오 오빠 몸에 연결된 여러 주삿바늘과 튜브, 그리고 기계장치들… 어떻게 그걸 볼 수 있을까. 나는 오빠를 보고 싶은 마음이 흔들리는 것을 느꼈다. 진실을 대면하고 싶지 않았다.

그러면서 동시에 오빠가 보고 싶었고, 엄마가 그렇게 물어봐 줘서 다행이라는 생각이 들었다.

"지금 제가 모시겠습니다. 준비되셨나요?" 아처가 물었다.

나는 아직 마음의 준비가 되지 않았다. 앞으로도 영영 준비가 될 것 같지는 않았지만, 나는 엉거주춤 엄마 아빠를 따라 대기실을 나섰다.

조니

잠에서 깨자마자 뭔가 잘못되었다는 걸 알았다. 팔이 움직이지 않았고 간호사를 부르기 위해 호출 버튼을 누를 수도 없었다. 큰소리를 쳐 도움을 청하려고 했지만, 소리가 입밖으로 나오지 않았다. 말이 어눌하고 목소리가 잠겼다. 가까스로 테이블 위에 있던 물병을 떨어뜨려서 쨍그랑 소리를 낼 수 있었다. 간호사가 미간을 잔뜩 찌푸린 채 들어왔다가 나를 발견하고는 빠르게 움직였다. 순식간에 검사에 검사가 이어진 끝에 혈전이 베를린심장을 빠져나갔다는 사실을 알아냈다. 빠져나간 혈전이 혈관을 막아서 일시적으로 뇌졸중이 왔던 것이다. 일시적으로 오는 뇌졸중도 위험하기는 하지만 심각한 뇌졸중만큼의 치명적인 손상을 주지는 않는다. 심실을 새로 바꾸고, 튜브를 통해 더 많은 약을 주입하고, 의료진과 엄마 아빠의 어두운 목소리를 듣게 될 뿐이다. 내가 뻔히 들을 수 있는 거리에서 말이다. 기운이 조금이라도 남아 있으면 소변 통이든, 모니터든 집어던지면서 한바탕 난동을 부리고 싶은 심정이었다. 나에게는 심장 말고도 마음이라는 게 있다는 사실을 모두에게 일깨워줄 수 있도록 말이다.

"그동안 투자한 것들이 허사가 될까 봐 걱정하는 거지." 한참 후 나를 면회할 수 있게 되었을 때 에밀리가 한 말이다. "그 기계장치가 뭐로 만들어졌는지 모르지만 엄청 비싸잖아."

기계장치는 바로 베를린심장을 두고 하는 말이다. 베를린심장을 연결하고 치료를 받으려면 비용이 어마어마하게 드는데 나는 그것을 1년이나 지속하고 있으니 에밀리가 보기에는 내가 이 병원에서 가장 비싼 환자일 것이라는 거다. 에밀리의 말에 연민이 서려있지 않았다면 기분이 좀 나아졌을지도 모르겠다. 그런데 머리도 모두 빠지고 입술은 온통 갈라진 여자아이가 나를 안쓰럽게 바라보고 있다면 내가 정말 심각한 상황에 빠져있다는 것 아니겠는가.

일시적 뇌졸중이 오면 부모님은 하루 종일 병원에 있으면서 후유증이 나타나는지 지켜보아야 한다. 엄마 아빠가 어떻게 그 힘든 시간을 견뎌내는지 모르겠다. 내 몸에 연결된 튜브가 들어오고 나가는 부위의 상처를 닦아주며 잠든 내 모습을 지켜보는 일보다 더 지루하고 괴로운 일이 없을 것 같은데 두 분은 불평하는 법이 없다. 아빠는 어떻게 그 많은 휴가를 낼 수 있는지, 혹시 직장에서 해고되었는데 나에게 알리지 않는 건지도 모르겠다. 아빠는 명랑한 모습을 보이려고 무진 애를 쓰지만, 나는 아빠의 얼굴에 어려있는 근심이 보인다. 엄마의 눈빛에 담긴 근심도. 사실은 엄마 아빠의 눈빛에 두려움이 서려있지 않는 걸 본 지가 언제인지 모르겠다.

페미가 나를 살펴봐주러 오면서 만화책 몇 권을 가져다주었다. 페미와 나는 뇌졸중에 대한 이야기는 하지 않았다.

베를린심장을 연결한 후로 벌써 세 번째 뇌졸중을 겪었기 때문에 이제는 많이 익숙해졌다. 하지만 한 번씩 겪고 나면 죽음이 코앞에서 지나쳐갔다는 생각에 기분이 이상하다. 더구나 다음에는 좀 더 심하게 올 수도 있고, 그렇게 되면 영원히 깨어나지 못할 수도 있을 테니까 말이다. 인공 심장에 의지해서 산다는 게 그렇다. 결국은 남은 시간이 점점 줄어들고 있는 것이다.

니브

레오 오빠의 병실은 조용했다. 산소호흡기의 풀썩이는 소리와 수많은 모니터들이 내는 경고음들이 정적을 깨고 있기는 했지만 말이다. 의사 아처의 안내를 받아 병실로 들어가니 간호사 한 명이 클립보드를 들고 뭔가를 적고 있었다. 간호사는 아처와 낮은 목소리로 몇 마디 주고받더니 우리를 향해 슬픔이 깃든 미소를 지어보이고 병실에서 나갔다.

오빠는 흰색 면 시트를 덮은 채 고요히 누워있었다. 산소호흡기가 작동하는 대로 규칙적으로 가슴이 오르락내리락하는 것 외에 다른 움직임이라곤 없었다. 우습게 들릴지 모르지만 나는 정적인 오빠의 모습이 가장 참기 힘들었다. 오빠는 언제나 활동적이고 활기가 가득 찬 사람이었으니까. 마치 〈곰돌이 푸〉에 나오는 티거가 당분을 너무 많이 섭취해서 들떠있는 것처럼 말이다. 자다가 일어나자마자 활기차게 돌아다닌 적도 있을 정도였는데…. 지금 오빠는 그저 자고 있는 것 같았다. 입 안으로 튜브가 연결되지 않았다면, 심장 박동을 측정하는 모니터가 삐삐거리지 않았다면 정말 그렇게 믿을 수도 있었을 것이다.

엄마가 눈물이 가득 고인 눈으로 의사 아처를 돌아보며 물었다. "애를 만져봐도 될까요?"

아처가 대답했다. "물론입니다."

엄마는 침대 곁으로 몇 발 더 다가서서 오빠를 내려다보았다. 나는 엄마가 그렇게 할 수 있다는 사실에 놀랐다. 엄마는 손을 뻗어 오빠의 머리칼을 쓸어주었다. 평소 오빠가 제일 싫어하는 행동이었는데…. 머리 한쪽이 훤히 들여다보이도록 면도되어 있는 것이 보였다. 그리고 작게 꿰맨 자국이 있었다. 동전만 한 크기의 상처가 이렇게 엄청난 결과를 가져올 수 있다는 게 믿어지지 않았다. 실은 지금 일어나고 있는 모든 것이 믿어지지 않았다. 엄마는 옆에 있는 아빠의 어깨에 머리를 기대고 서있다.

"물어보고 싶으신 게 있으신가요?" 아처가 물었다.

엄마는 말을 할 시도조차 할 수 없는 사람처럼 파리한 입술을 굳게 다물고 있었다. 엄마는 고개를 저었다. 아빠는 아처의 말을 듣지 못한 것 같았다. 나는 마음속에만 담아둔, 그래서 나를 힘들게 하는 의문들이 너무 많았지만, 막상 그 대답을 듣기가 두려워 차마 물을 수가 없었다.

아처가 조용히 목청을 가다듬고 말했다. "잠시 환자와 함께 있을 시간을 드리겠습니다."

조심스럽게 문이 닫히고 나서 엄마는 나를 돌아보았다. 엄마의 눈이 퉁퉁 부어있었다.

"네가 많이 힘들 거야." 엄마가 내 손을 잡으며 말했다.

그렇다. 나는 힘들고, 억울하고, 감당할 수 없을 만큼 슬프다. 나를 잠식하는 파도가 쉴 틈 없이 밀려오는 느낌이다. 하지만 지금 엄마에게 내 걱정까지 하게 할 수는 없다. 나는 거의 마비된 것 같은 얼굴의 근육들을 움직여서 내가 보여줄 수 있는 최선의 미소를 지으며 답했다. "나는 괜찮아요."

엄마가 고개를 끄덕였다. 나는 엄마가 나를 좀 더 가까이 끌어당겨 내 마음을 어루만져 주기를 바랐다. 우리가 어렸을 때처럼. 그러나 엄마의 마음은 이미 나를 떠나 온통 오빠에게 가있었다. 나는 엄마가 오빠에게 갈 수 있도록 손을 놓아주었다. 아빠도 엄마와 함께 오빠 곁으로 다가섰다. 엄마의 손이 오빠의 머리칼과 침대 시트, 그리고 오빠가 입고 있는 촌스러운 무늬의 병원 가운을 쓰다듬었다. 사랑이 가득 담긴 그러한 행위가 오빠를 치유할 수 있기라도 한 것처럼.

"너무 평온해 보여." 엄마는 말끝을 흐리더니 결국 또다시 울음을 터트렸다. 오빠가 사고를 당한 것에 대해 자책을 하고 있는지도 모른다. 우리를 만류해야 했다고 생각하는 걸까? 그날의 햇살이 유난히도 찬란하지 말았어야 한다고 생각할지도 모른다. 사실은 이 모든 일이 일어나지 않도록 할 수 있었던 사람은 나인데 말이다. 내가 오빠와 내기를 하지 않았다면 지금 여기 있지 않았을 테니까.

"레오는 괜찮을 거야." 아빠가 말했다. "레오는 강해. 투지의 사나이라고. 우리 모두 이겨낼 수 있어."

하지만 창백한 얼굴로 굳은 듯 누워있는 오빠를 보면, 쉽게 예전 모습으로 돌아올 수 없을 것 같았다. 의사의 말이 다시 떠오르면서 걷잡을 수 없는 두려움이 몰려왔다.

얼마나 오래 그렇게 서있었는지 모르지만, 아처가 다시 병실로 들어왔을 때 다리가 아프다는 사실을 깨달았다. 침대 옆에 의자가 있었지만 마음이 너무 불안하고 심란해서 앉아 있을 수가 없었다. 아처와 함께 간호사 케리, 그리고 또 한 명의 여자가 왔는데 언뜻 보기에 그녀 역시 의사인 것 같았다. 갑자기 병실 안이 비좁게 느껴졌다.

"이제 레오의 검사를 시작하려고 합니다." 아처가 여의사를 소개하고 나서 이렇게 말했다. "말씀드린 것처럼 검사가 오래 걸릴 것입니다. 가족 대기실에서 기다리셔도 되지만, 따듯한 차나 간식을 좀 드시는 게 좋을 것 같습니다." 그러더니 시계를 들여다보며 말했다. "카페가 늦게까지 영업을 하거든요. 카페로 안내해드릴 사람을 불러드리겠습니다."

음식을 먹을 기분이 전혀 아니었지만 목은 말랐다. 케리가 차를 가져다준 것이 벌써 몇 시간 전이었다.

"뭐 좀 마셔야 할 것 같아요." 엄마가 대답했다.

케리가 나가서 또 한 명의 간호사를 데리고 왔다. "조가 카페까지 모셔다드릴 거예요."

엄마는 레오의 손을 잡은 채 고개를 끄덕였다. "결과가 나오면 알려주실 거죠?"

"그럼요. 제가 찾아가서 알려드리겠습니다." 아처가 말했다.

아빠가 엄마의 어깨를 감싸고 병실 밖으로 나갔다. 엄마는 아빠가 이끄는 대로 문을 향해 돌아서긴 했지만, 병실을 떠나고 싶지 않은 듯 마지막까지 오빠의 손을 놓지 않았다.

"곧 돌아올게, 레오." 엄마의 말끝이 떨리면서 갈라졌다.

카페에 있는 시계는 9시를 가리키고 있었다. 의자 같은 것은 없고, 셀로판지로 포장된 간식거리가 가지런히 정리되어 있는 카운터가 있었다. 그 뒤에 있는 계산대에는 커피 머신이 놓여있었다. 종업원 한 명이 마지못해 있는 것 같은 얼굴로 카페를 지키고 있었다. 엄마와 아빠는 차를, 나는 콜라를 주문했는데 콜라는 너무 달아 마실 수가 없었다.

조가 우리를 다시 가족 대기실로 데려다주었다. 가족 대기실 시계는 여전히 1시 15분에 머물러 있었다. 핸드폰은 거의 사용하지 않았는데도 한참 전에 배터리가 소진되었다. 그러다 보니 시간이 너무 느리게 흐르는 것 같은 것이 나만의 느낌인지, 아니면 실제로 그런 건지 확인할 길이 없었다. 아빠는 눈을 감고 있더니 이내 졸기 시작했다. 긴장을 풀지 않은 얕은 졸음이었겠지만. 엄마는 멍한 눈으로 허공을 바라보며 말없이 앉아있었다. 나 역시 아무 말도 하지 않았다. 엄마를 위로할 수 있는 말을 찾을 수 없었다. 그저 숨 쉬는 것밖에는 할 수 있는 게 없었다.

피곤이 쌓여 눈을 깜박일 때마다 눈 안에 모래가 든 것처럼 깔끄럽기 시작할 때쯤 아처가 다시 병실을 찾았다. 케리와 또 다른 여자가 함께 왔다. 켈리와 같은 간호복을 입지 않을 걸 보면 의사인가? 세 사람이 자리에 앉는 것을 보며 나는 열심히 추측하기 시작했다.

"브로디 씨, 그리고 부인, 니브, 이쪽은 나린다라고 합니다. 이 병원에서 저희와 함께 일하는 전문 간호사예요."

나린다는 입술을 꼭 다문 채 미소를 지었으나 말은 하지 않았다. '왜 간호복을 입고 있지 않은 거지?' 나는 궁금해지기 시작했다. '무슨 일을 하는 간호사일까?' 그러나 아처가 곧 설명을 했기 때문에 의문이 오래가지는 않았다.

"알고 계시겠지만 저희는 레오가 낙상을 하면서 입은 부상의 정도를 파악하기 위해 뇌의 정밀 검사를 실시했습니다." 아처는 잠시 말을 멈추고 우리를 차례로 바라보았다. "대단히 유감스럽습니다만 검사 결과가 예상보다 좋지 않습니다. 뇌가 전혀 반응을 하지 않아요."

"뭐라고요?" 아빠의 얼굴이 더욱 잿빛으로 변했다. "어떻게 그럴 수 있죠? 레오는 자고 있는 게 아닌가요? 숨을 쉬고 있지 않습니까?"

무슨 말인지 알아들었다. 뇌가 기능을 하지 않는다는 것은 이미 끝났다는 얘기다.

아처가 숨을 한 번 깊이 들이마시고는 말했다. "정말 유감입니다. 레오는 뇌사 상태예요. 이 상태로는 스스로 생존이 불가능합니다. 지금 살아있는 것처럼 보이는 것은 기계장치들이 작동하기 때문입니다. 레오는 이미 사망한 거나 다름없습니다."

"그동안 잠깐이라도 의식이 돌아왔었나요?" 엄마가 떨리는 음성으로 물었다. 울지는 않았다. 아직은. 그러나 얼굴이 백지장처럼 창백했으며 눈 밑의 그늘이 온 얼굴에 번져있었다.

의사가 고개를 저었다. "한순간도 의식을 회복하지 못했습니다. 저희가 보는 바로는 바위에 부딪치는 순간 사망한 것 같습니다. 레오는 무슨 일이 일어났는지 느끼지 못했을 것입니다."

레오의 죽음에 대해 그들이 너무 쉽게 말한다는 생각이 들었다. 떨어지는 순간 공포에 질렸던 오빠의 표정을 보지 못했기 때문에 그럴 수 있는 거다. 미처 입 밖으로 빠져나오지 못했던 구원의 절규를 상상해본다면 그렇게 말할 수 없을 것이다. 하지만 오빠가 아무것도 느끼지 못하고 생각하지 못한 채로 죽음을 맞이했을 거라고 생각하는 편이 훨씬 나을 것 같아서 나는 애써 그 기억을 떨쳐버렸다.

엄마의 눈에 고였던 눈물이 흘러넘치기 시작했다. "그럼 아픔을 느끼지도 않았을까요?"

아빠도 울고 있었다. 간호사 케리의 눈에도 눈물이 반짝거렸다.

"전혀 고통을 느끼지 않았을 겁니다." 아처가 우리의 눈을 마주 보며 부드럽게 말했다. "진심으로 유감스럽습니다."

아처가 말을 마치자 엄마는 아빠의 어깨에 얼굴을 묻고 흐느껴 울었다. 아빠가 젖은 눈으로 나를 보더니 한쪽 팔을 뻗어 반대편 어깨로 나를 끌어당겼다. 나는 신체접촉을 별로 좋아하지 않는 편이고, 엄마나 아빠에게 안겨본 지가 수년은 된 것 같지만, 지금 이 순간만큼은 아빠 엄마의 품 말고 달리 기댈 곳이 없었다.

케리가 어디서 가져왔는지 휴지를 통째로 우리 앞에 내려놓았다. 아빠가 휴지를 두 장 뽑아서 한 장은 손에 쥐고 나머지 한 장은 엄마에게 건넸다. 나도 휴지로 얼굴을 닦았지만, 잔뜩 젖은 휴지가 무색하게 바로 또 눈물이 흘러내려 얼굴이 눈물범벅이 되었다. 아처는 말없이 기다려주었다. 나는 그의 차분함에 이유 없는 분노가 치밀었다.

"아까 만난 의사는 레오가 안정적인 상태라고 했어요. 오빠는 시간이 좀 더 필요한 건지도 몰라요."

"좀 더 기다려볼 수는 있습니다." 아처가 말을 이었다. "그러나 우리가 했던 모든 검사에서 전혀 반응하지 않았어요. 그렇기 때문에 가능성을 남겨둘 여지가 없다고 판단한 겁니다."

그의 지극히 이성적인 표현에 나는 더욱 화가 치밀었다. 엄마와 아빠가 힘없이 받아들이는 모습도 마음에 들지 않았다. 오빠를 위해 싸우기를 포기하는 것처럼 보였다.

"그럼 수술을 하세요." 내가 쏘아붙였다. "포기하지 말고 뭐든 하시란 말이에요. 할 수 있는 일을 하시라고요!"

내 입에서 쏟아져 나오는 거칠고 퉁명스러운 말들은 내가 듣기에도 억지였으나 아처는 참을성을 잃지 않고 나를 달래주었다. "내 말을 믿어주면 좋겠구나. 레오가 깨어날 수 있다는 아주 작은 희망만 있어도 우리는 수술을 할 거란다. 하지만 모든 검사를 한 결과, 동료들과 나는 레오가 복구할 수 없는 손상을 입었다는 결론을 내렸어. 레오의 뇌 기능은 돌아오지 못할 거야."

나는 아빠에게 기대서 눈을 꼭 감았다. 양쪽 볼을 타고 눈물이 걷잡을 수 없이 흘러내렸다. 이런 일이 일어나다니 믿을 수가 없다. 몇 시간 전만 해도 오빠와 아침을 먹으면서 말씨름을 했는데, 갑자기 오빠의 죽음을 받아들여야 한다니…. 더구나 오빠는 아직 숨을 쉬고 있는데 말이다.

"그래도 레오가 고통스럽지 않았다니 다행이구나." 아빠가 잠긴 목소리로 힘겹게 말했다. "최소한 순간적이었으니까 말이야."

엄마가 고개를 끄덕였다. 아빠의 말에 위안을 얻으려는 것 같았다. 우리는 종교적인 가정이 아니었기 때문에 오빠가 이제 더 좋은 세상으로 갔을 거라는 말 같은 건 주고받지 않았다. 그건 마치 이 세상에서의 삶은 내세를 위한 시험 단계에 불과하고, 여기서 합격을 하면 더 좋은 세상으로 간다는 것을 포상으로 받는 것 같은 느낌이다. 앞으로 한동안 많은 사람들이 좋은 의도로 우리를 그렇게 위로할 것이다. 오빠는 이제 천사들과 함께 있을 거라는 등의 표현들로 말이다. 그 말들을 믿으려고 노력하다 보면 오빠를 잃은 우리의 마음이 혹시 좀 편해질지도 모르겠다.

"그리고 한 가지 의논드릴 것이 있습니다." 아처가 천천히 조심스러운 어조로 말했다. 우리는 동시에 그를 쳐다보았다.

"레오가 당한 사고의 특성상, 신체의 다른 부위는 거의 손상되지 않았습니다. 그래서 저희는 앞으로의 가능성에 대해 생각하지 않을 수가 없습니다. 물론 매우 어려운 결정이실 줄 알지만, 혹시 레오와 생전에 장기 기증에 대해 얘기해본 적이 있으신지요?"

나는 숨을 헉하고 들이마셨다. 지금 이 순간에 이렇게 잔인한 이야기를 꺼낸다고? 오빠가 아직 버젓이 숨을 쉬고 있는데 어떻게… 아직 심장이 뛰고 있는데…. 그런데 모르는 다른 누군가의 목숨을 구하기 위해 오빠의 몸에 칼을 댄다는 말인가? 엄마 아빠도 나와 똑같이 충격받은 표정이었다. 아빠가 말을 꺼내려 입을 열었지만 차마 말을 잇지 못했다. 당연히 장기 기증 따위는 집어치우라고 호통을 친 것이라 기대하고 있는데, 엄마가 예상 밖의 답을 했다. "얘기한 적 있어요." 엄마의 말소리가 마치 멀리서 들려오는 듯 아득하게 들렸다. "레오와 그런 얘기를 한 적이 있습니다."

오래전 어느 늦은 저녁이 떠올랐다. 식구들과 둘러앉아 TV로 리얼리티 쇼를 보고 있었다. 경찰이 마약 소지자들의 집을 수색하거나, 과속 운전자에게 벌금을 부과하는 내용이었다. 교통사고를 다루는 내용에서 치명상을 입은 사람을 비추면서 장기 기증에 관한 홍보 문구가 나타났다. 나는 장기를 기증하는 건 절대로 싫다며 기겁을 하는데, 오빠는 정반대의 생각을 하는 것이었다. "네가 도울 수 있는 사람들을 생각해 봐." 순간 오빠의 눈빛이 진지했던 것을 기억한다. "네가 살릴 수 있는 생명들. 나는 그런 일에 도움이 되고 싶어. 너는 그렇지 않아?"

평소에도 그렇지만 그 순간 나는 오빠 앞에서 더욱 작아지는 느낌이었다. 적어도 오빠가 늘 그러듯이 잘난 척을 하기 전까지는 말이다. "그런 이유가 아니라도 나를 좀 봐라. 나처럼 훌륭한 신체를 낭비한다는 건 너무 안타까운 일이잖아."

그 잘난 척하던 레오는 지금 말없이 누워있다. 아처가 나린다를 돌아보았다. 그 순간 나는 나린다가 누구인지 왜 왔는지 알 것 같았다. 아처가 그녀를 전문 간호사라고 소개하지 않았던가. 사랑하는 가족의 장기를 기증하라고 설득하는 것이 그녀의 임무인 것이다.

"나린다는 이 분야에서 경험이 풍부한 전문가입니다." 의사가 말했다. "나린다가 레오를 위해 최선의 선택을 하실 수 있도록 도와드릴 것입니다."

나린다가 고개를 숙여 인사했다. "진심으로 유감의 뜻을 전합니다. 말할 수 없이 힘든 시간이실 거예요. 더구나 레오가 저렇게 살아있는 듯이 보이니까요." 나린다는 잠시 말을 멈추고 연민 어린 눈빛으로 우리를 바라보았다. "하지만 레오가 아무런 고통도 느끼지 않는다는 사실을 기억해주시기 바랍니다. 의식이 없으니까요. 슬프지만 레오는 우리 곁에 있지 않아요."

엄마가 아빠를 바라보았다. 두 사람이 무언의 대화를 나누는 것 같았다. 나는 엄마와 아빠가 장기 기증을 고려한다는 사실조차 믿을 수가 없었다. 만약에 의사들이 오진을 한 거고, 오빠가 깨어날 확률이 1퍼센트라도 있다면 어쩐단 말인가? 그런 최후의 결정을 내리기에는 너무 이르지 않은가? 만약에라도…? 아처를 돌아보았다. 무겁고 슬픈 표정 뒤에는 결연한 확신이 깔려있었다. 엄마 아빠가 수락을 하게 될 것 같은 예감이 가슴 속에 무겁게 내려앉기 시작했다.

"레오가 많은 사람들의 생명을 구하고, 그들의 삶을 바꾸어 놓을 수 있어요." 나린다가 말을 이었다. "레오가 선택할 수 있다면 어떤 선택을 할 것인가를 생각해서 판단해주시면 됩니다."

엄마가 숨을 깊이 들이마셨다. 쓸쓸함이 가득한 흐느낌 같은 소리가 났다. 아빠가 눈물범벅이 된 얼굴로 엄마를 돌아보았다. 엄마가 나를 향해 손을 뻗었다. 이제 하나 남은 엄마의 자식인 나를 지금 하려는 결정에 동참시키려는 것이다. 내가 결코 원하지 않는 결정에 말이다. 우리는 서로의 손을 마주 잡고 앉아있었다. 나는 다시 장기 기증에 대한 이야기를 나누었던 날 밤을 떠올렸다.

그날 오빠가 내게 물었다. "너라면 누군가 너를 위해 그렇게 해주기를 바라지 않겠니? 네가 아프다면 말이야. 너에게 삶의 기회를 주기를 바라지 않을까?"

그때 나는 물론 성의 없는 대꾸를 했었다. 그런 일은 우리와 상관없는 먼 나라의 일처럼 느껴졌고, 단지 오빠가 잘난 척을 하고 있다고 생각했다. 그런데 지금 이 상황에 처하고 보니 오빠가 단지 잘난 척을 하기 위해 생각 없이 한 말이 아니었다는 생각이 든다. 그러니까 지금 내 기분 같은 건 중요하지 않은 것이다.

나는 숨을 한 번 깊이 들이쉰 다음 엄마 아빠의 손을 꼭 잡았다. 서로의 마음이 통하는 것 같았다. 우리는 그렇게 장기 기증을 결정했다.

"오늘 밤 레오와 함께 있어도 될까요?" 엄마가 물었다. "잠깐이라도 좋습니다."

"물론이지요." 아처가 대답했다.

엄마는 병실 바닥을 물끄러미 바라보았다. 오랫동안 시선을 들지 않아서 나는 혹시 엄마가 마음을 바꾸는 건 아닌가 생각했다. 엄마가 마지막으로 아빠를 한 번 더 돌아보자 아빠가 동의한다는 듯이 고개를 끄덕였다. 엄마가 침착한 어조로 말했다. "필요한 것들을 가져가세요."

의사가 다문 입술에 더욱 힘을 주어 보였다. 나린다도 고개를 끄덕였다. "제가 곁에서 도움이 되어 드리겠습니다."

결정은 내려졌다. 억울해서 화가 나고, 충격적이고, 쓰라린 가운데도 옳은 선택을 했다는 느낌이 들었다.

니브

장기 기증을 결정하고 나자 수많은 서류들을 작성해야 했고, 레오 오빠의 삶에 대한 수많은 질문들이 이어졌다. 어느 장기를 가져갔는지를 알려주는 서신을 받게 될 것이라고 했다. 나에게는 살육처럼 느껴지는 이 일이 엄마와 아빠에게는 오히려 위안이 되는 것 같았다. 엄마 아빠는 오빠의 죽음이 누군가의 삶을 바꾸어놓을 수 있다는 사실을 통해 어둠 속에서 한 줄기 빛을 찾은 듯했다. 생전에 늘 그랬듯이 지금도 오빠는 모두의 선망을 한 몸에 받고 있는 것이다.

드디어 모든 질문에 답을 하고 동의서에 서명까지 마쳤다. 이제 장기 기증에 관한 일이 마무리되었으니, 또 다른 일로 바쁠 수 있으면 좋겠다는 생각이 들었다. 우리가 마주해야 할 엄청난 현실을 조금이라도 뒤로 미루고 싶었기 때문이다.

오빠는 전과 조금도 다르지 않은 모습이었다. 이제 다시는 눈을 뜨고 미소를 짓지 않을 것이라는 사실을 아직까지 믿을 수가 없었다. 다리 위로 덮여있는 오렌지색 담요는 사방이 가지런히 접혀 매트리스에 끼워져 있었다. 그럴 필요가 전혀 없는 데도 누군가 오빠를 따듯하게 해주기 위해 그렇게 세심한 배려를 하고 있다는 생각을 하니 또다시 감정이 북받쳐서 어금니로 볼 안쪽을 힘주어 물었다. 오빠에게 우는 모습을 보여 득의양양할 기회를 주지 않는 것이 내 삶의 원칙이었는데, 역시 오랜 습관은 쉽게 버려지지 않는가 보다.

"궁금하신 것 있으면 무엇이든 물어보세요." 나린다가 연민이 가득한 음성으로 말했다.

엄마는 오빠의 얼굴을 어루만지며 말했다. "따듯해요." 엄마의 손이 오빠가 덮고 있는 시트로 내려갔다. "심장 박동이 느껴져요."

말로 옮기지 못한 엄마의 질문들이 병실의 공기 속에 떠도는 것 같았다. '어떻게 이렇게 살아있는 것 같으면서 죽었을 수가 있는 거죠?' 엄마의 속마음을 들은 듯 아처가 고개를 끄덕였다. "한동안은 심장박동을 그대로 유지할 수도 있습니다." 그러나 아처의 말에는 묵시적인 결정이 암시되어 있다. 그렇게 할 수 있지만 하지 않을 것이라는. 오빠에게 연결된 이 장치는 곧 다른 누군가가 사용해야 될 테니까. 회생의 가능성을 가진 사람이 말이다. 이미 모든 결론이 내려졌는데도 내 마음의 한편은 여전히 현실을 받아들이지 못하고 있다.

"오빠의 정신이 살아있을 가능성이 없다고 어떻게 단정 지을 수 있죠?" 내가 울분을 터트리듯 물었다. "감금증후군에 대해서 들은 적이 있어요. 모든 것을 보고 들을 수 있는데 반응을 할 수 없는 상태 말이에요. 지금 오빠가 그런 상태일 수도 있잖아요."

"뇌사 판정이란 절대로 쉽게 내리는 게 아니란다. 나와 또 한 명의 선배 의사가 레오를 면밀하게 진찰한 후에 내린 판단이야. 정말 유감스럽지만 말이지."

"그렇지만 어떻게 확신하시죠?"

"니브. 제발, 그만해." 엄마가 낮은 소리로 나를 만류했다.

엄마의 음성에 아픔이 가득 담겨있는 것이 느껴져 나는 더 이상 아무 말도 하지 않았다. 다만 늘어뜨린 양손을 쥐었다 폈다 하면서 스스로를 진정시켰다. 갑자기 속이 메스꺼워지면서 구토를 할 것 같은 느낌이 들었다. 그때 엄마가 나를 돌아보았다. 마치 오빠가 사고를 당한 이후 나를 방금 처음 보았다는 듯한 표정으로. 그러더니 눈을 휘둥그렇게 뜨면서 나를 와락 끌어안았다. 팔에 얼마나 힘을 주는지 숨이 막힐 것 같았다. 소리를 내지는 않았지만 몸을 들썩이며 떠는 것으로 보아 엄마가 울고 있는 것 같았다. 아빠가 다가와 엄마와 나를 함께 안아주었다.

"얼마나 시간을…?" 목이 메는 듯 아빠는 질문을 끝맺지 못했다.

"서두르지 않으셔도 됩니다." 나린다가 조용히 대답했다. "가벼운 검사와 서류가 몇 가지가 남아있지만, 우선 레오와 충분히 시간을 보내세요."

그 뒤로 몇 시간은 내 인생에서 가장 짧고도 긴 시간이었다. 엄마는 침대 옆에 앉아서 오빠의 손을 깍지 끼어 잡은 채 오빠에게 이야기하듯 혼자 중얼거렸다. 대부분이 우리가 어렸을 적의 일들을 회상하는 내용이었다. 나는 듣지 않으려고 애썼다. 눈물을 흘리면서 잦아들 듯 이어지는 엄마의 음성을 듣는 건 너무 힘든 일이었다. 내게 더 이상 오빠가 없다는 사실이, 그리고 내 마음 깊은 곳에서 엄마에겐 언제나 오빠가 최고였다는 사실이 아프게 일렁이고 있었다. 엄마는 한 번도 그렇다고 인정한 적이 없다. 아빠에게조차도. 하지만 어떻게 오빠가 최고가 아닐 수 있겠는가? 오빠는 못되게 성질을 부리거나 짜증을 내지도 않았고, 별일 아닌 것에 화를 내거나 우는 법도 없었다. 소외되거나 선생님에게 아이들이 왕따를 시킨다고 고자질 할 일도 없었다. 어제까지만 해도 오빠는 모든 부모가 원하는 그런 아들이었다. 반면에 나는 언제나 엄마와 아빠에게 실망을 안겨주는 존재였다.

몇 분이 몇 시간으로 이어지면서 나는 엄마가 혹시 오빠가 깨어나기를 기다리는 건 아닐까 하는 의구심이 생겼다.

하지만 이내 엄마는 지금 오빠에게 이야기하는 것이 아니라 혼자 기억을 되새기고 있다는 사실을 깨달았다. 오빠에 대한 마지막 기억이 무력하게 누워있는 지금의 모습으로 채워지지 않도록 하기 위해서. 그렇게 조금씩 오빠를 보내는 중이었다.

아빠는 오빠에게 말을 하는 것이 더 힘든 것 같았다. 말을 꺼내려 해도 음성이 갈라져서 차마 이어가지 못하고 입술을 꾹 다문 채 벽만 바라보았다. 나는 아예 입을 열 수도 없었다. 우리의 슬픔은 아랑곳없이 평온한 얼굴로 누워있는 오빠를 바라보았다. 몸이 뻣뻣하고 차갑게 굳어가는 오빠를 상상하면서. 그러자 숨을 쉬기가 힘들었다.

병원 직원들은 수시로 오고 가면서 수액이 들어가는 상태를 살피고, 모니터를 확인하거나 혈액을 채취해 갔는데, 그때마다 다정한 눈빛으로 고개를 숙여 인사를 했다. 그리고 오빠의 손바닥을 판화로 찍을 수 있도록 도와주었다. 언젠가 우리의 유년 시절 사진과 그림들과 함께 벽에 걸리게 될 것이다. 엄마는 한 사람 한 사람에게 감사의 인사를 했다.

나린다도 이따금씩 들어와 이 순간이 우리에게 얼마나 힘들지 이해하기 때문에 뭐든 도와주려했다. 마지막에 들어왔을 때는 우리 모두 아무 말 없이 앉아만 있었다. 엄마는 여전히 오빠의 손을 잡고 있었지만 앉은 자세라든가 표정이 한결 차분해져 있었다.

"필요한 거 있으세요?" 나린다가 다정하게 물었다.

엄마는 마치 나린다가 누군지 잠시 잊었던 것처럼 눈을 껌뻑거렸다. 그러다가 떨리는 숨을 길게 내쉬고는 눈으로 아빠를 찾았다. 굳이 말로 하지 않아도 아빠는 엄마가 무엇을 묻고 있는지 알 수 있었다. 아빠는 양쪽 볼이 흠뻑 젖도록 눈물을 흘리면서도 억지로 고개를 끄덕여 보였다. 그러자 엄마가 나를 바라보았다. 나는 미동도 없이 평화롭게 누워있는 오빠를 다시 한 번 바라보았다. 마침내 나도 고개를 끄덕였다.

엄마는 잠시 눈을 감았다 뜨고는 나린다를 돌아보며 말했다. "이제… 우린 준비가 된 것 같아요."

간호사의 눈에 연민이 어렸다. "시간을 좀 더 드리지 않아도 괜찮으시겠어요?"

아빠가 다시 한 번 오빠를 돌아보아서 나는 아빠가 마음을 바꾸어 시간을 더 달라고 하려는 줄 알았다. 그러나 아빠는 떨리는 숨을 내쉬며 "그렇습니다."라고 말했다.

그러자 사람들이 병실 가득 들어왔다. 더 많은 간호사들과 담당 의사인 아처, 그리고 처음 보는 또 다른 의사. 나린다는 계속 옆에 있으면서 의료진들과 의학 용어들을 주고받으며 이야기를 나누고, 또 그것을 우리에게 설명해주었다. 하지만 굳이 많은 설명을 듣지 않아도, 심장 박동을 측정하는 모니터의 기계음이 점점 느려져가는 것만으로도 우리는 모든 것을 짐작할 수 있었다. 그러다가 마침내 모니터에 나타나는 곡선이 평평한 일직선으로 변하자 아처가 슬픈 눈으로 우리를 돌아보았다.

"운명했습니다." 부드러우면서도 정확한 어조로 말했다. "진심으로 유감의 뜻을 전합니다."

마지막으로 오빠 곁을 떠날 때는 마음을 추스르기 위해 안간힘을 써야 했다. 오빠에게서 눈을 뗄 수 없었다. 이제 더 이상 오빠를 볼 수 없을 거라는 사실을 도저히 받아들일 수 없었다. 아빠는 목이 메여 말을 할 수 없는지 작별의 인사 대신 오빠의 이마에 키스를 했다. 엄마는 오빠의 머리를 쓰다듬으며 창백하고 평온한 얼굴을 한동안 응시했다. 그러고는 내 손을 잡고 힘을 주었다.

"우리는 작별하는 게 아니야." 엄마가 속삭였다. "절대로 아니야."

아빠가 엄마의 나머지 한 손을 잡았고, 정신 차리고 보니 어느새 우리는 병실에서 나와 있었다.

8

조니

늦은 아침 에밀리와 포커 게임을 하던 중에 이식을 받게 되었다는 소식을 들었다. 그래도 내 상태가 포커 게임을 할 정도로는 회복이 되었던 거다. 손에 든 카드를 이리저리 정리하는 에밀리의 표정이 자못 비장했다. 나에게 진 포커 빚이라고는 달랑 초코바 세 개와 형편없는 보이밴드 CD밖에 없는데 말이다. 포커를 하다가 문득 커튼 옆에 담당 의사인 바토진스키 선생님과 엄마 아빠가 서있다는 사실 알아챘다.

"조니, 전해줄 소식이 있단다."

에밀리가 일어서려고 했다.

"가지 마." 내가 불안해하면서 말했다. "에밀리 있어도 되죠?"

"네가 원한다면." 의사가 고개를 끄덕이며 말했다.

바토진스키 선생님으로부터 심장을 구했다는 말을 처음 들었을 때 나는 내가 꿈을 꾸고 있는 줄 알았다. 그런 꿈을 수도 없이 꾸고는 했기 때문이다. 심리 상담 선생님은 그것을 시각화라고 했다. 그리고 열심히 생각하다 보면 실제 그런 일이 일어날 것이라고 했다. 만약 그 말이 사실이라면 병원의 아픈 아이들은 모두 회복이 되었겠지. 하지만 바토진스키 선생님은 웃지도, 농담이라는 말도 하지 않았다. 그저 내 앞에 서서 내 반응을 기다리는 것 같았다. 그러자 서서히 그의 말이 사실이라는 느낌이 들었다. 엄마와 아빠는 이미 알고 있었는지 전혀 놀라는 기색이 아니었다. 그렇지만 아빠는 아직 실감이 나지 않는지 정말 기부를 하기로 결정한 거냐고 재차 물었다. 바토진스키 선생님이 고개를 끄덕였다. 수술 팀이 심장을 검사해보았는데 나와 잘 맞아서 기뻐하고 있다고 했다. 그러자 오늘 아침에 페미가 왜 나에게 아침을 가져다주지 않았는지 알 것 같았다. 페미도 알고 있었던 것이다.

"오늘 아침엔 특별 지시가 내려졌어, 조니." 페미가 아침 식사 카트를 밀고 가며 말했었다. "아무것도 먹으면 안 된단다."

나는 아침을 주지 않기에 혈액 검사를 해야 하는 줄 알았다.

"오늘 아침 일찍 전화를 받았단다." 바토진스키 선생님이 내 마음을 읽은 듯 설명을 해주었다. "그래도 말하기 전에 먼저 너에게 확인을 하는 게 좋겠다고 생각했단다."

그러고는 엄마와 아빠에게 눈길을 보냈다. 엄마 아빠가 미리 알고 있었다는 것을 확인해준 셈이었다. 나에게 미리 말해주지 않은 것에 대해서는 마음 쓰지 않기로 했다. 그렇다면 그동안 이식할 수 있는 심장을 구했는데 나에게 맞지 않아서 못 했던 경우들이 있었다는 말인가? 엄마 아빠가 나에게 말해주지 않은 것이 그것 말고는 없을까?

바토진스키 선생님이 목청을 가다듬더니 말했다. "물어보고 싶은 건 없니?"

물어보고 싶은 게 없냐고? 지금 머릿속에 떠오르는 것만 해도 백만 가지는 된다. 얼마나 걸릴 것인지. 이식 수술을 성공하지 못하면 어떻게 되는 건지. 새로 이식한 심장이 작동하지 않는 경우, 생리적으로 맞지 않는 경우, 적응 기간이 오래 걸리는 경우 등 그동안 들은 사례가 많다. 지금보다 더 안 좋아지면 어떡하지? 물론 지금보다 더 나쁜 상태라는 건 관 속에 들어가는 것 말고는 없겠지만 말이다.

에밀리가 힘을 줘서 내 손을 꽉 잡았다. 나를 바라보는 눈빛이 내 생각을 짐작하고 있는 것 같았다. 엄마 아빠는 이미 긍정적인 면만 보기로 마음을 먹었는지 완전히 축제 분위기였다. 태어난 아기가 정상적이지 못하다는 사실을 깨달은 순간부터 지금까지 늘 그런 마음가짐으로 살아왔겠지만 말이다. 그러나 에밀리는 부정적인 요소들이 머릿속에 떠오를 때 밀려오는 나의 두려움을 이해하고 있었다.

"다, 다르게 느껴지지는 않을까요?" 갑자기 목에 모래가 뿌려진 것처럼 음성이 갈라졌다. "심장 말이에요. 내 것이 아니라는 걸 느낄 수 있을까요?"

그 말이 입 밖으로 나오자마자 얼굴이 화끈 달아올랐다. 지금 무슨 말을 한 거야? 다른 사람의 감정을 내가 느낄 수 있느냐고 물은 거야? 내가 듣기에도 그건 너무 이상한 말이었다. 하지만 바토진스키 선생님은 웃지 않았다.

"아니." 선생님은 마치 내가 아주 합당한 질문을 했다는 듯이 대답했다. "마치 자동차에서 망가진 연료 펌프를 꺼내 새것으로 교체하는 것과 같다고 생각하면 된단다. 연료 공급이 좀 더 원활해지면 당연히 더 잘 달리게 되지만 자동차는 그 이유를 모르는 것과 같단다."

나는 고개를 한쪽으로 갸우뚱하고는 다시 물었다. "하지만 정말 그렇게 간단한 건 아니지 않아요? 자동차의 엔진은 나머지 부품들이 새 펌프를 공격하지는 않잖아요."

바토진스키 선생님이 고개를 끄덕였다. "우리 몸이 이식된 심장을 거부할 수 있지. 새 심장을 받아들이도록 하기 위해서는 앞으로 사는 동안 매일 약을 먹어야 한단다. 너의 심장 이식 코디네이터인 닉이 준비해줄 거야." 바토진스키 선생님은 이렇게 말하고 나서 눈썹을 살짝 치켜올린 채 내 표정을 살폈다. "수술을 받기로 결정하면…."

바로 내가 듣고 싶은 이야기를 하려는 순간이었다. 나는 시선을 아래로 내리고 가슴에 연결된 튜브를 통해 피가 뿜어져 나오는 것을 보고 있었다. 나를 살아 있게 해주는 펌프의 조용하지만 규칙적인 소리를 들으면서 내가 곧 받게 될 심장에 대해 생각했다. 어쩌면 어제까지만 해도 그 심장은 다른 누군가의 몸 안에 있었을 것이다. 그의 피를 뿜어내면서. 그리고 그 사람은 심장이 그 일을 하고 있다는 사실조차 의식하지 않았겠지. 그러자 조금 두렵기도 했다.

"누구의 심장이었는데요?"

"조니, 너도 알겠지만 그건 말해줄 수 없어." 바토진스키 선생님이 차분한 어조로 말했다. "네가 모르는 것이 너를 위해서도 바람직하고. 그렇지만 우리 팀이 적당한 시점에 너의 감사 편지를 전해줄 수는 있지. 너와 기증자 가족이 동의한다면 말이야."

"알고 싶어요." 내가 고집을 부렸다. 이유는 알 수 없었다. "몇 살이나 된 사람이었는데요?"

바토진스키 선생님은 몇 초 동안 나를 바라보다가 말했다. "나이가 너보다 아주 많지는 않아. 남자고. 내가 말해줄 수 있는 건 그게 전부다."

'나이가 너보다 아주 많지는 않아…' 그 말을 들으니 갑자기 속이 울렁거리는 것 같았다. 나처럼 아픈 아이는 아니였겠지. 그가 나와 같은 상태였다면 그의 심장을 이식할 수는 없을 테니까. 그런데 그렇게 짧게 생을 마감했다니…. 차라리 묻지 않는 편이 나았을 것 같다는 생각이 들었다.

"조니, 지금은 그런 생각은 하지 마라." 엄마가 내 표정을 보더니 미간을 찡그리며 말했다. "당연히 궁금하겠지만 그런 건 나중에 생각해도 돼."

엄마의 눈빛이 간절히 호소하고 있는 것 같았다. 물론 엄마는 내가 이식 수술받기를 원할 거다. 지금까지 대기자 명단에 있던 아이들이 이식 수술을 받고 먼저 떠나는 모습을 지켜보면서 애타게 바랐던 일이니까. 나는 죽은 그 아이를 생각하면서 정신적으로 약한 생각을 하는 것인지도 모른다. 하지만 내가 어떻게 그 아이를 생각하지 않을 수 있을까? 그 아이는 자기가 죽는다는 것을 알았을까? 아니면 예상치 못한 순간에 생명이 그 아이의 몸에서 빠져나간 걸까?

에밀리를 힐끗 쳐다보았다. 묘한 표정으로 나를 보고 있었다. 그것이 부러움의 표정이었다는 것을 깨달은 것은 조금 뒤에 에밀리의 눈빛을 보고 난 후였다. 물론 에밀리는 그 마음을 숨기려고 무진 애를 쓰고 있었고, 그런 에밀리를 탓할 생각은 없다. 에밀리가 보기에는 내가 마치 기적의 치료 약을 얻은 것 같을 테니까. 수술만 잘 되면 나는 회복이 될 것이 거의 확실하다. 그렇지만 에밀리는 앞으로도 구토를 유발하는 치료를 수없이 받아야 하고, 그럼에도 회복된다는 보장이 없는 것이다. 그런 생각을 하니 더 이상 쓸데없는 생각으로 시간 낭비하지 말고 이식을 받아야 할 것 같았다.

"할게요." 내가 떨리는 소리로 대답했다. "해주세요."

"좋아." 바토진스키 선생님이 말했다. "지금부터 모든 것이 아주 빨리 진행될 거야. 15분쯤 후에 수술실로 옮겨질 것이고 수술 팀이 한 시간 안에 수술을 시작할 거다. 닉이 네 옆에 있을 테니까 뭐든 궁금한 게 있으면 언제든 물어보면 된단다."

"언제쯤 조니의 상태를 알려주실 수 있나요?" 아빠가 물었다.

"아무리 일이 빠르게 진행되어도 심장 이식 수술은 네 시간에서 여섯 시간 정도 걸립니다." 바토진스키 선생님은 이렇게 대답하면서 나를 향해 한쪽 눈을 찡긋해 보였다. "그렇지만 수술이 반쯤 진행되면 대개 결과를 예상할 수 있어요. 그때쯤 사람을 보내 진행 상황을 알려드리겠습니다."

바토진스키 선생님은 말을 마치고 나를 돌아보았다. 나에게 말을 시키면서 동시에 내 상태를 파악하는 것 같았다. "병원에 들어와서 참 오래 기다렸지?"

물론 오랜 시간이 흘렀다. 14년이나 되는 긴 시간 동안 바토진스키 선생님은 늘 나를 돌봐주었다. 그런데 이런 순간이 오고 보니 심장 이식을 해도 좋아지지 않으면 어쩌나 하는 걱정이 앞섰다. 수술을 하다가 죽거나, 수술을 하고 나서 죽는 환자들도 있지 않은가. 그렇지만 솔직히 말해서 더 이상 다른 선택의 여지가 없다. 이식 수술을 받지 않으면 혈전들이 돌아다니는 상태에서 도박하듯 하루하루를 살아야 한다.

그렇게 생각하니 모든 게 간단했다.

"네, 맞아요." 나는 침을 꿀꺽 삼키고 너덜거리는 자존심을 애써 추스르며 대답했다. 포커 게임은 에밀리가 이긴 것으로 하고 싶었다.

9

니브

오두막으로 돌아왔을 때는 해가 중천에 쨍하게 떠있었다. 우리는 거의 말을 하지 않았다. 모두 같은 생각을 하고 있는 것 같았다. 최대한 빨리 짐을 챙겨 이곳을 떠나자는. 만약이라는 가정하에 떠오르는 부정적인 생각들을 마주하면서 여기 더 이상 머물러 있을 수는 없었다. 물론 레오 오빠 없이 우리끼리 집으로 돌아간다는 사실은 더 실감이 나지 않았지만. 엄마가 차와 토스트를 만들어주었는데 아무 맛도 느낄 수 없었다. 우리는 그저 주방에 서서 각자 말없이 허공을 바라보았다. 한참 후에 아빠가 머그잔을 싱크대에 내려놓으며 겨우 희미한 미소를 지었다.

"자, 이제 움직이자."

엄마 아빠를 도와야겠다고 생각하는 순간 둥근 주방 식탁

위에 오빠의 시리얼 그릇이 눈에 들어왔다. 바닥에 붙어 있는 두 알의 시리얼이 우스운 표정을 짓고 나를 바라보고 있는 것 같았다. 그 옆에는 반쯤 마시다 만 오렌지주스 잔이 있었다. 그것을 보니 오빠가 바닷가에 가고 싶어 들떴던 모습과 그럴수록 더 가기 싫어했던 내 모습이 떠올랐다.

"걱정 마, 니브." 내가 노려보는 것을 알아챈 오빠가 입가에 웃음을 지으며 말했었다. "너 같은 멍청이에게도 신선한 공기가 해롭지는 않을 거야."

내가 오빠에게 손가락을 튕기는 시늉을 하자, 오빠는 그조차도 웃겨죽겠다는 시늉을 했다. 시간이 흐르는 줄도 모르고 한참을 그렇게 서있는데 아빠가 들어왔다. 내 손에 들려있는 컵을 가져가고 내가 흘린 주스를 닦아줄 때까지도 나는 아빠가 옆에 있다는 사실을 알아채지 못했다.

"여긴 내가 정리할 테니 너는 가서 네 짐을 챙기는 게 어떻겠니?"

나는 모처럼 고분고분 아빠가 시키는 대로 했다. 배터리가 소진된 핸드폰을 침대 위에 던졌다. 이렇게 오랫동안 핸드폰이 꺼져 있었던 적은 없었지만 충전하고 싶은 생각도 들지 않았다. 사람들이 아무 일도 없었다는 듯 일상을 이어가고 있는 것을 차마 볼 수 없을 것 같았다. 그리고 어리석게도 사람들이 오빠의 일을 알게 되는 것이 싫었다. 소식을 듣고 나면 우리에게 다가와 애써 위로한답시고 귀찮게 할 것 같았다. 우리의 비통함에 자기들의 슬픔을 더하려 할 텐데 그러면 숨이 막혀 죽을 것 같았다. 지금은 우리끼리 겪는 거니까… 그런대로 감당할 수 있을 것 같은 느낌이다. 침대 옆에 내가 바닷가에서 주워 온 돌멩이 하나가 놓여있었다. 하얗게 바랜 매끄럽고 둥근 돌이었다. 가운데 동그랗게 구멍이 뚫려있다. 시간과 파도에 씻기면서 파인 것이리라. 그 돌을 처음 봤을 때 나를 닮았다는 생각을 했던 것이 기억났다. 불완전한 상처투성이. 그런데 지금이야말로 가슴에 구멍이 뚫린다는 것이 어떤 느낌인지 알 것 같다. 엄마 아빠도 그렇겠지.

엄마는 오빠 방 침대에 앉아서 오빠의 티셔츠를 끌어안고 얼굴을 묻어 오빠의 냄새를 맡고 있다. 그런 엄마를 보니 가슴이 무너져 내렸다. 엄마는 너무도 슬프고 비통해 보였다.

"도와줄 거 없어요?" 내가 물었다. 달리 할 말이 떠오르지 않았다.

엄마는 흐느끼듯 길게 한숨을 쉬며 오빠의 셔츠를 내려놓았다. "오빠 기타 좀 내려다 차에 실어주렴."

그 순간 아프게 떠오르는 기억이 있었다. 돌무더기 아래 서있던 오빠의 모습. 그리고 내가 이기면 기타를 차지하겠다고 했을 때 여전히 자신만만하던 그 표정. 오빠는 자기가 질 리가 없다고 생각했고, 나는 어떻게든 오빠가 천하무적이 아님을 보여주고 싶었다. 저 기타만 아니었으면. 오빠가 그 순간 그렇게까지 자신만만한 눈빛만 보여주지 않았다면, 나는 오빠의 내기 제안을 거절했을 것이다.

기타는 벽에 기대져 있었다. 그 옆에는 나일론 재질의 기타 가방이 구겨진 채 놓여있었다. 나는 기타를 바닥에 내동댕이치고 싶었다. 산산조각으로 부서져 가루가 될 때까지 싸구려 카펫에 짓이기고 싶었다. 기타를 가방에 넣어 아래층으로 가지고 내려오는 동안 머릿속으로는 그런 상상을 하며 계속 비명을 지르고 있었다.

드디어 짐을 모두 챙기고, 우리는 집으로 가는 긴 여정을 시작했다. 도착하기까지는 길고 지루한 시간이 될 것이다. 후방 거울로 우리가 지내던 오두막이 멀어지는 것이 보였다. 엄마의 어깨가 소리 없이 떨고 있었다. 아빠는 운전대를 얼마나 힘주어 잡았는지 손마디가 하얗게 질려있었다. 내 옆자리는 비어있었다.

10

조니

내 이름은 조니. 나는 더 이상 로봇이 아니다. 그래도 여전히 엑스박스 게임기보다 더 많은 선들을 연결하고 있을 때가 있긴 하지만, 영구적으로 연결되어 있던 기계장치는 이제 떼어버렸다는 뜻이다. 그 대신 다른 누군가의 심장이 나를 살아있게 한다. 가슴에 남겨진 수술 자국과 상처가 언제나 그 사실을 기억하게 한다. 나는 이제 아이언맨이 아니다. 프랑켄슈타인에 가깝다.

중환자실에서 2주나 보내야 했다. 처음에는 새로 이식한 심장이 무리해서 작동하지 않도록 기계장치를 연결해서 호흡하고 전신에 혈액을 공급하게 했다. 모든 기억들이 희미하다. 의식이 돌아와서 인공호흡기의 소음을 들었던 것도 기억하고, 말을 하려고 했으나 목구멍으로 튜브들이 연결되어 있어서 소리를 낼 수 없었던 것도 기억한다. 그리고 혹시라도 수술 후 꿰맨 자리가 터질까 봐 꼼짝도 하기가 두려웠던 기억도 있다. 그런데 기억들이 모두 희미하여 마치 꿈속에서 일어난 일 같았다. 그러나 베를린심장이 내게 더 이상 연결되어 있지 않은 것을 두 눈으로 확인하면 그 모든 기억들이 실제였음을 다시금 깨닫는다.

중환자실에서 나온 다음 날 나는 열다섯 살이 되었다. 엄마 아빠가 조촐한 파티를 열어주었다. 아직 케이크를 먹을 수는 없었지만 촛불은 끌 수 있었다. 페미는 쉬는 날이었는데도 파티에 와주었다. 미국에서 수입한 만화책을 선물로 가져다주었다. 에밀리도 스케치북과 연필 몇 자루를 선물로 주었다. 그러면서 가까운 시일 내에 자기 모습을 그려주겠다는 약속을 하라고 했다. 두 명의 아픈 아이들과 담당 간호사, 어른들 몇 명이 모인 파티라는 것이 그다지 신나는 분위기일 수는 없었다. 그래도 한동안 내가 이번 생일을 무사히 맞을 수 있을 것인지 위태로운 마음으로 지내는 상태였기에 나는 속으로 파티를 마음껏 즐기고 있었다.

더 이상 기계장치를 달지 않아도 된다는 사실을 믿을 수 없었다. 손가락 두 개로 손목을 짚어 새 심장의 박동을 확인할 때의 기쁨은 말로 표현할 수 없을 정도다. 겉으로 보기에도 내 모습이 훨씬 좋아졌다. 물론 헐크나 캡틴 아메리카처럼 건장한 모습이 될 수는 없겠지만 새 심장이 만들어내는 신체 곳곳의 변화가 놀라울 정도다. 어떤 면에서는 조금 두렵기도 하다. 너무 오랫동안 아픈 상태로 살아왔기 때문에 이제부터 어떻게 해야 되는 건지 모르겠다. 이제 로봇도 아니고, 사망 선고를 받은 채 살아가는 아이도 아니다. 나는 이제 평범한 조니다. 물론 하루에 세 번씩 열두 가지 약을 먹어야 하고, 가슴에 남은 보기 흉한 상처 안에는 다른 사람의 심장을 달고 있기는 하지만 말이다. 그동안 나도 모르게 바토진스키 선생님의 말을 되새기곤 했다. 나보다 나이가 그리 많지 않은 아이. 나는 그 아이가 궁금해졌다. 누구였는지. 어떠한 삶을 꿈꾸고 있었는지. 그러나 동시에 그것에 대해 너무 많이 생각하지 않으려고 애썼다. 그런 걸 알려고 하면 안 되는 거니까. 그게 누구든, 내가 살아있는 건 그 아이 덕분이다.

니브

장례식은 참 힘들었다. 모두들 마치 레오 오빠를 찬양하기 위해 모인 것처럼 행동했다. 목사님은 오빠가 많은 사람들의 삶을 밝혔다는 이야기를 끝없이 이어갔다. 마치 골대에 공을 넣어 득점이라도 한 것처럼, 오빠가 세상을 좀 더 나은 곳으로 변화시키기라도 한 것처럼. 그리고 울어야 할지, 웃어야 할지 모르겠는 사람들의 얼굴들. 내가 입고 있는 노란색 원피스가 마치 나를 텔레토비처럼 보이게 하는 것도 참기 힘든 것 중 하나였다. 엄마가 검은색 옷은 입지 말자고 했기 때문이었다. 하지만 그중에도 가장 견디기 힘든 것은 짧은 치마에 짙은 화장을 한 오빠의 여자 동급생들이었다. 다들 마치 가장 친한 친구를 잃은 듯 행동했지만 사실은 오빠가 한 번 정도 웃어준 것이 다였을 것이다. 남학생들을 그다지 신경에 거슬리지 않았다. 최소한 그들은 실제로 오빠와 친분이 있었으니까. 그들이 엄마와 아빠에게 다가가서 낮은 소리로 뭐라고 애도의 뜻을 표하는 모습을 지켜보려니 내가 웃을 수 있는 상황이었다면 참 즐거운 구경거리였을 거라는 생각이 들었다. 하지만 여학생들은… 그들을 보고 있자니 이유 없는 분노가 치밀어 올라 그들 중 누구라도 붙들고 시비를 걸고 싶을 지경이었다.

"너 너무 화난 사람처럼 보여." 내 가장 친한 친구 헬렌이 샌드위치와 수북한 감자 칩이 담긴 접시와 콜라 한 잔을 건네주며 말했다. 뷔페에서 나를 위해 가져온 거였다.

"화가 나." 나는 칵테일 소시지를 포크로 찍으며 대답했다. "나는 원래 못된 아이잖아. 사람들도 내가 화내는 걸 더 자연스럽게 생각할 거야."

헬렌이 눈썹을 치켜올리며 말했다. "그렇지만 살의를 품은 사람처럼 보일 거까지는 없잖아." 그러면서 내 접시에 있던 플라스틱 칼을 가져갔다. "저 가여운 여자아이들도 충분히 슬프다고." 헬렌이 머리카락을 휘날리며 넘겨대는 가식에 가득 찬 여자아이들을 훑어보며 말했다.

"한심한 관광객들이지 뭐." 내가 얼굴을 찌푸리며 응수했다.

그런 여학생들뿐만 아니라 먼 친척과 친구들도 끝없이 줄지어 찾아왔다. 음식을 들고 오거나 애도의 뜻을 담은 카드를 들고 와서 끊임없이 오빠의 죽음을 상기시켜 주었다. 혹시라도 우리가 잊고 있을까 봐.

우리에게 다가오지 않는 사람들도 있었다. 아빠는 그 사람들이 나빠서가 아니라 무슨 말을 해야 할지 몰라서 그러는 거라고 했다. 한 번도 대화를 나눠본 적 없는 아이들이 온라인 메시지를 보내오기도 했다. '사고 소식을 듣고 큰 충격을 받았어. 너를 생각하는 마음이야. 레오를 그리워하며.' 오빠의 페이스북 페이지는 성지가 되어 있었다. 메시지가 올라올 때마다 오빠의 여자 친구임을 자청하는 여학생들이 슬픈 표정의 아이콘을 달았고, 남자아이들은 오빠가 얼마나 멋진 친구였는가를 말해주는 일화들을 쏟아놓았다. 모두가 오빠를 사랑한다는데, 나는 그게 왜 이렇게 못마땅한 건지 모르겠다. 더구나 그들 중에 내가 아는 사람은 반도 안 되다 보니, 왠지 그들이 그럴 자격이 없는 것처럼 느껴졌다.

"쟤들 소피 친구 아니야?" 헬렌이 물었다.

소피는 오빠와 사귀다 헤어지기를 반복했던 여자아이였다. 머리에는 부분가발을 달고 가짜 속눈썹까지 붙이고 있었다. 디즈니 영화에 나오는 촉촉한 눈을 가진 공주처럼 바르르 떨면서. 복도에서 만났을 때는 나를 안아주려고 했으나 내가 마지막 순간에 팔짱을 끼는 바람에 일방적인 어색한 포옹이 되고 말았다.

"남자아이들은 저런 타입을 좋아하나 봐."

"맞아, 좋아해." 헬렌이 내 말에 맞장구를 치면서 다시 한 번 주위를 둘러보았다. "너희 부모님은 좀 어떠셔?"

엄마는 오늘 에메랄드빛 원피스를 입었는데, 그래서인지 빨간 머리가 더 강조되어 보였다. 엄마는 고모할머니가 하는 말에 환하게 웃고 있었다. 아빠는 오빠의 축구 코치와 이야기를 나누는 중이었다. 멍한 눈빛이지만 그래도 흥미로운 척 들으려고 애쓰는 것 같았다.

"괜찮은 것 같아. 며칠 전에 병원에서 편지가 왔어. 떼어간 장기 목록이지."

그러자 헬렌이 심란한 표정을 지으며 말했다. "레오 오빠의 일부분이 여전히 어딘가에 살아 있다는 걸 생각하면 기분이 이상해. 나를 그렇게 한다면 어떨까 생각해보게 돼. 만약 나에게 무슨 일이 생긴다면 말이야."

"오빠가 원했던 거야." 나는 포크로 달걀노른자를 찔러서 접시에 세모를 그리며 말했다. 아무렇지 않은 척하려고 애썼지만 사실은 나도 사고가 났던 날부터 줄곧 그런 생각을 하고 있었다. 오빠의 심장이 오빠의 몸 밖에서 여전히 뛰고 있다는 사실. 심장이 반듯한 사람에게 갔으면 좋겠다는 생각이 들었다. 사랑하는 사람을 떠나보낸다는 것이 얼마나 힘든 일인지 이해할 수 있는 사람 말이다.

헬렌이 잠시 말없이 서있다가 목청을 가다듬고 말했다. "다음 주에 그거 결과 나오는 거 알지?"

1년 전에 보았던 중등 교육 자격 검정 시험 결과를 받으러 학교에 가야 한다. 오빠도 자기 성적이 어떻게 나올지 잔뜩 기대하고 있었다. A 두 개는 당연히 나오리라 확신하면서 말이다. 나는 통계 과목 성적이 얼마나 형편없이 나올지 은근히 신경을 쓰고 있었다. 하지만 이제 9월이 와도 다시 학교에 돌아가고 싶지 않았다. 미래에 관해서 그 무엇에도 관심을 두고 싶지 않았다. 그저 혼자 있고 싶었다.

"우리 성적은 우편으로 보내준대." 내가 말했다. "완전 우표 낭비지 뭐."

"내 성적표도 우편으로 보내달라고 할게. 네가 원하면 금요일에 너희 집에서 함께 열어보자."

"좋은 생각이구나, 헬렌." 등 뒤에서 엄마가 말했다. "그리고 작은 축하 파티를 열자. 우리… 우리끼리 말이야."

나는 헬렌을 향해 눈알을 굴려 보였다. 파티는 무슨. 어떻게 파티를 하겠는가, 성적이 형편없을 것이 뻔한데 말이다.

"그러지 마세요."

그러자 헬렌이 웃음 띤 얼굴로 말했다. "좋아요. 그럼 9시 반 정도에 올까요?"

엄마가 무슨 생각을 하는지 안다. 헬렌이 오면 내가 침대에 만 누워있지는 않을 테니까. "좋아." 나는 소시지 하나를 다시 포크로 찍으며 대답했다. "그 대신 파티드레스를 입으라고 하지는 마."

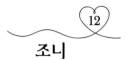

조니

작별 인사를 하러 갔을 때 에밀리는 썩 좋은 상태가 아니었다. 눈을 감은 채 누워있는 에밀리의 얼굴이 창백하고 푸석하게 부어있었다. 호르몬 주사 때문이었다. 에밀리는 골수성 백혈병 치료의 세 번째 단계에 있다. 이 치료를 끝으로 완치가 될 수 있으면 좋으련만⋯. 항암 화학 요법을 위한 방사선 치료를 하는데 환자를 거의 초주검으로 만들 만큼 힘든 치료다. 지난번에 에밀리가 깨어났을 때는 볼이 햄스터 같다고 농담을 하기도 했는데 오늘은 할 수 없을 것 같았다.

나는 에밀리의 침대에 걸터앉아 무슨 말을 해야 할지 생각해 보았다. 내가 퇴원을 할 거라는 사실은 에밀리도 나도 몇 주 전부터 알고 있었지만, 막상 에밀리를 두고 혼자 퇴원하려니 죄책감 같은 느낌이 들었다. 마치 에밀리를 버리고 가는 것 같다. 물론 앞으로도 에밀리를 보러 올 거다. 에밀리는 앞으로 나와 함께 버킷리스트에 있는 것들을 실행에 옮기기로 약속한 동지니까. 하지만 에밀리는 더 이상 에밀리의 병실에서, 복도 반대편에 있는 소아 심장 병동에서는 나를 볼 수 없을 것이다. 나는 이제 더 이상 환자가 아니니까.

에밀리는 머리맡에 걸려있는 수액이 거의 떨어져 갈 때쯤에야 눈을 뜨고 나를 바라보았다. 눈이 빨갛게 충혈되어 있었고 눈 밑에는 짙은 보라색 멍이 들어 있었다. 항암 화학 요법이라는 것이 필요악이라는 사실은 들어서 알고 있지만, 그래도 너무 지독하다는 생각이 들었다.

"안녕." 내가 명랑하게 인사를 건넸다. "너무 지쳐 보인다."

에밀리가 입술을 겨우 움직여 미소를 지어 보였다. "너는 아주 건강해 보여. 샘이 날 정도로. 네가 미워."

에밀리의 말에 씁쓸함 같은 건 담겨있지는 않았다. 솔직하게 말해서 기분이 좋은 건 사실이다. 지진을 막아 지구를 구하거나 핵폭탄을 제거하는 영웅적인 일을 하게 된 것은 아니지만, 헐떡이지 않고 숨을 쉬며 걸어 다닐 수 있게 되었다는 사실이 기쁘다. 병원에 있는 아이들은 숫자에 절실하게 매달려 산다. 백혈구의 수, 적혈구의 수, 혈소판의 수, 산소 등 헤아려야 하는 숫자들이 한도 끝도 없다. 감시히게도 심장을 기증해준 누군가의 덕분에 내 숫자는 매일 좋아지고 있다. 심장의 주인에 대해 좀 더 알 수 있으면 좋겠다. 이름만이라도. 그러면 그 이름을 향하여 감사의 마음을 전할 수 있을 테니까 말이다. 이렇게 힘들고 지쳐 보이는 에밀리를 보면 더 그런 생각이 들었다.

"나를 너무 부러워하지 마." 내가 말했다. "엄마 아빠가 거창한 가족 파티를 벌였어. 풍선과 파티 모자에 여전히 그룹 아바가 천하제일인 줄 아는 디제이까지 불러서 말이지." 나는 눈동자를 굴려 보이며 이렇게 말했다. 장난삼아 말했지만 에밀리의 표정은 부러움만이 가득 차있었다. 파티가 한심하든 그렇지 않든, 에밀리는 내 처지가 부러운 거였다. "곧 너도 퇴원할 수 있을 거야. 오래 남지 않았어."

"그럴지도 모르지." 에밀리는 말끝을 흐리며 시선을 돌렸다.

"분명히 그럴 거야." 나는 다시 힘주어 말했다. "에밀리, 너는 키모 걸(에밀리가 받고 있는 항암 화학 요법인 키모테라피의 '키모'를 따서 조니가 붙여준 별명 – 옮긴이)이야. 세상 곳곳의 세포 변이를 무찌르고 인류를 구할 거라고." 나는 에밀리를 위해 그린 만화를 높이 들어 보이며 말했다. 밝게 빛나는 파랑 머리에 같은 색 보디슈트를 입고, 작고 못된 눈을 가진 멍청해 보이는 분홍색 괴물을 향해 날카로운 광선을 날리는 여전사가 바로 에밀리였다. 에밀리는 한참 동안 그림을 응시했다. 대답이 없어 살짝 걱정을 하려는 찰나, 에밀리가 힘없는 미소를 지어 보이며 말했다. "아주 멋있다."

나는 일어나서 에밀리가 자기 소지품을 정리해두는 옷장으로 향하며 말했다.

"여기 붙여둘게. 네가 매일 볼 수 있도록."

나무로 만든 옷장 전면에는 친구들이 보내준 카드와 요즘 에밀리가 좋아하는 배우의 포스터가 가득 붙어있었다. 나는 좀 지나치다 싶을 만큼 신이 나서 공간을 좀 정리하고 남자 배우의 얼굴에 약간 겹쳐서 내가 그린 그림을 붙였다. 에밀리가 다시 잠들었다는 것을 알아챈 것은 바로 그때였다. 에밀리가 봤더라면 자기가 좋아하는 배우의 얼굴이 가려지는 것을 절대로 용납하지 않았을 것이기 때문이다.

나는 잠시 에밀리의 잠든 얼굴을 바라보고 있었다. 작별 인사도 못 하고 떠나고 싶지는 않았기 때문이다. 그렇지만 내가 다시 안 올 것도 아니지 않은가. 매주 검진을 통해 중요한 수치들이 정상적으로 유지되는지도 확인도 해야 하고, 격주로 수술 팀 상담 선생님과도 만나야 한다. 새로운 장기를 가지고 산다는 것은 신체적으로는 물론이고 정서적으로도 어려운 일이기 때문에 병원에서는 내 몸과 마음이 모두 제대로 적응해가는지 확인해야 한다. 앞으로도 최소한 몇 주 동안은 에밀리와 만나서 시간을 보낼 기회가 많을 것이다. 게다가 문 앞에서 기다리던 아빠가 시계를 기리키며 엄지손가락을 세워서 이제 가는 게 좋겠다는 신호를 보내고 있다. 나는 에밀리의 앙상한 손을 잡고 가만히 힘을 주었다.

"또 보자, 키모 걸. 아무 때나 문자 메시지 보내. 열심히 싸워서 꼭 이겨내고."

만약 영화의 한 장면이었다면, 에밀리가 내 손을 마주 잡았을 것이다. 그러나 에밀리는 아무런 반응이 없었다. 내 말을 들었는지도 알 수 없었다. 나는 에밀리의 손을 침대 위에 내려놓고 엄마 아빠에게로 달려갔다. 엄마 아빠도 다시는 할 수 없을지 모른다고 생각했던 일을 하기 위해 기다리고 있으니까. 나를 데리고 집으로 돌아가는 일.

13

니브

엄마는 조심스럽게 노크를 하고 나서 낮은 소리로 나를 불렀다. 엄마가 왜 왔는지 안다. 좀 전에 초인종 소리가 났고 헬렌이 상냥하게 인사하는 소리가 들렸다. 좀 전에 옆집 개가 미친 듯이 짖은 것을 보면 집배원도 다녀갔을 거다. 작고 꾀죄죄한 그 녀석은 집배원만 보면 온 힘을 다해 짖어댄다. 오늘만큼은 나도 그 강아지의 기분을 이해할 것 같았다. 문고리가 달그락거리고 방문이 열리는 순간 나도 온 힘을 다해 막고 싶었으니까. 식구들과 나 사이에는 협정 같은 것이 맺어져 있었다. 내 방은 나만의 공간이니까 내가 허락하기 전에는 함부로 열고 들어올 수 없다. 내 허락 없이 방문을 여는 순간 전쟁을 선포하는 것과 같다. 적어도 오빠가 죽기 전까지는 그랬다. 하지만 지난 4주 동안 많은 경계들이 무너졌다.

"헬렌 왔어." 엄마의 말소리가 한결 가깝게 들린다. 방 안에 들어온 거다. 나는 여전히 눈을 감고 있었다. 엄마가 침대로 다가오며 바닥에 널브러진 포장재와 종이들을 밟는 소리가 들렸다.

"깨어있는 거니, 니브?"

침대에 누워서 눈을 감은 채 아무 반응을 보이지 않으면 자고 있는 거라고 봐야 하는 거 아닌가? 그러나 내 이런 생각은 중대한 사실을 놓치고 있다. 엄마가 얼마 전에 자식 하나를 땅에 묻었으며, 그래서 나머지 자식 하나까지 잃을까 봐 잔뜩 겁을 먹고 있다는 사실 말이다. 그래서 내가 이불을 덮고 죽은 듯이 누워서 반응을 보이지 않으면 엄마는 내가 숨을 쉬고 있는지 반드시 확인해야 했다. 엄마가 내 코 가까이 손을 대고 숨소리를 확인했다. 엄마의 손가락이 얼굴을 스쳤다. 장미 향이 나는 차가운 손가락이 닿자 나도 모르게 몸을 움츠렸다. 자는 척하는 연기는 이제 거두어야 했다.

"미안." 내가 눈을 뜨고 잔뜩 못마땅한 눈으로 엄마를 노려보자 엄마가 말했다. "헬렌이 방으로 올라오는 것보다 네가 내려오는 게 나을 것 같아서…." 엄마는 이렇게 말하면서 방을 둘러보았다. 바닥에 어질러진 옷과 잡동사니들을 보며 뭐라고 하고 싶은 걸 꾹 참고 있는 게 분명했다.

나는 이불을 머리끝까지 끌어당기고 다시 눈을 감으며 말했다. "그냥 돌아가라고 하세요."

그러자 한동안 침묵이 흘렀다. 한참 아무 말이 없어서 나는 엄마가 헬렌을 돌려보내려 나갔다고 생각했다. 그러나 곧 소리를 죽인 채 흐느끼는 소리가 들렸다. 엄마가 울고 있었다.

나는 이불 밖으로 고개를 내밀었다. "엄마." 엄마가 힘겹게 눈을 깜박거렸다. "울지 말아요. 일어날게요."

엄마는 아무 반응도 하지 않았다. 시선을 방바닥에 고정한 채, 입술이 하얗게 질리도록 힘주어 다물고 있었다. 당장이라도 눈물이 쏟아질 듯했지만 안간힘을 쓰며 참고 있는 것 같았다. 엄마가 작고 힘없는 소리로 중얼거리듯 말했다.

"레오 성적표도 받아서 치워 놓았어. 아빠 퇴근하면 함께 보려고. 그런데 네 성적표 봉투를 보아도 자꾸 레오의 이름이 보이는 거야. 그래서 할 수 없이 네 성적표도 치워놓았단다."

나는 무슨 말을 해야 할 지 알 수 없었다. 이런 일들이 너무 많이, 너무 자주 일어나기 때문이었다. 우리의 삶은 여전히 모든 것이 레오 오빠를 중심으로 돌아가고 있었다. 마치 오빠가 아주 잠깐 다른 곳에 갔으며, 곧 돌아올 것처럼. 엄마 아빠는 오빠와 관련된 어떤 것도 버리지 못했다. 오빠가 좋아하는 록 음악 잡지 세 권이 뜯지도 않은 채 복도 탁자 위에 놓여있었고, 오빠의 축구 경기 일정은 여전히 냉장고에 붙어 있었으며, 마지막 남은 오빠의 마스 초코 바는 만일 내가 먹으면 가만두지 않겠다는 오빠의 경고문을 붙인 채 주방 찬

장 속에 그대로 놓여있었다. 그렇게 오빠는 여전히 집안 곳
곳에 살아있었다. 그러니 엄마가 내 성적표 봉투에서도 오빠
의 이름을 보는 건 당연했다.

"엄마가 원하면 내가 헬렌하고 다른 곳에 가서 성적표 열
어봐도 되는데…." 나는 일어나서 어제 입었던 점퍼를 머리
위로 뒤집어쓰면서 말했다. "맥도날드에 가도 되고. 소시지
에그 맥머핀이라면 헬렌은 언제든 먹을 준비가 되어 있으
니까."

하지만 나는 엄마가 고개를 젓기 전부터 반대할 것을 예
상하고 있었다. 오빠의 장례식을 치른 후 엄마는 내가 방에
혼자 있을 수 있도록 내버려 두지 않았을 뿐 아니라 집 밖으
로 나가거나 엄마의 눈에서 벗어나는 것을 절대로 허락하지
않았다. 마치 한밤중에 여우의 습격을 받은 어미 닭이 불안
하게 꼬꼬댁거리며 새끼의 주변을 떠나지 않는 것처럼 말이
다. 엄마는 내가 어디 있는지를 알아야 마음이 놓이는 것 같
다. 언제나.

"아니야, 그러지 마." 엄마가 애써 차분한 척하면서 말했
다. "네 성적이 어떻게 나왔는지 엄마도 보고 싶어."

나는 보고 싶지 않다. 지금 나에게 시험 결과 같은 건 그저
하얀 종이 위에 까만 글자일 뿐이니까. 엄마 아빠와 학교 선
생님은 내가 상담을 통해 '애도하는 과정'에 도움을 받는 것
이 좋겠다고 했다. 상담실에 가면 내가 학교에 가기 싫어하

는 이유들을 분석하려 들 것이다. 그러고 나면 레오 오빠를 생각나게 하는 것들로 가득한 장소를 피하고 싶은 자연스러운 현상이라거나, 오빠의 죽음이 나 역시 유한한 존재라는 사실을 직면하게 했다거나 하는 해석을 늘어놓겠지. 하지만 그건 아니다. 물론 전혀 아니라고 할 수는 없지만. 현재의 심정이나 생각들에 대해 말하는 건 할 수 있다. 그러나 한 달 뒤에 내가 어떻게 살아가고 있을 것인가를 생각해보라고 한다면 모든 것이 암담해진다. 미래에 대한 희망을 가질 수가 없다. 미래가 나를 삼켜버릴 것만 같다. 현재는 괜찮다. 안전하니까.

엄마는 여전히 나를 주시하고 있다. 불안으로 일그러진 얼굴로. 그 표정을 보니 해변에서의 그날이 떠올랐다. 엄마가 바로 그 표정으로 나를 바라보던 기억, 나와 함께 가족의 행복한 시간을 만들고자 했던 엄마. 내가 오빠와 화해하고, 더 이상 그렇게 못된 짓을 하지 않기를 간절히 바라던 엄마의 표정이 떠올랐다. 그러자 목구멍에 뭔가 울컥하고 올라오는 것 같았다. 그랬는데 결과가 어찌 되었는가.

나는 침대에서 일어나 어제 입었던 청바지를 집어 들었다.

"그럼 함께 열어봐요."

아래층에 내려오니 헬렌이 소파 끝에 걸터앉아서 벽마다 가득 채운 조문 카드를 바라보고 있었다. 그 카드들을 어떻게 하는 것이 예의에 어긋나지 않는 것일까? 너무 여러 번 읽어서 카드에 적힌 내용을 모두 외울 수 있게 되었는데 앞으로 얼마나 더 그렇게 장식을 해놓아야 하는 걸까? 카드들을 걷어 내린 다음에는 어떻게 해야 할까? 재활용 통에 버려야 하나, 아니면 오빠가 우리 곁을 떠났다는 사실을 상기시켜 주는 기념품으로 간직해야 하나? 헬렌은 학교에서 받은 봉투를 두 손으로 꼭 잡고 있었다. 나와 눈이 마주치자 미소를 지었지만, 속으로 무척 초조해하고 있다는 걸 알 수 있었다.

"번거롭게 옷을 챙겨 입게 해서 미안해." 헬렌이 나를 올려다보며 말했다. 그러나 입가에 번지는 미소는 전혀 그렇지 않다는 것을 말해주었다. "올라가려고 했지만, 네 방이 생물학적으로 위험하다는 소문이 있어서 말이야."

"정찰대원의 말을 전부 믿으면 안 돼." 내가 말했다. "그 사람들 마음대로 판단한 거니까."

내 말에 엄마가 미소를 지었다. 내막을 모르는 사람들은 그런 엄마의 모습을 보면 아주 잘 이겨내고 있다고 생각할 것이다. 그렇지만 나는 엄마가 잠을 통 못 잔다는 것을 알고 있다. 밤이 깊도록 잠들지 못한 채 침대에 누워있다 보면 오빠의 방으로 들어가는 엄마의 조심스러운 발자국 소리가 들린다. 아빠는 엄마만큼은 아니지만 여전히 텅 빈 눈빛을 마주할 때가 많다. 어떤 때는 내가 바로 앞에 있는 데도 아빠의 시선이 무심히 나를 뚫고 지나간다. 그럴 땐 내가 투명 인간이 된 것 같다. 이렇게 우리 집은 버뮤다 삼각지대처럼 불행의 회오리에 빠졌다. 오빠의 죽음이라는 거대한 비행기가 추락을 한 후로 말이다.

헬렌이 나를 향해 자기 봉투를 흔들어 보였다. "열어볼까?"

나는 내 봉투를 찾기 위해 두리번거렸다. 그리고 아주 짧은 순간 엉뚱한 생각이 머리를 스쳤다. 성적표가 왔다는 것이 엄마의 상상이 아니었을까 하는. 그러자 엄마가 책장으로 가서 《동물원》이라는 제목의 오빠가 제일 좋아하던 낡은 그림책을 뽑아왔다. 책을 펼치자 헬렌이 들고 있는 것과 똑같은 흰 봉투 두 개가 끼워져 있었다. 엄마가 떨리는 손으로 봉투를 건네주었다. 그 순간 나는 자리를 피해 달아나고 싶은 충동을 느꼈다. 뱃속이 움츠러드는 것 같았다.

"우리 서로 바꿔서 보자." 헬렌이 이렇게 말하면서 내 손에 들린 봉투를 뽑아가고 내 손에 자기 봉투를 건넸다. "네가 내 봉투 열어 봐. 나는 네 봉투 열어볼 테니."

그러더니 내가 말리기도 전에 내 봉투를 열어서 안에 접혀있는 종이를 펼쳤다. 잠시 후 헬렌이 고개를 들고 나를 봤다. 표정을 읽을 수 없었다.

"어때?" 이렇게 묻기는 했지만 꼭 답을 알고 싶은 것은 아니었다. "얼마나 형편없는데?"

헬렌이 내 손에 들린 봉투를 보며 고개를 까딱해 보였다. "내 봉투 먼저 열어 봐."

헬렌의 제의를 무시하고 봉투를 돌려준 다음 헬렌이 포기할 때까지 숨어버릴 수도 있다. 그런데 엄마가 기다리는 표정으로 나를 주시하고 있다. 숨을 죽인 채 서있는 모습이 애처로워 보인다. 되도록 빨리 해치우는 수밖에 없다. 나는 봉투를 찢고 안에 들어 있는 종이를 펼쳤다. 눈앞에 글자들이 어른거렸다. 두 개의 A+가 눈에 들어왔다. 통계 과목에 하나, 음악 과목에 하나. 헬렌을 위해 기뻐해주어야 한다. 두 과목 모두 헬렌이 정말 열심히 공부했으니까. 그런데 '오빠도 음악 과목을 수강했었는데…' 하는 생각이 들자 갑자기 쓸쓸함이 밀려왔다.

"니브?" 헬렌이 기대와 두려움이 섞인 묘한 표정으로 손을 내밀었다. "셋을 세면서 다시 바꾸는 거야. 알았지?"

종이를 구겨버리고 싶은 충동이 느껴졌다. 나는 지금 내 앞에 있는 사람이 내 가장 친한 친구인 헬렌이라는 사실을 잊지 말자고 스스로를 다독였다. 이건 헬렌에게 매우 중요한 일이다. 내가 선한 인간이라면 마땅히 미소를 지으며 축하를 해주어야 한다. 숨을 한 번 깊게 들이마셨다.

"좋아." 나는 차가운 종이를 잡고 헬렌의 눈을 마주 보았다. "하나… 둘… 셋!"

헬렌의 시선이 종이에 꽂혔고, 그 순간 헬렌의 얼굴에 안도와 환희가 지나갔다. 그러더니 천장을 향해 환호하듯 말했다. "와아! 괜찮게 본 줄은 알았지만 이건 상상 밖이야!"

억지로라도 웃음을 지어 보여야 한다는 강박을 느꼈는데,

헬렌이 그렇게 기뻐하는 것을 보니 나도 진심으로 미소가 지어졌다. "잘했어."

헬렌도 나를 보며 웃었다. "니브, 너도 잘했어."

엄마가 손뼉을 치면서 흡족한 얼굴로 내게 다가왔다. 엄마가 옆에 있는 걸 잊고 있었는데. 나는 엄마가 보지 못하도록 성적표를 높이 들고 뒤로 한 발 물러섰다. 엄마가 서운해하는 모습은 애써 외면하면서. 적어도 나에게 먼저 볼 권리는 있지 않느냐 말이다.

공부를 거의 안 한 것에 비하면 성적은 그런대로 잘 나온 것 같았다. B를 받았으니 말이다. 내 안에서 뭔가 꿈틀거리며 올라오는 것 같았다. 자존감이나 만족감, 또는 기쁨인 것 같았는데, 미처 맛보기도 전에 금방 사라져버렸다.

"자, 보세요." 나는 성적표를 엄마에게 내밀었다.

"어머나, 니브." 엄마의 음성이 떨리는 것으로 보아 또다시 울음을 터트리려는 것이 분명했다. "잘했구나!"

헬렌이 와락 달려들어 나를 끌어안았다. "야아, 떨어져." 나는 웃음 반, 멋쩍음 반으로 헬렌을 밀어냈다. "싱겁기는."

곁눈으로 엄마가 내 옆에 서있는 것이 보였다. 내가 돌아서서 품에 안기기를 기다리고 있을지도 모른다는 생각이 들었다. 그러나 내가 정작 돌아서서 엄마를 보았을 때, 엄마의 시선은 탁자 위에 놓인 동물원 그림 책 밖으로 삐져나온 또 하나의 흰 봉투에 머물러 있었다. 오빠의 부재가 만들어내는 슬픔의 무게는 내 안에서 피어나는 모든 기쁨을 일시에 무너트렸다.

"엄마?" 내가 부르자 엄마의 시선이 마지못해 내게로 옮겨왔다.

"우리 나가서 축하 파티하자." 엄마가 이렇게 말하며 웃음을 지어 보였다. 그러나 엄마의 눈은 웃지 않았다. "소시지에그 맥머핀 좋아한다고 했지?"

식사 후에 헬렌은 부모님께 좋은 성적표를 보여드리기 위해 집으로 갔다. 엄마는 집에 오자마자 편두통이 있다면서 창백하고 지친 얼굴로 방으로 갔고, 나는 적막한 집 안에 혼자 앉아있었다. 오빠가 있을 때는 집이 이렇게 조용한 적이 없었다. 덜그럭, 쿵쾅거리며 집 안을 돌아다니거나, 기타 연습을 하거나, 정원에서 고리 던지기를 하면서 식구들의 관심을 끌었기 때문이다. 내가 기억하는 한, 오빠는 언제나 그랬다. '나 봐요, 엄마.' '나 좀 봐. 균형 잡고 서있는 거.' '내가 그린 그림이야.' '아빠, 내가 니브보다 잘 하지 않았어요?'

마음이 쉽사리 안정되지는 않고, 그렇다고 다시 침대에 눕고 싶지도 않아서 약국까지 걸어갔다. 엄마가 처방받은 항우울제와 두통약을 샀다. 그리고 집으로 돌아오면서 두통약 두 알을 먹었다. 어떤 효과를 기대하고 먹었는지는 잘 모르겠다. 처방전 없이 약국에서 살 수 있는 두통약이 머릿속에 끊임없이 일어나는 생각들을 멈추어주지는 않을 테니까 말이다.

집에 다시 들어오니 나갈 때보다 더 적막하게 느껴졌다. 오빠의 성적표는 여전히 탁자 위에 놓인 그림책 사이로 삐져나와 있었다. 문득 오빠가 보고 싶어졌다. 오빠가 만들어내는 소음이나 넘치는 활기, 잘난 체하는 모습이 그리운 것은 아니다. 그런 모습들이 싫어서 내가 돌아버릴 것 같았으니까. 그런 것들 말고 그냥 오빠가 보고 싶었다. 언제나 내 오빠로서 존재했던 그가 그리운 것이다. 그렇다면 갈 곳은 한 군데밖에 없다.

오빠의 방은 섬뜩하리만치 말끔하게 정리가 되어 있었다. 전에는 한 번도 이런 적이 없었다. 지금이라도 눈을 감으면 바닥에 어지러이 쌓여있는 옷가지와 의자에 아무렇게나 걸쳐있는 축구 장비들이 떠오르고, 빨래를 세탁기에 넣으라는 엄마의 잔소리가 들린다. 냄새 또한 장난이 아니었다. 세제로도 지독한 발 냄새를 가릴 수 없었으니까. 벽에는 첼시의 유명 선수가 미소를 지으며 나를 내려다보는 포스터가 붙어 있고, 코르크 메모판에는 시험공부 일정표가 붙어있다. 그것을 보니 나도 모르게 미소가 지어졌다. 오빠는 항상 자기는 타고난 천재성 덕분에 성적이 잘 나오는 거라고 큰소리를 쳤었다. 노력이 필요한 것이 아니라고 말이다. 그런데 여기 오빠가 거짓말을 했다는 증거가 있다.

한 번은 오빠가 내 생일 선물로 받은 돈을 훔쳐서 새 기타 줄을 사고는 아니라고 잡아뗀 적이 있는데 그때도 거짓말이었다. 그때도 오빠는 끝까지 아니라고 우겼고, 엄마는 오빠 편을 들었다. 결국 내가 분을 삭이지 못해 오빠에게 달려드는 바람에 엄마와 아빠가 간신히 나를 뜯어내야 했다. 그 일로 엄마 아빠는 오빠에게 사과하지 않으면 와이파이를 사용하지 못하게 하겠다고 나를 협박했지만, 나는 절대로 오빠에게 사과하지 않았고 몇 주 동안 오빠와 말도 하지 않았다. 그래서 엄마가 휴가를 떠나기로 결정하고 예약을 한 거였다. 엄마는 전쟁터에서 사는 것 같은 일상에 지쳤다고 했었다.

오빠의 침대에 올라앉았다. 시트와 이불이 방금 손질을 한 듯 말끔하게 정리되어 있고, 베개는 마치 오빠가 몇 분 전까지 베고 잤던 것처럼 가운데가 오목하게 눌려 있다. 기타는 스탠드에 세워져 있다. 오두막에서 오빠의 기타를 자동차로 옮기면서 부숴버리고 싶은 충동을 느꼈던 기억이 떠올랐다. 솔직하게 말하자면 지금도 그러고 싶은 심정이다. 오빠를 그리워하지 않을 수 있으면 좋겠다. 아침이면 시계의 알람보다 정확하게 오빠가 계단을 쿵쿵거리며 내려가는 소리를 듣기 위해 무의식적으로 귀를 기울이게 되는 일도 하지 않을 수 있으면 좋겠다. 내가 오빠와 싸우지 않았더라면, 내가 좀 더 착한 동생이었더라면 하고 후회하는 일도 그만하고 싶다. 나보다 훌륭하고, 나보다 잘난 오빠의 삶을 내가 빼앗은 것 같은 죄책감을 더 이상 지고 가고 싶지 않다. 눈길 닿는 곳마다 오빠의 눈부신 잠재성을 증명하는 것들로 가득하다. 오빠가 받은 축구 트로피, 멋진 솜씨를 자랑하던 기타, 아래층 책갈피에 꽂혀있는 탁월한 시험 성적표. 나는 오빠의 침대에서 몸을 웅크리고 뜨거운 눈물이 차오르는 눈을 감았다. 언제나 오빠의 그늘에 가려져 사는 것이 싫었다. 오빠가 죽은 지금도 나는 여전히 오빠의 그늘에서 헤어나지 못하고 있다.

* * *

문고리가 딸깍거리는 소리에 잠이 깼다. 아빠였다. 축구화를 들고 놀란 표정으로 문턱에 서있었다.

"니브… 너는 무슨 일로…?"

나는 차마 아빠의 눈을 마주하지 못하고 머뭇거리며 대답했다. "깜박 잠이 들었어요." 졸음이 가득한 눈에 아빠가 들고 있는 축구화가 들어왔다. "오빠 거예요?"

아빠는 잠시 머뭇거리다가 고개를 끄덕였다. "맞아. 바닥에 스파이크를 박았어. 혹시…." 아빠는 허탈한 웃음을 웃었다. "사실은 왜 그랬는지 모르겠다. 그냥 그래야 할 것 같았어."

"아, 알아요." 나는 달리 할 말이 떠오르지 않았다.

내가 침대에서 일어나려는데 아빠가 몇 발 다가왔다. 잠시 어색한 순간이 흐르고 나는 아빠를 지나쳐 나왔고, 아빠는 오빠의 침대 커버에 시선을 고정시키고 있었다.

"아빠?" 문턱에 서서 아빠를 돌아보았다. 아빠는 오빠의 침대를 정리하고, 베개를 털었다. 나는 잠시 그대로 서서 아빠가 나를 돌아보기를 기다렸다. 나를 봐주기를. 아빠가 왜 오빠의 축구화를 고쳤는지 이해한다고 말하고 싶었다. 그러나 아빠는 나를 보지 않았다. 다만 오빠의 침대를 내려다보며 베개에 머리 눌린 자국을 만들고 있었다. 오빠가 방금 침대에서 일어난 듯한 환상을 만들어내려는 듯. 그러고 나서 축구화를 옷장 속에 넣었다.

아빠는 내가 나가는 것은 눈치채지 못한 것 같았다. 내 방으로 돌아온 후에야 주머니 속에 엄마의 항우울제가 들어 있다는 사실을 깨달았다. 침대 옆 탁자를 향해 약병을 던지니 통통 튀어서 침대와 벽 사이의 틈으로 떨어졌다. 나는 약병을 꺼내지 않은 채 다시 잠을 청했다.

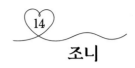

조니

9월 중순부터 나는 전문학교에 다니기 시작했다. 학교라고는 해도 정규학교와는 달랐다. 물론 다르지 않은 것들도 있다. 수업을 들어야 하고, 선생님들이 계시고, 도저히 먹을 수 없는 깡통 음식들이 있는 것은 여느 학교와 같다. 그렇지만 교복을 입지 않아도 되고, 선생님과 학생과의 관계가 좀 더 편안하고 친근하다. 내가 다니던 고등학교로 다시 돌아가는 것도 생각해보았으나, 호기심과 동정 가득한 시선을 받게 될 생각만으로도 속이 메스꺼워지는 것 같았다. 그래서 부모님은 내게 맞는 새 학교를 찾은 것이다. 전문학교는 정규학교 수업을 너무 많이 빠져서 더 이상 다닐 수 없게 되었거나, 공부가 인생의 전부라고 생각하는 학교의 교육 방식에 도저히 적응 못 하는 아이들이 자격증을 취득하기 위해 다니는 학교다. 그래서 전문학교의 분위기는 일반 고등학교와는 많이 다르다. 훨씬 더 자유롭고 느긋해서 숨통이 트이고, 좀 더 내 자신에게 충실할 수 있다.

그런데 재미있는 사실은 바로 그런 점들이 나를 더 혼란스럽게 한다는 거다. 요즘 나는 내가 누군지 통 모르겠기 때문이다. 오랜 시간 병원에서 생활하다 보면 삶의 영역이 좁아진다. 아무리 긍정적인 마음으로 하루하루를 바쁘게 지낸다고 해도, 사실은 그 모든 것이 끝없는 검사와 치료, 말하자면 죽지 않기 위한 노력의 반복인 것이다. 그러다 보면 내가 가진 병이 곧 내가 된다. 결국 시간이 지나면서 사람들은 나보다 내 진료 기록을 더 많이 들여다보게 되니까.

나처럼 운이 좋은 경우 회복을 해서 퇴원을 하지만, 그래도 삶의 영역이 여전히 좁은 것은 마찬가지다. 내가 선망하고 갈망했던 것들도 내가 그것들을 누리거나 성취할 수 없는 상황이어서 좋아 보였던 것인지, 아니면 내가 정말 그것들을 좋아했던 것인지 알 수가 없다. 그리고 좀 더 솔직하게 말하자면 병원 밖의 삶이라는 것이 때때로 버겁게 느껴지기도 한다. 이식 수술을 받은 지 두 달이 되었고 퇴원해서 집으로 온 지는 몇 주가 되었지만, 내가 누군지 모르겠다는 느낌은 시간이 지날수록 커져간다. 그런 생각들을 하느라 늘 머릿속이 어지럽다. 캡틴 아메리카가 냉동 상태에 있다가 풀려나서 변화된 세상에 적응해야 할 때 이런 기분이었을까.

이식받기 전의 생활과 선을 긋고 새 삶을 시작하고 싶은 마음도 있다. 예전에 사용하던 페이스북 계정을 닫고 새 계정을 열기도 했다. 건강해진 나를 상징하는 의미에서 '조니 2.0'이라는 이름으로 만든 이 계정에는 현재 친구가 36명인데 좋아요가 눌러진 게시글은 단 한 개도 없다. 그림도 올리지 않았다. 그림은 몸이 아파서 다른 것들을 할 수 없었던 시절에 했던 일이라 그런지 그때의 기억을 너무 많이 떠오르게 한다. 스케치북도 옷장 깊숙이 넣어두었다. 그것을 들춰보아도 다시 병원 침대에 누워있는 듯한 기분이 들지 않게 되면 그때 다시 꺼내 볼 것이다.

그동안 그림 그리는 것 말고 다른 취미는 없었다. 운동도 당연히 못했다. 병원에서는 이제 운동을 할 수 있으니 신체 접촉을 심하게 하는 운동이 아니면 시도해보라고 했다. 그런 운동이 있는지는 모르겠지만. 음악은 늘 가까이 있다고 할 수 있다. 좋아하는 밴드도 좀 있다. 좋아하지 않는 밴드들이 훨씬 더 많기는 하지만. 그렇지만 아직 '조니 웹은 이런 사람'이라고 보여줄 수 있는 삶의 내용은 없다. 그러니 조니 2.0은 백지상태인 거나 마찬가지다. 이제부터 채워나가야 한다. 그것은 신나는 일이기도 하고 두려운 일이기도 하다. 인생에서 새로운 버전의 나를 만들 수 있는 기회를 갖는 사람이 얼마나 되겠는가? 하지만 도대체 어디서부터 시작해야 하는 걸까?

또 한 가지 끊임없이 머릿속을 차지하고 있는 생각은 내게 심장을 준 아이에 대해서다. 그 아이에 대한 생각을 멈출 수가 없다. 그는 누구였으며, 어떤 사람이었는지. 그의 심장이 새 주인을 만나 나의 몸속에서 뛰고 있다는 건 참으로 기이한 일이다. 이식 수술 팀 상담 선생님은 기증자에 대해 궁금해하는 것이 자연스러운 현상이라고 하셨지만, 거의 밤마다 침대에 누워서 심장 박동 소리를 들으며 기증자를 생각하는 것은 자연스럽다고 할 수 없을 것이다. 물론 구글 검색을 통해 기증자의 이름을 찾으려고 하는 것 역시 내가 해서는 안 되는 일일 것이다.

어찌 됐든 내게 심장을 물려준 사람에 대한 집요한 궁금증을 제외하고는 모든 것이 순조롭게 흘러가고 있다. 중등교육 자격시험 준비반도 그다지 힘들지는 않다. 햄릿이라는 청년의 정신 건강이 좀 염려스러울 뿐, 공부 자체는 별로 어렵지 않다. 그리고 아프지 않기에 경험할 수 있는 소소한 일들도 즐겁다. 어지러워하지 않으면서 2층까지 뛰어 올라갈 수 있는 것도, 식욕이 생긴 것도, 학교에 가는 것도 모두 신기하다. 아침에는 굳이 아빠가 학교 앞까지 태워다 주지만, 방과 후에는 종종 나 혼자 집까지 걸어올 수 있게 허락해주기도 한다. 지금까지 두 번이었긴 하지만.

"잊어버린 건 없지?" 아빠는 매일 아침 학교 정문 앞에 차를 세우고 이렇게 묻는다. 침착하고 무심한 척하려고 애쓰지만 결국 아빠는 소소한 걱정들을 숨기지 못한다. "약은 챙겼고? 자외선 차단제는?"

나는 차 밖으로 나오며 미소 띤 얼굴로 고개를 끄덕인다. "네, 챙겼어요. 이따가 봐요, 아빠."

솔직하게 말해서 자외선 차단 지수 50 이상의 차단제를 바르지 않는다고 죽지는 않는다. 그렇지만 내가 먹는 약들 때문에 피부암에 걸릴 확률이 높아진다고 하니 바르지 않을 수도 없다. 그리고 내가 자외선 차단제를 바르지 않고 나다니는 걸 알면 에밀리가 나를 가만두지 않을 것이다. 이 또한 내가 다른 아이들과 다르다는 사실을 늘 의식하게 하는 것들 중 하나다.

몇 주 늦게 입학했다는 사실만으로도 나는 이미 학교에서 이방인 취급을 받는다. 그러다 보니 가끔은 병원 내의 친밀감이 그리워지기도 한다. 거기서는 언제나 이야기를 나눌 누군가가 있었다. 때로는 그 상대가 세 살짜리 어린아이일 때도 있지만 말이다. 그리고 에밀리도 보고 싶다. 정기검진을 받으러 가면 만날 수 있기는 하지만 그것도 이제 예전만큼 자주 가지 않는다. 물론 자주 문자도 주고받는다. 그렇지만 내 말은 복도 끝에 언제나 에밀리가 있었던 그 시절이 그립다는 거다. 엄마도 내가 소외감을 느낄 수 있다고 생각했는지 예전 학교 친구들 몇 명을 만나게 해주었다. 물론 어색했다. 병원에서만 생활하느라 학교를 못 간 지가 1년도 넘은

데다, 그전에도 일반적인 학교 생활이 쉽지 않아 친구들과 많이 어울리는 편이 아니었기 때문이다. 만나서 친구들도, 나도 무슨 대화를 해야 할지 몰랐다. 친구들은 자기들이 생각해 낼 수 있는 것들로 대화를 이어갔다. 내가 받은 수술에 대해 물어보거나 상처를 들여다보고 싶어 하는 등. 나는 그 만남을 통해 더 이상 그 친구들과 나 사이에 우정의 연대감 같은 것은 남아있지 않다는 것은 분명하게 느낄 수 있었다. 서로 계속 연락하며 지내자고 했지만⋯ 그냥 내가 페이스북 친구 요청을 하지 않았다고 해두자. 그래서 더욱 새로운 삶을 시작해야 한다는 생각을 했다.

우리 학교에 다니는 아이들은 대부분 직업과 관련된 공부를 한다. 보육이나 미디어 스터디 같은 것들이다. 재시험 준비를 하는 아이들도 있다. 내가 예전에 다니던 학교를 그만둔 이유에 대해서는 말하고 싶지 않았다. 조니 2.0의 이미지에 동정의 시선을 묻히고 싶지 않았기 때문이다. 그래서 내 몸의 특별한 상태에 대해서는 아무에게도 말하지 않았다. 같은 반 아이들과 친구가 될 수도 있겠지만, 그들 중 반 정도는 마지못해 학교에 온다. 나머지 반 중에서 소수는 공부는 잘했지만 거친 학교의 분위기에 적응하기 어려워하는 아이들이고, 몇 명은 아팠고, 나머지는 그럭저럭 무사히 넘어가기만을 바라는 아이들이다. 그중에 마르코라는 아이가 있는데, 그는 전에 다니던 학교에서 자기를 싫어하는 선생님이 음모를 꾸며서 퇴학을 시켰다고 주장한다. 그 아이는 아주 낡은 가죽 재킷과 찢어진 검정색 청바지를 입고 늘 교실 뒷자리에 앉아서 반항기 어린 자세로 선생님들의 말이 한마디라도 거슬리면 대들 것 같은 분위기를 내뿜고 있었다. 다른 사람들의 생각 따위는 안중에도 없는 듯한 그의 태도에는 거의 경외심이 우러나게 할 정도의 뭔가가 있었다. 조니 2.0도 그에게서 한두 가지 정도 배울 수 있지 않을까 생각해봤다.

그렇지만 수업 시간 외에는 마르코를 본 적이 없다. 쉬는 시간에는 어디를 가는지 알 수가 없다. 휴게실에서도 본 적이 없으니 말이다. 그러다가 정보통신기술 시간에 마르코와 짝을 지어서 함께 설문 조사를 하게 되었을 때, 나는 그가 내 이름을 알고 있다는 사실을 알게 되었다. 정확하게 아는 것은 아니었지만.

"잘되가고 있지, 조노?" 마르코가 도도한 눈빛으로 나를 쏘아보며 말했다.

그 순간 두 가지 생각이 머리를 스쳤다. 하나는 그 아이에게 내 이름을 제대로 알려줘야 한다는 것이고, 또 하나는 이 프로젝트에서 누가 모든 일을 떠맡게 될지 명백해졌다는 것이었다. 그런 건 싫지 않았다. 내가 말했듯이 작은 일상의 것들이 모두 즐거웠으니까. 과제물도 포함해서 말이다. 그렇지만 암묵적으로 내가 마르코의 하수인 노릇을 하게 될 것 같은 느낌은 불쾌했다.

"근데 말이야." 수업이 끝날 때쯤 마르코가 말했다. 선생님이 우리 팀의 결과물에 대해 칭찬을 해주고 난 후였다. "너 내가 생각했던 것만큼 시시한 녀석은 아닌 것 같다."

어설픈 이 칭찬 한마디에 기분이 좋아지면서 나도 모르게 마르코에 대한 일종의 선망 같은 감정이 싹트는 것 같았다. 그러면서 새로 업그레이드된 조니 2.0은 마르코를 조금 닮아도 좋겠다는 생각이 들었다.

니브

"B303번 교실?" 손에 들고 있는 시간표를 들여다보며 중얼거렸다. 무슨 착오가 있는 것 같았다. 이 학교에 다닌 지 4년이나 되었는데 어떻게 내가 한 번도 들어보지 못한 교실 번호가 있을 수 있단 말인가? 해리포터에 나오는 호그와트도 아니고 말이다.

오빠가 사고를 당한 후로 처음 등교하는 날이다. 기념 정원을 가로질러 걸었다. 버드나무 아래 세워진 소박한 대리석 동상에 눈길이 가지 않도록 의식하면서. 우리 학교에 다니던 중에 생을 마감한 사람은 레오 오빠뿐이 아니었다. 우리가 입학하던 해에 아나필락시스 발작으로 죽은 여자아이도 있었고, 1990년대에 하이드 파크 연못에 빠져 죽은 남자아이도 있었다. 하지만 이렇게 학교의 모든 사람들의 입에 자주

오르내리는 사람은 레오 오빠뿐이다. 학기가 시작되고 벌써 3주가 지났는데도 말이다. 복도를 걸어가는 동안에도, 다른 어느 공간에 있을 때도 항상 주변에서 조심스럽게 속삭이는 소리가 들렸다. 그리고 모두가 나를 쳐다봤다. 마치 내 이마에 비극적인 쌍둥이 동생이라고 쓰인 네온사인이 깜박이기라도 하는 것처럼. 역시 학교에 오지 말았어야 했다. 작년까지만 해도 아무도 나에게 관심이 없었는데, 이제 모두가 나를 안다.

소피는 슬픔에 빠진 여자 친구 역할을 잘 해내고 있었다. 교복 대신 머리부터 발끝까지 검정색 상복을 입지 않은 게 신기할 정도다. 상실의 슬픔에서 영원히 벗어날 수 없을 것처럼 휴지로 양 볼을 수시로 토닥여가면서. 마치 오빠와 천상에서 맺어준 연인이었던 것처럼 행세하지만 사실은 테일러 스위프트보다도 더 자주 헤어졌다 만나기를 반복했을 뿐아니라 오빠와 진지한 감정을 나눈 적조차 없었다. 오빠는 자기가 좋아하는 축구와 음악에 방해가 되지 않는다면 여자 친구가 있는 게 나쁜 건 없다는 정도였다. 하지만 소피가 하는 행동을 보면 전혀 그렇지 않았던 것 같다.

나는 교실 문을 하나씩 지날 때마다 얼굴을 잔뜩 찡그리면서 서둘러 복도를 지났다. 드디어 복도 끝까지 왔다. 역시 내가 한 번도 와보지 않은 곳이었다. 그곳에 B303 교실이 있었다. 문은 닫혀있었다. 왠지 느낌이 좋지 않았다. 다시 돌아서서 집으로 가버릴까 하는 생각이 머리를 스쳤다. 아무도 나를 나무라지 않을 것이다. 나는 지금 상중이니까. 사실 수업을 빼먹기에 그보다 더 좋은 핑곗거리는 없다. 바로 그 순간 새 학년을 시작하면서 의욕에 차있을 오빠의 웃는 얼굴이 떠올랐다. 그러자 돌아설 수가 없었다. 더구나 내가 제일 좋아하는 영어 수업이다. 나는 숨을 한 번 깊게 들이쉰 다음 교실 문을 열었다.

그 순간 두 가지 충격이 나를 덮쳤다. 첫째, 선생님이 아직 계시지 않았던 것이고 둘째, 모두가 일시에 대화를 멈추고 나를 돌아본 것이다. 잠시 정적이 감돌다가 아이들은 다시 이야기를 주고받기 시작했다. 이번에는 낮은 속삭임으로. 얼굴이 화끈거리면서 그 자리에서 구토를 할 것 같았다.

내가 가장 견디기 어려운 것이 바로 연민의 눈길이다. 차라리 호기심에 찬 시선이라면 온몸이 근질거리는 것 같기는 하지만, 그런대로 견딜 수 있다. 그런데 연민을 담은 눈길이나 표정은 참을 수가 없다. 가엾은 니브라든가, 네 마음이 어떨지 알아 따위의 말들은 절대 사절이란 말이다. 왜냐하면 남들은 절대로 이해하지 못하니까. 그들은 자기 가족이 바위에 머리를 부딪치는 모습을 보지 못했을 테니. 그의 눈이 영영 감기는 것을 지켜보지 못했으니까. 그의 몸이 분리되어 기부되는 동안 가만히 지켜봐야만 하는 상황을 겪어보지 않았으니까. 매일 아침 내가 그러지 않았더라면 어땠을까, 이러지 않았으면 어땠을까 하는 생각들을 하면서 눈을 뜨지 않아도 되니까.

내 가슴이 쿵쾅거리는 소리에 귀가 아플 지경이었다. 시선을 바닥에 고정한 채 교실 뒤쪽에 가서 앉았다. 매 수업마다 이런 식일 것이다. 어쩌면 이번 학년 내내 그럴지도 모른다. 진작 내 마음이 시키는 대로 복도를 빠져나갔으면 좋았을 거라는 후회가 뒤늦게 밀려왔다. 내 방 침대에 그냥 누워있었더라면 좋았을 거라는. 하기는 그랬으면 엄마의 잔소리를 들어야 했을 거고, 최근에 엄마가 집착하기 시작한 기금마련 행사를 도와야 했을지도 모른다.

엄마는 요즘 오빠를 병원으로 실어다 준 응급 의료용 헬기 서비스를 위해 5만 달러를 모으면 오빠의 죽음을 의미 있게 만들 수 있을 거라는 생각에 빠져있다. 하루 종일 그 이야기만 한다. 아빠는 그런 엄마의 기분을 맞춰주려는 편이고, 나는 되도록 외면하고 멀리하려는 편이다. 삶의 목표가 생기면 항우울제에 좀 덜 의존할 수 있다는 것도 안다. 그럼 나에 대한 관심은 좀 덜어도 되지 않느냐는 말이다.

"니브!" 누군가 나를 불렀다. 돌아보니 프레셔스 무암바가 나를 보고 있었다. 얼굴의 절반을 차지할 것만 같은 큰 갈색 눈동자와 한쪽으로 처진 입술이 동정 가득한 표정으로 뒤틀리며 내게 물었다. "우리 니브, 좀 어때?"

손가락이 나를 향해 다가오는 것으로 보아 내 손을 잡으

려는 것 같다는 생각이 들자 소름이 돋았다. 무암바가 다가
오는 것을 막아야겠다고 생각하는데 다시 한 번 교실 문이
열렸다. 하려던 말이 목구멍에 걸렸다가 다시 들어갔다. 그
런데 이번에도 무쉬타크 선생님은 아니었다. 소피였다.

나는 시선을 내려 책상 위에 고정시켰다. 굳이 소피와 눈
이 마주치는 것을 피하기는 했지만 그녀의 등장이 고맙기는
했다. 아이들의 시선이 소피에게로 옮겨갔기 때문이었다. 남
자아이들 세 명이 일어나서 소피를 자리까지 데려다주었다.
그리고 누군가 소피에게 속삭였다. 그러자 소피가 고개를 돌
려 나를 찾았다. 그러고는 눈물이 반짝이는 눈으로 나를 향
해 손을 내밀었다. "니브…."

나는 분노와 수치스러움 사이에서 어찌할 바를 모르는
채 온몸이 얼어붙는 것 같았다. 오빠가 살아있을 때는 나에
게 별로 말을 걸어온 적도 없었으면서 이제 와서 갑자기 나
와 무슨 관계라도 되느냐는 말이다. 시누올케 사이라도 되는
지? 오빠가 아니었으면 나와 말도 섞지 않았을 아이가 내게
보이는 관심을 내가 원할 거라 생각하는가 말이다.

1년 내내 이런 걸 견뎌낼 자신이 없었다. 사실은 한 시간
도 견디기 힘들 것 같았다. 나는 책가방을 낚아채듯 집어 들
고 허겁지겁 문으로 향했다. 그리고 열두 명의 아이들이 지
켜보는 가운데 도망치듯 교실을 나왔다.

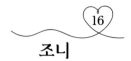

조니

"여기는 지구. 키모 걸. 응답하라, 키모 걸!"

내가 병실 커튼을 젖히며 드라마틱하게 들어가서 침대 옆에 서자 에밀리는 깜짝 놀랐다. 나는 두 손을 모으고 안도의 숨을 쉬며 말했다. "정말 다행이군요. 당신을 찾을 수 있어서. 돌연변이들이 리젠트 거리를 광란의 도가니로 몰아가고 있어요. 오직 당신만이 그들을 막을 수 있어요!"

에밀리가 눈알을 굴리며 웃었다. "또 왔어? 너무 자주 병원에 오는 거 같아."

"검진 결과 보러 왔어." 나는 침대 옆 의자에 앉으며 말했다. "정맥 안에 염료를 얼마나 많이 주입시켰는지 내가 형광물질처럼 빛을 발하지 않는 게 신기할 정도야. 그래도 다행히 모두 정상으로 나왔어."

에밀리는 고개를 끄덕이면서 나를 살폈다. 마치 재발의 조짐을 찾으려는 의사처럼. 하지만 찾아낼 것이 없다는 걸 알아서인지 그 어느 때보다 기분이 좋았다. 게다가 최근 들어 냉장고에 붙어살다시피 해서 그런지 실제로 살도 좀 붙었다. 물론 모든 걸 먹을 수는 없다. 소금과 지방, 그 외에도 몸에 좋지 않은 것들이 과도하게 들어있는 음식들이 많은 데다가 내가 먹는 약이 체중 증가를 유발할 위험이 있기 때문이다. 그래도 조만간 빅맥은 한 번 먹어보려고 한다. 어차피 한 번 사는 인생이지 않은가?

에밀리도 좋아 보였다. 눈 밑에 멍 자국도 없고 입술도 갈라지지도 않았다. 코는 여전히 빨갰다. 콧속에 털은 아직 다시 자라지 않은 것 같았다. 머리에는 솜털처럼 보송한 머리칼이 덮여있었다. 짙은 브라운색 머리칼을 보니 에밀리를 처음 만났을 때가 생각났다. 그때는 숱이 풍성한 곱슬머리를 늘어뜨리고 있었는데 에밀리는 빗질하기가 힘들어서 자기 머리가 싫다고 했었다. 그랬던 머리카락이 빠지기 시작했을 때 에밀리는 며칠이나 울었다. 머리가 다시 자라는 것을 보니 나도 기뻤다. 에밀리처럼 강력한 방사선 치료를 받는 경우 머리가 다시 자라지 않는 경우도 있기 때문이다. 그래도 이왕 다시 자랄 거면 내가 그린 키모 걸처럼 밝은 파란색이었으면 더 좋겠다는 생각이 들었다.

머리가 다시 자란다는 말을 하자 에밀리는 손으로 황급히 머리를 가렸다. 그 바람에 몸에 연결되어 있던 튜브와 선들이 서로 부딪혀 딸그락거렸다.

"다시 자라고 있다는 걸 자꾸 잊어버려. 그래서 거울을 볼 때마다 놀란다니까."

"그러니까 머리가 다시 자란다는 것은 내가 생각하는 그런 상황이라는 뜻인 거야?"

"공식적으로 그런 건 아니야." 에밀리는 이렇게 말했지만 그녀의 눈이 반짝이는 걸 보면 희소식이 있음에는 틀림없는 것 같았다. "의사들이 어떤지 알잖아. 아직 어떤 것에도 확답을 주진 않았어. 그렇지만 이제 더 이상 치료를 받지는 않아."

그 순간 에밀리를 안아주고 싶은 이상한 충동을 느꼈다. 두 팔로 에밀리를 끌어안고 짧고 곱슬한 머리에 키스를 해주고 싶었다. 이것 역시 건강해지면서 달라진 것 중 하나다. 조금씩 여자아이들이 눈에 들어오는 것을 느꼈다. 하지만 에밀리는 여자아이라기보다는 친구였기에 이런 충동을 느낀다는 게 스스로 조금 당황스러웠다. 나는 얼른 충동을 떨쳐버리고 하이파이브로 대신했다.

"이제 알겠지?" 나는 영화 해설자 같은 목소리로 말했다. "에밀리 미셸은 키모 걸이다!"

"어쩌면 그럴 수도." 에밀리는 내가 그려준 그림을 힐끗 보며 말했다. "내 얘기는 그만하고, 바깥세상 얘기 좀 해봐."

어디서부터 얘길 해야 하나? 나는 순간 난감해졌다. 무슨 얘길 하지 말아야 하지? 에밀리는 퇴원 후의 생활이 어떤지 듣고 싶은 거겠지만, 나는 그 이야기에 너무 깊게 들어가고 싶지 않았다. 그래서 엄마는 내가 학교에 가있는 동안에도 거부 반응 방지 약을 먹는지 확인하기 위해 문자 메시지를 스무 번씩 보낸다는 얘기를 해주었다. 그리고 내가 다니는 전문학교에서 집까지는 뛰어올 수도 있는 거리인데 아빠는 내가 집까지 걸어오는 걸 걱정한다는 말도 했다. 아빠 엄마는 오늘 내가 에밀리를 만나러 병동에 올라오는 것도 별로 달가워하지 않았다. 혹시라도 병균에 감염이 될 것을 우려했기 때문이다. 지금도 카페에 앉아 차를 마시며 초조하게 냅킨을 찢고 있겠지만, 에밀리에게 그런 말은 하지 않았다. 그 대신 같은 반 친구들에 대해 이야기해주었다.

"몇몇 아이들은 완전히 다른 별에 살고 있어." 그러자 마르코의 모습이 떠올랐다. "그중 한 명은 마치 마약에 취해있는 것 같고 말이야."

"너도 약에 취해있잖아." 에밀리가 웃으면서 말했다.

나는 고개를 저으며 말을 이었다. "알아. 그렇지만 내가 먹는 약은 감정 변화를 가져오는 정도이지만 그 아이가 먹는 약은 완전히 사람을 달라지게 하는 것 같다니까. 한동안 나를 완전 무시하더니 갑자기 나를 '친구'라고 부르는 거야. 어떤 아이인지 감을 잡을 수가 없어. 선생님들도 그 아이를 무서워하는 것 같아."

"피해야 할 아이인 것 같다." 에밀리가 말했다. "예전 친구들은 안 만나?"

그 점에 있어서 에밀리와 나는 다르다. 에밀리는 오랫동안 병원 생활을 하면서도 학교 친구들과 계속 연락을 주고받고 있어서 꾸준히 찾아오는 친구들이 있다. 그런 에밀리에게 예전 친구들을 만나고 싶지 않은 내 심정을 설명할 방법이 떠오르지 않았다. 그 친구들을 만나면 늘 숨이 차고 피곤해서 눈을 뜨기도 힘들었으며, 잘 어울리지도 못했던 그 시절이 생각나서 싫다는 걸 말이다. 별로 간직하고 싶지 않은 기억들이다. 그래서 차라리 내가 어떤 아이였는지 모르는 새 친구를 만나고 싶은 것이다.

"별로 만날 기회가 없어. 학교가 달라졌으니까."

에밀리는 내 속을 꿰뚫어 보는 눈빛으로 나를 빤히 바라보았지만 별다른 말은 하지 않았다.

"그리고 또 다른 얘기는 없어?"

나는 잠시 망설였다. 밤마다 내 머릿속을 채우는 생각들에 대해 말해야 할까? 내게 심장을 기부해준 아이에 대한 생각을 떨쳐버릴 수 없다는 사실 말이다. 내가 수술을 받을 즈음에 죽은 10대 아이에 대해 검색하기 시작했다는 말을 해야 할까? 내 최근 인터넷 검색 기록을 보면 온통 비극적인 사고들뿐이다. 나는 다른 누구에게도 하지 않았던 말이지만 에밀리에게 털어놓기로 했다. 새로 받은 심장이 누구에게서 왔는지 알기 전까지는 그것이 내 몸의 일부로 느껴지지 않을 것 같다는 사실 말이다. 일단 이름을 알면, 그가 누구인지 알 수 있을 거고, 어떤 사람이었는지, 어떻게 그의 심장이 내게로 오게 되었는지 알 수 있을 것이다.

마치 상처가 낫고 나서도 오랫동안 남아있는 가려움증처럼 긁지 않고는 견딜 수가 없다. 에밀리가 그런 내 마음을 완전히 이해하리라 기대하지는 않는다. 그렇지만 죽음을 코앞에 두고 살아본 경험도 없고, 누군가가 죽은 덕분에 내가 살아 있다는 사실을 실감해본 적이 없는 가족들이나 주치의보다는 내 마음을 잘 이해해줄 것 같았다. 심장 기증자의 이름만 알아내면 모든 것이 제자리를 찾을 것 같다. 그 아이는 지금의 나, 조니 2.0의 일부가 될 테니까.

"아무에게도 말하지 않겠다고 약속해…." 나는 우선 이렇게 시작했다.

니브

"너희 어머니는 정말로 샤드 꼭대기에서 로프를 타고 내려오시는 거야?" 쌀쌀한 10월의 어느 날 학교가 끝나고 걸어오면서 헬렌이 물었다.

일반적으로 이런 질문을 들었다면 누구라도 허무맹랑한 말이라고 여길 것이다. 샤드는 87층짜리 고층 건물이다. 그 위에서 로프 하나에 몸을 묶은 채 벽을 타고 내려온다는 건 말이 안 된다. 하지만 요즘엔 뭐 하나 정상적인 것이 없으니 어쩌겠나. 내 숨소리를 살피고 일거수일투족을 확인하는 것으로도 성이 차지 않은 우리 엄마는 이제 기금 마련이라는 새로운 목표에 매달리기 시작했다. 페이스북에 계정까지 열어서 기금 마련을 위한 페이지도 만들었다. 그러더니 급기야 런던에서 가장 높은 빌딩 꼭대기에서 등산용 로프를 타고 내려가겠다고 하는 것이다. 보통 사람들은 기금 마련 행사로 퀴즈의 밤 같은 것을 기획하는데 우리 엄마는 빌딩에서 뛰어내리겠다니.

"그러려나 봐." 나는 애꿎은 잔디를 발로 차며 대답했다. "엄마가 그룹을 조직해서 다 같이 하려는 것 같아. 엄마가 좋아서 하는 일이니까 말릴 수는 없지만, 완전히 자살 시도지 뭐."

헬렌은 외투를 여미며 곁눈으로 나를 힐끗 쳐다보더니 말했다. "안전할 거야. 그렇지 않으면 빌딩 측에서 허락하지 않았겠지. 돈도 엄청 많이 모일 거고. 사람들 그런 거 좋아하잖아."

"고마워. 그 돈을 엄마 장례식에 쓰게 될지도 모르지."

헬렌이 축축한 나무 벤치에 앉더니 나를 올려다보며 말했다. "레오 오빠의 죽음을 계기로 뭔가 좋은 일을 해보려는 어머니의 생각은 참 좋은 것 같아. 슬픔을 극복하기 위해 노력하신다는 증거잖아."

"정신이 나갔다는 증거지." 나는 이렇게 툴툴댔지만 헬렌의 말이 무슨 뜻인지 안다. 응급 의료 헬기 관련 사람들을 만난 후로 엄마는 항우울제 복용을 줄였고, 내가 보기에도 훨씬 건강해졌다. 여전히 사소한 일에도 울음을 터트리기 때문에 더 행복해졌다고 말할 수는 없지만, 나를 쫓아다니면서 집 안을 부유하는 대신 더 뚜렷한 목표가 생긴 거다. 그래도 밤에 잠이 오지 않아서 침대에 누운 채 천장을 바라보고 있다 보면 엄마의 울음소리가 들리곤 한다. 상담가인 테레사 선생님은 다른 사람을 돕고자 하는 마음은 슬픔을 극복하는 데 매우 중요한 역할을 한다고 했다.

"엄마가 레오 오빠의 죽음을 받아들이는 방법이라고 생각해." 내가 얼마 전에 테레사 선생님에게 엄마가 몇 주 후에 학교 운동장에서 기금 마련 행사를 하려고 계획 중이라는 얘기를 했을 때 선생님은 이렇게 말했었다. "사람들은 자기가 세상에 변화를 준다고 여길 때 위로를 받기도 하거든. 그것이 얼마나 중대한 일인지 사소한 일인지는 중요하지 않아. 알겠니?"

나는 씁쓸한 마음으로 사방이 온통 하얀 상담실을 둘러보았다. 마음을 안정시키기는 하는데 아늑한 구석이라고는 없고 너무 병원 같은 분위기가 난다고 생각했다. 창틀에는 진분홍 난초 꽃이 피어 있었다. 요즘 들어 모든 색이 회색 베일에 가려진 듯 흐리고 뿌옇게 보였기 때문에 진분홍의 꽃을 보는 순간 눈이 번쩍 뜨이는 것 같았다. 나는 테레사 선생님의 질문에 답을 하면서도 난초에 시선을 집중하고 있었다.

"아, 맞아요. 베이커리 콘테스트에 나가는 것으로 세상을 구할 수도 있으니까요. 최소한 케이크는 실컷 먹을 수 있을 거예요."

테레사 선생님은 대화의 주제를 바꾸기로 한 것 같았다.

"밥은 잘 먹니?"

그에 대한 대답은 선생님이 말하는 '잘한다'는 게 어떤 의미인가에 달려있다. 엄마가 먹이려고 하는 건강식들은 먹지 않는다. 맛이 없으니까. 그런데 생각해보면 요즘에 도무지 맛있는 게 없긴 하다.

"괜찮게 먹는 것 같아요. 가끔 전혀 먹고 싶지 않을 때가 있기는 하지만요."

그러자 테레사 선생님은 노트에 뭔가 메모를 했다.

"그 단계를 벗어나야 해. 조금씩, 자주 먹는 게 도움이 될 거야. 잠자는 건 어떠니?"

잠은 잘 못 잔다. 매일 밤 꿈에 시달리느라. 앞뒤가 맞지도 않고, 온갖 마음을 졸이게 하는 꿈들을 꾸다가 마지막에는 둔탁하게 뭔가 으스러지는 것으로 끝난다. 하지만 테레사 선생님에게 그런 이야기는 하지 않았다. 나는 테레사 선생님을 상대로 혼자만의 게임을 시작했다. 상담하는 동안 가능한 한 정보를 주지 않는 거다. 상담이 끝날 때 선생님의 노트에 메모된 내용이 가능하면 적게 하는데 혼자만의 승부를 걸었다.

선생님은 질문을 하고 나서 나를 빤히 바라보았다. 미간에 주름이 잡혀있었다. 내가 너무 오랫동안 대답을 하지 않자 선생님이 또 뭔가 노트에 적었다. 그 역시 뭔가를 진단하는 데 단서가 되는 모양이다.

"잘 자고 있어요." 나도 모르게 큰 소리가 나왔다. "잠은 잘 자요. 저 괜찮아요. 대체로 잘 지내고 있어요."

어찌 보면 그것은 사실이기도 했다. 외적으로는 대부분 괜찮으니까. 힘들어하는 건 내면이니까. 마치 온 힘을 다해 괜찮게 보이려고 노력하는 것 같은 느낌이 들기도 한다. 다른 사람들이 걱정하지 않도록 하기 위해서 말이다.

테레사 선생님이 또다시 메모를 했다. 오늘은 게임에서 내가 별로 좋은 점수를 기록하지 못하는 날이 될 것 같다.

테레사 선생님의 시시한 질문들에 대한 생각에 골똘히 빠져 있느라 헬렌이 뭔가 말을 했는데 내가 한동안 알아채지 못했던 것 같아 되물었다. "뭐라고 했어?"

그러자 헬렌이 눈알을 굴리며 말했다. "어젯밤 TV에서 하는 스파이 드라마 봤냐고. 〈해리포터〉에 나왔던 그 남자 나오는 거 봤어?"

나는 잠시 미간을 잔뜩 찌푸리고 생각했다. TV를 켜놓고 보기는 했는데 무엇을 봤는지 생각이 나지 않는다. 요즘엔 무엇에도 집중할 수가 없다. 화면을 보고 있어도 지난 10분 동안 누가 나왔는지, 무슨 일이 있었는지 기억하지 못하는 경우가 허다하다.

"몰라." 내가 대답했다. "재미있었어?"

헬렌이 입술을 꾹 다물고 나를 보았다. 뭔가 진지하게 얘기할 것이 있다는 신호다. 화제를 바꾸고 헬렌의 주의를 환기시켜야 한다는 생각이 들었다.

"주말에 페이스북 계정으로 이상한 메시지를 받았어."

과연 효과가 있었다. 헬렌이 눈썹을 치켜올렸다.

"추방당한 아프리카의 독재자가 너에게 8백만 달러 주겠다는 정도로 이상한 메시지? 아니면 러시아의 올가가 너와 키스를 하고 싶다는 정도로 이상한 메시지?"

"그보다 더 이상해." 내가 헬렌 옆에 앉으며 말했다. "친구도 아니고, 전혀 모르는 남자아이가 메시지를 보내서 오빠에 대해 묻는 거야."

"레오 오빠에 대해서 뭘 묻는데?" 헬렌이 인상을 쓰면서 물었다.

"이상한 건 바로 그 점이었어. 처음에는 우리 학교 학생인데 엄마의 기금 마련 행사를 보고 연락했나 보다 생각했거든. 그런데 그 아이 프로필을 보니까 세인트 알반스에 사는 아이더라고. 그런데 오빠에 대해 알고 싶어 하는 거야."

한동안 침묵이 흘렀다.

"그러네. 이상하기도 하고, 좀 기분 나쁘기도 하다. 그래서 뭐라고 했어?"

"왜 알고 싶은 거냐고 물었지. 그랬더니 아무 답이 없었어. 그래서 잊고 있었지. 오늘까지 말이야." 나는 이렇게 말하면서 내 핸드폰을 헬렌에게 보여주었다. "그 아이가 보낸 답장이야."

"안녕, 니브." 헬렌이 메시지를 읽기 시작했다. "답이 늦어서 미안해. 학교에서 레오에 대한 글을 쓰는 데 정보가 좀 필요해. 내가 이상한 사람처럼 생각될 수도 있겠지만 조금이라도 알려준다면 나에게는 큰 도움이 될 것 같아."

한기가 느껴져 몸을 약간 떨었다. 해가 지고 있었다. 먹구름 사이로 불그스레한 노을이 번지는 저녁 하늘을 배경으로 주변의 덤불과 나무들이 검은 야수들처럼 우리를 둘러싸고 있었다. 집에 가야 할 시간이기는 했지만, 헬렌의 생각을 듣고 싶었다.

"그러니까, 악의 없는 괴짜거나 비극적인 이야기에 광적으로 집착하는 좀 이상한 애가 아닐까?"

헬렌은 핸드폰 화면을 넘겨서 그의 프로필을 읽어보았다.

"조니 웹. 너 정말 모르는 애야? 레오 오빠가 축구 같이하던 친구인가? 우리 나이 또래 같은데. 좀 허약해 보이기는 하지만."

헬렌이 그의 프로필을 살펴보는 동안 물끄러미 바라보고 있었다. 별로 볼 게 없을 거다. 내가 벌써 살펴봐서 안다.

"친구가 43명밖에 없어." 내가 말했다. "인기와 전혀 상관없는 나 같은 아이도 그보다는 많은데. 〈어벤져스〉와 관련된 내용들이 많을 걸 보면 친구가 없는 게 이해되기도 해."

"너는 네가 모두를 미워하니까 친구가 많지 않은 거고." 헬렌이 프로필을 들여다보며 말했다. "이 아이는 친구들과 찍은 사진이 하나도 없어. 그리고 올해 이전의 기록도 전혀 없고."

헬렌의 눈이 내 눈과 마주쳤다. 나와 똑같은 생각을 하고 있는 것이 분명하다.

"캣피쉬(소셜미디어에서 거짓 신분으로 이성을 유혹하거나 사기를 치는 사람-옮긴이)인 게 분명해."

"아니면 더 나쁜 사람일 수도 있어." 헬렌이 인상을 잔뜩 찌푸리며 말했다. "삭제하고 차단해버려. 지금 당장."

나는 헬렌의 손에서 전화기를 넘겨받아 바로 삭제하고 차단하려다가 조니 웹이라는 아이의 사진을 한 번 더 보았다. 인상이 괜찮았다. 미남은 아니지만, 그렇다고 못생긴 것도 아닌. 평범하고, 이웃에서 늘 본 것 같은 인상. 혼자만 아는 농담을 떠올리고 있는 듯, 한쪽 눈썹이 살짝 올라가 있었고 입술은 한쪽으로만 미소가 번져있었다. 이 아이는 자기 사진이 미성년자에게 애착을 가진 소아성애자들의 손에 들어갈 수도 있다는 사실을 알고 있을까? 하지만 이 아이가 누군지 알 수 없으니 경고를 해줄 수도 없다.

"잘 가라, 조니 웹. 괴짜 같은 아이야." 나는 계정을 차단하고 벤치에서 일어났다. "자, 이제 가서 엄마가 다음에는 또 어디서 뛰어내릴 건지 알아보자."

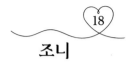

조니

마르코에게 오늘 무슨 일이 있는 게 틀림없다. 특별히 무슨 말을 한 건 아니지만, 내가 볼 때마다 그도 나를 보고 있다.

"왜 그래?" 나는 소리 없이 입 모양으로 이렇게 물었지만 마르코는 아무 반응도 없이 그저 나를 빤히 바라보았다.

나는 어깨를 한 번 들썩해 보이고는 되도록 그를 무시하려고 애썼다. 에밀리에게 마르코는 마약에 취해있는 것 같다고 했었는데, 어쩌면 내 짐작이 맞았는지도 모르겠다. 수업이 끝나고 책을 가방에 넣는데 드디어 마르코가 다가와 말을 걸었다.

"할 얘기가 있어."

"지금?" 나는 시계를 힐끗거리며 물었다. "다음 시간에 수학 수업 있어."

마르코는 억지웃음을 지으며 고개를 저었다. "나랑 갈 데가 있어."

마르코는 시간이나 계획을 지키는 일에 별로 관심이 없다. 마음이 내키지 않으면 수업도 수시로 빼먹는데, 앞으로 나도 자기 방식대로 살게 하려고 작정한 것 같았다. 최소한 다음에 있을 수학 수업은 빠지게 될 것 같으니 말이다. 우리는 계단을 내려가 학교 주차장 구석으로 갔다. 거기 문제아들이 모여서 각자의 담배를 꺼내 피우는 곳이 있었다. 흡연 장소로 지정된 곳과는 떨어진 곳이다. 그래서 휴게실에서 마르코를 볼 수 없었던 것이다. 눈치챘어야 했는데. 우리가 갔을 때는 이미 담배 연기가 자욱했다. 독가스가 폐로 흘러들어 혈액에 섞여 드는 장면이 떠올라 되도록 숨을 들이마시지 않으려 애썼다. 하지만 잠시 후 몸에서 산소가 필요하다고 아우성을 치기 시작하자 나는 할 수 없이 매캐한 공기를 한껏 들이킬 수밖에 없었다. 나는 이제 더 이상 죽지 않는다는 사실을 스스로에게 상기시키면서 순간적으로 밀려오는 두려움을 가라앉혔다. 물론 각별히 몸 관리를 해야 하기는 하지만.

마르코는 내가 담배 연기를 신경 쓴다는 것을 전혀 눈치채지 못하는 것 같았다.

"얘가 조노야." 마르코가 다른 아이들에게 나를 소개했다. "내가 말했던 녀석."

다섯 명의 시선에 나에게 집중됐다. 나는 미동도 하지 않고 그대로 있었다. 새로 산 운동화와 비싼 청바지가 그 애들의 눈에 어떻게 보일까에 대해서는 생각하지 않으려고 애썼다. 외모에 신경을 쓰는 편은 아니다. 죽은 사람 같은 몰골로 살아가는 동안 피하고 싶었던 게 바로 거울이니까. 하지만 퇴원한 후로 체중이 불어났기 때문에 대부분의 옷을 새로 산 것이다. 엄마와 아빠는 즐거운 마음으로 돈을 쓰면서 그동안 해주지 못했던 방식으로 나를 호강시켜주고 싶어 했다. 덕분에 나는 머리끝부터 발끝까지 비싼 것들로 치장하고 있었다. 그런데 모여있는 아이들을 둘러보니 그들이 입고 신고 있는 것들 역시 하나 같이 고급 브랜드들이었고, 후줄근하고 남루한 건 마르코뿐이었다. 하긴 빈티지 가죽 재킷도 싸지는 않지만.

"그래서?" 한 아이가 마르코를 향해 시선을 돌리며 물었다. "이 녀석이 우리에게 뭘 줄 수 있는데?"

준다고? 무슨 뜻이지? 그러나 내 생각이 더 이어지기 전에 마르코가 말했다. "닥쳐, 에비. 아직 물어보지도 않았어."

"나에게 뭘 물어보려고?" 내가 물었다.

마르코가 게슴츠레한 눈으로 나를 빤히 쳐다보며 말했다. "너 약 하잖아. 지난주에 네 가방에 약이 가득 들어있는 거 봤어. 우리는 네가 사는 쪽인지 파는 쪽인지 알고 싶은 거야."

기가 막혀서 나도 모르게 헛웃음이 나왔다. 내 처방 약을 보고 말하는 거였다. 언제 무엇을 먹어야 하는지 상세한 설명서와 함께 정리된 약들을 본 거다. 그 약들을 내가 복용할 수 있게 되기까지 얼마나 많은 사람들의 손을 거쳐야 했을까.

"마르코, 진지하게 생각해 봐. 내가 정말 마약을 팔 사람처럼 보이니?"

마르코가 어깨를 으쓱해 보였다. "사람은 다 제각각이니까. 그럼 너는 사는 쪽이란 말이지." 마르코가 잠시 말을 멈추고 담뱃불을 붙였다. "넌 뭘 쓰는데?"

"내가 뭘 쓰느냐고?" 나는 잠시 마르코에게 같은 질문을 해볼까 생각했다. "얘기가 길어. 너 시간 많아?"

"하루 종일이라도 들을 수 있어." 마르코가 말했다. "수학은 나중에 해도 돼."

"그건 처방 약이야." 나도 모르게 이가 악물어지는 것을 억지로 참으며 말했다. 거기 모인 아이들에게 내가 수술을 했다는 사실을 말하고 싶지는 않았다. 그러고 나면 나를 유별나게 취급할 테니까. "의사의 처방을 받은 거라고. 너희들이 다리 밑에서 사는 것과는 달라."

그러자 또 다른 아이가, 빌리였던 것 같은데, 걱정스러운 듯이 마르코에게 말했다. "너 이 녀석이 병쟁이라는 말은 안 했잖아. 전염병이면 어떡할 거야?"

"너 아픈 녀석 같아 보이지는 않아." 마르코가 나를 빤히 쳐다보며 말했다. "어디에 문제가 있는데?"

결국 올 것이 왔다는 생각이 들었다. 모든 것이 달라지는 순간 말이다. 내 심장에 대해서 알게 되는 순간 사람들은 나를 기형인 사람 취급을 하거나 아예 피해버린다. 내가 아프기 시작했을 때 학교 친구들이 그랬던 것처럼. 수술 자국을 보여준다면 어느 정도 경외심 같은 것을 불러일으킬 수는 있겠지만, 나는 더 이상 내 병을 이름표처럼 내놓고 살고 싶지는 않다. 예전의 나는 그랬지만, 조니 2.0은 업그레이드되었지 않은가 말이다.

그래서 거짓말을 했다. "심실성 빈맥." 나는 중증이지만 치료가 가능한 병을 골랐다. "심장이 가끔 아주 빨리 뛸 때가 있어. 그걸 막기 위해 약을 먹는 거야."

만성 빈맥은 약으로 치료할 수 있는 건 아니다. 심한 경우 피부 안쪽으로 제세동기를 삽입해서 심장으로 전기 자극을 보내야 한다. 하지만 이 한심한 녀석들이 그걸 알 리가 없다.

찰리라는 아이가 인상을 찌푸리면서 말했다. "어떤 축구 선수도 그 병을 가지고 있지 않았어? 몇 년 전 게임 도중에 쓰러진 친구 말이야."

완전히 틀린 건 아니다. 그런 걸 알다니 의외였다.

"아니, 그 선수는 심실세동 증세였어. 심장 박동이 멈추는 거지. 비슷하지만 달라."

그러자 모두 조용해졌다. 그리고 나를 보는 시선이 바뀌었다. 혐오감이나 거부감이 아니라 일말의 존경심 같은 것이 어려있는 시선으로 나를 보기 시작하는 것이다. 서서히 그 눈빛의 의미를 읽을 수 있었다. 모두 축구 선수를 선망하고 있었는데 그 대상에는 게임 도중 심장이 멈추었던 그 선수도 포함되어 있었던 것이다. 그리고 나를 보는 눈빛에도 그 선망이 담겨있었다. 단순히 내가 그와 비슷한 증상을 가지고 있다는 이유만으로. 와, 여기 모인 녀석들이 그 정도로 단순 무식하단 말인가?

"네가 먹는 약 좋아?" 한 명이 물었다. 원하는 바를 바꿀 생각이 없는 거다.

"기분이 좋아지냐고?"

내가 매일 삼켜야 하는 열두 가지 약들을 떠올려보았다. 그 약들은 내 몸에서 여러 가지 작용을 한다. 내 몸이 이식한 심장을 거부하지 않도록 해주고, 체중이 늘게 해주고, 그 밖에 내가 상상하지 못하는 많은 일들을 하지만 환각의 세계로 나를 데려가지는 않는다. 그 순간 나는 마르코와 그의 무리가 마약류에 대해 실제 아무것도 모르면서 단지 아는 척을 하고 있다는 사실을 깨달았다.

"아니." 나는 딱 잘라 말했다. "그리고 필요하지 않은데 먹으면 병원에 입원해야 할 수도 있어."

마르코가 담배를 땅에 떨어뜨리고 발뒤꿈치로 비벼서 껐다. "그러니까 결국 너는 아무 쓸모가 없는 거네."

화가 났다기보다는 싫증이 난 듯한 표정이어서 나는 입가에 미소를 지으며 말했다. "그런 셈이지. 너희들 중 누가 심장에 문제가 있어서 치료가 필요한데 아직 진찰을 받지 못했다거나 하는 상황이 아니라면 말이지."

그러자 마르코가 나를 빤히 쳐다보다가 학교 건물 쪽을 향해 손가락을 튕기며 말했다. "그럼 가. 모범생답게 교실로 돌아가라고."

나는 망설이지도 않고 서둘러 교실로 돌아오면서 집에 갈 때까지는 몸에 밴 담배 냄새가 가셨으면 좋겠다고 생각했다. 엄마가 하루 종일 쫓아다니면서 심문 조사를 하게 되는 일만은 피하고 싶었기 때문이다.

* * *

엄마 아빠와 함께 저녁을 먹으러 나갔다. 잊고 있었는데 이모의 생일을 축하하기 위해 친척들이 모이기로 되어있었기 때문이다. 나는 공손하게 웃고, 내 건강 상태에 대한 친척들의 호들갑스러운 인사를 받으면서 나를 위한 저지방 식사를 먹었다. 나 때문에 사촌들까지 디저트를 먹지 못하는 것에 대해 미안해하면서.

그날 밤 집에 도착하자마자 방으로 올라가 노트북을 열었다. 기부자를 찾기 위한 인터넷 여정을 시작하기 위해서였다. 런던에 있는 내 병원에서 세 시간 이내의 거리에서 죽은 사람이어야 한다. 그보다 더 시간이 오래 지연되면 장기를 사용할 수 없으니까. 한두 번 허탕을 친 후에 내가 찾은 유일한 기증자는 레오라는 아이였다. 가족들과 휴가를 갔다가 가엾게 목숨을 잃었다고 했다. 그를 기념해서 페이스북에 응급의료 헬기를 위한 기금 마련 행사 홈페이지가 마련되어 있었다. 그가 내게 심장을 기증한 사람이라면 싫지 않을 것 같았다. 잘 살았던 아이 같았고 친구도 많았다. 게다가 축구 트로피를 받는 사진들도 있었다. 외모도 출중했으며 한껏 치장을 한 금발의 여자아이의 어깨에 팔을 두르고 찍은 사진들이 여러 장 있었다. 여자아이들은 왜 그렇게 얼굴에 화장을 떡칠하고 거추장스러운 속눈썹을 붙이는 걸까? 눈썹으로 풍차를 돌려도 될 것처럼 말이다. 레오라는 아이가 여자아이들에 대해 독특한 취향을 가졌다는 사실은 알 것 같았다. 그런데 그가 내게 심장을 기증한 사람인지는 확신할 수 없었다.

에밀리는 이 일을 그만 덮어두라고 했다. 알아서 좋을 게 하나도 없다고. 어쩌면 에밀리가 옳을지도 모른다. 하지만 레오의 여자 형제를 찾았고, 핑계를 만들어서 레오의 죽음에 대해 물어보았다는 말은 하지 않았다. 프로필 사진으로 볼 때 레오보다 어려 보이고 귀염성 있는 하트형 얼굴에 화장기는 없어 보였다. 몇 장의 사진으로 볼 때 웃는 걸 무척 어색해하는 것 같았다. 물론 그녀의 입장에서 지금 웃을 일이 많지는 않겠지만 말이다. 더 이상 그녀의 페이스북 계정을 볼 수 없는 것을 보면 나를 차단한 것 같다. 이해할 수 있다. 내가 그 입장이었어도 그랬을 테니까. 그럼에도 나는 궁금함을 참을 수 없었다. 내 안에서 뛰고 있는 심장이 레오의 것이라면? 레오의 가족은 그의 심장이 누구에게 갔는지 알고 싶을까? 그런 생각을 하는 내가 너무 자기중심적인 사람인가?

에밀리 말이 맞다. 더 이상 큰 문제를 만들기 전에 이쯤에서 그만두어야 한다.

니브

언젠가 〈그리스〉라는 옛날 영화를 본 적이 있다. 마지막 장면에서 고등학교 운동장이 졸업 축하를 위한 축제장으로 꾸며지고 샌디와 대니가 멋진 자동차를 타고 구름을 향해 달리던 장면이 생각난다. 만일 그 장면이 잔뜩 찌푸린 10월의 어느 토요일, 런던 북부의 고등학교에서 펼쳐졌다면 엄마의 기금 마련 행사와 비슷하게 보일 것 같다.

아, 물론 사방에 레오 오빠의 포스터도 배치되어 있다. 오빠의 영혼이 우리가 함께 있음을 기억하기 위해서 말이다. 엄마는 오빠의 얼굴이 인쇄된 티셔츠를 입고 있다. 나는 결사반대를 한 덕분에 겨우 입지 않을 수 있었다. 그러지 않아도 생전에 비대했던 오빠의 자아를 더 이상 키워줄 필요는 없지 않은가 말이다. 그런 이유가 아니더라도 나는 팔꿈치

언저리가 고질라 피부처럼 흉측해진 상태라 어차피 반팔을 입을 수가 없다. 의사 말에 의하면 스트레스에 의한 건선이라고 했다. 그것 아니고도 내 삶은 충분히 우울하고 초라한데 말이다.

헬렌과 나는 행사에서 케이크 판매대를 맡았는데 헬렌은 벌써 누군가 기부한 록키로드 쿠키를 세 조각이나 먹었다. 나는 누가 만든 건지도 모르는 음식을 먹는 게 썩 내키지 않는데 헬렌은 음식 산업이라는 게 바로 그런 점 때문에 잘되는 거라고 하면서 이를 극복하는 것이 나를 위해 좋을 거라고 했다. 아무튼 나는 배가 고프지 않았다. 모두 자선을 위한 것이긴 하지만 그래도 나는 이런 행사 자체에 왠지 거부감이 느껴져 속이 불편했다. 학교 전체가 오빠를 기념하는 일에 나선 것 같았는데 거기 모인 사람들이 내 앞에서는 웃어 보이지만 뒤에서는 쑥덕거릴 것만 같았다. 왜 레오 대신 재가 죽지 않은 거지? 라고 말이다.

"마실 것 좀 가져올게." 헬렌이 손가락에 묻은 부스러기를 핥으며 말했다. "너도 가져다줄까?"

내가 아니라고 고개를 젓자 헬렌은 나를 혼자 두고 인파 속으로 사라졌다. 사람들이 너무 많이 모여있었다. 물론 그게 바로 의도하는 바이고 엄마를 위해서는 축하할 일이지만 시끄러운 소리와 바글바글한 인파가 점점 신경에 거슬리기 시작했다. 덕분에 소피와 마주칠 일은 없을 것 같았다. 소피는 운동장 반대편에서 나중에 경주를 할 때 사용할 풍선을 팔고 있었다. 지난 몇 주 동안 소피는 우리 집에 자주 드나들면서 엄마를 도왔다. 엄마는 소피를 좋아한다. 딸을 선택할 수 있었다면 엄마는 분명히 소피를 선택했을 것이다. 최근에 소피의 머리카락이 풍선 줄에 엉켜서 〈업〉이라는 영화에서처럼 구름 속으로 사라지는 꿈을 꾸었는데, 내 마음 한구석이 꼬여있어서 그런지 꿈에서 깨고 나서 꿈이 현실이었으면 좋겠다는 생각을 했다.

나는 소리를 내며 숨을 한 번 몰아쉬고는 눈을 가늘게 뜨고 사방을 두리번거리며 헬렌의 행방을 찾았다. 수많은 사람들 가운데 한 남자아이가 서서 나를 지켜보고 있었다. 한참 전에도 거기 서있었는데 내가 빤히 쳐다보자 사라졌다가 다시 나타난 것이다. 그 아이를 보자 뭔가 섬뜩한 느낌에 목덜미의 솜털이 곤두서는 것 같았다. 그도 내가 보고 있다는 것을 알아챘을 텐데 이번에는 내 눈길을 피하지 않았다. 오히려 나를 향해 다가오기 시작했다. 그가 가까이 오자 나는 인상을 썼다. 덥수룩한 갈색 머리를 늘어뜨리고 있었는데 형클어진 스타일을 좋아하든가 아니면 머리를 자를 때가 한참 지난 것 같았다. 면도도 해야 할 것 같았다. 그가 입고 있는 재킷은 아베크롬비 로고를 보기 전까지는 마음에 든다고 생각했다. 어디선지 본 듯한 인상이었다. 어디서 봤더라? 학교에선가? 그럴 수도 있겠다. 내 나이 또래 정도로 보였는데 우리 학년 아이들에 비해 작은 편이었다. 판매대까지 와서는 테이블 위에 진열된 케이크를 내려다보며 긴장을 한 듯 목청을 가다듬더니 물었다. "뭐가 맛있어?"

"맛있는 거 없어." 내가 짜증스럽게 쏘아붙였다. "전부 엉터리야."

그가 시선을 들어 나를 보았다. 눈빛이 오늘 하늘처럼 회색이었다. 그가 재미있다는 듯이 입술 한쪽 끝을 올려 미소 지으며 말했다. "참 독특한 판매 작전이네."

나는 웃어주지 않고 물었다. "왜 나를 보고 있었던 거야?"

"보고 있지 않았어." 그가 고개를 숙이며 말했다.

"보고 있었어." 내가 다그치듯 말했다. "아까도 와있었잖아. 내가 봤어. 너 누구야? 레오 오빠 친구라도 되는 거야?"

그가 내 눈을 똑바로 바라보았다. 그의 표정에서 뭔가 이상한 기운이 느껴졌다.

"딱히 너를 보고 있었다고 할 수는 없어." 다시 한 번 목청을 가다듬더니 뭔가 마음의 결정을 해야 하는 것처럼 잠시 머뭇거렸다. "이 초콜릿 머핀 하나만 줘."

나는 머핀 하나를 봉지에 담으며 말했다. "70센트야."

그가 1파운드짜리 하나를 꺼냈다. "잔돈은 됐어." 그리고 돌아서서 멀어졌다.

그리고 30초쯤 후에 헬렌이 콜라 두 캔을 들고 돌아와서 하나를 나에게 주었다. 마시고 싶지는 않았지만 받았다.

"그동안 별일 없었지?"

"사람을 기겁하게 만드는 걸 재밌다고 생각하는 어떤 멍청이가 하나 왔었어." 나는 인파 사이를 살피며 말했다. "아무튼 누군지 모르지만 이제 갔어."

대답이 없기에 돌아보니 헬렌은 어느새 록키로드 쿠키 한 조각 또 베어 먹고 있었다. "헬렌!"

"이건 아무도 안 먹잖아." 헬렌이 입안 가득 초콜릿과 마시멜로를 문 채 알아들을 수 없는 말로 변명을 했다.

헬렌에게는 운이 좋게도, 나는 방금 그 아이에게 신경을 쓰느라 더 이상 헬렌을 채근하지 않았다.

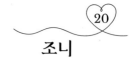

조니

힘들게 얻은 기회를 망쳐버렸다.

"안녕. 나는 조니 웹이라고 해. 너에게 페이스북 메시지를 보냈던. 너는 레오 브로디의 여동생 니브지."라고 나를 소개했으면 되는 거였는데 말이다. 그 애가 이미 페이스북에서 나를 차단한 상태이니, 어쩌면 소개하지 않고 자리를 떠난 것이 나를 위해 잘한 건지도 모르겠다.

그래도 놀랍도록 맛있는 초코릿 칩 머핀을 맛본 건 큰 성과였다. 먹지 말아야 할 음식 중 하나이긴 하지만 그대로 버리는 건 예의가 아닌 것 같았다.

기금 마련 행사는 감동적일 만큼 성황을 이루고 있었다. 레오라는 아이가 친구가 많았거나, 아니면 행사를 주관하는 사람이 홍보의 귀재인 것 같다. 어쩌면 둘 다일 수도. 레오의 페이스북 계정에는 친구가 무척 많은데 그것이 레오의 캐릭터에 대해 무엇을 의미하는지는 아직 잘 모르겠다. 마르코도 700명이 넘는 페이스북 친구를 가지고 있지만 정작 그런 것에 별로 관심이 없는 것 같으니 말이다.

니브는 직접 보는 게 더 예쁘다. 죽일 듯이 쏘아보는 눈초리와 냉소 때문에 다가가기가 힘들기는 하지만, 그 까칠함 속에 매력이 엿보였다. 레오와 같은 금발인 것으로도 그의 동생임을 확실히 알 수 있었다. 레오보다는 조금 더 짙은 머리칼을 뒤로 빗어서 하나로 묶기는 했지만, 친구와 이야기를 주고받으며 웃는 모습은 프로필에서 본 바로 그 얼굴이었다. 그 순간은 니브도 세상에 대한 원망을 모두 잊고 있는 것 같았다. 신문 기사에 의하면 레오가 죽을 때 나이가 열다섯 살이었으니까 니브와는 한 살 차이인 것 같다. 단단하고 야무져 보이는 여동생.

인파 사이로 아직 니브가 보인다. 음료수를 마시면서 입안 가득 케이크를 쑤셔 넣고 있는 여자아이에게 성질을 부리고 있다. 몇 분 정도 더 그렇게 지켜보려니 어깨에 힘이 빠지는 게 느껴졌다. 이제 여기서 더 이상 할 수 있는 게 없다. 기회가 있었는데 날려버렸으니 말이다. 이제 집으로 가는 일만 남았다.

나는 손을 바지 주머니에 찔러 넣고 출구로 향했다. 내가 뭘 얻으리라 기대했었는지도 잘 모르겠다. 아직 내가 이식받은 심장이 레오의 것이라는 확실한 증거도 없는데 내가 무슨 말을 할 수 있었겠는가? '혹시 최근에 죽은 너희 오빠의 심장을 기증하겠다고 내놓았니?' 어떤 괴물이 그런 걸 물어볼 수 있단 말인가?

출구로 향하는 길에 우정 팔찌를 팔고 있는 진열대를 지나게 되었다. 그 팔찌들을 보니 병원에 있는 에밀리 생각이 났다. 명랑한 문자 메시지의 분위기대로라면 매일 회복되는 중인 것 같다. 에밀리도 팔찌를 좋아한다. 침대 머리맡에 고리처럼 연결해서 걸어놓을 정도니까. 곧 퇴원하면 링거를 맞지 않아도 되니까 팔찌를 찰 수 있겠지. 나는 진열대로 다가가 무지개색 실에 은으로 만든 하트가 달린 팔찌를 하나 골랐다.

진열대 뒤에 서있는 여자아이가 웃으며 말했다. "세 개 사면 5파운드에, 덤으로 손목 밴드도 하나 드려요."

그러면서 하늘색 고무 밴드를 내밀어 보였다. 밴드에 새겨져 있는 '레오를 위한 삶'이라는 문구를 보며 나는 고개를 저었다. 내가 정말 그런 삶을 추구한다면 그보다 더 얄궂은 일이 어디 있겠는가.

"좋은 일에 쓰일 거예요."

이렇게까지 권하자 더 이상 거절할 수 없다는 생각이 들었다. 뭐 어때. 아직 확인된 건 아니지만 레오에게 받은 것일 수도 있는 심장을 생각하면 이 정도는 내가 할 수 있는 최소한

이라는 생각이 들었다. 나는 고개를 숙이고 에밀리에게 줄
팔찌를 두 개 더 고르기 시작했다.

21

니브

그 아이의 얼굴이 계속 어른거린다. 헬렌이 무쉬타크 선생님과 놀이 기구에 대해 수다를 떨고 있었지만 귀담아듣지 않았다. 그 아이를 어디선가 본 듯하다. 어디서 봤을까? 머릿속으로 오빠의 친구들을 하나씩 떠올려보았다. 축구 친구들 중에는 없고, 밴드 친구들 중에도 없다. 학교 친구가 아닐지도 모르겠다. 헬렌과 햄스테드 히스에 놀러 갔던 기억을 떠올려보았다.

"헬렌, 그만 먹고 핸드폰 좀 꺼내 봐."

헬렌은 눈알을 한 번 굴려 보이더니 전화기를 꺼내며 비꼬듯이 말했다. "네, 폐하."

"페이스북 열어서 조니 웹을 찾아봐." 손바닥에 땀이 고이는 것 같았다.

헬렌의 눈이 동그래졌다. "레오에 대해 물었다던 그 아이 말이야?"

"맞아. 확인해볼 게 있어." 나는 고개를 끄덕이며 헬렌이 검색을 하는 동안 핸드폰 화면을 뚫어져라 보고 있었다. 전화기 화면에 일곱 명의 조니 웹이 검색되었다. 그중 내가 찾는 사람은 단 한 명. 그의 얼굴을 확인하자 화가 치밀어 올랐다.

"잠깐 여기 있어." 나는 앞치마를 벗어 테이블 위에 던지며 말했다. "금방 돌아올게."

"니브, 어디가?" 헬렌이 뒤에서 불렀지만 돌아볼 시간이 없었다. 이 엉큼한 녀석을 찾아서 입에다 초콜릿 칩 머핀을 처넣어 주고 싶었다.

출구 옆에 그 아이가 보였다. 꼴 보기 싫은 재킷을 입고 멜리사에게 돈을 지불하고 있는 것 같았다. 멜리사가 그를 보며 웃고 있다. 우리와 가까운 사이거나 오빠의 친구려니 생각하는 모양이다. 그가 돌아서서 걷는다. 나는 뛰기 시작했다. 그 아이가 뒤를 돌아 나를 보더니 처음엔 당황하고 놀라는 것 같았다. 그러더니 또 다른 감정이 그의 표정에 스쳤다. 너무 짧은 순간이어서 그것이 어떤 의미였는지 알 수는 없었다.

"안녕." 그가 다시 인사를 건넸다.

"네가 나에게 메시지 보낸 거 맞지? 레오 오빠에 대해서 말이야."

그가 조심스럽게 고개를 끄덕였다. "맞아. 내가 조니 웹이야."

그가 손을 내밀었다. 손목에 '레오를 위한 삶'이라고 새겨진 밴드를 차고 있었다. 나는 다시 한 번 분노가 끓어올랐다.

"그래서?" 내가 다그치듯 물었다. "여기서 뭐하는 건데? 학교 과제 때문에 나에게 물어볼 게 더 있었나 보지?"

마지막 말에는 될 수 있는 한 독기를 잔뜩 담아서 쏘아주었다. 멜리사가 잔뜩 찌푸린 얼굴로 우리를 지켜보고 있는 것이 곁눈으로 보였다. 조니가 고개를 갸우뚱한 채 말했다. "니브, 잠깐만. 네가 생각하는 그런….'

그 순간 내가 숨을 깊이 들이마셨다. 공기가 목을 넘어가며 거친 소리를 냈다. "좋아. 그러니까 너는 바로 얼마 전에 가족을 떠나보낸 유족들을 찾아다니며 사기를 치는 그런 인간이 아니라 이거야?"

그 아이는 얼굴이 빨개지면서 몹시 불쾌한 기색이었다.

"아니야. 나는….'

"내 눈에는 그렇게 보이거든." 내가 말을 이었다. "아무리 봐도 너는 남의 뒤를 캐는 엉큼한 인간이야." 언성이 높아진 나의 목소리에 사람들이 멈춰 서서 기웃거리기 시작했다. 나는 점점 더 화가 났고 조니의 얼굴은 더 빨갛게 달아올랐다.

"다른 데 가서 얘기 좀 할 수 있을까?" 그가 사정하듯 말했다. "네가 생각하는 그런 게 아니라는 걸 약속할 수 있어."

나는 팔짱을 낀 채 계속 다그쳤다. "그럼 뭔데? 한심하고 무의미한 질문으로 내 생활에 끼어드는 행동을 어떻게 설명할 거냐고? 알지도 못하는 사람의 추모 기금 마련 행사에 왜 초대받지도 않고 와서 기웃거리는 거야?"

그 아이는 한동안 자기 발만 내려다보고 있었다. 그러다가 내가 돌아서서 가려고 하는데 그가 고개를 들었다. 그의 얼굴이 핏기 없이 창백해서 깜짝 놀랐다. 그리고 들릴락 말락 한 소리로 말했다.

"미안해…. 갈게."

"어떻게 됐어?" 헬렌이 뒤늦게 숨을 헐떡이며 달려왔다. 그러고는 돌아서서 걸어가는 조니의 등을 쏘아보며 물었다. "그 애 맞았어?"

"물론이지." 내가 단호한 어조로 대답했다. "그런데 말도 안 되는 변명을 하면서 내가 오해를 하고 있다는 거야."

멜리사가 다가왔다. "어쩜 세상에, 니브, 너 그 애한테 뭐라고 한 거니? 그 애 당장이라도 토할 것 같더라."

"너 그 애 알아?" 나는 애써 아무렇지 않은 척하며 물었다.

멜리사가 고개를 저었다. "아니. 그렇지만 내가 5파운드만 달랬는데 20파운드를 지불하더라고. 착한 아이 같았는데."

헬렌이 어이없다는 표정으로 나를 보았다. 멜리사는 좀 둔한 데가 있긴 하다.

"아무튼 갔으니 됐지 뭐." 헬렌이 말했다. "아무 일도 없었으니까."

케이크 판매대로 돌아오자 헬렌이 의아하다는 듯 말했다. "세인트 알반스에서 여기까지는 꽤 먼 거리야. 그 아이가 원하는 게 뭘까?"

"내가 어떻게 알아? 그리고 기차로 한두 정거장밖에 안 되잖아. 대단히 먼 거리도 아니라고." 내가 짜증스럽게 반박했다.

"너라면 만난 적도 없는 사람을 추모하는 기금 마련 행사에 참석하기 위해 세인트 알반스까지 가겠어?"

"아니. 난 미치지 않았으니까."

헬렌이 뭔가 골똘히 생각하면서 말했다. "그 아이에게 메시지를 보내야 할 것 같다. 뭘 원하는지 물어봐."

나는 헬렌의 뺨을 한 대 때려주고 싶었다. 영화에서 보면 알아들을 수 없는 말을 끊임없이 쏟아낼 때 옆에서 누군가 따귀를 한 대 때려 정신을 차리게 해주는 것처럼 말이다.

"아니, 그럴 필요 없어. 내가 오늘 단단히 겁을 줘서 쫓아 버렸으니까 다시는 나타나지 않을 거야."

그러나 마음 한구석에는 내가 쫓아갔을 때 놀라고 당황하던 그의 얼굴이 자꾸 어른거렸다. 그의 얼굴에 스치던 또 다른 알 수 없는 감정은 무엇이었을까? 왠지 그 아이를 다시 만나게 될 것 같은 예감이 들었다.

22

조니

기금 마련 행사에서 벗어나자마자 유일하게 내 심정을 이
해해줄 것 같은 사람에게 갔다. 바로 에밀리였다. 병원까지
어떻게 갔는지는 잘 생각이 나지 않는다. 지하철을 탔다는
것도 나중에 교통 카드 이동 내역을 보고 알았다. 에밀리를
만날 수 있을 만큼 마음이 가라앉을 때까지 한참을 걸었다
는 것도 알겠다. 병원 건물을 도는 동안 같은 노숙자를 세 번
이나 만났고, 그는 매번 나에게 동전을 달라고 했으니까. 그
것도 물을 사기 위해 들어간 병원 매점에서 동전이 하나도
없다는 것을 알고 깨닫게 되었다. 그래서 할 수 없이 병실에
도착해서 에밀리의 다이어트 콜라를 얻어 마셔야 했다.

내가 미지근한 콜라를 벌컥거리는 모습을 보자 에밀리는
나를 반기던 미소를 거두고 물었다. "무슨 일이야?"

나는 침대 옆에 놓인 의자에 털썩 주저앉아 얼굴에 이미 말라버린 땀을 문질러 닦았다. 막상 말을 하려니 망설여졌다. 에밀리는 화를 내며 펄쩍 뛸 것이다. 하지만 누구에게라도 털어놓지 않으면 내가 미쳐버릴 것 같았다. 나는 결국 처음부터 에밀리에게 니브에 관한 이야기를 털어놓았다.

내가 말을 마치자 에밀리는 한동안 나를 가만히 바라보다가 물었다. "심장을 이식한 후에 의사들이 혹시 뇌에 이상이 생겼는지 확인해보지는 않았니?"

"그런 거 같아…." 내가 작은 소리로 중얼거렸다.

"그렇다면 변명의 여지없이 너는 멍청이야." 에밀리는 자기가 방금 들은 이야기를 도저히 믿을 수 없다는 듯 고개를 저었다. "정말이지, 조니. 너 무슨 생각을 한 거니? 레오라는 아이가 너에게 심장을 기증한 사람인지도 확실하지 않잖아."

바로 그게 문제다. 나도 정확히 내 마음을 설명할 수가 없다. 왜 그렇게 심장 기증자를 찾고 싶은 건지. 그냥 감사하게 생각하고 내 삶을 이어가면 훨씬 쉽고 간단할 텐데 말이다. 그렇지만 내 몸의 일부가 내 것이 아닌 것 같고, 심장이 누구에게서 왔는지 알기 전까지는 새 삶을 제대로 시작할 수 없을 것 같다. 그리고 마음 깊은 곳에 기증자가 레오일 거라는 예감이 확고하게 자리 잡고 있다. 마치 심장이 자기의 옛 주인을 알아보는 것 같은 느낌이다. 이런 내 마음을 에밀리는 이해할 수 없을 것이다. 에밀리는 여전히 기적을 바라면서

매 순간 싸워야 하니까. 그런데 나는 손가락 하나 까딱하지 않고 새 심장을 이식받은 것이다.

"그 니브라는 아이는 어때?"

에밀리가 이렇게 묻는 바람에 나는 깜짝 놀랐다. 에밀리의 안색을 살폈지만 아무것도 알아낼 수 없었다. 니브에 대해서는 왜 알고 싶어 하는 거지? 지금 관심을 가져야 하는 건 레오인데 말이다.

"몰라." 내가 인상을 찌푸리며 말했다. "우리보다 좀 어린데 레오와 똑같이 생겼어. 예쁘긴 한데 너보다 더 까칠해. 왜?"

에밀리는 잠시 내 표정을 자세히 살피더니 베개에 다시 누웠다. "그냥 궁금해서. 이제 어떻게 할 거야?"

나는 어깨를 한 번 으쓱해 보이고는 말했다. "내가 할 수 있는 게 별로 없어. 잘못 짚었을 경우에 대비해서 다른 기증자들을 찾아보든…. 그런데 상세한 정보를 얻기가 힘들어." 나도 모르게 실망 섞인 한숨이 나왔다. "그러니까 그 페이스북 페이지는 신의 선물이었던 거야. 내가 레오를 찾을 수 있게 우주가 도운 것 같단 말이지."

에밀리가 나를 똑바로 쳐다보며 말했다. "진정해, 그렇게 너 좋은 쪽으로만 해석하지 말고. 우주는 이 일과 아무 상관이 없어. 알면 안 되는 것을 알려고 하는 네 마음이 문제인 거야. 마치 네가 셜록홈즈라도 된 것처럼 기증자의 가족을 추적하는 일은 그만두어야 해." 그러더니 갑자기 지친 듯한 표정을 보였다. "그 사람들이 네가 찾는 걸 원하지 않는다면 어떡할 거야?"

나는 단지 내가 받은 심장이 누구의 것인지만 알면 된다. 가족 상봉 같은 걸 하겠다는 것이 아니라. 그런 내 마음을 몰라주는 에밀리의 말에 반박하고 싶다고 생각하는 순간 미안한 마음이 들었다. 에밀리는 지금 회복 중이라는 걸 깜박 잊고 있었기 때문이었다. 내 마음의 짐까지 떠안게 해서는 안 된다.

"네 말이 맞아." 나는 애써 미소를 지어 보이며 말했다. "역시 영리해."

에밀리는 미소를 지었지만 몹시 피곤해 보였다. "그렇게 생각하는 게 좋을 거야."

침대 머리맡에 걸려있는 우정 팔찌를 보니 내가 사 온 팔찌 생각이 났다. 주머니에서 구깃구깃해진 종이봉지를 꺼내 에밀리에게 주었다. "이거, 너 주려고 샀어."

봉지를 열어본 에밀리의 얼굴이 환해지더니 은으로 만든 작은 하트가 달린 팔찌를 꺼내 손가락으로 하트를 건드리며 말했다. "안 사와도 되는데…. 고마워."

"다른 팔찌들과 함께 걸어 놓을까?" 내가 손을 내밀자 에밀리가 팔찌를 든 손을 오므렸다.

"아니. 우선 좀 자세히 보고 싶어. 나중에 간호사에게 부탁할게."

팔찌를 내려다보는 에밀리의 눈꺼풀이 감기려 했다. 그 순간 충동적으로 나는 몸을 앞으로 구부려 솜털이 보송한 에밀리의 이마에 키스를 했다.

"좋아, 키모 걸. 곧 또 만나자."

에밀리가 깜짝 놀라 눈을 동그랗게 떴다. "무슨 의미야?"

나는 어색하게 웃었다. 지금까지 한 번도 신체 접촉 같은 건 해본 적이 없었기 때문이다. 내가 선을 넘은 건지도 모르겠다.

"이유 같은 건 없어."

에밀리는 한동안 나를 빤히 쳐다보다가 고개를 끄덕였다.

커튼 밖으로 나가려는데 에밀리가 나를 불렀다. "조니." 그러더니 조심스럽고, 쉽게 읽혀지지 않는 표정으로 물었다. "레오가 심장 기증자인 것을 확인하고 나면 행복할 것 같니?"

나는 생각할 것도 없이 고개를 끄덕였다. "응, 그럴 것 같아."

에밀리가 졸음에 겨운 눈을 감으며 말했다. "알았어. 나중에 봐."

집으로 가는 동안 몇 번이나 에밀리의 질문을 떠올려보았다. 그때마다 내 대답은 같았다. 레오가 내가 받은 심장의 기증자라면 행복할 것 같았다. 행복하기만 한 게 아니라, 사실은 거의… 심장이 온전히 내 것이 된 느낌이 들 것 같았다. 그러자 또 하나의 질문이 마음속에 떠올랐는데 그것에 대해서는 아직 답을 알 수 없었다. 내가 받은 심장이 레오의 것임을 확인하기 위해 나는 어디까지 갈 수 있을까?

니브

일요일 아침인데 이상하게 일찍 잠에서 깼다. 한동안 침대에 그대로 누워 아래층에서 엄마와 아빠가 만들어내는 소리를 들으며 다시 잠을 청해보려고 했지만 소용없었다. 한숨을 내쉬며 전화기를 집어 들었다. 페이스북에 들어가니 받은 편지함에 메시지가 하나 와있었다. 나는 한참 동안 메시지에서 눈을 떼지 못했다.

> **10월 15일 22:34**
> 안녕 니브.
> 너는 나를 모르겠지만 나는 조니 웹의 친구야.
> 네가 지금 조니에게 화가 많이 나있다는 거 알아. 충분히 그럴 수 있다고 생각해.
> 하지만 조니는 네가 생각하는 그런 아이가 아니야. 너에게

> 연락을 할만한 이유가 있거든.
> 조니는 내가 너에게 연락한 것을 모르고 있어. 그렇지만 조니에게 설명할 기회를 주기 바랄게. 부탁이야.
> 고마워.
> – 에밀리 미셸

메시지를 보고 처음에는 어떻게 받아들여야 할지 알 수 없었다. 스토커들은 원래 이렇게까지 하나? 친구를 동원해서 자기가 정신병자가 아니라 믿을만한 사람이라고 생각하게 하는 것 말이다. 에밀리 미셸이라는 아이가 실제 인물인지도 의심을 했지만, 프로필 사진을 보니 그건 믿어도 될 것 같았다. 그 애의 페이스북 계정에는 '얼른 회복해.'라는 내용의 메시지가 많았고 병원에서 찍은 것 같은 사진들도 몇 장 있었다. 조니가 내 관심을 끌기 위해 아픈 친구까지 만들어낼 정도로 이상한 아이는 아닐 것 같았다. 그러자 내가 다그쳤을 때 그 아이의 표정이 떠올랐다. 돌아서서 자리를 뜨기 전에 창백하고 슬픔에 찬 그 애의 얼굴도 마음에 걸렸다. 뭔가 이유가 있었던 거다. 그곳에 왔던 이유. 나도 그것이 전혀 궁금하지 않다면 거짓말이다. 어쩌면 조니에게 설명할 기회를 주어야 한다는 에밀리의 말이 옳을지 모른다. 내가 옳은 일을 하는 것인지 모르겠다. 하지만 나는 조니를 차단 해제하고 '기회는 한 번뿐이야. 놓치지 마.'라고 그에게 메시지를 보냈다.

그러고는 뭔가 달달한 것을 먹어야 할 것 같아서 아래층
으로 내려갔다.

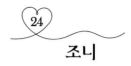

조니

이제 일어나 아침을 먹어야겠다는 생각을 하고 있는데 메시지 알림이 울렸다. 간밤에는 잠을 충분히 자지 못했다. 마치 내가 주인공인 한 편의 영화처럼 기금 마련 행사에서 있었던 일들이 자꾸 떠올랐기 때문이다. 잠이 오지 않을 때는 일어나서 뭐든 해야 한다. 병원에 있을 때는 퇴원만 하게 되면 하고 싶은 일들이 그렇게 많았는데 오늘 같은 날은 아무 의욕이 생기지 않는다. 그래도 이렇게 누워서 자기 연민에 빠져있기보다는 일어나서 활동을 해야 한다. 엄마가 곧 내약과 차를 가지고 올 것이다. 엄마와 뭔가 함께할 수 있는 일을 제안해 봐야겠다.

그러나 메시지를 보는 순간 그런 생각은 사라졌다. 니브가 메시지를 보냈다는 것은 페이스북에서 나를 차단 해제 했다는 거다. 그리고 나에게 설명할 기회를 주겠다고 한다. 왜일까? 어제 나에게 너무 심한 말을 해서 미안한 건가? 하지만 메시지를 읽어보니 전혀 미안해하는 것 같지는 않다. 왜 갑자기 마음을 바꾼 걸까?

그렇지만 마다할 이유가 없으니 바로 답장을 쓰기 시작했다. 너무 열중해서 타이핑을 하느라 엄마가 언제 들어온 지도 몰랐다. 목청을 가다듬는 소리와 함께 엄마의 명랑한 음성이 들렸다. "약 먹을 시간이야."

나는 그제야 고개를 들었다. "거기 두고 가세요." 나는 고 갯짓으로 침대 옆 탁자를 가리켰다.

엄마가 약통을 흔들며 말했다. "지금 먹는 게 제일 좋은데."

나도 모르게 한숨이 나오려는 것을 억지로 참았다. 엄마는 나를 위해 그러는 거겠지만, 지금 나에겐 여러 가지 약들을 마시는 것보다 중요한 일이 있단 말이다.

"곧 먹을게요."

"지금 먹자, 조니." 엄마가 재촉을 했다. "즐겁지는 않겠지만 그래도 먹어야 하니까."

"아, 정말!" 나는 짜증을 내고 말았다. "내가 두 살짜리 어린애인 것처럼 말하지 좀 마세요! 약에 대해서라면 나도 잘 알고 있다고요! 알아요, 엄마."

말이 입 밖으로 나오는 순간 후회를 했지만 다시 주워 담을 수는 없었다. 아무리 내가 먹는 약이 감정의 변화를 일으키고, 엄마가 나의 짜증에 익숙해 있다고 해도 이건 아니지 않은가 하는 생각이 뒤늦게 들었다. 돌아서는 엄마의 표정이 어둡게 변하는 것을 보니 더 이상 그대로 있을 수가 없었다.

"엄마, 미안해요." 내가 다급하게 말했다. "1분만 시간을 주세요. 이 메시지만 보내고 먹을게요, 네?"

"그래, 괜찮아." 엄마는 나에게 미소를 지으며 말했지만, 목소리가 떨리는 것으로 보아 정말 괜찮은 건 아니었다. "필요한 거 있으면 말하렴."

나는 잠시 핸드폰을 멍하니 보고 있었다. 나 자신이 한심하다는 생각이 들었다. 그러나 다음 순간 엄마와의 일을 애써 머릿속에서 밀어냈다. 집중해야 한다. 레오에 대해 좀 더 알아볼 수 있는 딱 한 번의 기회가 주어졌는데 절대로 놓칠 수 없다.

25

니브

10월 16일 10:17

안녕, 니브.

어떻게 마음이 바뀌어서 나를 차단 해제 하고 연락을 주었는지는 모르지만, 먼저 내가 스토커가 아니라는 점은 맹세할게. 내 행동이 좋지 않게 보일 수도 있고, 네가 나를 이상한 아이라고 생각하는 것도 알아.

하지만 나는 네 사진을 내 방에 걸어놓지도 않았고, 네 주소를 내 핸드폰 지도에 입력해놓지도 않았어. 그리고 네가 어제 말한 것처럼 '최근에 가족을 잃은 사람들에게 사기를 치는 사람'은 절대로 아니야.

사실 너에게만 솔직하게 말하자면, 나는 두 살 때부터 가지고 있던 곰돌이 인형 퍼시가 없으면 아직도 잠을 못 자는 그런 아이야. 이런 이야기를 하는 사이코패스가 어디 있겠어?

오, 맙소사. 그러고는 자기 곰돌이 인형의 사진을 보냈다. 체크무늬 나비넥타이까지 매고, 이빨 자국이 있는 코에, 눈은 사팔뜨기가 된 진짜 곰돌이 인형 말이다. 웃어야 할지, 구역질을 해야 할지 갈피를 잡을 수가 없었다.

너는 어제 왜 내가 기금 마련 행사에 갔는지, 그전에는 왜 메시지를 보내서 너를 귀찮게 했는지 알고 싶어 했지? 그 이야기를 전부 해줄게.
그런데 온라인으로는 좀 곤란해. 그러니까 여기서 채팅을 통해서 서로를 좀 더 알아가면 어떨까? 그러다가 내가 이상한 아이가 아니라는 확신이 들면 안전한 공공장소에서 만나서 네가 궁금해하는 것에 대한 대답을 해줄게. 괜찮은 생각인 것 같아?
- 조니

메시지는 그렇게 끝났다. 만약 조니가 메시지 끝에 키스를 남기거나 했다면 나는 그대로 메시지를 삭제하고 다시 조니를 차단했을 것이다. 그런데 어떤 이유에서든 조니는 내 관심을 끄는 데 성공을 했다. 이제 내가 할 일은 하나다. 헬렌에게 문자를 보내는 거다. 응급 회담을 가져야 하니까.

헬렌은 공원에서 만나자고 했다. 날씨는 어제보다 추워졌는데 나는 따뜻하게 껴입으라는 엄마의 집요한 성화를 무시하기로 마음을 먹은 터여서 코트도 입지 않고 나왔다. 헬렌은 50겹 정도는 껴입은 것 같았다. 나는 그네에 앉아 오들오들 떨고 있었다. 하늘엔 비를 잔뜩 머금은 먹구름이 무겁게 덮여있었고, 공원엔 이런 날씨에 여기 나올 만큼 잔뜩 분개한 우리 말고는 아무도 없었다.

"수수께끼야." 헬렌이 조니의 메시지를 읽고 나서 말했다. "그런데 사실은 아주 영리하기도 해. 이것 봐, 지금 너의 신경을 온통 빼앗았잖아."

"아니야." 내가 쏘아붙이듯 말했다. "난 지금 짜증이 난 거라고."

헬렌이 곁눈으로 나를 흘기며 말했다. "그러면서도 관심이 있잖아. 인정하란 말이야."

나는 대꾸하지 않고 메시지를 다시 읽어보았다.

"맞아, 조금 관심은 있어. 그렇지만 아직까지는 불쾌한 기분이 더 커. 에밀리라는 아이는 누굴까?"

헬렌이 어깨를 으쓱해 보였다. "그냥 친구겠지 뭐. 아니면 조니라는 아이의 사악한 음모에 자기도 모르게 끌려든 행동 대원이든가. 정확하게 알 수가 없어."

내가 미간을 찌푸리며 말했다. "좀 진지하게 내 말을 들어줘. 무슨 이야기를 하려길래 직접 만나서 해야 한다는 걸까?"

"혹시 도끼 살인마가 아닐까?" 헬렌이 이렇게 농담을 했지만, 나는 웃지 않았다. "미안해. 하지만 나도 몰라서 대답해줄 수 있는 게 없어. 답을 알아낼 방법은 하나뿐이잖아."

"그게 뭔데?" 나는 언 손을 호호거리며 물었다.

"당장 답장을 써."

* * *

집에 돌아가니 엄마는 예상대로 깜짝 놀라며 잔소리를 시작했다. "내가 뭐라 그랬어. 따듯하게 입으라고 했잖아!" 그러면서 황급히 내 손을 잡았다. "꽁꽁 얼었네."

엄마가 이렇게 비정상적으로 과잉보호하려는 건 정말 질색이다. 마치 레오 오빠가 죽고 나서 내가 아직 살아있다는 사실을 방금 깨닫고는 엄마로서 나를 돌보고 있다는 걸 스스로에게 확인시키려는 것 같다. 순간적으로 화가 나서 엄마의 손에서 내 손을 뺐다.

"실망시켜서 미안한데 나는 영원히 살아있을 것 같아요."

"니브!" 엄마의 눈이 마치 내가 엄마의 뺨을 때리기라도 한 것처럼 휘둥그레졌다. "어쩜 그렇게 끔찍한 말을!"

아빠가 읽고 있던 신문 너머로 화난 표정을 지으며 나를 노려보았다. 오빠에게는 한 번도 그렇게 화를 낸 적이 없을 것이다.

"엄마에게 사과해라, 당장!"

나는 잠시 내 입장을 고집할까 하는 생각이 들었다. 냉랭한 무관심과 숨 막히는 과잉보호 사이에서 시소를 타는 듯

한 내 심정이 어떤지 보여주고 싶었다. 하지만 그보다는 엄마 아빠로부터 되도록 빨리 벗어나고 싶었고, 그러기 위해서는 뜻을 따라주는 것이 최선일 것 같았다.

"죄송해요." 나는 최대한 진심이 담긴 사과처럼 들리도록 말했다. "제 방으로 갈게요."

계단을 올라가는 동안 엄마 아빠의 이글거리는 시선이 뒤통수에 꽂히는 것 같았다.

"니브를 어쩌면 좋을지 모르겠어. 여보… 정말 모르겠어." 방문을 닫는데 엄마의 음성이 들렸다. 아빠가 뭐라고 대답을 하는 것 같았지만, 그 순간 음악을 틀었기 때문에 들리지 않았다. 침대에 누워 눈을 감았다. 잠시 후 옆으로 돌아 핸드폰을 집었다. 조니가 채팅을 하자고 제안하지 않았던가? 무슨 얘기를 하는지 들어나 봐야겠다.

26
조니와 니브

10월 16일 12:43

좋아, 유령 소년, 네 얘기를 들어볼게.

그렇지만 곰돌이 사진 때문에 마음이 흔들렸다고 생각하지는 마. 곰돌이의 눈이 어쩌다 그렇게 망가졌는지 몹시 궁금하기는 하지만.

그리고 '만나서 말해주겠다'고 하는 네 말이 잘 이해가 되지 않아. 얼마나 심각한 얘기길래 메시지로 말할 수 없다는 거지? 네가 정말 사이코패스가 아니라면 말이야. 만약 그렇다면 이 모든 것들이 이해가 되지만.

아무튼 너는 운이 정말 좋은 아이야. 왜냐하면, 1) 나는 지독하게 호기심이 많고, 2) 지금 미치게 답답하고 지루해.

그러니까 네 말을 들어줄게. 이 채팅을 계속해야 할 이유 세 가지만 말해봐.

12:49

니브, 나와 이야기를 계속해야 할 이유 세 가지를 말하라고 했지?

좋아, 말할게.

1. 낙오자인 것 같은 인상을 주고 싶지는 않지만, 나는 현재 친구가 없어서 새 친구를 만들어야 하는 처지야. 그러니 지금 너는 나에게 선행을 베풀고 있는 셈이지.

2. 너는 까칠한 것 같지만 실제로는 아주 착한 사람이라는 생각이 들어. 나처럼 친한 친구가 거의 없는 사람에게도 연민을 가질 줄 아니까.

3. 나 역시 지금 심심해서 죽을 지경이야. (1번 참조)

곰돌이는 사실 S.H.I.E.L.D.(마블 만화에 나오는 가상의 국제 안보 기관-옮긴이) 요원인데 임무 수행 중에 부상을 당했어. 더 이상 말하면 네 머릿속에서 나와 관련된 모든 기억을 지워야 하므로 그만할게. (역시 1번 참조)

12:58

1. 친구란 그렇게 중요하지 않아. 나는 친구가 한 명밖에 없어.

2. 잘못 생각하는 거야. 겉으로 보기에 까칠하지만, 속은 더 까칠하니까. 내게서 더 선한 모습을 기대하지 마. 나는 그런 사람이 아니니까.

3. 나는 이제 '약간' 덜 지루해진 것 같기도 해. 그렇지만 큰 의미를 두고 하는 말은 아니야. 그리고 곰돌이가 S.H.I.E.L.D. 요원이라고 말하고 다닌다면 친구가 없는 게 당연한 것 같은데?

13:06

나도 친구가 한 명밖에 없지만, 숫자보다는 어떤 친구인지
가 중요하다고 생각해.

이것 봐. 벌써 우리의 공통점을 하나 찾았잖아.

10월 17일 16:12

이 봐, 유령 소년. 별일 없었어?

16:13

별일 없어. 런던에서 열리는 슈퍼 코믹콘에 보내달라고 부
모님을 설득하는 중이야. 너는?

16:14

어휴, 부모님은 설득하기 힘들지. 왠지 런던 슈퍼 코믹콘이
너랑 어울리는 것 같다. 곰돌이랑 같이 갈 거니?

16:15

더 좋은 동반자가 나타나지 않으면 아마 그럴지도.

16:18

나에게는 기대하지 마. 나는 울버린 나오는 영화 딱 한 번 봤
는데, 그것도 아빠랑 오빠 때문이었으니까. 요즘에는 특히
그런 천하무적 어쩌고 하는 이야기는 받아들이기 힘들어.

16:25
미안. 네 기분을 상하게 할 마음은 없었어. 나도 천하무적 같은 건 안 믿어. 그냥 등장인물들이 좋을 뿐이야.

16:27
기분 상하지 않았어.
오늘 네가 나를 웃게 해준 두 사람 중 한 명이야.

16:28
그럼 내가 할 일을 했네. ☺

10월 18일 10:16
유령 소년, 바빠?

10:20
아니, 수학 시간이야.
N의 값을 구하는 중인데, 마이클 베이 영화의 폭파 장면처 럼 흥미진진하진 않아. 무슨 일인데?

10:20
별 용건은 없어.
상담 시작하기 전에 몇 분 남아서. 네가 나를 좀 재밌게 해 줄 수 있을까 해서.

10:22

당연히 해드리지요, 미스 브로디.
나도 병원 약속 시간 전 몇 분 동안이 제일 싫더라. 벼랑 끝에 서있는 느낌이랄까.

10:24

맞아. 완전 시간 낭비 같아. 상담사가 오빠를 다시 살려낼 수 있는 마법 지팡이를 가진 것도 아니잖아. 그런데 무슨 의미가 있겠어?

10:26

오빠가 보고 싶은가 보구나.

11:23

내 인생에서 다시 돌아오지 않을 이 50분의 시간도 아깝고.

11:25

우와… 그 정도야?

11:28

늘 하는 얘기지 뭐. 너 자신을 책망하지 마라. 어떤 느낌인지 말해봐라. 어쩌고저쩌고 그런 것들.
실제로 아무 도움도 안 되는 얘기들 말이야.

11:29

그래 맞아, 나도 알아.

나도 가끔 상담받거든. 그 사람도 똑같은 말을 해. 다 쓸데 없는 거지.

11:30

그건 몰랐네. 우리 서로의 상담사에 대한 이야기를 해보자. 이미 눈치챘겠지만 내 상담사는 매우 마음에 안 들어. 그래 서 마음을 열고 싶지 않다고.

11:30

맞아, 무슨 얘긴지 알 것 같아 😊

그건 그렇고, 반 친구들이 인사 전해달래.

11:31

설마 친구들에게 이걸 보여주는 거야?!

11:32

진정해. 죽고 싶은 게 아니고서야 그럴 리는 없지.

그게 아니라 친구들이 누구랑 채팅하느냐고 물어서 친구라 고 했더니 인사한 거야.

걱정하지 마. 이 친구들은 네가 여자라는 것도 모르니까.

그걸 말하면 네 전화번호를 알아내려고 내 핸드폰을 훔쳐 갈지도 몰라.

11:34
와… 대단하네. 재밌는 친구들 같아.
잠깐… 그 애들에게 곰돌이 얘기는 하지 않길 바라.

11:37
말 안 했어.
이것 봐. 네 덕분에 내 사회적 지능이 벌써 좋아졌잖아.

11:38
흥분하지 마. 아직도 멀었어, 유령 소년.
이제 가야 해. 지금 학교거든.

11:40
그래, 나중에 봐.
혹시 궁금해할까 봐 말해주는 건데,
N의 값은 4였어.

11:51
너는 N의 값이 별로 궁금하지 않은가 보네….
내가 이러니까 네가 아직 멀었다고 한 거구나, 그렇지?

10월 19일 03:31
조니, 혹시 깨어있니?

03:33
지금 막 깼어. 무슨 일 있어?

03:34
나쁜 꿈꿨어. 토할 것 같아.

03:36
저런 ☹
내가 도와줄 수 있는 게 없을까?

03:37
별로 없어. 그냥 내가 다른 생각을 할 수 있게 해줘.

03:38
그보다 더 좋은 생각이 있어.
잠깐만 기다려….

03:41
곰돌이 사진을 보내다니, 정말 믿을 수가 없다 ☺

03:43
곰돌이는 약이나 다름없거든. 특히 악몽을 몰아내는 데는
효과가 강력해.

03:44

넌 정말 괴짜야.

03:46

나도 알아. 그게 바로 내 매력이고.
그렇지 않아? 그렇지?

27

조니

최근 들어 에밀리에게서 별로 메시지를 받지 못했다. 그래도 당연하게 나는 정기검진을 마친 후 찾아가면 예전과 같은 모습으로 쉬고 있는 에밀리를 만날 수 있을 거라는 막연한 기대를 하고 있었다. 그런데 내 기대와는 달리 에밀리는 1인실로 옮겨졌고 체중도 좀 빠진 것 같았다. 내가 살이 빠진 것 같다고 하자 에밀리는 손을 내저으며 감염이 됐었다는 이야기를 작게 중얼거렸다. 그러고 보니 에밀리를 만나기 전에 간호사가 내게 손을 박박 문질러 씻으라고 했던 이유를 이제야 알 것 같았다. 병원 생활을 하는 동안 에밀리도 나도 가장 주의를 기울여야 했던 문제가 바로 면역력이 약해지는 것이었다.

에밀리는 이제 괜찮다며 나를 안심시키고 나서 물었다.

"그래서, 새로운 소식은 없고? 넌 살이 좀 찐 것 같고, 그밖에 또 다른 소식 말이야."

"스테로이드 때문에 체중이 늘어." 나는 이렇게 말하고 나서 또 무슨 이야기를 할지 생각해보았다. 지난번에 에밀리가 했던 말들로 미루어볼 때 니브에 관해서는 말할 수 없을 것 같았다. 하지만 니브는 요즘 내 일상의 가장 큰 부분을 차지하고 있다. 최근에 음악 스트리밍 서비스인 스포티파이에서 들을 수 있는 음악 재생 목록을 만들었는데, 곧 용기를 내서 니브에게 그 목록에 있는 음악들을 함께 듣자고 말할 거다. 니브와는 온라인 채팅을 해서 그런지 예전 같으면 에밀리에게만 털어놓을 것 같은 얘기들도 니브에게 편하게 하게 된다. 그래서 엄마 아빠가 선의로 하는 잔소리나 참견이 나를 얼마나 귀찮게 하는지 니브는 속속들이 다 알고 있다. 그리고 니브도 자기 일상에 대해 나에게 좀 더 깊이 털어놓기 시작했다. 레오에 관한 얘기는 서로 거의 하지 않지만 말이다. 니브도 나만큼은 아니지만 우리의 대화를 즐기는 것 같다. 더 이상 왜 처음에 자기에게 연락을 했는지에 대해 캐묻지 않는 걸 보면 짐작할 수 있다. 하지만 에밀리에게 이런 이야기들을 할 수는 없다. 에밀리의 기분을 상하게 하고 싶지는 않으니까.

그러다 보니 대화의 시작은 학교에 관한 걸로 할 수밖에 없었다. 공부하는 건 어렵지 않다. 물론 숙제는 질색이지만, 그것조차도 평범한 일상의 불평 중 하나인 것 같아서 싫지만은 않다. 친구들 문제는 좀 더 분발할 필요가 있다. 내 심장 상태에 관한 소문이 돌고 있다. 물론 마르코는 자기가 퍼트린 것이 아니라고 주장한다. 아무튼 그 때문에 많은 시선을 받고, 가끔 아주 사적인 질문을 받기도 한다. 처음부터 심장 이식에 관해 솔직하게 털어놓았으면 좋았을 거 같다는 생각도 들지만, 심장 기증자가 누구인지 알기 전까지는 심장이 내 것 같지 않아서 그렇게 말하고 싶지는 않았다. 마치 익명의 누군가로부터 선물을 받고 나서 끊임없이 누가 보냈는지 궁금해하는 느낌이니까. 이런 감정들을 잘 알지도 못하는 사람들에게 얘기할 수는 없지 않은가 말이다.

마르코가 입이 가볍기는 하지만, 그래도 학교에서 나와 제일 가깝게 어울리는 친구가 되어가고 있었다. 물론 교실에서 종종 말을 하며 지내는 친구들도 여럿 있다. 그중에는 괜찮은 친구들도 있지만, 수업이 끝나고 나면 뿔뿔이 흩어져 제 갈 길로 간다. 방과 후나 주말에 뭔가를 같이 하자고 나를 부르는 친구는 없다. 그럴 생각조차 하지 않는 것 같다. 마르코는 가끔이나마 흡연 코너에 모일 때 나를 데려가기도 한다. 그럴 때 나는 맹수의 소굴에 끌려간 토끼가 된 기분이다. 어떤 때는 잭슨, 에비스, 빌리, 찰리, 마르코, 이렇게 여섯 명만 모일 때도 있고, 더 많은 아이들이 모일 때도 있다. 어떻게 모이든 마르코가 언제나 대장 격이다. 그들 중 몇 명은 재미있기도 하다. 마르코와 찰리는 나와 별로 공통점이 없으면서도 잘 지내는 편이다. 아무튼 어울릴 친구가 있다는 건 좋은 일이다. 더구나 이제는 그 아이들이 입에 올리는 마약류에 관한 이야기들이 모두 허풍이라는 걸 알았으니 그 점도 걱정할 일이 아니다.

"새로운 소식?" 나는 에밀리의 시선을 다시 마주하며 되물었다. "음, 별로 없어. 퇴원 후의 생활이 생각보다 어렵더라고. 어떤 때는 여기가 그립기도 해." 나는 이렇게 말하며 손톱의 갈라진 곳을 내려다보며 뜯기 시작했다.

퇴원해서 자유를 찾았을 때를 상상하며 열망하던 지난날들이 떠올랐다. "나를 이해해주는 사람들로 둘러싸여 있던 때가 그리워. 언제나 내 마음을 얘기하면 이해해줄 수 있는 사람이 가까이 있던 때가 그립다고. 내 말은 네가 그립다는 말이야, 에밀리."

마지막 문장을 서둘러 말하고 나니 얼굴이 빨갛게 달아오르는 것 같았다. 에밀리는 아무런 대꾸도 하지 않았다. 내가 밉다고 생각하고 있는지도 모른다. 건강을 되찾고 살면서 힘들다고 투정을 하고 있으니 말이다.

"나도 네가 그리워." 잠시 후 에밀리가 말했다. "그렇지만 내가 어디로 간 건 아니잖아. 네가 말하고 싶을 때 나는 항상 이곳에 있어. 그리고 너는 상담 선생님도 계시잖아, 그렇지?"

나는 지난 상담을 빼먹었다는 말을 하는 대신 어정쩡하게 자세를 바꾸었다. 상담 선생님을 만나면 심장 기증자를 찾고 있는 것에 대해 거짓말을 해야 할 것 같아서 가지 않았다. 그 일이 왜 그렇게 중요하게 생각되는지 모르겠다. 요즘 들어 내가 부쩍 거짓말을 많이 하는 것 같다. 에밀리에게 레오의 여동생과 연락했던 이야기를 하는 것과 의료 전문인에게 그 이야기를 하는 것은 전혀 다르다. 상담 선생님에게 이야기를 하고 나면 일이 갑자기 심각해지면서 이것저것 질문을 받게 될 거고, 그 일을 심각하게 생각하는 사람들이 관심을 갖기 시작할 것 같았다. 나를 제지하려는 사람들 말이다. 그건 내가 바라는 바가 아니다.

나는 에밀리를 향해 미소를 지어 보이며 말했다. "그래 맞아. 그냥 싱거운 소리나 하는 거야. 늘 그러듯이."

그러자 에밀리가 나를 찬찬히 살피더니 말했다. "니브라는 아이에게 또 연락해봤어?"

"아니." 나는 애써 무심한 척 대답했다. "네 말이 맞는 것 같아서."

그러자 에밀리가 무슨 말을 하려는 듯 입을 열다가 말았다. 한동안 침묵이 흘렀고, 나는 뭐라도 얘깃거리를 찾으려고 병실을 둘러보았다. 에밀리와 나 사이에 이런 적은 없었다. 우리 사이에는 언제나 재미있는 농담거리가 많았으니까. 뭔가 변한 것이다. 나는 회복이 되었고, 에밀리는 그렇지 않다는 사실 말고 뭔가 또 달라진 것이 있는데 그게 뭔지 모르겠다. 그러고 보니 내가 그려준 키모 걸이 보이지 않았다.

"방을 이리로 바꾸고 나서 간호사들이 다시 붙이는 걸 잊어버렸나 봐." 내가 물어보니 에밀리는 이렇게 대답했다. "장롱 속에 있을 거야."

내가 큰 소리로 혀를 차며 일어섰다. "내가 찾아볼게."

"그러지 마!" 에밀리의 음성이 갑자기 예민하게 높아졌다. "지금 굳이 할 필요 없어. 나중에 간호사에게 부탁할게."

다시 의자에 앉으면서 내가 인상을 찌푸리고 있다는 사실을 깨달았다. 에밀리가 갑자기 날카로워진 이유가 키모 걸 그림 때문인지, 나 때문인지 알 수 없었다.

에밀리가 한숨을 쉬며 말했다. "조니, 미안한데, 나 피곤해. 너 이제 가야 할 것 같아."

에밀리는 정말로 피곤해 보였다. 눈 밑에 그늘이 번져있었고 피부도 노랗게 뜬 것 같았다. 내가 감염되었을 때를 떠올려보았다. 정말 죽을 만큼 지치고 힘들어서 간단한 대화를 나누는 것도 힘들었다.

"그래 알았어." 나는 얼른 대답을 하고 우리끼리만 아는 손동작으로 이해한다는 표시를 했다. "지금쯤 엄마 아빠도 카페에서 일어나고 싶어 하고 있을 거야. 그럼 푹 쉬어, 키모 걸."

에밀리는 고개를 끄덕이며 나를 향해 레이저 총 쏘는 시늉을 했다. "피융."

복도를 지나 카페로 가면서 핸드폰을 보니 니브에게서 메시지가 와있었다.

10월 21일 15:17
안녕, 유령 소년. 오늘 학교 자판기에서 공짜로 스니커즈 얻은 사람이 누굴까?

나는 미소를 지으며 답장을 썼다.

15:26
먹기 전에 당국에 보고했어야 하는데. 그렇게 했어? 그러지 않으면 절도가 되거든.

그러자 10초 만에 답이 왔다.

15:26
찾는 사람이 임자야.
우주가 나를 위로해주려는 게 틀림없다고.

나는 재빠르게 손가락을 움직여 답을 보냈다.

15:27
뭐라고? 너를 위로하는 건 내 일이잖아.

그러는 동안 에밀리에 대한 생각은 머릿속에서 사라졌다.

28

조니와 니브

10월 25일 17:33
안녕, 니브.
오늘 어땠어?

17:40
별로였어. 학교도 재미없었고, 엄마는 여전히 정상이 아니
야. 그래도 이제는 엄마가 울지는 않으니 다행이야. 나도
기분이 좀 좋아지고 있어.

17:46
기분이 좋아지는 이유는 하루가 끝나가기 때문이야, 아니
면 지금 나와 채팅을 하고 있기 때문이야?
(제발 후자라고 말해줘. 나 불쌍한 사람이잖아. 기억해?)

17:51
바보. 내가 기분이 좋아지는 이유는 벤앤제리스 아이스크림을 통째로 먹고 있는데, 누구하고도 나눠 먹지 않아도 되기 때문이야. 너 때문이 아니라고, 유령 소년.
그래, 좋아. 조금은 너 때문이기도 해.

18:02
☺
쿠키 도우? 피시 푸드? 설마 청키 멍키는 아니겠지.

18:02
당연히 베이크 알래스카지. 쿠키 도우는 레오 오빠가 좋아하던 맛이야. 그래서 이제 안 먹어.

18:03
☹ 곰돌이가 한 번 안아준대.

18:03
고마워, 유령 소년. 고마워, 곰돌아.

18:05
곰돌이가 '천만에'라고 하네. 그런데 말이야, 이제부터 나를 조니라고 불러주면 안 될까? 별명을 갖는 건 좋지만 유령 소년은 내 자존감을 좀 상하게 하는 것 같아서 말이야.

18:07

알았어. 그렇게 할게.

조니, 너는 오늘 어땠어? 교도소장들은 잘해주고?

18:08

별로 불만은 없어. 내가 이제 어린애가 아니라는 걸 인정하고, 내 선택을 존중해주면 좋겠지만.

잠깐… 교도소장이라는 게 우리 엄마 아빠를 말하는 거 맞지? 왜냐하면 내 친구 마르코는 교도소장이라기보다는 감방 동료라고 하는 게 더 맞거든.

18:10

우와, 멋진 친구인가 보다.

그 친구 전화번호 좀 알 수 있을까?

18:11

진짜로??

18:13

아니, 농담이야.

그리고 내가 너희 부모님에 대해 물어본 건 맞아. 우리 엄마 아빠는 오늘도 나의 자유와 즐거움을 완전히 없애기 위해 한층 더 열심이었거든. (엄마가 일주일 동안 먹을 말도 안 되는 가족 건강 식단을 또 짰어.) 맨날 똑같지 뭐. 혹시 엄마 아빠는 태어날 때부터 어른이지 않았을까 싶을 때도 있어. 우리 나이일 때가 있었다는 게 믿어지지 않는다고.
물론 네가 지적하지 않아도 엄마 아빠가 정말 힘든 시간을
보내고 있다는 거 나도 알아. 엄마는 내가 그 사실을 절대
로 잊을 수 없게 하니까.

18:23
하하, 우리 부모님이 아마 더 고지식하실 걸. 거의 감당 불
가일 만큼 말이야. 그리고 일주일 전, 아니면 한 달 전, 몇
년 전에 일어난 일들까지도 절대로 잊을 수 없게 만들어.
마치 생물학적으로 집착하고 호들갑 떨도록 프로그램되어
있는 사람들 같지.
아무튼 너는 지금 위로가 필요한 것 같으니까 내가 재미있
는 이야기 하나 해줄게. 치즈가 거울에 비친 자기 모습을
보고 뭐라고 했을까?

18:24
정말로? 나 보고 대답을 하라는 거야?

18:25
어, 맞아···. 코미디 보면 늘 그런 식으로 하던데.
앞으로 내가 또 너에게 이런 농담하려고 하면 말려줘.

18:29
맙소사. 알겠습니다, 유머 경찰관.
"'치즈' 하고 웃어봐"라고 한 거 아니야?

18:31

치즈? 치즈가 '치즈'라고 했다고?
너 코미디의 개념을 알기는 해?

18:38

알았어. 포기할게.
그 멍청한 치즈가 거울을 보고 도대체 뭐라고 했는데?

18:38

할루미! (숙성시키지 않고 먹는 하얀 치즈의 한 종류-옮긴이)
이해했어?

18:39

응. 그런데 너 코미디를 직업으로 삼을 건 아니지?

18:57

직접 만나면 내가 더 재밌게 해줄 수 있어. 증명해줄까?

29

니브

절대로 일어날 수 없을 것 같았던 일이 일어나고 있다. 헬렌이 아닌 누군가를 좋아하게 된 거다. 더 뜻밖인 것은 그 사람이 바로 조니라는 사실이다. 곰돌이 사진을 보낼 때처럼 가끔 연약해 보이는 면도 있긴 하지만, 그것만 빼면 전체적으로 괜찮은 아이다. 어떤 날에는 밤새 문자를 주고받기도 한다. 만약 조니가 도끼 살인마라면, 그는 나를 웃게 해주는 도끼 살인마일 것이다. 그런 경우라면, 조니는 아주 친화력이 좋은 사이코패스이기 때문에 내가 그 사실을 깨달았을 때는 이미 그에게서 벗어날 기회를 놓쳐버렸을 가능성이 매우 크다. 그렇지만 나는 이미 그런 위험부담을 감수할 준비가 되어 있다.

조니와 대화를 주고받는 게 즐거운 가장 큰 이유는 그가 오빠의 사고가 있기 전의 나를 모르는 사람이기 때문이다. 대화의 많은 부분이 각자의 부모님에 대한 불평이기는 하지만 그건 표면적인 것일 뿐, 사실은 좀 더 깊은 진심을 나누고 있다. 조니는 나를 많이 웃게 해준다. 선의의 웃음 말이다. 그러다 보면 내가 좀 더 나은 사람이 될 수 있을 것 같은 느낌이 든다. 레오 오빠가 태어나지 않았다는 가정하에 내가 지닐 수 있었을 듯한 성품의 사람 말이다. 오빠를 잃은 지금은 그런 생각을 하는 것조차 피하고 싶기는 하지만, 오빠가 그렇게까지 모든 면에 뛰어나지 않았더라면 내가 지금과는 조금 다른 사람으로 자라지 않았을까. 솔직하게 말하자면 조니와 대화를 할 때, 가끔씩 나는 오빠가 죽었다는 사실 자체를 잊어버린다. 몇 분 정도의 아주 짧은 순간이긴 하지만.

헬렌에게는 내가 조니에게 전화번호를 줬다는 말도, 내일 만나기로 했다는 말도 하지 않았다. 헬렌은 조니가 수상한 사람이 아닐 수도 있다는 정도까지는 수긍하지만, 그래도 여전히 그가 괴짜라고 생각한다.

나는 아직 조니에게 에밀리라는 아이에 대해 물어보지 않았다. 그가 먼저 이야기를 꺼낼 때까지 기다리려고 하는데, 조니는 지금까지 에밀리라는 아이에 대해 한 번도 언급한 적이 없다. 그가 정말 사이코패스이지 않는 한, 에밀리가 조니의 여자 친구는 아닌 것 같다.

엄마는 여전히 이중인격자 행세를 한다. 온 정신을 기금 마련 행사에 쏟는 듯하다가, 어느 순간 집요하게 나를 추궁하기 시작한다. 어디 가니? 몇 시에 돌아올 거니? 너 핸드폰은 켜놓았니? 그러다가 아무도 듣지 않는다고 생각될 만한 시간과 장소에서 혼자 운다. 그러니 내가 지금 하려는 일을 알게 되면 어떻게 나올지 생각해보란 말이다. 온라인에서 만난 누군가를 만나기로 약속했다고 하면 엄마는 기절초풍할 것이다. 이성을 잃고 나를 영원히 감금시킬 수도 있다. 엄마가 왜 그러는지 이해하지 못하는 것은 아니다. 이해한다. 하지만 엄마가 나에게 대화를 하자고 할 때는 당연히 오빠에 대한 이야기를 하자는 거고, 그러면 나는 또다시 오빠가 얼마나 멋지고 훌륭한 사람이었는지, 적어도 사람들이 그렇게 생각했다는 걸 들어야 한다. 거기에 더해서, 나도 더 분발해서 오빠 같은 삶을 살아야 한다는 암묵적 강요까지. 나는 그저 초라한 이류일 뿐인데 말이다. 적어도 아빠는 나에게 굳이 관심을 갖는 척하지 않는다. 집에 있는 시간이 별로 없는데다가, 집에 있을 때도 말을 거의 하지 않는다. 솔직하게 말해서 엄마도 아빠처럼 그랬으면 좋겠다. 엄마는 빨랫감을 세탁기에 넣으라는 이야기를 하다가도 오빠의 이야기로 이어진다. 오빠를 잃은 아픔이 크다는 건 안다. 그것이 영영 낫지 않을 아픔이라는 것도 안다. 그런데 내가 어떻게 해야 도울 수 있는지 모르겠으니 답답하다는 거다.

"네가 그런 느낌이 드는 건 당연해." 아주 가끔이지만 내가 속마음을 얘기하면 테레사 선생님은 이렇게 말한다. "그렇지만 부모님의 상실감을 네 것인 양 떠안으려 해서는 안 돼, 니브. 부모님께 너의 마음을 얘기한 적 있니?"

테레사 선생님은 마치 그런 대화가 TV를 보면서 할 수 있는 것처럼 쉽게 말한다. 그런데 어디서부터 시작해야 하는지 모르겠다. 어떻게 하면 대화의 주제를 오빠가 아닌 내가 되게 할 수 있는지.

그래서 조니와 얘기하는 게 좋다. 조니와의 대화만큼은 오빠가 주인공인, 레오 브로디 쇼가 아니기 때문이다. 물론 조니가 왜 처음에 내게 연락을 했었는지에 대해 잊은 것은 아니지만 말이다. 조니가 진지하게 하려는 말이 뭔지 미리 생각해보았다. 조니에게는 생애 대부분을 텅 빈 공간에서 혼자 지낸 듯한 분위기가 있다. 페이스북 페이지에도 별 내용이 없다. 화성이나, 인터넷이 없는 세상에 살았던 게 아니고는 그럴 수가 있나 싶을 정도로. 조니가 아직 내게 말하지 않는 것이 뭔지 궁금하다. 어쩌면 그게 바로 조니가 내게 하려는 말인지도 모르겠다. 자기에게 비밀이 있다는 것. 아니면 조니가 내가 아는 모든 사람들과는 다른 사람이거나. 좋은 쪽으로 말이다. 이유가 무엇이든, 그를 만나는 시간이 기다려진다. 별일이 일어나지 않는 한 내일 만나게 될 것 같다.

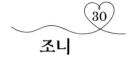

30

조니

니브를 기다리는 동안 자꾸 손바닥에서 땀이 났다. 햄스테드 중심가에 있는 세련된 분위기의 작은 커피숍에서 만나기로 했다. 거리상 중간 지점의 트인 공간에서 말이다. 내가 위험한 사람이라든가 하는 경우에 대비해서 선택한 것 같다. 약속 시간에 늦을까 봐 신경을 쓰다 보니 너무 일찍 왔다. 그러다 보니 벌써 카페인 없는 스키니 라테를 두 잔째 마시고 있는 중이어서 화장실 가고 싶어 죽을 지경이다. 그렇지만 혹시라도 내가 화장실에 가있는 동안 니브가 와서 바람을 맞은 줄 알까 봐 참고 있다. 이러다가는 니브가 오기 전에 싸버릴 수도 있겠다. 젠장.

두 번째 커피를 주문하러 갔을 때 바리스타는 내 이름을 기억하고 있었다. 어느 지역의 억양인지는 모르겠지만 여자

바리스타가 내 이름을 부를 때 혀끝에 감기는 듯한 발음이 뭔가 이국적인 느낌이 들어서 좋았다. 쟈-니.

훗날 내가 카페를 하게 된다면 카페의 이름으로 해도 좋을 것 같다. 이름표에 의하면 바리스타의 이름은 가브리엘라다. 가브리이-엘라. 좋은 이름이다. 친숙하면서도 매력적인. 나는 그녀가 커피 머신을 청소하는 모습을 바라보고 있다. 내게 등을 돌린 채여서 내가 보고 있다는 건 알아채지 못할 것이다. 길게 늘어뜨린 머리는 에밀리와 같은 짙은 색이다. 에밀리도 항암 치료를 시작하기 전에는 그런 머리를 가지고 있었다. 바리스타의 머리가 훨씬 곧고 윤기가 흐르기는 하지만. 나는 잠시 손가락을 넣어서 그 머리를 쓸어내리면 어떤 기분일까 궁금해졌다. 머릿결이 비단처럼 내 손 위를 흘러내릴 때의 느낌이 참 좋을 것 같다. 에밀리의 머리는 너무 곱슬거려서 만지면 손가락이 잡아먹힐 것 같았다. 실제 에밀리의 성격처럼 말이다. 하지만 에밀리도 원래 그렇게 공격적이지는 않았을 것이다. 혈액암이라는 병이 에밀리를 그렇게 만든 것이다.

문이 열렸다. 고개를 들어서 보니 니브가 서 있었다. 맞게 찾아왔는지 모르겠다는 듯 얼굴을 잔뜩 찡그린 채로. 전혀 꾸민 것 같지는 않았지만 예쁘고 보기 좋았다. 자기보다 두 치수는 큰 것 같은 코트를 입고 있어서 더 어려 보였으며 두껍고 둔탁해 보이는 부츠를 신고 있었다. 햇살이 머리에 비쳐서 마치 후광처럼 보였는데, 얼굴엔 핏기가 하나도 없었다. 손을 흔드는 게 좋을까? 그러면 멍청해 보이려나? 카페 안에는 아기를 데리고 온 여자와 나밖에 없었다. 니브의 시선이 나에게 멈추더니 잠시 주춤하는 듯했다. 정말 이 만남을 밀고 나갈 것인지 갈팡질팡하는 것 같았다. 니브가 이대로 돌아서면 안 된다. 나는 팔을 들어 미친 듯이 손을 흔들었다. 니브가 나를 못 본 척할 수 없게 하려고. 니브는 손을 흔들지는 않았지만 내 쪽으로 천천히 걸어왔다. 나는 입이 바짝 마르는 것 같았다. 대화를 어떻게 이끌어가야 하는 건지 모르겠다. 레오 이야기를 먼저 해야 하나, 아니면 소소한 다른 일상 이야기들로 시작해야 하나? 니브가 탁자 맞은편 의자를 빼고 자리에 앉는 순간 나는 조용히 생각을 바꿨다. 먼저 인사를 나눠야 한다. 나는 미소를 지으며 니브에게 메뉴판을 건넸다.

"안녕. 사실 네가 정말 오리라는 확신은 없었어."

니브가 어깨를 한 번 으쓱하며 말했다. "당연히 오지. 그런데 너는 왜 학교에 안 갔어?"

"전문학교 같은 곳이야. 정규학교와는 달라. 일주일에 나흘만 가면 돼. 내가 누리는 특권 중에 하나지. 왜냐하면 나는…." '아프니까'라고 하려다 말을 바꿨다. "나는 특별하니까. 너는 왜 학교 안 갔는데?"

"원래 오늘 상담받는 날이거든." 니브는 한쪽 눈썹을 살짝 치켜올리며 말했다. "너 꼭 우리 엄마 같아."

나는 어색하게 목청을 가다듬었다. 온라인으로 친숙하게 채팅을 주고받다 보니 니브가 직접 대면을 했을 때는 까칠하다는 사실을 잊고 있었다. 차라리 나를 유령 소년이라고 부르는 게 낫겠다 싶을 만큼 무안했다. 할말을 찾지 못해 말을 돌렸다. "뭐 좀 마실래?"

"핫초코 마실게. 휘핑크림이랑 초콜릿 플레이크 얹어서." 니브는 1초도 망설이지 않고 대답했다. 당연하지. 나도 먹을 수만 있으면 그걸 먹을 테니까. 나는 미소 띤 얼굴로 가브리엘라를 향해 손을 들었다.

가브리엘라가 펜과 메모판을 든 채 환하게 웃으며 다가왔다. "쟈-니, 뭘 갖다 줄까?"

가브리엘이 주문을 받아 돌아서 걸어가는 내내 니브는 가브리엘을 노려보고 있었다. 이번엔 뭐지? 그러나 니브가 가브리엘을 노려본 이유에 대해 더 이상 생각해볼 여유가 없었다. 소변이 점점 급해졌기 때문이다.

"잠깐 실례할게. 내가 좀… 어…."

볼이 달아오르는 것 같아서 말꼬리를 흐렸다. 화장실 가는 건데 왜 이렇게 당황하는 거지? 병원에 있는 아이들끼리는 생리작용에 대해 숨길 것이 없었는데 말이다. "금방 올게." 나는 중얼거리듯 말하고 화장실로 달려갔다.

소변을 보는 동안 숨을 깊게 들이마시며 머릿속으로 내가 하려는 이야기를 정리해보았다. 배경이 되는 이야기부터 시작해서 요점으로 옮겨가는 게 좋을 것 같았다. 그래, 그렇게 하자. 손을 씻으면서 거울에 비친 내 모습을 보았다. 앞머리는 이마 위로 뻗쳐있고 볼은 너무 빨갛게 달아올라서 땀 흘리는 토마토 같았다. 완전 엉망이구나. 그렇지만 니브를 오래 기다리게 할 수는 없다. 나는 달아오른 얼굴에 찬물 몇 방울을 뿌리며 내가 생각할 수 있는 가장 차가운 빙산을 떠올렸다.

자리로 돌아오니 니브가 핫초코 위에 얹혀있는 크림과 초콜릿을 스푼으로 떠먹고 있었다. 군침이 돌았다.

"맛있어 보인다." 내가 앉으며 말했다.

"맛있어." 니브는 여전히 퉁명스럽게 대답했다. "그런데 너 저 여자 종업원이 너에게 콧소리를 내는 건 순전히 팁을 잘 받기 위해서라는 거 알지?"

나는 놀라서 입이 딱 벌어졌다. 내가 가브리엘라와 시시덕거리기라도 했다는 말인가? 미소 짓고 친절하게 대한 걸 가지고 그렇게 말하는 건가? 내가 좀 내 기분에 빠져있었다고 치자. 그렇다고 니브가 왜 그걸 지적하는 거지?

"고마워." 내가 약간 비꼬듯이 말했다. "너 항상 그렇게 무례하니?"

그러자 내가 잘못 본 것인지 아니면 실제인지 니브가 미소를 지으려는 것 같았다. "너 이제 정말 우리 엄마 같아."

"미안해. 그렇지만 방금 네가 한 말은 너무 심했어. 다행히

개의치는 않아. 내 친구 에밀리도 똑같거든."

순간 니브의 표정에 뭔가 스치는 것 같았다.

"너 지금까지 그 애에 대해 한 번도 말한 적 없었어. 그 애가 네 여자 친구야?"

"아니야!" 일단 펄쩍 뛰며 아니라고 하고 나니 딱히 에밀리를 설명할 말이 떠오르지 않았다. 병원 얘기를 꺼내기는 너무 이른 것 같았기 때문이다. 만난 지 15분 만에 느닷없이 털어놓기보다는 지난 이야기부터 서서히 다가가야 하는데 말이다. "에밀리는 그냥 친구야. 나에 대해 잘 아는."

니브가 핫초코 한 모금을 천천히 삼키고 말했다. "그렇게 말하는 걸 보니 영락없는 여자 친구인 것 같은데."

나는 한동안 말없이 니브를 바라보았다. 어떻게 된 거지? 이렇게 서로를 의심하며 수동적 공격을 하는 단계는 지났다고 생각했는데. 사실 지금 니브의 태도를 보면 수동적 공격이라기보다는 마치 내가 자기 햄스터 머리를 물어뜯겠다고 협박이라도 한 것 같은 분위기다. 도대체 왜 이러는 걸까? 니브의 마음을 원래대로 돌려놓아야 한다. 내 땀으로 홍수가 나서 우리가 모두 문밖으로 쓸려나가기 전에. 나는 손바닥에 고인 땀을 청바지에 닦으며 숨을 한 번 깊게 들이마셨다.

"다시 시작하면 안 될까?"

니브는 어정쩡한 표정으로 한동안 나를 살폈다.

"아니면 그냥 왜 나에게 연락을 했는지 말해주든가. 내 쌍둥이 오빠에 대해 뭐가 알고 싶었던 건데?"

그 순간 세상이 무너지는 것 같았다. 레오가 니브의 쌍둥이라고? 왜 그걸 몰랐을까? 하긴, 어떻게 알 수 있었겠는가? 페이스북에 나와 있는 생년월일을 비교해 보지 않고서야…. 그렇지만 그건 전혀 생각해보지도 않은 일이었다. 나는 니브의 목걸이에 달린 흰 돌에 시선을 고정한 채 생각했다. 흰 돌 가운데는 구멍이 뚫려있었다. 그러다 보니 내가 마치 니브의 가슴을 들여다보고 있는 것 같아서 황급히 시선을 돌렸다. 나는 다시 한 번 길게 숨을 들이마시면서 상담 선생님이 가르쳐준 것들을 따라하며 마음을 가라앉혔다. 속으로 어벤져스의 등장인물들 이름을 하나씩 재빨리 되뇌고 나니 한결 차분해지는 것 같았다.

"레오와 네가 쌍둥이인 줄은 몰랐어."

"네가 어떻게 알았겠어?" 니브가 미간을 찌푸리며 말했다. "지난 7년간 오빠와 나는 서로 가족이 아닌 것처럼 지냈는데. 그런데 너 아직 내 질문에 답하지 않았어."

이제 윗입술에도 땀이 맺히는 것 같았고 가슴이 더욱 쿵쾅거렸다. 심한 스트레스를 받고 있다는 신호다. 이식된 심장은 선천적으로 가지고 있던 심장과 신경 연결이 똑같을 수 없기 때문에 반응 속도가 느리다. 그러므로 지금 심장이 두근거린다는 것은 이미 내 몸 안에 엄청난 양의 아드레날린이 돌고 있다는 뜻이다.

니브는 스푼 끝으로 탁자를 가볍게 두드리고 있다. 차라리 집에 있을 걸 괜히 왔다고 생각하고 있는 게 분명하다. 지금 내가 누구인지 말해야 한다. 그리고 그것이 레오와는 무슨 상관이 있는 건지….

그런데 못하겠다. 할 수 없을 것 같다.

니브

더 이상은 카페에 있을 필요가 없을 것 같다. 무엇보다도, 조니는 우리가 지난 몇 주 동안 메시지를 주고받았다는 사실은 까맣게 잊은 듯, 내 앞에 앉아 여종업원에게서 눈을 떼지 못하고 있다. 나 대신 그녀가 여기 앉아있었으면 하는 것이 분명하다. 그리고 에밀리가 누구인지 설명도 해주지 않고 계속 에밀리 얘기만 하더니 이제는 아예 이야기의 갈피를 잡지 못하고 방황하고 있다. 조니를 만나기로 한 것부터가 실수였던 것 같다. 나는 후회가 가득한 눈으로 컵에 남아있는 핫초코를 내려다보며 코트를 집었다.

"잠깐만." 조니가 말했다. "가지 마."

곁눈으로 여종업원이 우리를 보고 있는 것이 보였다. 내가 가고 나면 조니와 좀 더 수다를 떨고 싶은 건지도 모르겠다.

기분을 맞춰주고 팁을 두둑이 받아내려고 말이다. 아니면 조니에게 호감이 있거나. 사실 외모로 볼 때 조니도 나쁘지 않다. 머리는 자를 때가 지났고 몸은 마른 편인데 비해 얼굴은 통통하다. 면도도 해야 할 것 같은데, 뭐… 까칠하게 자란 수염이 섹시하다는 여자애들도 있으니까. 그리고 머리끝부터 발끝까지 유명 브랜드의 로고가 붙어있지 않은 것이 없다. 하지만 가까이서 자세히 보니 눈이 정말 매력적이다. 회색 눈동자의 가운데가 점점이 금빛으로 반짝인다. 여자 종업원이 조니에게 호감을 갖는 이유를 알 것 같았다. 그가 아주 자상한 면을 가지고 있다는 사실을 모른다 하더라도 말이다.

"말해봐." 내가 말했다.

조니는 길게 한숨을 내쉬고는 걱정스러운 눈으로 나를 바라보았다. "네가 너무 놀라고 화를 낼 것 같아서 망설여지는 거야."

이제 정말 참을성이 바닥나려고 했다. "너 지금 장난하니?" 그를 쏘아보며 물었다. "나를 귀찮게 해서 결국 너와 메시지를 하게 만들고, 만나기까지 하도록 꼬여놓고, 이제 와서 그 이유를 말하기 싫어진 거야? 내가 화를 내지 않게 생겼어?"

조니는 한동안 아무 말도 하지 않았다. 그의 이마에 땀방울이 맺혀있는 것이 보였다. 내게 말하려는 것이 무엇인지는 모르지만 심각한 일임이 틀림없다. 조니가 나를 웃게 해주었던 최근의 순간들이 떠올랐다. 도무지 웃을 일이 없었던 시기에 말이다. 그리고 나조차 내 마음을 설명할 수 없을 때 내가 하고 싶은 말들을 정확하게 알아채던 순간들을 떠올렸다. 그러자 마음이 부드럽게 풀리는 것 같았다.

"지금은 네 말을 듣기만 하고, 놀라고 화내는 건 나중에 할 테니까 말해봐."

조니는 웃지도 않고 몇 초 동안 조용히 그대로 앉아있었다. 마치 테이블에 놓인 설탕통이 해결책이라도 주는 듯 시선을 고정시킨 채 생각에 잠겨있었다.

"알았어." 드디어 조니가 입을 열었다. "진실을 알고 싶어? 내가 너에게 레오에 관해 알고 싶다는 메시지를 보낸 이유 말이야."

상대가 조니가 아니었으면 나는 탁자 너머로 팔을 뻗어 맨손으로 그의 목을 졸랐을지도 모른다. 그러나 짜증이 나는 것보다 이야기를 듣고 싶은 호기심이 더 컸고, 또 착하게 나가기로 마음먹었으므로 나는 의자에 차분히 앉아 최대한 조니의 용기를 북돋아주는 표정을 지어 보였다. "맞아, 유령 소년. 이유를 알고 싶어."

단조로운 팝 음악이 적막을 채웠다. 커피 내려지는 소리가 들리고, 한쪽에서는 아기가 울고 있었다. 나는 조니에게서 시선을 떼지 않았다. 조니가 고개를 들었다.

"단순한 이유야, 정말⋯ 그냥 너에게 끌렸던 거야."

처음에는 내가 잘못 들은 줄 알았다. "뭐라고?"

"너에게 끌렸다고." 조니가 다시 한 번 말했다. 그러고는 잠깐 눈을 감았다 뜨더니 말을 이었다. "친구의 친구가 기금 마련 행사 링크를 알려줘서 페이지를 클릭해보니 네 사진이 있었어. 메시지를 보내고 싶은데 생각나는 문구들이 전부 너무 유치한 거야. 그래서 좀 독창적인 방향으로 접근한다는 것이, 나중에 생각해보니 좋은 방법이 아니었던 것 같아."

나는 너무 기가 막혔다. "좋은 방법이 아니었다고? 어떤 사람들… 아니 대부분의 사람들은 그런 식의 접근을 수상하다고 생각한단 말이야."

"나도 알아." 조니가 눈길을 돌리며 말했다.

조니의 말을 이해하고 받아들이느라 머리가 핑핑 돌 지경이었다. 물론 불가능한 일은 아니지만, 너무 별나지 않은가 말이다. 이상한 나라에 들어갔다가 바로 반대편 출구로 빠져나온 느낌이었다.

"그러니까 레오에게는 전혀 관심이 없었다는 거야?" 내가 천천히 물었다.

조니는 망설였다. "꼭 그렇다고 할 수는 없어. 그렇지만 네 사진을 처음 본 순간부터 너를 머릿속에서 지울 수가 없었어." 조니는 갑자기 말을 멈추고 두 손으로 머리를 감싸며 신음 소리를 냈다.

"미안해. 이렇게 말할 생각은 아니었는데."

조니는 마치 땅속으로 꺼지고 싶은 듯 보였다. 당연히 그럴 것이다. 누가 호감 가는 상대에게 채팅을 신청하면서 가족의 불상사를 소재로 삼겠는가? 학교에서 제일 사기꾼 같은 아이도 그런 짓은 하지 않을 것이다. 그러나 동시에 조니의 방법을 인정해주지 않을 수 없는 것이, 결국 내가 넘어오지 않았는가 말이다. 그동안 103개의 페이스북 메시지와 90개의 문자를 주고받았으니까. 그리고 나는 지금 여기서 그를 만나고 있으니까. 그리고 솔직하게 말하자면 조금 설레고 기분이 좋기도 하다. 지금까지 나에게 호감을 갖고 다가온 사람은 없었다. 호감을 가졌다 해도 인정하지 않았거나. 더구나 내 성질을 무던히 참아주면서 내가 마음을 열 때까지 이런저런 시도를 하면서 기다려준 사람은 더더욱 없었다. 그러자 별안간 황당한 생각이 머리를 스쳤다. 조니는 레오의 스토커가 아니다. 그의 관심은 오롯이 나에게 향해있다.

아, 맙소사. 헬렌이 들으면 기절초풍을 하겠다.

* * *

다행히 헬렌은 기절초풍하지는 않았다. 그 대신 훨씬 더 호되게 나를 질책했다. 집으로 돌아오는 길에 전화를 해서 얘기했더니 헬렌은 한동안 아무 말도 하지 않았다. 너무 오랫동안 말이 없어서 전화가 끊어진 줄 알 정도로. 그러다가 말했다.

"그래서, 다른 데 가서 알아보라고 쏘아붙여 줬어?"

나는 차라리 그렇게 했다고 말하고 싶었다. 사실대로 말하면 화를 낼 것이 뻔하니까. 그렇지만 헬렌과 나 사이에 거짓말이란 있을 수 없다.

"아니, 그러지 않았어. 다시 만나기로 했거든."

전화기 너머로 짧게 숨을 들이마시는 소리가 났다.

"뭐라고? 언제?"

"금요일 저녁에." 내가 대답했다. "들어 봐, 헬렌. 나 그 애를 좋아하는 것 같아…. 다정하고 좋은 아이야."

"스토커들이 처음엔 다 그래."

내가 한숨을 쉬며 말했다. "조니는 스토커가 아니야. 그 애는…."

헬렌이 내 말을 자르고 끼어들었다. "그 애는 어느 날 갑자기 최근에 죽은 너의 오빠에 대해 물으면서 너에게 접근을 했어. 그리고 네가 있는 장소를 알고 그곳에 나타났어." 헬렌의 어조는 단호하고 정확했다. "그런 다음 네가 자기를 신뢰할 수 있도록 대화를 걸어왔어. 그러다가 네가 마침내 경계심을 완전히 내려놓으면 결혼하자고 할 거야. 내 말 믿어. 그는 스토커라고."

헬렌은 마치 증거 자료를 읽고 있는 것처럼 확신에 찬 어조로 말했다. 논리적으로 생각하면 헬렌의 말이 맞는 것 같았다. 그러나 오늘 45분 동안 조니와 마주 앉아서 그가 어떻게 했는지, 왜 그랬는지를 들었다. 조니가 내게 마음을 털어 놓으면서 긴장하던 모습, 그의 부드러운 음성, 그 안에 담겨 있는 진심, 그리고 나도 모르게 내 마음속에 자리 잡고 있던 생각들을 마치 들여다보듯 이야기하던 조니의 모습. 조니는 어쩌면 지금 나에게 꼭 필요한 사람인지도 모른다. 내가 이 슬픔을 극복할 수 있게 해주는 힘을 가진 사람. 내 삶의 빛 같은 것이 되어줄 수 있을지도 모른다. 매일 침대에서 일어 나 하루를 시작할 이유 같은 것. 오빠는 죽었는데 나는 살아 있다는 사실만으로 감사해야 할 것 같지만 그렇지가 않다. 나를 레오 오빠의 여동생이 아닌 나 자체로 봐줄 사람이 필요하다.

헬렌이 계속 말을 하고 있었지만 나는 귀담아듣지 않았다. 조니가 시선을 내릴 때 창백한 얼굴 위로 그의 긴 속눈썹이 그림자를 드리우던 모습과 그 순간 나에게 말하지 못하는 뭔가가 더 있는 듯한 떨쳐버릴 수 없었던 느낌을 떠올리고 있었다. 그가 나를 추적해서 찾아낼 만큼 내가 그의 시선을 끌었다는 사실도 기쁘다. 나에게 너무 집착하는 것 같기는 하지만 말이다. 그리고 조니에게서 느껴지는, 비밀을 간직한 듯 신비로운 분위기도 마음이 끌린다. 무엇보다 지금의 내가 분노와 비참함, 공허함이 아닌 다른 감정을 느낄 수 있어서 좋다. 나는 조니를 좋아한다.

"그러니까 부모님께 말을 하는 게 좋을 것 같아." 헬렌은 이렇게 마무리를 했다.

그 마지막 말이 나를 잠깐의 몽상에서 깨어나 가슴이 철렁하게 했다.

"뭐라고?" 순간 나도 모르게 언성이 높아졌다. "그건 절대로 안 돼. 그러고 나면 엄마는 내가 외출하는 것조차 신경 쓰고 스트레스를 줄 거야. 조니 얘기를 했을 때 우리 엄마가 어떻게 반응할지 상상해봐."

"니브…."

"아니야. 헬렌, 들어봐." 헬렌이 낯선 사람에 대한 위험에 대해 더 역설하기 전에 내가 말을 끊었다. "내 삶이 얼마나 거지 같았는지 너도 알잖아. 오빠가 사고를 당하기 전에도 말이야. 오랫동안 좋은 일이라곤 없었어. 그런데 이제 모든 게 변할 것 같은 느낌이 들어. 그래, 조니가 말주변도 없고, 재미는 없어. 그렇지만 그와 메시지를 주고받는 게 즐거워. 나를 웃게 해준다고. 조니에게 기회를 주고 싶어."

"그러다가 조니가 네가 기대하는 사람이 아니면?" 헬렌이 말했다. "그럼 어떡할 건데?"

나는 숨을 한 번 깊게 들이쉬고 말했다. "그렇다면 아마도 내가 어느 시궁창에서 죽은 채 발견되겠지. 그리고 너는 내 장례식에 와서 '그것 봐. 내가 뭐랬어!' 하고 소리칠 거고."

나는 잠시 머뭇거리면서 헬렌을 설득할 수 있는 말을 생각했다. "헬렌, 이 기회를 잡으면 안 될까? 내 생애 처음으로 누군가 진심으로 나에게 관심을 가지고 있다는 사실을 즐기면 안 되겠냐고."

전화 너머로 한동안 침묵이 흘렀다. 헬렌은 내가 당장 전화번호를 바꾸고 조니에 대해 완전히 잊어야 할 새로운 이유를 생각하고 있는 것 같았다. 마침내 헬렌이 긴 한숨을 쉬었다.

"젠장, 좋아 니브. 그렇게까지 고집을 부리는 너를 이해 못하겠지만 좋다고. 그렇지만 네가 본격적으로 사귀기 전에 내가 조니를 만나봐야 한다는 건 알지?"

조니

　나는 괴물이다. 아이언맨도 여자 문제에 있어서는 분명 미심쩍은 부분이 있지만 나처럼 이렇게까지 추락하지는 않았을 것이다. 그중에도 최악인 것은 니브에게 한 말 중에 반은 진심이라는 사실이다. 물론 내가 처음에 연락을 한 이유가 니브 때문이었다는 것은 거짓말이지만 니브에게 호감을 느낀 것은 사실이었으니까. 나에게 까칠하게 행동할 때에도 그녀가 좋았다. 그런 척하고 있을 뿐이지 그 뒤에 숨어있는 니브의 본 모습은 전혀 까칠하지도 사납지도 않다. 메시지를 주고받을 때 보면 우리는 통하는 게 있다. 니브를 잃고 싶지 않다. 그래서 진실을 말할 수 없는 거다. 니브가 레오와 쌍둥이라는 사실을 알게된 순간, 내가 진실을 말했을 때 니브가 어떻게 반응할지가 두려워졌다. 두 사람이 쌍둥이라는 사실은 우리가 처한 상황에서 여러 가지를 달라지게 하는 것 같다. 그 이유는 알 수 없지만 그런 생각이 든다. 그래서 거짓말을 했다. 내가 한 짓을 알게 되었을 때 에밀리가 뭐라고 할지에 대해서는 아직 생각하고 싶지도 않다. 더구나 니브와 다시 만나기로 해서 일을 더 엉망으로 만들었다는 사실을 알게 되면 말이다. 에밀리에게는 말하지 않을 거다. 에밀리는 내가 레오에 관해 좀 더 깊이 알기 위해서 니브를 이용한다고 나를 비난할 거고, 나는 어떤 면에서는 인정하는 수밖에 없을 것이다. 그러나 사실은 상황이 그보다 더 나쁘다. 레오가 정말 심장 기증자라면 에밀리는 당연히 레오의 쌍둥이 여동생에게 다가가서는 안 된다고 할 것이다. 나도 이에 동의하는 바이다. 그 때문에 내가 방금 한 짓이 더 비열한 행동처럼 느껴진다.

그럼에도 나는 이기적인 인간이기 때문에 심장이 정말 레오의 것인지 확인하고 싶으면서, 동시에 니브도 계속 만나고 싶다. 바로 그 점이 문제인 것이다. 내가 둘 다를 가져도 되는 건지 모르겠다.

***

"어느 팀이 이길 것 같냐?"

마르코가 질문을 던지자 모여있던 아이들은 즉시 열띤 반응을 보였다. 무리 중에는 내가 이해할 수 있는 부류의 아이들도 있고, 전혀 이해할 수 없는 낯선 부류의 아이들도 있다. 꽁꽁 얼 것 같은 추운 날씨임에도 아이들은 쉬는 시간을 이용해 밖에 모였다. 담배를 피우기 위해서 말이다. 이제는 나도 그 분위기에 어느 정도 익숙해졌다. 아이들이 담배를 피울 때는 바람을 등지고 앉는 요령을 터득해서이기도 하고, 또 대부분의 시간은 그냥 웃고 떠들며 시간을 보내기 때문이다. 가끔 재미있는 얘기를 할 때도 있었다. 예를 들면 오늘처럼 말이다.

레오도 첼시 팬이었던 것 같다. 페이스북 기금 마련 행사 페이지에 그의 어머니가 첼시 선수들이 사인한 셔츠를 경매로 내놓은 걸 보았다. 레오가 어렸을 때 첼시 티셔츠를 입고 찍은 사진도 있었다. 그래서 요즘엔 축구 얘기만 나오면 귀를 기울이곤 한다.

"아스날은 절대 이기지 못할 거야." 에비스가 잭슨을 노려보며 말했다. "4강은 몰라도 우승 후보는 아니니까."

"스퍼스도 그렇게 잘하지 못해." 잭슨이 응수했다. "그 팀의 주 공격수가 점수를 못 내잖아."

"점수 얘기가 나와서 말인데 그 선수 부인 봤어?" 찰리가 끼어들었다. "스타일 죽이더라."

에비스가 흘기듯이 찰리를 보며 말했다. "그렇겠지. 근데 너는 왈시 선생님도 매력적이라며. 우리 할머니보다 늙은 여자를 말이지."

그러자 모두 배꼽을 잡고 웃었다. 나는 왈시 선생님이 매력적이라고 생각한 적은 없지만, 아무튼 따라 웃었다. 하지만 그건 너무 무례한 것 아닌가. 그녀에게 남편과 아이들이 있을 텐데 말이다.

"너는 왜 웃는지 모르겠어, 조니." 갑자기 에비스가 말했다. 그의 돼지 눈이 나를 빤히 보고 있었다. "너는 신통치 못할 것 같은데. 아마 여자 친구가 한 명도 없었을걸."

그러자 모두 다시 한 번 크게 웃었다.

"좋은 지적이야, 에비스." 잭슨이 말했다. "여자에게 어떻게 해야 하는지도 모를 거야."

나는 얼굴이 빨개지는 것 같았다. 온몸의 세포가 당혹감으로 끓어 넘치는 것 같았다. 내 반응에 대한 기대가 담배 연기에 섞여 모락모락 피어오르고 있었다. 내가 그들과 한패라는 걸 증명해보라는 것이다. 나는 시선을 땅에 고정하고 반격할 방법을 생각했다. 달아오른 얼굴이 진정되기를 기다리면서. 그 순간 또 다른 생각이 떠올랐다. 이런 상황에서 아이언맨이라면 어떻게 할까? 그대로 웃게 내버려 둘까, 아니면 재치 있는 한 마디로 제압할까? 아니, 그보다 레오라면 어떻게 할까? 그러자 기발한 생각이 스치면서 할 말이 떠올랐다.

"너희 엄마는 그렇게 말하지 않던데, 잭슨."

0.7초 정도 침묵이 흐르더니 갑자기 울부짖음과 야유가

쏟아져 나왔다. 잭슨은 마치 나를 한 대 치려는 듯했으나 다른 아이들이 그를 밀거나 끌어안는 바람에 그러지 못했다.

"농담이야." 내가 순진한 표정으로 손을 내저으며 말했다. "가볍게 농담한 거라고."

찰리가 내 어깨를 탁 치며 말했다. "기가 막힌 농담이었어, 조니!"

마치 신하들을 지켜보는 왕처럼 묵묵히 지켜보고만 있던 마르코도 웃었다. "잘했어, 조노. 배짱 좀 있구나."

나는 마치 시험을 통과한 것 같은 느낌이었다. 이제 그룹의 일원이 된 것 같은. 어딘가에 소속된 듯한 그 느낌이 좋았다.

니브

입을만한 옷이 없다. 내가 가지고 있는 옷이란 옷은 전부 바닥, 침대, 탁자에 펼쳐놓았는데 하나 같이 맘에 들지 않는다. 물론 지금 검은색 스키니진과 팔꿈치의 상처를 가릴 수 있는 긴 팔 상의를 입고 있기는 하다. 30분 후에 햄스테드 빌리지에 있는 극장 앞에서 조니와 만나기로 했는데 이러다가는 영화가 끝날 때나 도착하게 생겼다.

"스키니진에 블론디 티셔츠 입지 그래?" 헬렌이 침대 위에 구겨져 있는 가수 블론디의 데비 해리 얼굴이 인쇄된 낡은 흰색 셔츠를 들어 보이며 말했다.

입고 있던 상의를 벗으려던 순간 블론디 셔츠를 입을 수 없는 이유가 생각났다.

"레오 오빠가 장난치다가 볼로네제 소스가 튀었는데 얼룩이 없어지지 않아. 데비 해리 얼굴에 여드름이 난 것처럼 됐다니까."

헬렌이 데비의 얼굴을 살펴보더니 셔츠를 바닥에 던지고는 다른 것을 집어 들었다. "이건?"

록키 호러 픽쳐 쇼 셔츠였다. 몇 년 전 피트 삼촌이 그 쇼는 꼭 봐야 한다면서 오빠와 나를 데리고 갔을 때 산 거다. 그때 오빠가 돈을 빌려줘서 그 셔츠를 살 수 있었다. 이제는 작아져서 배꼽이 드러날 지경이지만 그래도 차마 버릴 수는 없다. "그건 너무 추울 것 같아."

헬렌이 다시 주위를 둘러보다 하나를 집었다. "그럼 이건?"

문 뒤에 걸려있던 축구 유니폼 셔츠다. "너무 구식이야." 헬렌이 지금 들고 있는 유니폼 셔츠는 레오 오빠 거다. 다섯 시즌인가 여섯 시즌 전에 입었던 것이라 너무 많이 빨다 보니 파란 물이 빠졌고 첼시 팀 로고는 갈라져 뱅크시의 그림 같았다. 오빠가 사고를 당하기 전에는 내가 잠옷으로 입었다. 지금은 옷 속에 받쳐서만 입는다. 아무도 내가 그 셔츠를 입었는지 알아채지 못하도록.

"던져봐." 헬렌이 던지는 셔츠의 팔을 잡았다. 셔츠를 입을 때마다 오빠의 냄새가 날 것 같다는 기대를 하지만 희미한 세제 냄새만 날 뿐이다.

헬렌이 시계를 보며 시간을 확인했다. 내가 조니를 만나러 가는 것이 탐탁치 않으면서도 얼른 문밖으로 나서지 못해

안달인 것이다. 헬렌은 그렇게 병적일 정도로 예의를 중요하게 생각한다. 자기가 별로 좋아하지 않는 사람에 대해서조차도. 물론 나도 늦고 싶지는 않았으므로 아주 짧은 순간 망설이고는 그냥 셔츠를 입었다. "자, 나 어때?"

헬렌은 나를 아래위로 훑어보더니 입가에 체념 비슷한 미소를 띠고 고개를 저으며 말했다. "행복해. 내 말은 너가 행복해 보인다고."

헬렌의 말을 들으니 비로소 나도 내가 행복하다는 생각이 들었다. 아니면 행복이라는 것에 내가 다가갈 수 있는 만큼 가까이 간 것 같았다. 가슴속에서 설렘 같은 것이 보글거리며 솟아올랐다. 마치 크리스마스이브를 맞은 다섯 살짜리 아이처럼. 이런 감정을 갖는다는 게 지금의 내 처지에 합당하지 않을지도 모르지만, 안개 같은 슬픔에서 벗어나 본 지가 너무 오래된 것 같아서 지푸라기라도 잡고 싶은 심정이었다.

"이제 가야겠다." 내가 코트를 집어 들며 말했다. "문지기를 통과하는 데만도 30분은 걸릴 테니까 말이다."

하지만 내 추측은 틀렸다. 엄마는 기금 마련 행사에 온 정신을 쏟고 있는 중이어서 최소한의 검열만 한 뒤 우리를 내보내주었다. 코트를 입는 동안에도 불안에 찬 눈길로 내 마음을 짓누르기는 했지만. 물론 도착하면 엄마에게 문자를 보내야 하고, 집으로 돌아올 때도 문자를 해야 한다. 그렇지만 보통 때 거쳐야 하는 3단계 검열에 비하면 아무것도 아니었다. 아빠는 TV에서 방영 중인 역사 채널에서 시선을 떼지 않았다. 그런데도 불안한 마음에 내가 너무 서둘러 헬렌을 문밖으로 밀치는 바람에 헬렌은 문 앞에 놓인 매트에 걸려 넘어질 뻔했다.

"너희 아빠가 너무 말이 없으셔." 헬렌이 버스 정류장으로 가는 길에 말했다. "괜찮으신 거니?"

나는 어떻게 대답을 해야 할지 몰랐다. 요즘 들어 부쩍 아빠의 말수가 적어지긴 했지만, 그만큼 함께하는 시간이 줄어들었기 때문에 작은 변화를 놓치고 지나치기가 쉽다. 머리색이 변한 것은 알겠다. 아빠의 머리는 늘 짙은 검정색이어서 오빠와 나는 아빠가 염색을 했을 거라고 추측하곤 했는데, 어느새 희끗희끗한 반백이 되어있었다. 더 이상 젊어 보이기를 포기한 사람처럼 말이다. 그런데 거기 무슨 의미가 담겨있는 건지는 잘 모르겠다. 어쩌면 아무 의미도 없는 것일 수도 있다.

"괜찮은 것 같아." 내가 대답했다. "방황하는 건 엄마지."

헬렌이 고개를 끄덕였다. "엄마에게 거짓말하는 건 옳지 않은 것 같아. 못 가게 하시지 않았잖아."

"아니, 못 가게 했을 거야." 내가 말했다. "그리고 정확하게 말하자면 거짓말을 한 건 아니지…. 영화 보러 가는 건 맞으니까. 그냥 약간 생략한 것뿐이야."

"그게 바로 거짓말이야." 헬렌이 장차 변호사를 꿈꾸는 아이답게 콕 집어서 말했다. 아주 잠깐, 오늘 만남에 헬렌을 데리고 가는 게 잘하는 일일까 하는 의문이 들었다. 만일 헬렌이 조니를 이리저리 심문하려 든다면 럭비처럼 발이라도 걸어야 할 것 같다.

"그렇긴 하지만 모르고 있는 게 엄마도 편할 거야." 이렇게 말하는데 버스가 왔다. "모든 자식은 부모에게 종종 거짓말을 하잖아."

헬렌은 입술을 꼭 다물고 아무 말도 하지 않았다. 반박하고 싶었겠지만 맞는 말이니까. 우리 모두 수만 가지 이유로 부모에게 거짓말을 한다. '아뇨, 숙제 없어요….' '네, 공부하고 있어요….' '그럼요, 점심에 불량식품 먹지 않았어요….' 등.

가족이 알아야 할 일이 있고, 몰라도 되는 일이 있다. 조니는 내 비밀의 영역에 속한다. 그것이 왜 중요한지는 모르겠지만 아무튼 내 마음이 그렇다.

조니는 내 삶의 슬픔과 후회, 아쉬움과는 별개로 다른 영역에 있었으면 좋겠다. 이런 말을 상담 시간에 하면 테레사 선생님 눈이 휘둥그레질 것이다. 그 또한 내가 조니의 일을 비밀로 간직해야 하는 이유 중 하나다.

"내가 함께 가는 거 조니도 알고 있어?" 버스가 큰길로 들어설 때 헬렌이 물었다.

"아니." 그동안 내가 헬렌에 대한 이야기를 많이 했기 때문에 조니도 헬렌이 누구인지는 안다. 하지만 헬렌이 자기를 어떻게 생각하고 있는지는 모른다. 나는 헬렌이 조니를 만나고 나서 그녀의 생각이 바뀌기를 기대하고 있다. 그리고 조니 앞에서 스토커라든가 하는 이야기는 하지 않기를 바란다. 조니와 내가 대화 중에 그런 농담을 하기는 했지만 그래도 내가 뒤에서 헬렌과 자기 흉을 본다고 생각하게 하고 싶지는 않다.

조니가 나를 보기 전에 내가 먼저 조니를 봤다. 버스를 타고 오면서 엄지손가락 주변을 뜯었는데, 조니를 보니 긴장이 더해져서 그런지 그 부분이 따끔거리기 시작했다. 속이 우글우글하는 느낌이었다. 나 혼자 왔더라면 조니에게 문자를 보내고 바로 돌아서서 집으로 갔을지도 모른다. 그런 면에서 헬렌을 데리고 오길 잘했다는 생각이 들었다. 헬렌은 어떤 경우에도 달아나지는 않으니까. 나는 마치 강아지처럼 헬렌 뒤를 졸졸 따라갔다. 긴장이 되면서도 한편으로는 조니가 나를 만나고 싶어 한다는 사실을 알기 때문에 나 역시 어서 그를 만나고 싶었다.

나는 헬렌에게 바짝 다가서며 물었다. "너 조니 친절하게 대해 줄 거지?"

"물론이지." 헬렌이 눈알을 굴리며 대답했다. "내가 누굴 친절하게 대하지 않은 적이 있니?"

내가 헬렌을 데려오는 것에 대해 조니가 이상하게 생각하지 않기를 바라면서 힐끗 그의 표정을 살폈다. 이제 돌아서

기에는 너무 늦었다. 조니가 우리를 본 것이다.

"자, 가자." 나는 혼자 다짐하듯 중얼거렸다. "어차피 겪을 거, 얼른 해치우자고."

우리가 다가가자 조니는 약간 의아한 표정을 지으며 내게 물었다. "괜찮아?" 조니가 나와 헬렌을 번갈아 봤다.

"응, 괜찮아." 나는 조니의 표정을 살피며 조심스럽게 대답했다. "얘는 헬렌이야. 헬렌이 너를 만나고 싶어 해서."

조니는 잠깐 동안 나를 바라보다가 어깨를 으쓱해 보였다. "그랬구나. 안녕, 헬렌."

"안녕." 헬렌이 담백하게 응수했다. "네가 도끼 살인마가 아닌지 확인하려고 나왔어."

"헬렌!" 내가 믿을 수 없다는 표정으로 헬렌을 쩨려보았다.

조니가 큰 소리로 웃으며 나를 돌아보았다. "왜 그런 생각을 했는데?"

"온라인에서 알게 된 사람을 만난다고 하면 사람들이 늘 그렇게 생각하잖아." 헬렌이 웃음기 없는 얼굴로 말했다. "상대방이 정말 자기가 소개한 그런 사람인지 알 수 없으니까."

"헬렌!" 다시 헬렌을 향해 제발 그만하라는 눈빛을 보냈지만 헬렌은 아랑곳하지 않았다. "그만해!"

조니는 여전히 흥미롭다는 듯이 한쪽 눈썹을 치켜올렸다.

"나는 조니 웹이고, 열다섯 살이야. 세인트 알반스 전문학교에 다니고 있고, 첼시 팬이야. 도끼는 가지고 있지 않고, 벌

레를 죽이거나 가끔 썰렁한 농담을 해서 분위기를 죽이기는
하지만, 살생한 적은 없어. 그 밖에 또 알고 싶은 거 있어?"

헬렌의 표정을 보니 내가 코트 안에 입고 있는 축구 유니
폼 셔츠를 떠올리는 것 같았다. 조니는 내가 자기를 기쁘게
해주기 위해 그 셔츠를 입었다고 생각할 것 같다. 나는 조니
가 어느 팀을 응원하는지도 몰랐는데 말이다. 그러나 헬렌의
시선은 다시 조니에게로 옮겨갔다. 그리고 조니를 찬찬히 뜯
어보기 시작했다. 그러더니 고개를 저으며 말했다. "없어, 아
직은. 니브, 내가 필요하면 언제든 연락해. 엄마 아빠와 식당
에서 밥 먹고 있을 거니까."

마지막 말은 나에게 한 것이지만, 아직 조니를 신뢰하지
않는다는 의미가 분명했다. 헬렌은 조니를 보며 고개를 까닥
해 보이고는 자리를 떴다. 마음 한편에서는 헬렌을 따라 자
리를 뜨고 싶었다. 헬렌이 가고 나면 난 이제 조니를 어떻게
대해야 한단 말인가?

"어, 조금… 이상했던 거 같아." 조니가 말했다. "헬렌은 늘
저런 식인가?"

"어떤 식? 우리 엄마의 미니 버전 같은 거 말이야?" 나는
고개를 저으며 한숨을 내쉬었다. "늘 저러는 건 아니야."

조니는 머뭇거리는 듯하더니 시선을 돌리며 말했다. "괜
찮아. 너의 안전을 걱정해서 그러는 거니까."

조니 말이 맞다. 그래서 나도 헬렌에게 진심으로 화를 내

지 않는 것이다. 그렇게까지 티를 내지 않아도 됐겠지만 말이다. 아무튼 이제 헬렌은 갔고, 앞으로 조니와 단둘이 시간을 보내야 한다. 나를 좋아한다고 말하고, 나 또한 그 못지않게 좋아하고 있는 조니와 단둘이서 말이다.

"이제 들어가야 할 것 같아." 내가 말했다.

조니가 고개를 끄덕이며 문 쪽을 돌아보았다. "혹시 헬렌이 우리가 어떤 영화 보는지 알고 있어?"

"아니, 말해주지 않을 거야." 내가 검정색과 빨간색 일색인 스릴러 포스터를 힐끗 보며 말했다. "만약에 헬렌이 물어보면, 〈퍼레이드 하는 판다〉 봤다고 하는 거야, 알았지?"

조니가 말없이 웃었고, 우리는 극장 안으로 들어갔다. 몇 발자국 뒤에서 조니가 걸어가는 모습을 보고 있는데 핸드폰 진동이 울렸다. 헬렌이 보낸 문자였다. '아직은 전적으로 신뢰하지 않아.'라고.

조니

난 이곳에 오지 말았어야 했다.

니브를 또 만난 건 정말 좋다. 니브는 금방이라도 토할 거 같은 얼굴로 도착했고, 헬렌은 진땀이 날 만큼 위협적이기는 했지만 말이다. 헬렌이 가고 니브와 어두운 극장 안에 앉아 있는 지금도 헬렌의 냉랭한 시선을 머릿속에서 떨쳐버릴 수 가 없다. 헬렌은 마치 내가 거짓말을 하고 있다는 사실을 알 고 있는 것 같다. 불가능한 일이긴 하지만 그래도 왠지 그런 생각이 든다. 헬렌도 나를 페이스북 친구로 추가했다. 나에 대해 좀 더 조사해보기 위해서일 것이다. 깨끗한 새 계정을 열어서 다행이라고 생각했다. 하지만 내가 니브에게 다가가 지 말아야 할 이유는 헬렌 때문은 아니다.

심장 기증자일 수 있는 사람을 찾고 또 찾았지만, 심장을 기증할 수 있으려면 특정 형태의 죽음이어야 하는데 그런 조건에 맞는 경우는 한 사람밖에 없었다. 따라서 나는 그 사람의 심장이 내게로 왔다는 사실을 99.99% 확신할 수 있다. 그 사람이 바로 레오다. 그러니 내가 그의 쌍둥이 동생과 데이트할 수는 없다. 여기서 그만둬야 한다. 영화가 끝나면 니브가 놀라지 않도록 신중하게 사실을 말해야 한다.

스크린에서 나오는 빛에 비친 니브의 옆얼굴을 찬찬히 뜯어보았다. 오똑 솟은 귀여운 콧날과 하나로 높이 묶은 머리에서 삐져나온 잔머리, 미간을 찌푸리고 집중하는 모습들이 너무 좋다. 나를 만나기 위해 굳이 치장하지 않았는데도 멋스러워서 좋다. 특히 파란색 셔츠가 파란 눈동자를 더욱 돋보이게 하는 것도. 그런데 니브는 레오의 여동생이다. 내가 이런 감정을 느껴도 되는 상대가 아닌 것이다.

영화는 별로였다. 계속해서 비명을 지르고 가짜 피로 범벅을 한다고 해서 서툰 연기가 가려지는 것은 아니다. 니브와 나는 반쯤 남아있는 팝콘 봉지를 가운데 두고 나란히 앉아 있었다. 팝콘 냄새가 계속 나를 유혹했다. 니브보다 적게 먹긴 했지만 그래도 이미 내가 먹어도 되는 양에 비해서는 너무 많이 먹었다. 에밀리가 그만 먹으라고 손가락을 세워 가로젓는 모습이 상상되었다. 의자 팔걸이에 꽂혀있는 콜라도 물론 안 된다고 할 것이다. 어쩌면 허락할지도 모르겠다. 언버킷 리스트를 만들 때, 함께 영화 보러 가서 불량식품을 마음껏 먹는 항목이 꽤 높은 순위를 차지했었으니까. 벌써 오래전의 일 같다. 에밀리가 이번 감염을 이겨내고 나면 그 항목을 다시 상기시켜 주어야겠다. 그때는 이 영화보다는 재미있는 걸로 봐야지.

그런 생각을 하다가 다시 니브를 보니, 니브도 나를 보고 있었다. 니브가 눈길을 돌리지 않아서 우리는 한동안 그렇게 마주 보았다. 사람들이 점점 자리에서 일어나는 것도, 다른 어떤 것도 상관하지 않았다. 니브가 무슨 생각을 하고 있는지는 모르지만 우리 사이에 긴장감이 감도는 걸 느꼈다. 니브의 한쪽 눈썹이 약간 올라가는 것으로 보아 나에게 뭔가를 묻고 있는 것 같았다. 그러다가 가끔 시선을 내 입가로 내리곤 했는데, 그러는 동안 우리 사이의 거리가 점점 좁아지고 있었다. 키스를 하려고 마음만 먹는다면 할 수도 있을 것 같았다. 니브의 입술에서는 짭짤한 팝콘과 달콤한 음료의 맛이 날 것이다. 그런 생각을 하니 키스를 하고 싶은 생각이 더욱 간절해졌다. 가슴이 어찌나 쿵쾅거리는지 영화관에 있는 사람들 모두에게 들릴 것 같았다.

그 순간 니브가 레오의 동생이라는 사실이 떠올랐다. 왜 그녀에게 키스를 해서는 안 되며, 그런 생각조차 하면 안 되는지. 나는 가까스로 시선을 돌려 화면을 향했다. 그러고 나서 몇 초 후에 니브도 고개를 돌렸다. 우리 사이에 감돌던 분위기도 함께 식어갔다.

니브

10월 29일 01:20
우리 같이 도망가자.

엄마는 오빠 방에서 소리 죽여 울고 있었다. 오빠 방문 앞
에서 엄마의 울음소리를 들으며 떨고 있는데 문자가 왔다.
오빠 방으로 들어가서 마치 내가 엄마고 엄마가 아이인 것
처럼 안아주고 위로해주어야 한다. 다 괜찮아질 거라고. 그
렇지만 우리는 서로 그렇게 하지 않을 것임을 안다. 시간이
지나면 지금보다는 덜 힘들겠지만. 아빠를 깨우는 것이 최선
이겠지만, 아빠도 해줄 수 있는 게 없으니 결국 세 사람 모두
잠도 못 자고 괴로운 밤을 보내게 될 뿐이다. 침대 뒤로 떨어
진 먼지 쌓인 항우울제를 가져올까 하는 생각도 잠시 들었

지만, 그것 역시 좋은 해결책은 아닌 거 같다. 나는 잠시 그대로 서있다가 내 방 침대로 돌아왔다. 눈물을 참아서 그런지 머리가 아팠다.

이어폰을 꽂고 조니의 메시지를 다시 한 번 읽었다. 기분이 엉망인 중에도 미소가 지어졌다. 한 시간 전에 잘 거라고 문자를 했는데 아직 잠들지 않았나 보다. 조니가 아직 깨어 있다는 사실이 기뻤다.

> **01:25**
> 네가 내 마음을 읽었구나. 어디로 갈까?

조니의 제안에 내 마음이 얼마나 흔들렸는지 그는 아마 모를 것이다.

내가 조니와 영화를 보고 집으로 돌아왔을 때, 엄마는 집 안에서 커튼이 활짝 젖힌 상태의 창문 너머로 초조하게 바깥을 보고 있었다. 아빠는 보이지 않았다. 나는 어금니를 꽉 깨물고 엄마의 잔소리를 견디다가, 엄마의 불안이 고조되어 내 남은 기분까지 망쳐버리기 전에 방으로 올라왔다. 그러고는 침대에 누워 천장을 바라보며 조니 옆에 앉아서 영화 보던 순간의 기분을 떠올렸다. 어둠 속에서 서로의 무릎이 닿았다. 어느 순간 나를 바라보던 조니의 눈과 마주치기도 했다. 그는 내 기분을 가늠하려는 듯 바라보고 있었다. 그때 조니가 내 표정에서 무엇을 읽었는지 모르겠지만, 그는 몇 초 후에 다시 고개를 돌렸다. 내게 키스를 하고 싶었던 것 같았는데 말이다. 키스를 했더라면 좋았을 텐데.

> **01:31**
> 잘 모르겠어. 화창한 곳이면 어디든. 너와 나밖에 없는 곳이면 좋을 것 같아.
> 브라이튼 어때? 아침에 출발해서 당일로 다녀오는 거야.

브라이튼은 해변이다. 마음이 내키지 않았다. 오빠가 사고를 당한 후로는 바다 근처에도 가보지 않았다. 그러나 멀리 도망간다는 사실 자체가 좋았고, 조니와 함께 간다는 건 더 좋았다. 그리고 조니에게 내가 이상한 해변 기피 증상을 가진 사람처럼 보이고 싶지는 않았다. 더구나 조니가 싫어서 피하는 것 같은 생각이 들게 해서는 더더욱 안 될 것 같았다.

결국 나는 괜찮을 거라고 스스로를 달랬다. 사고가 난 바로 그 장소에 가는 것도 아니니까. 엄마에게는 헬렌 집에서 같이 공부하기로 했다고 말하면 된다. 그럼 엄마도 불안할 게 없을 테니까.

> **01:34**
> 좋은 생각이야, 유령 소년.
> 몇 시에 만날까?

다음 날 아침에 빅토리아 역에서 조니와 만났다. 조용한 역사 안에는 주말여행을 가는 사람들, 상점을 구경하는 사람들로 북적였다. 조니는 늘 그러듯이 일찍 와있었다. 유명 브랜드에 목숨을 건 듯한 차림새에는 눈살이 찌푸려질 뻔했지만, 그럼에도 반가움에 키스를 해주고 싶었다.

"조니, 솔직하게 말해." 조니가 가까워지자 내가 말했다. "너 오늘 아침에 거울 보는데 혹시 양 울음소리(남이 하는 대로 따라 하는 것을 보고 '양처럼(like sheep)'이라 표현 – 옮긴이) 못 들었니?"

"안녕, 니브." 조니가 차분한 어조로 말했다. "아니, 못 들었는데. 왜?"

내가 손으로 그의 옷차림을 가리키며 말했다. "온통 유명 브랜드로 도배를 해서 조니라는 사람의 개성을 볼 수 없으니 말이야."

그러자 조니는 기분이 상한 듯 표정이 어두워지며 답했다. "나는 이렇게 입는 게 좋아."

"뭐라고?" 내가 대답했다. "사람들이 유명 브랜드에 집착하는 것은 자기가 뭘 좋아하는지 모르기 때문이야."

조니가 나를 아래위로 훑어보더니 말했다. "올 블랙은 어떻고?"

이 말이 불쾌하지는 않았다. 사실이니까. 오늘 내가 검정색을 입은 이유는 맞춰 입기가 쉽고, 달리 입을 것이 마땅치 않았기 때문이다. 하지만 솔직하게 말하자면 이렇게 맞춰 입는 데도 20분이나 걸렸고, 검정 아이라이너와 마스카라까지 완벽하게 그리기 위해 또다시 15분이나 투자해야 했다. 하지만 조니에게 그런 말은 하지 않았다.

"나에게는 검정색이 잘 어울려. 몰랐어?"

조니는 한쪽으로 고개를 약간 기울이고 한동안 나를 찬찬히 살폈다. 나는 뱃속이 옴찔거리는 느낌이 들었다.

"알고 있었어."

순간 기분이 좋으면서도 약간 쑥스러워 얼른 출발 안내판을 보는 척했다.

"9시 50분에 출발하는 기차가 있는데 우리 그거 탈까?"

"좋아." 조니가 말했다. "저기 승차권 판매대 있다."

누가 승차권을 구매할 것인지를 놓고 잠시 실랑이를 벌였다. 영화 볼 때 조니가 영화표와 간식을 샀기 때문에 오늘은 내가 사는 게 공평하다고 주장했다. 잠시 열띤 실랑이 끝에 조니가 고개를 저으며 뒤로 물러섰다.

"너 신세 지는 거 싫어하는구나, 그렇지?"

"어린아이 취급받는 게 싫은 것뿐이야." 내가 쏘아붙이듯 응수했다.

"난 어린아이 취급한 게 아닌데. 그냥 좋아… 음, 잘해주려고 그런 거지."

조니가 볼을 붉히며 시선을 돌렸다. 조니는 좀 전에 '좋아해서'라고 말하려던 게 분명하다. 그런 조니를 가로막은 게 미안하기는 하지만 그래도 짚고 넘어갈 건 정확하게 짚고 넘어가야 한다.

"조니, 내가 제일 싫어하는 게 누가 나에게 어떻게 하라 마라 잔소리하는 거야. 네가 그런 걸 원하는 거라면 나는 지금 집에 갈 거야."

조니가 눈을 동그랗게 뜨며 말했다. "아니야! 절대 아니야. 나는 그러고 싶은 생각이 전혀 없어. 나도 평생 그런 말을 들으며 살았기 때문에 다른 사람에게 그럴 생각은 조금도 없다고."

그 순간 또다시 조니가 내게 말하지 않는 뭔가가 있다는 느낌이 스쳤다. 나는 잠시 그를 바라보며 그것이 무엇일까 가늠해 보았다.

"좋아." 내가 주머니에서 돈을 꺼내며 말했다. "네 마음이 좀 편해지고 싶다면 거기 도착해서 간식 같은 걸 사주던가."

기차에 들어서 자리에 앉아서도 말이 없던 조니는 기차가 움직이기 시작하자 나에게 물었다. "너는 아침에 일어나서 자신이 누구인지 궁금했던 적 없니?"

"무슨 뜻이야?"

조니는 창밖을 스치는 런던의 흐린 풍경을 보고 있었다.

"거울을 보았을 때 갑자기 너 자신이 낯설게 느껴질 때 없었어?"

나는 거울을 볼 때마다 내 입술과 코, 눈을 보며 레오 오빠를 떠올리게 되지만, 그런 말은 하지 않았다. 그 대신 오빠와 싸웠던 순간들을 떠올렸다. 엄마는 오빠와 내가 어렸을 때부터 그렇게 싸운 것은 아니라고 했다. 어렸을 때는 서로 제일 친한 친구였는데 나이가 들면서 변한 거라고. 그러나 아무리 서로의 존재에 대해 비난하고 싸워도, 좋든 싫든 나는 한 번도 내가 누구인가에 대해 의문을 가져본 적은 없었다. 나는 니브 브로디, 레오 오빠의 쌍둥이 여동생이었으니까. 그런데 오빠가 죽으니 그런 연대감을 잃어버린 것이다. 온전한 전체의 반쪽이라는 정체성이 사라진 것이다. 더 이상 누군가의 동생이 아니라 그저 나인 것이다. 나는 애써 그러한 상실감을 밀쳐내며 대답했다. "그런 적이 있는 것도 같고. 왜?"

　"네가 나를 양 같다고 놀렸잖아." 조니가 말을 이었다. "네가 그렇게 말할 때까지는 깨닫지 못했는데 다시 생각해보니 네 말이 맞는 것 같아. 다른 사람들이 입는 대로 따라 입는 거야. 난 아베크롬비가 누군지도 몰라. 그런데 그게 간단한 문제가 아니야." 조니는 손으로 자기 머리를 쓸어 올리며 깊은 한숨을 쉬었다. "너를 만나기 전에 나에게 일이 좀 있었어. 그래서 평범한 어린 시절을 보내지 못했어. 심신의 성장에 영향을 미칠만한 그런 일을 겪으면서 자라다 보니 나는 개성이나 나만의 스타일을 가지지 못한 거 같아. 그렇지만 오해하지는 말아줘. 나의 정체성이나 개성을 찾아가는 동안 유명 브랜드를 잠시 빌려 쓰는 거니까."

그러고는 한동안 둘 다 말이 없었고, 달리는 기차 바퀴의 철컥거리는 소리만이 조용한 공기를 채웠다. 나는 조니가 자기 이야기를 조금씩 하는 것이 기뻤다. 그와 내가 좀 더 대등해지는 것 같기도 했다. 조니에게 무슨 일이 있었는지 묻고 싶었지만, 내게 알려주고 싶어진다면 말해줄 것이라는 생각이 들었다. 이상하게도 조니가 방금 한 말이 마음에 와닿았다. 그것은 마치 내가 검정색을 나의 상표처럼 내세우고 그 뒤에 숨어있는 것과 같다는 생각이 들었다. 양에 빗대어 놀린 것은 내가 너무 비열했던 것 같아서 다시 주워 담을 수만 있다면 그러고 싶었다.

"아베크롬비가 누구인지 아는 사람은 아무도 없어." 내가 말했다. "중요한 것은, 네가 어떤 사람이 되고 싶든, 나는 다 좋다는 거야."

조니가 창문에 시선을 고정시킨 채 고개를 끄덕였다. 나는 천천히 몸을 앞으로 기울이고 테이블 위에 팔꿈치를 올려 손을 내밀었다. 조니가 한동안 주저하는 바람에 내 얼굴이 붉어지려는 찰나, 조니는 내 눈을 마주치더니 천천히 그의 손끝이 내 손에 닿았다. 그렇게 잠시 서로의 눈을 쳐다보았다. 이내 조니의 손이 천천히 내 손 위로 포개졌다. 브라이튼에 도착할 때까지 우리는 그렇게 손을 잡고 있었다.

선명한 푸른색 하늘 아래 펼쳐진 해변의 날씨는 맑고 청명했다. 분주하고 시끄러운 역사를 빠져나오니 갈매기 울음소리가 들려왔다. 살랑살랑 불어오는 바람에 섞여있는 비릿한 소금기를 맡으니 순간 속이 울렁거렸다. '정신 차려야 해, 니브 브로디.'

"어느 쪽으로 갈까?" 내가 물었다. 오한이 느껴졌으나 찬바람 때문은 아니었다.

조니가 핸드폰에서 지도를 확인하고는 말했다. "앞으로 쭉 가면 해안가야. 좀 내려가다가 왼쪽으로 꺾으면 상가고."

"상가?" 나는 의아해하며 되물었다.

"응, 빈티지 옷 가게." 조니가 설명했다. "거기서 네가 내 옷 좀 골라주면 좋을 것 같은데."

"그럴 수도 있지." 나는 길을 따라 걸으며 말했다. "네가 검정색을 좋아한다면 말이야."

나는 곧바로 해변으로 가는 게 두려워 상점 쪽을 택했는데 막상 가보니 재미있었다. 특이하고 작은 부티크들을 한 시간 정도 돌아다니며 구경을 했다. 마지막 가게까지 가는 동안 조니는 티셔츠 네 개와 빈티지 리바이스 청바지 하나를 샀다. 청바지는 낡아서 아주 편안하게 맞을 것 같았다. 조니가 너바나 티셔츠를 들고 나를 돌아보았다.

"이거 어때?"

"안돼." 내가 다른 진열대를 돌아보며 말했다. "그건 레오 오빠 취향이지 내 취향은 아니야."

조니는 대꾸하지 않았다. 계산하러 가는데 보니 내가 골라준 해골 무늬 셔츠 밑에 바로 그 너바나 티셔츠 자락이 삐져나와 있었다. 그것을 보는 순간, 조니가 오빠처럼 커트 코베인의 열렬한 팬이 아니기를 바랐다.

"이제 뭐 할까?" 인파를 헤치고 조용한 골목길로 들어서자 조니가 말했다. "배고파?"

조니가 핸드폰을 꺼내는데 진동이 울렸다. 화면을 보던 조니의 표정이 변했다. 조니는 전화기를 얼른 주머니에 넣으며 말했다. "그전에 화장실을 찾아야 할 것 같아."

나는 도착하자마자 방향 감각을 완전히 잃어버렸지만 조니는 핸드폰으로 지도를 확인하고 있었기 때문에 어디로 가야 하는지 아는 것 같았다. 나는 머릿속이 빙빙 도는 것 같은 느낌을 애써 참으며 조니를 따라갔다. 쇼핑하는 동안은 괜찮았는데 멀리서 바닷소리가 들리자 다시 어지러워졌다. 나는 걷는 속도를 줄이면서 호흡에 집중했다. 그런 내 사정을 모르는 조니는 저만치 앞서서 걸었다.

조니가 모퉁이를 돌아서 시야에서 사라지자 불안감이 한층 더해졌다. 조니를 따라 서둘러 모퉁이를 돌자 눈앞에 바로 녹갈색 파도가 출렁거리는 바다가 펼쳐졌다. 그 순간 짭짤한 바다 향을 잔뜩 머금은 바람이 얼굴을 스쳤다. 목 안으로 소금기가 들어가면서 구역질이 올라왔다. 이곳에 온 것이 큰 실수였다는 생각이 들었다. 나는 아직 해변에 올 준비가 되어있지 않았던 것이다. 공포가 가슴을 짓누르면서 시큼한 위액이 올라왔다. 나는 두 손으로 입을 틀어막았다. 세찬 파도가 밀려와 바위에 부딪쳤다. 마치 그날의 그 해변에 다시 와있는 것 같은 착각이 들었다. 비통한 울부짖음이 귓전을 때리며 허공을 채웠다. 나는 잠시 얼어붙은 듯 그대로 서 있었다. 다음 순간 조니를 돌아볼 여유도 없이 돌아서서 달렸다.

조니

"니브!"

니브는 내가 미처 무슨 일인지 묻기도 전에 놀라운 속도로 모퉁이를 돌아 사라져버렸다. 나도 어쩔 수 없이 니브 뒤를 따랐다. 울퉁불퉁한 길을 따라 달리면서 무슨 일일까 생각해보았다. 해변에 온 것이 문제인 것 같았다. 레오가 사고를 당한 후로 해변에는 처음 오는 것일 텐데…. 그래서 더욱 니브를 놓치면 안 된다.

니브는 몇 분을 그렇게 달리다가 속도를 늦춰 걷기 시작했다. 우리는 이미 바닷가에서 멀어져 로열 파빌리온 가든에 와있었다. 이렇게 달려본 지가 언제인지 모를 정도여서 숨이 무척 가빴지만, 나로서는 그 정도에 그쳤다는 사실이 감사했다. 니브는 꽃밭들 사이에 멈춰 서서 어깨를 들썩이며 숨을 고르고 있었다. 두 볼이 빨갛게 상기되어 있었다.

"미안해." 내가 다가가니 니브가 숨을 헐떡거리며 말했다. "도저히…."

그러고는 말을 맺지 못했다. 눈물이 고여 반짝였다. 나는 가까이 있는 벤치를 가리키며 물었다. "좀 앉을래?"

니브가 숨을 고르는 동안 기다렸다. 그동안 나도 가빠진 호흡을 진정시키며 주변의 꽃들을 둘러보았다. 머릿속에 많은 궁금한 것들이 떠올랐지만 애써 털어버렸다. 니브가 말하고 싶으면 묻지 않아도 할 테니까. 엄마가 약 먹으라는 문자를 보내오긴 했지만, 약은 좀 있다가 먹어도 된다. 우선은 니브를 안정시켜야 한다.

"내가 바보처럼 보일 거야." 니브가 시선을 돌린 채 말했다.

"아니야." 내가 대답했다. "오히려 나는 깜짝 놀랐어. 축구 같이 하는 친구들도 네가 달리는 걸 보면 창피해야 할 것 같더라."

니브는 웃을 듯한 표정을 지었다. 그러나 웃지는 않았다. "이럴 줄은 몰랐어. 그런데 소리와 냄새… 그것들을 마주하는 순간 도저히…."

니브는 말을 멈추고 침을 꿀꺽 삼켰다. 슬픔을 겪는 형태가 사람마다 다를 수 있다는 사실에 대해 뭔가 위로를 해주어야 할 것 같았다. 그런데 떠오르는 말마다 상담 선생님이 하는 말 같았다. 그래서 아무 말도 하지 않고 듣고만 있었다.

"오빠가 이런 나를 보면 웃긴다고 할 거야." 니브는 두 팔을 세게 끌어안아 스스로를 안아주는 듯한 자세로 말을 이었다. "오빠는 웃는 걸 참 좋아했어."

나는 니브가 말을 계속하길 바라면서 숨죽인 채 듣고 있었다. 내가 듣고 싶어서라기보다는 니브가 좀 더 편안해질 수 있기를 바라는 마음이었다. 니브가 여전히 자신의 분노와 슬픔에 짓눌려있는 것 같아서 그것들을 조금이라도 털어버려야 할 것 같았다.

"지금도 내 시선이 닿는 곳마다 여전히 오빠가 있어."

"레오가 보고 싶을 거야."

니브는 자기 손가락을 내려다보며 말했다. "다들 그렇게 생각하겠지? 그런데 사실은 난 오빠가 미워. 그놈의 바위에 올라간 건 오빠 때문이었어. 오빠가 무모한 고집을 부리지 않았으면 난 절대 그런 위험한 짓은 안 했을 거야."

그동안 나는 니브가 사고에 관해 별로 얘기하지 않는 것이 단지 너무 힘들어서 그러는 거라고 짐작했는데, 내 생각이 틀렸던 거 같다. 니브는 차마 말을 할 수가 없었던 거다. 그 이야기를 하려면 너무 많은 기억과 감정이 되살아나니까. 남들은 이해하기 힘든 그녀만의 감정들 말이다.

"누군가 탓할 사람이 있으면 좀 낫지?"

"맞아." 니브가 놀라는 눈빛으로 나를 흘낏 올려다보았다. "잠깐 동안은 도움이 되더라. 그렇지만 내 솔직한 심정은 아무에게도 말할 수 없었어. 특히 내가 만나야 하는 그 바보 같은 상담 선생님에게는 말이야. 아픈 자들의 구원자라는 레오 성인을 비난하는 말을 할 수는 없잖아."

니브의 말이 내 가슴을 사정없이 때리는 것 같았다. "아픈 자들의 구원자?" 나는 혹시 니브가 내가 생각하는 바로 그 의미로 말을 하는 건가 싶어 천천히 되물었다.

니브는 짧은 웃음을 날리고 나서 말했다. "그래, 맞아. 몰랐어? 그가 죽으면 자기 장기를 기증해달라고 했대. 언제나 슈퍼스타야. 그게 우리 오빠야." 니브는 두 손으로 얼굴을 감싸고 문지르더니 말했다. "미안해. 이런 쓸데없는 말을 너에게 쏟아놓는 게 아닌데."

"괜찮아." 나는 니브의 팔을 쓰다듬으면서 말했다. 추측만 했던 일이 사실로 확인된 것이다. 숨을 천천히 길게 들이마셨다. 피가 거꾸로 솟구치는 것이 느껴졌다. 숨을 내쉬는데 호흡이 떨렸다. 내 안에 있는 것은 레오의 심장이다. 다른 사람의 심장일 가능성은 없어졌다. 사실을 털어놓고 가벼워지고 싶지만 지금 니브에게 그 말을 할 수는 없다. 지금 니브에게는 또 다른 힘겨운 비밀을 보태줄 사람이 아니라 의지가 되어줄 친구가 필요하니까. 그런데 불행히도 니브 곁에는 지금 나밖에 없다.

"정말이야. 네 얘기 들어주는 게 좋아."

그러자 니브가 한숨을 쉬며 말했다. "그렇지만 나는 싫어.

오빠에게서 벗어나기 위해 여기까지 온 거지, 내 문제로 너까지 지루하게 하려고 온 건 아니니까."

나는 일어나서 니브의 두 손을 맞잡으며 말했다. "절대 지루하지 않아. 사실은 그 반대야."

니브는 고개를 들고 의아한 눈빛으로 나를 바라보았다. 그녀의 두 볼이 다시 상기되었다. 자기 이야기를 누군가 들어주고, 칭찬을 해주는 것에 익숙하지 않은 것 같다는 생각이 들었다. 니브에게 좀 더 자주 칭찬해줄 것을 기억해야겠다. 그리고 그 순간 내 자신이 바보 같다는 생각이 들었다. 레오에 대해 좀 더 알아보기 위해서 시작한 일인데, 니브를 만난 후로 모든 생각의 중심에 니브로 가득하니 말이다. 그런 생각을 하니 전율과 함께 두려움이 밀려왔다. 내가 있어서는 안 될 곳에 와있는 것 같았다. 더 이상은 니브를 만나지 말아야 한다. 이건 우리 둘 다를 위해 옳지 않은 일이다. 그런데 나는 니브를 포기할 자신이 없다.

니브의 손을 잡아당겼다. 일으켜주려는 거였는데 니브가 생각보다 가벼워서 너무 세게 당긴 꼴이 되고 말았다. 니브가 당겨지는 힘에 끌리듯 일어나 내 가슴에 부딪히듯 안겼다. 순간 니브의 입에서 놀라움에 짧은 신음 소리가 새어 나왔다. 니브가 그렇게 내 가슴에 안기니 두 팔로 니브를 감싸고 키스를 하는 것이 너무도 당연한 순서 같았다. 최소한 나는 그렇게 하고 싶었다. 니브도 그걸 원하는 것 같았다. 입술을 살짝 벌리고 심장을 멎게 할 듯한 눈빛으로 나를 바라보고 있는 걸 보면. 그런데 키스를 하고 싶은 마음과 머릿속에 맴도는 생각들 사이에서 너무 오래 방황하는 동안 니브는 뒤로 물러섰고, 내 입술은 그녀의 입술에 닿을 기회를 놓치고 말았다.

잠시 어색한 침묵이 흘렀다. "지금쯤 화장실이 절박할 거 같은데?" 니브가 말했다.

분위기는 그렇게 깨지고 말았다. 나는 쓴웃음을 짓는 것 외엔 달리 할 수 있는 게 없었다.

"조금 그렇기도 해. 우리 어디 가서 뭐 좀 마실까?"

니브

이해할 수가 없다. 해변의 괴상한 정자에 있을 때도 조니는 키스를 하고 싶은 것 같았고, 집으로 돌아오는 기차 안에서도 한 번쯤 시도할 줄 알았다. 우리 칸 전체에 승객이라곤 우리밖에 없었으니까. 그런데도 조니는 맞은편에 앉아서 손도 잡지 않고 계속 거리를 두었다. 햄스테드 시내의 거리를 걷고 있는 지금도 거의 말을 하지 않는데, 내가 뭘 잘못했는지 모르겠다. 어서 나에게서 멀어지고 싶은 건지 초조한 듯계속 시계를 들여다보면서. 레오 오빠의 이야기를 해서인 것같다. 그 때문에 부담스러워진 거다. 처음에는 괜찮은 것 같았지만 시간을 두고 생각해보니 내가 너무 골치 아픈 아이라는 생각이 든 거다. 너무 상처가 많으니까. 영리한 생각이다.

우리는 버스 정류장에서 잠시 조용히 앉아있었다. 차가운

밤공기에 입김이 하얗게 얼어서 작은 구름을 만들었다. 나는 괜찮으니 이제 그만 가라고 해야 한다. 그렇지만 조니는 가지 않고 내 옆에 있을 것이다. 비록 속으로는 다른 곳에 가고 싶어도 말이다. 우리를 지나쳐 가는 사람도 있고, 버스를 기다리는 사람도 있었다. 같이 온 것 같으나 서로 말이 없는 우리를 보고 어떻게 생각할까? 조니는 내 시선을 피하려는 듯 먼 곳을 응시하고 있었다. 또 다른 의문이 들기 시작했다. 어쩌면 오빠 이야기 때문이 아니라 조니가 원래 부끄러움이 많은 아이라서 그런지도 모른다. 키스해본 적이 없어서 어떻게 시작해야 하는지 모르는 걸 수도 있지 않은가. 그러고 보니 나도 알고 있다고 자신할 수는 없다. 혹시 조니는 내가 키스해도 좋다는 신호 같은 걸 보내주기를 기다리는 건지도 모르겠다. 나는 심호흡을 한 다음 손을 내밀어 그의 손을 잡았다. 조니가 고개를 돌려 나를 보았다. 조니의 놀란 눈빛과 마주쳤다. 그의 눈빛에는 놀라움 말고 또 다른 감정이 서려 있었다.

"니브…." 조니가 뭔가 경고를 하려는 듯한 어조로 말을 시작하려는 순간, 나는 그에게로 몸을 기울여 그의 입술에 내 입술을 갖다 댔다.

심장이 두근거림과 함께 그의 입술이 부드러워지면서 내 입술을 향해 움직였다. 그가 입술을 벌리자 설렘이 밀려왔다. 조니도 키스하고 싶었던 거구나. 내가 손을 올려 그의 목덜미를 쓰다듬었다. 고운 솜털이 만져졌다.

하지만 몇 초 후 모든 것이 변했다. 조니가 눈을 뜨고 나를 밀어낸 것이다.

"이러면 안 돼." 조니가 숨을 허덕거리며 말했다. "그게 말이지… 미… 미안해. 그렇지만 안 돼."

조니는 벌떡 일어나 가버렸다. 나를 그 자리에 남겨둔 채. 나는 충격으로 얼어붙었다. 다음 순간 수치심이 끓어오르더니 이내 눈물이 차올랐다. 내가 미련했다. 조니는 전혀 키스하고 싶은 마음이 없었는데. 내가 억지로 키스를 하는 바람에 모든 걸 망쳐버렸다. 뒤에서 킬킬거리는 소리가 들렸다. 주위를 둘러보니 어떤 남자아이가 인상을 찌푸린 채 서있었고, 여자아이가 대신 사과를 하는 듯 내 쪽으로 눈빛을 보냈다. 나는 코트 속에 얼굴을 파묻으며 울음을 참았다. 그러지 않아도 나는 요즘 울음을 참아야 할 일이 너무 많은데 말이다.

나는 의자에서 일어나서 늦게까지 문을 여는 편의점으로 들어갔다. 이리저리 기웃거리는데 계산대 뒤에 진통제가 보였다. 진통제를 사서 버스 정류장으로 돌아오면서 두 알을 먹었다. 진통제가 도움이 될 것 같지는 않았지만 아무튼 삼켰다. 오늘 밤을 견디는 데 도움이 된다면 무엇에라도 기대고 싶었다.

38

조니

"셔츠 멋있네." 월요일에 함께 복도를 터덜거리며 걸어가면서 마르코가 말했다. "네가 너바나 팬인지 몰랐어."

나는 얼른 뭐라 대답하지 못하고 머뭇거렸다. 너바나의 곡에 대해서는 지금까지 한두 곡 들어본 것이 다였기 때문이다. 레오가 그 밴드를 왜 그렇게 좋아하는지 모르겠다는 생각을 하고 있던 중이다.

"응, 팬이야. 좋잖아."

"주말은 어떻게 지냈어?" 마르코가 물었다.

그의 질문이 갑자기 가슴을 파고들었다. 나는 잠시 마르코의 표정을 살폈다. 과연 그가 나의 한탄을 끝까지 들어줄 용의가 있는 건지 궁금해하면서. "나쁘지 않았어. 고마워."

"경기 봤어?" 마르코가 또다시 물었다. "바르셀로나가 잘

하긴 했어. 그렇지만 트로피는 이미 레알 마드리드가 차지한 거나 마찬가지야."

나는 건성으로 고개를 끄덕였다. 그러고 보니 지난주에 경기에 대해 말한 것 같다. 다른 날 같았으면 경기에 대해 이것저것 물어보겠지만 오늘은 그러고 싶지 않았다. 니브에 대한 생각과 지난밤 내가 그녀를 밀어냈을 때 일그러지던 그 표정이 머릿속에서 떠나지 않았기 때문이다. 에밀리에게 털어놓고 '친구로서의 조언'을 구하고 싶었다. 그렇지만 에밀리는 내가 지난번에 보낸 메시지에도 아직 답을 하지 않았다. 그러니 마르코밖에 이야기를 털어놓을 사람이 없다. 혹시 그가 기상천외한 해결책을 내놓을지 누가 알겠는가? 나는 곁눈으로 마르코를 흘낏 살핀 다음 말을 꺼냈다.

"그런데 말이지, 내가 뭐 하나 물어봐도 될까?"

"뭘 물어보느냐에 달렸지."

나는 말을 멈추고 실수를 하는 게 아닐까 잠시 생각해보았다. 그러고는 소리를 낮추어 말했다. "만나는 여자애가 있는데…."

마르코가 발걸음을 멈추고 나를 빤히 쳐다보았다. 그의 얼굴에 서서히 웃음이 번졌다.

"조용히 해, 이 나쁜 녀석아." 나는 혹시 누가 듣고 있지는 않은지 주변을 살피며 말을 이었다. "이제 시작 단계야. 그런데 문제가 좀 복잡해. 그 애가 최근에 그 애가… 음… 키스를 했는데… 내가 밀어냈거든."

마르코의 얼굴에서 일순간 웃음기가 사라졌다. "너 지금 네가 동성연애자라는 말을 하는 거야?"

"아니야!"

그러자 마르코가 의아한 표정으로 물었다. "그럼, 그 애가 못생겼어?"

"아니." 니브의 모습을 떠올리며 내가 말했다. "매력적이야. 그런데 내가 말했듯이 좀 복잡하다고."

"어떻게 복잡하다는 건지 모르겠네." 마르코가 다시 걷기 시작했다. "네 말을 들으면, 그 애는 준비가 되어있는데 네가 별 이유도 없이 거절한 거잖아."

나는 말하지 않은 편이 나았겠다는 생각이 들었다. "됐어. 관두자."

"내가 보기엔 네가 생각이 너무 많은 것 같아." 마르코가 책상 위에 가방을 던지고 자리에 앉으며 말했다. "그 애가 매력 있고, 너에게 마음도 있는 것 같으면 받아들여. 그 애가 못생겼으면, 눈을 감고 다른 여자를 생각해."

옆 책상에 앉은 여학생이, 이름이 이사벨이었던 거 같은데, 경멸의 눈초리로 우리를 쏘아보았다. 그러는 게 당연하다고 생각했다. 마르코가 방금 한 말은 너무 야만적이고, 나역시 같은 무리로 취급을 받을 수밖에 없을 테니까 말이다. 마르코는 이사벨의 시선은 아랑곳없이 그녀를 향해 윙크를 날렸다. "내가 항상 지켜보고 있어, 알지?"

이사벨은 기겁을 하며 고개를 돌렸다. 마르코는 어깨를 한 번 으쓱해 보였다. 아무렇지도 않은 척했지만 나는 그의 눈에 실망의 빛이 스치는 것을 보았다. 마치 이사벨이 자기의 제안을 받아들일 것이라 기대했던 것처럼. 만약 그렇다면 마르코는 여자에 대해 나보다도 모르는 것이 분명하다.

연필을 집어서 노트 뒷장에 그림을 그리기 시작했다. 하트 형 얼굴에 슬픔이 담긴 눈. 마르코의 말처럼 어쩌면 내가 너무 많은 것을 생각하는 건지도 모른다. 그냥 부딪쳐보자. 니브도 혼자고, 나도 혼자다. 니브가 나의 친척도 아니고, 단지 그의 죽은 오빠의 심장을 내가 이식받은 것뿐이지 않은가. 그 사실만 빼면 우리 사이에 문제가 될 것은 아무것도 없다. 니브도 나에게 호감을 가지고 있고, 나도 니브에게 깊이 빠져있다. 레오의 심장에 대해 니브에게 말하라고 한 사람도 없지 않은가? 더구나 관례에 의하면 나는 심장 기부자에 대해 아무것도 모르고 있어야 맞는다.

누구나 비밀 한 가지쯤은 가지고 있다. 그렇지 않나?

* * *

방과 후에 마르코의 무리는 공원으로 공을 차러 갔다. 나도 따라가서 책가방 더미 옆에 서서 구경했다. 뭐라도 하면서 시간을 보내야 할 것 같아서. 니브는 내가 오늘 보낸 문자와 페이스북 메시지에 아직 답을 하지 않았다. 니브에게 설명할 기회를 달라고 했지만 니브가 막상 답을 한다 해도 나는 아직 설명할 말을 생각해내지 못했다. 니브가 답을 해줄지도 모르긴 하지만 말이다. 아무튼 해명할 말을 생각해야 한다. 생각하면 할수록, 니브의 키스를 받아들였어야 한다는 생각이 든다. 하루 종일 그 생각만 했다. 키스를 계속했더라면 느낌이 얼마나 좋았을지, 그다음엔 어떤 일이 일어났을지. 하지만 그보다 더 절실하게 돌이키고 싶은 것은 내가 밀어내던 순간 니브의 상처받은 눈빛이었다. 지난 몇 달 동안 니브는 너무도 힘든 시간을 보냈다. 니브의 마음을 더 이상 아프게 하면 안 되는 거였다. 더구나 나처럼 떳떳하지 못한 비밀을 가진 아이가 말이다.

"이봐, 조니!" 잭슨이 나를 부르는 바람에 정신이 퍼뜩 들었다. "공 좀 던져 줘!"

주위를 둘러보니 조금 떨어진 곳에 공이 보였다. 살살 뛰어가서 공을 집으려는데 문득 이제 나도 경기에 참여할 수 있을지 모른다는 생각이 들었다. 어차피 운동도 해야 하고, 아이들과 어울려서 공을 차는 정도니까. 그리고 공을 다루는 레오의 실력이 내게도 조금 옮아와 있을지도 모르니까.

그러나 20분 정도가 지나자 그런 기적은 일어나지 않았다는 사실을 깨달았다. 다른 아이들은 나보다 월등히 잘했고,

대부분 담배 연기에 찌든 폐를 가졌을지언정 나보다 훨씬 빨랐다. 심지어 심판이 있었더라면 레드카드를 받았을 만한 거친 태클에 수도 없이 걸려 넘어졌다.

"미안, 친구." 잭슨이 발을 걸어 나를 넘어뜨리고는 가식적인 미소를 지으며 말했다. "공을 찬다는 것이 그만."

그럼에도 경기가 끝날 때쯤에는 실력이 조금 나아진 듯한 느낌이 들었다. 모두 숨을 헐떡이고 있었다. 나도 겨우 숨을 고르며 신선한 공기를 한껏 들이마시려는데 마르코와 다른 아이들이 담뱃불을 붙였다. 나는 기침을 하며 얼른 바람을 등지는 쪽으로 자리를 바꿨다. 마르코가 웃으며 내게 빈 담뱃갑을 던졌다. 담뱃갑은 내 가슴에 맞고 튕겨서 유모차를 끌고 가는 어떤 여자 앞에 떨어졌다. 그 여자가 매섭게 인상을 쓰며 내 쪽을 바라보았다. 나는 낮은 목소리로 사과를 하면서 얼른 담뱃갑을 주워 바지 주머니에 넣었다.

잭슨이 그 여자를 향해 불량스럽게 휘파람을 불었다. "맘에 드는데." 잭슨이 그녀에게 들릴만한 소리로 외쳤다.

그 여자는 들은 척도 하지 않고 계속 가던 길을 갔다. 나는 마르코와 그의 무리가 여자에 대해 하는 말들이나 태도가 신경에 거슬린다. 마치 여자에게 인격은 없고 육체만 있는 것처럼 대한다. 자기들도 다른 누군가가 자기 어머니나 여자 형제에 대해 그렇게 말한다면 참지 못할 거면서 그 두 가지 상황을 연결하지 못한다. 레오가 그런 식으로 행동하는 것은 상상할 수가 없다. 축구팀의 주장이었으니 여자들이 많이 따랐을 것이다. 조니 2.0도 그보다 못할 수는 없다.

"그만해, 잭슨." 나는 책가방을 집어 들며 못마땅하다는 듯 말했다.

그러자 잭슨이 바로 나에게 다가와 땀에 젖은 얼굴을 바짝 들이대며 말했다. "어디 한 번 그만하게 만들어보시지?"

예전의 조니였다면 이쯤에서 뒷걸음질을 쳤을 것이다. 그러나 난 더 이상 예전의 조니가 아니다. 내 안에는 레오의 심장이 뛰고 있으며 그가 살았던 삶의 기억과 모습을 지켜가야 한다. 나는 어깨를 당당히 펴고 그를 노려보았다.

"이제 그만 인정하지 그래, 네가 말뿐이라는 거 말이야."

"내가 보기에 넌 여자 근처에도 가본 적 없어." 잭슨이 조롱 섞인 어조로 말했다. "너에게 여자뿐이라곤 고작해야…."

"조니 여자 친구 있어." 마르코가 잭슨의 말을 끊으며 지나가는 투로 말했다. "혹은 남자 친구라거나?"

그 순간 얼굴이 화끈 달아올랐다. 나는 애써 티내지 않으려 노력하며 대답했다. "여자 친구지." 그 순간 손에 들고 있던 핸드폰의 벨이 울렸다. "그 애인가봐. 나중에 보자."

나는 돌아서서 걷기 시작했다. 그러고는 안전한 거리로 멀어질 때까지 일부러 핸드폰을 확인하지 않았다. 한참 후에 메시지를 확인해보니 실망스럽게도 하나는 엄마가 언제 집에 올 거냐고 묻는 메시지였고, 또 하나는 에밀리가 보낸 메시지였다.

> 17:01
> 언제 나 만나러 올 거야?
> – 에밀리

니브에게서는 답장이 없다.

어쩌면 나도 잭슨과 별로 다르지 않은 아이라는 생각이
든다.

39

니브

헬렌은 내가 조니 얘기를 해도 삐죽거리지 않았다. 내가 어젯밤에 조니의 얼굴을 냅다 갈겨주고 싶었다는 얘기를 해도 헬렌은 인상을 쓰거나 자기가 대신 그렇게 해주겠다는 등의 말을 하지 않았다. 엄마 앞에서는 내가 어젯밤에 자기와 같이 있었던 것처럼 행동했으면서 말이다. 점심을 먹으면서 내가 그 당황스럽고 치욕스러운 이야기를 쏟아놓는 동안 헬렌은 가만히 듣고만 있었다.

"너를 거기 남겨두고 혼자 가버렸단 말이야? 설명도 하지 않고?" 내가 말을 끝내자 드디어 헬렌이 입을 열었다.

"응, 안 했어." 옆으로 지나가는 7학년 남자아이들을 향해 인상을 쓰면서 내가 대답했다. "나중에 문자를 보내긴 했어. 설명하고 싶다고. 그렇지만 뭐가 문제인지는 뻔한 거 아니니? 여자 친구도 있거든."

그러자 헬렌이 놀란 듯이 물었다. "여자 친구?"

"그 에밀리라는 여자아이 말이야. 내게 메시지를 보내서 조니에게 기회를 주라고 했던 애." 나는 울컥 감정이 북받치려는 것을 참고 말했다. "내가 에밀리에 대해 물어봤더니 그냥 친구라고 했거든. 그렇지만 뭔가 더 있는 게 분명해."

헬렌은 더욱 이해할 수 없다는 표정으로 말했다. "그렇지만 말이 안 되잖아. 그 애가 조니와 사귄다면 왜 너에게 메시지를 보냈겠어?"

나는 남은 샌드위치를 손으로 조금씩 뜯기 시작했다. "모르지. 그때는 안 만나고 있었을 수도 있고. 여자 친구 때문이 아니라면, 조니가 나를 전혀 좋아하지 않아서 그랬던 거라고 봐야 하는데 그건 아닌 것 같거든. 처음부터 전혀 관심이 없었다면 왜 그렇게까지 해서 내게 연락을 했겠어?" 나는 두 팔에 얼굴을 묻고 테이블 위에 엎드렸다. "진심이 아니라면 왜 그동안 나에게 그런 말들을 했던 걸까? 내가 레오 오빠 얘기를 해서 부담이 된 걸 수도 있긴 하지만."

헬렌이 연민에 찬 음성으로 말했다. "그건 아닐 거야. 만약 그렇다면 조니는 둔해 빠진 머저리인 거고, 너를 만날 자격이 없는 거야. 뭐, 그렇지 않더라도 너에게는 훨씬 더 멋진 남자가 어울리지만 말이야."

헬렌의 말이 사실일까? 나에겐 더 멋진 남자가 어울린다는 말? 나는 변덕스럽고 냉소적인데다가, 이제는 죽은 오빠 때문에 종종 발작 증세까지 보이는데? 누가 나 같은 아이에게 관심을 갖겠는가?

* * *

화요일까지는 힘들게 버텼는데 수요일이 되니 학교에 갈 생각만 해도 끔찍했다. 나는 편두통이 있다는 핑계로 집에서 점심때가 훨씬 지나도록 잤다. 덕분에 테레사 선생님과의 상담도 가지 않을 수 있었다. 엄마는 편두통이 있다는 내 말을 믿어주는 것 같았으나, 내가 목요일 아침에도 일어나지 않자 헬렌에게 전화했다. 금요일 아침 일찍, 방문 앞에서 엄마와 헬렌이 낮은 소리로 속삭이는 소리가 들렸다. 헬렌이 문을 열고 들어와 얼른 일어나라고 다그칠 때까지도 나는 못 들은 척하고 누워 있었다.

"좋아." 내가 계속 꼼짝도 하지 않자 헬렌이 말했다. "일어날 때까지 기다릴 거야."

헬렌이 책장을 넘기는 소리가 들렸다. 그러더니 방바닥을 굴러다니며 이것저것 집었다 놨다 하기 시작했다. 헬렌은 역시 영리하다. 내가 더 이상 참지 못해서 일어나게 하려는 것이다.

"지금 뭐 하는 거야?" 내 침대 밑을 뒤지려는 헬렌을 향해 내가 짜증스럽게 쏘아붙였다. 숨기는 것이 있어서가 아니다. 침대 밑에 숨겨두지는 않는다는 뜻이다. 수면제는 베개 밑에 있다. 아직 열지도 않은 채로. 나는 일부러 베개를 정돈했다. 약병이 보이지 않도록 조심하면서.

"너를 이렇게 하도록 내버려두지 않을 거야." 헬렌이 몸을 일으켜 앉으면서 단호한 표정으로 말했다.

"뭘 하게 내버려두지 않는다는 거야? 잠자는 거?"

"네 잘못이 아닌 일로 슬퍼하는 거 말이야." 헬렌의 음성이 한결 부드러워졌다. "네 마음이 아픈 건 알아. 하지만 조니는 이렇게까지 괴로워하지 않을 거라고."

나는 아무 말도 하지 않았다. 헬렌의 말이 맞을지도 모르지만, 지금 나는 조니가 어떠할지에 대한 생각은 하고 싶지 않다. 내 감정을 추스르기에도 벅차니까. 마음을 채우고 있는 어둠이 너무 무거워서 온몸이 땅속으로 꺼질 것 같았다.

"밤에 잠도 못 자겠어." 내가 중얼거렸다. "아침에 눈을 떠서 학교를 가야한다고 생각이 들어도, 일어날 수가 없어."

"어머니가 많이 걱정하셔." 헬렌이 말했다. "네가 식사도 거의 하지 않는다고 하시더라."

나는 이불을 들추어 빈 과자 봉지와 초콜릿 포장지들을 보여주었다.

"엄마가 언제부터 그렇게 나에 대해 잘 알고 있다니?"

헬렌은 한동안 말없이 침대 위에 어질러진 것들을 보더니 팔짱을 끼며 말했다. "살아있음을 느끼게 해줄 자극이 필요한 것 같아. 내일 밤에 팔리아먼트 힐에 가서 불꽃놀이 구경하자."

나는 다시 베개에 누워 눈을 감았다. 내일이 본 파이어 나이트(영국에서 11월 5일 밤에 1605년의 의사당 폭파 계획을 기념하여 진행하는 불꽃놀이)인 것도 잊고 있었다.

"싫어."

"장작에 모닥불도 피운대." 헬렌이 말했다.

"재미있겠네." 내가 천천히 말했다. "그렇지만 엄마가 놀이 기구는 못 타게 할 거야. 오빠가 사고당하기 전에도 엄마는 그런 건 위험하다며 질색했으니까."

헬렌이 미소를 지으며 일어섰다. "네가 저번에 뭐라고 했지? 어머니가 모르시면 걱정할 일도 없다고 하지 않았어?"

"그래도 학교는 가지 않을 거야." 내가 경고하듯 말했다.

헬렌이 어깨를 으쓱해 보이며 말했다. "6시쯤 올게. 따듯하게 입고 나와."

나도 모르게 입가에 번지는 미소를 감추려고 이불을 머리 끝까지 뒤집어쓰며 대답했다. "네, 엄마."

***

팔리아먼트 힐은 불꽃놀이를 감상하기에 제일 좋은 자리

다. 사방에서 색색의 폭죽이 터지는 것을 볼 수 있다. 나는 제대로 일탈을 맛보기 위해 엄마 아빠가 마시다 남긴 보드 카를 몰래 챙겨 갔다. 헬렌은 깜짝 놀라며 못마땅해했지만, 내가 너무 고지식하다고 면박을 주자 몇 모금 같이 마셨다. 그렇지만 나머지는 내가 거의 마셨고, 덕분에 나는 주변에 모인 사람들이 쳐다보는 가운데 벤치에 올라서서 가라데를 한다며 뒤뚱거리고 있었다.

"내려와!" 헬렌이 소매를 잡아끌며 말했다. "사람들이 보잖아."

나는 남들이 어떻게 생각하든 상관없다고 소리치고 싶었지만, 헬렌에게 차마 그러지는 못하고 거의 떨어지듯 벤치에서 내려와 헬렌 옆에 앉았다.

"불꽃놀이 참 좋아."

헬렌이 고개를 끄덕이며 말했다. "나도." 헬렌은 내가 보드카 병을 입에 대자 마시기도 전에 병을 잡아 내리며 말했다. "나중에 마시게 좀 남겨둬."

"넌 아무튼 재미없어." 내가 투덜거리듯 중얼거렸다.

불꽃놀이의 절정쯤에는 몸이 자꾸 비틀거려져서 놀이공원으로 갈 때는 헬렌과 팔짱을 끼고 걸어야 했다. 눈앞에 불빛들이 어른거려 보이는 게, 엄마가 따로 제지하지 않더라도 격한 놀이 기구를 타는 것은 좋은 생각이 아닐 것 같았다.

"범퍼카는 탈 수 있을 것 같아." 내 귀에도 내 말소리가 알아듣기 힘들 정도로 흐렸다. "술 마시고 범퍼카 타는 것도 음주 운전으로 걸리나?"

헬렌이 신기한 듯 주위를 둘러보았다. 놀이 기구들에서 나오는 불빛 때문에 헬렌의 얼굴이 환각 속에서 보는 듯 이상하게 보였다. "그럴지도 모르지."

"그럼 네가 운전해." 나는 짭짤하고 달콤한 공기를 들이마시며 고개를 저었다. "그런데 우리 범퍼카 타지 말자. 그 대신 보드카에 핫도그 하나 먹고 싶어."

"우선 좀 걷자." 헬렌이 내 소매를 잡고 커다란 곰 인형과 가짜 디즈니 인형들이 진열된 쪽으로 향했다. 헬렌이 고리 던지기를 하는 동안 기다리면서 보드카 한 모금을 마셨다. 헬렌은 고리 던지기를 몇 번 더 했고, 나는 헬렌이 보지 않는 틈을 타서 보드카를 홀짝거리면서 헬렌을 응원했다. 결국 헬렌 상품을 하나도 타지 못한 채, 음식 판매대에 도착했을 때는 머리가 빙빙 돌아서 핫도그를 도저히 먹을 수 없는 상황이었다.

헬렌은 나를 보며 한숨을 쉬었다. "너를 이 상태로 집에 데려갈 수는 없어. 너희 어머니가 기절하실 거야."

내가 보드카 병을 내밀며 말했다. "좀 더 마셔. 그리고 우리 함께 망하는 거야."

헬렌이 웃으면서 내 손에서 보드카 병을 가져갔다. "그럴 듯한 유혹이긴 한데, 둘 중 하나는 깨어있어야 해." 헬렌은

263

보드카 병을 쓰레기통에 버리고, 내 팔을 잡고 출구 쪽으로 갔다. "집까지 걸어가는 동안 술이 깨기를 바라자고."

"왜 버려." 나는 헬렌을 만류하려고 했지만 진심은 아니었다. 인정하고 싶지는 않았지만 속이 좋지 않아 더 이상 마시는 건 불가능했기 때문이다.

길을 따라 반쯤 내려왔을 때 주머니에서 벨이 울렸다. 나는 핸드폰을 꺼내 들고 화면에 초점을 맞췄다. "조니다."

헬렌이 핸드폰 화면을 쏘아보며 말했다. "또? 아직 답장하지 않은 거야?"

"안 보냈지…." 내가 어른거리는 글자들을 간신히 읽으며 대꾸했다. "조니가 얘기하자네."

헬렌이 한심하다는 듯 콧방귀를 뀌더니 다시 걷기 시작했다. "여자 친구 얘기는 언제쯤 털어놓을 생각이냐고 물어봐."

그래야지. 나는 술기운에 빙빙 도는 머리로 생각했다. 조니는 먼저 나에게 다가왔다. 나를 알고 싶어 했고, 그래서 그를 다가오게 했더니 이제는 자기 마음대로 달아나버렸다. 그런 생각을 하니 또다시 맹렬한 분노가 끓어오르기 시작했다. 그는 나에게 설명해야 한다. 나는 당장 문자에 답을 해서 해명을 하라고 다그치고 싶었다. 그 순간 또 다른 생각이 머리를 스쳤다. 메시지로는 그럴듯한 핑계를 대기 너무 쉽다. 조니를 직접 만나 눈을 들여다보면서 대답을 들어야 한다. 그의 진심이 무엇인지, 왜 마음도 없으면서 사람의 마음을 혼란스럽게 하고, 감정을 느끼게 했는지. 그것도 이미 죽도록 힘들어하고 있는 사람한테 말이다. 분노가 점점 격렬해져 가슴에 응어리지는 것 같았다. 나는 조니가 이 모든 것을 왜 시작했는지 알고 싶었다. 나는 헬렌의 팔을 잡은 손에 힘을 주어 헬렌을 멈추게 했다.

"우리 미친 짓 해볼래?"

"아니." 오렌지색 가로등 불빛에 비친 헬렌의 얼굴에 걱정과 불안이 가득했다. "더 이상 사고 치기 전에 너를 집까지 데려다주는 게 좋을 것 같아."

"그러지 말고 우리 세인트 알반스에 가자."

헬렌의 얼굴에 내 말뜻을 알아들었다는 표정과 당황스러움이 동시에 스쳤다.

"그건 정말 말도 안 되는 생각이야, 니브. 조니가 어디 사는지도 모르잖아."

내가 손을 내저으며 말했다. "역에 내려서 전화하면 되잖아. 우리를 데리러 오라고 하지 뭐. 그런 다음 조니가 나타나면 멍청한 놈이라고 시원하게 욕이나 해주고 집으로 돌아오자고."

헬렌이 인상을 잔뜩 찌푸리고 말했다. "조니가 역 근처에 산대? 세인트 알반스가 얼마나 큰지 알고 하는 소리야?"

나는 세인트 알반스에 대해 아는 바가 없기 때문에 대답을 못 하고 잠시 망설였다. 그러나 세인트 알반스로 가야겠다는 생각이 너무 강렬하게 솟아서 다른 것들은 생각할 겨를이 없었다.

"런던보다는 작을 거 아냐. 그리고 여기서 멀지도 않아."

그러나 헬렌은 여전히 내 생각에 동의해야 할지 확신이 서지 않은 표정이었다.

"제발 부탁이야. 그러고 나면 내 마음이 훨씬 편해질 것 같아. 네가 오늘 나를 데리고 나온 이유가 그것 때문 아니었어?"

"그런 식으로 죄책감 느끼게 하지 마." 헬렌은 이렇게 말하면서 내 손을 잡고 길을 따라 걷기 시작했다. "정말로 조니를 만나야겠으면 맑은 정신일 때 만나."

나는 헬렌을 향해 눈을 깜박해 보이며 말했다. "그렇지만 맑은 정신으로는 만나고 싶지 않아."

"자, 집에 가는 걸로 하자." 헬렌이 말했다. "내일 아침에 나한테 고맙다고 할 거야."

나는 몇 걸음 따라 걷는 척하다가 도로 한가운데 멈춰 서서 헬렌이 잡은 손을 뿌리치며 말했다. "조니를 보러 가야겠어."

"안 돼, 니브." 헬렌다운 차분한 음성으로 말했다. "조니에게 가는 건 안 돼."

"갈 거야." 내가 고집을 부렸다. "세인트 알반스에 가서, 조니에게 그놈의 한심한 곰 인형이나 가지고 놀라고 말해줄 거야. 그러니까 제발 헬렌, 나와 함께 모험 한번 해보자!"

헬렌은 한동안 나를 가만히 바라보았다. 어떻게 진정시켜야 하나 생각하고 있는 것 같았다. 그러더니 체념한 듯 한숨을 내쉬며 말했다. "이거 전적으로 네 생각이었다는 사실을 기억하기 바란다."

나는 격렬하게 고개를 끄덕였다.

"알았어. 기억할게. 이제 가는 거지?"

헬렌은 나를 끌어당겨 고개를 저으며 말했다.

"아니, 세인트 알반스 시골구석까지 나를 끌고 가려면, 가는 동안 먹을 핫도그 정도는 사달란 말이지."

조니

너바나의 음악을 듣고 있었다. 레오는 어떤 노래를 제일 좋아했을까 생각하면서 아빠가 낡은 기타로 가르쳐준 몇 개 안 되는 코드를 뜯고 있을 때 니브의 전화를 받았다. 지난 일주일 동안 묵묵부답이어서 완전히 끝났다고 생각하고 있었는데 밤 10시에 전화가 온 거다. 나는 벨 소리를 들으면서 최대한 시간을 끌다가 전화를 받았다.

"여보세요." 되도록 무심한 척 말했다. "어쩐 일이야?"

전화기 너머에서는 전혀 예상치 못했던, 알아들을 수 없는 중얼거림과 투덜거림이 한꺼번에 쏟아졌다. "뭐라고?"

니브는 자기 말을 되풀이하기 시작했다. 이번에는 몇 단어 알아들을 수 있었다. 뒤에 다른 사람의 음성도 들렸다. 여자 음성인데 헬렌인 것 같았다. 헬렌은 훨씬 또박또박 말을 하고 있었다. 나는 당황한 기분을 억누르며 물었다. "너 술 마셨어?"

그러자 니브는 또 다른 말을 웅얼거렸다. 전화를 끊고 아침에 다시 통화를 해야 할 것 같았다. 니브가 맑은 정신일 때. 하지만 그때는 또 니브가 전화를 받지 않을 수도 있겠다는 생각이 들었다. 지금이 유일한 기회일 수도 있다.

"니브, 무슨 말인지 알아들을 수가 없어."

니브가 좀 더 또박또박 말을 하려고 애쓰는 것 같았다. 갑자기 또렷하게 니브의 말이 들리기 시작했다.

"너는 바보 멍청이야, 조니 웹."

나를 비하하는 말인데도 웃음이 나왔다.

"그래, 맞아. 미안해."

"헬렌이 그러는데, 너는 나에게 설명을 해줘야 한대. 헬렌 말이 맞는 거 같아." 말이 너무 빨라서 정신을 집중해서 들어야 했다. "그렇게 네 맘대로 다가와서 키스를 하게 만들고, 시치미를 떼는 건 말도 안 된다고."

그때 방문을 노크하는 소리가 들리고 아빠가 문틈으로 고개를 들이밀었다. 함께 차를 마시자는 신호다. 나는 미간을 살짝 찌푸리고 고개를 저었다. 전화기 너머로 스피커에서 나오는 안내 방송 같은 것이 들렸기 때문이다.

"너 지금 어디야?" 아빠가 방문을 닫자 내가 물었다.

"세인트 알반스에 왔어."

니브가 특유의 끝을 내리는 어조로 말했다. 창밖을 내다봐야 하나? 설마 집 앞에 와있는 건 아니겠지. 주소를 모르니까. 그럼에도 나는 커튼을 젖히고 밖을 내다보았다.

"어디?"

수화기 너머로 두 사람이 대화하는 소리가 들리더니 전화기를 서로 빼앗으려고 실랑이를 벌이는 소리가 들렸다. 그러더니 다시 니브가 숨이 찬 듯 말했다. "역 앞에 있어. 대기실 밖으로 쫓겨났어. 그런데 헬렌이 다시 집으로 가자네."

갑자기 지역 보안 요원이 미성년 음주로 니브를 연행하는 모습이 떠올랐다.

"거기 있어." 배낭을 집어 들며 말했다. "지금 갈게."

서둘러 역으로 가보니 니브와 헬렌은 내가 생각했던 바로 그 자리에 있었다. 자전거 거치대 근처 벤치에 앉아있었다. 고개를 푹 숙인 채 바닥을 멍하니 바라보고 있는 니브에게 헬렌이 열심히 뭔가 얘기를 하고 있었다. 니브를 보는 순간 가슴이 뭉클했다. 머리가 흘러내려 얼굴을 온통 덮고 있기는 했지만 그래도 예쁘고, 가냘프고, 완벽했다. 브라이튼에 다녀온 후로 계속 그날을 생각하고 있었다. 레오 이야기를 할 때 유난히 작아 보였던 기억, 두 팔로 안아주고 다시는 아픔을 겪지 않도록 보호해주고 싶었던 그 느낌. 다시 그 순간으로 돌아갈 수만 있다면 키스해서 그녀의 슬픔을 잊게 하고 싶었다.

니브는 나를 보고도 웃지 않았다. 술에 취해 있어서 그런 거라고 생각할 수도 있지만, 전화로 들려오는 음성을 들으며 상상했던 것보다는 정신이 맑았다. 화난 표정을 짓는 것은 당연했다. 내가 그럴만한 행동을 했으니까. 무슨 말을 해야 할지 떠오르지 않았다. 어떻게 설명을 해야 할지도. 헬렌도 웃지 않았다. 나에게 다가오면서도.

"너에게 5분을 주겠어."

"안녕, 헬렌." 내가 인사를 건넸다. "다시 만나서 반가워."

헬렌이 턱에 힘을 주며 대꾸했다. "그래? 정말?"

"생각지도 못했어." 내가 헬렌에게서 시선을 옮겨 니브를 보며 말했다. "그래도 정말 반갑다."

다가가서 보니 니브의 볼에 눈물이 흘러내리고 있었다. 그녀의 눈물을 보자 가슴이 아팠다. 내가 니브를 울게 하다니. 그러지 않아도 슬프고 힘든 시간을 보내는 니브를 말이다.

"미안해, 니브." 어렵게 입을 열었다.

"당연히 그래야지." 니브가 내 말을 가로막았다. "너는 나에게 솔직하기만 하면 되는 거였어."

순간 두려움 같은 것이 차갑게 밀려와 온몸이 얼어붙는 것 같았다. '솔직하기만'이라니 뭘 말하는 걸까? 니브가 생각하는 거짓이라는 건 뭘 말하는 거지?

"어… 어떤 솔직함을 말하는 건데?"

그러자 니브가 벌떡 일어났다. 눈에는 노여움이 가득 차있었다.

"에밀리에 대해서 내게 말해줬어야 해. 너에게 에밀리가 있는 걸 알았더라면 나는 절대로 너와 만나지 않았을 거라고!"

니브가 내가 우려했던 비밀을 알고 있는 것이 아니라는 사실을 확인하자 안심이 되면서 나도 모르게 웃음이 나왔다.

"나랑 에밀리? 도대체 무슨 말을 하는 거야?"

헬렌이 화난 표정으로 손가락으로 나를 가리키며 말했다. "너는 거짓말쟁이에 사기꾼이야."

거짓말쟁이는 수긍하겠지만 사기꾼이라니? 니브의 성난 표정을 바라보려니 문득 떠오르는 생각이 있었다. 그래서 내가 거리를 두려고 한다고 생각하는구나. 니브는 내가 에밀리와 사귀고 있다고 생각하는 거야.

"네 짐작이 틀렸어." 나는 헬렌을 피해 니브에게 다가서며 말했다. "에밀리에 대해 거짓말하지 않았어. 에밀리는 내 친구야. 그 이상은 아니야. 지금까지 항상 친구였다고."

니브는 말없이 나를 바라보았다. 내 말을 믿어야 할지, 말아야 할지 생각하고 있는 것 같았다. "그렇다면 나에게 호감이 있다는 말이 거짓이었던 거지."

그 순간 헬렌이 우리의 대화를 하나도 빠짐없이 듣고 있다는 사실을 깨달았다. 헬렌뿐이 아니었다. 역이라는 곳이 사적인 공간은 아니니까. 하지만 달리 방법이 없었다. 내일은 니브가 내 말을 들어주지 않을지도 모르니까. 문제는 솔직한 이야기를 차마 할 수 없다는 거다.

"거짓말한 게 아니야… 상황이 너무 빨리 진전되니까 잠깐 두려웠던 거 같아. 그뿐이야."

나는 잠시 말을 멈추고 니브의 반응을 살폈다. 니브는 조금 더 나를 노려보다가, 벤치에 털썩 주저앉았다. "넌 바보 멍청이야."

나는 순간 안도의 한숨을 쉬었다. "나도 알아." 니브 곁에 앉으며 말했다. "미안해. 네가 내 메시지를 받아췄더라면 여기까지 오지 않아도 됐을 텐데."

니브가 고개를 저으며 말했다. "메시지 모두 지워버렸어."

"그러니까 바람둥이는 아니라 이거지." 헬렌이 한결 차분해진 어조로 말했다.

나는 니브의 손을 잡았다. "마블 만화에 두 명의 등장인물이 있어. 블랙 위도우와 호크 아이. 이 둘은 같은 팀일 때도 있고, 그렇지 않은 때도 있어. 그렇지만 둘은 호흡이 너무 잘 맞아서 소울메이트지." 나는 숨을 깊이 들이마시면서 니브의 눈을 들여다보았다. "그게 바로 우리야. 너는 블랙 위도우, 나는 호크아이."

니브는 말없이 듣고만 있었다. 이제 화난 표정은 사라지고 슬픔만 남았다. 그걸 보니 더 마음이 아팠다. 나는 손을 올려 니브의 볼을 가만히 쓰다듬었다.

"미안해."

니브는 한숨을 쉬었지만, 나를 밀어내지는 않았다.

"지금 이 순간을 내일 잊어버리는 거 아니지?" 내가 물었다. "다시 나를 외면하는 모드로 돌아가는 거 아니지?"

"그럴지도 몰라." 니브가 말했다. "어쩌면."

그런 일이 일어나도록 보고만 있을 수는 없다는 생각이 들었다. 주머니를 뒤지자 이빨 자국투성이 볼펜과 마르코가 구겨서 버리려고 했던 담뱃갑이 나왔다. 담뱃갑은 서둘러 주머니에 다시 넣으며 말했다. "손 내밀어 봐." 나는 니브의 손등에 호크아이의 활과 화살을 그렸다. 그 옆에는 '조니가 많이 미안해하고 있음. 그에게 한 번 더 기회를 줄 것'이라고 적었다.

"너 지금 내 손에 그림 그린 거야?" 니브가 손등을 내려다보며 말했다. "씻겨서 지워지면 어떡해?"

나는 니브의 코트 소매를 걷어 올리고 팔뚝에 좀 더 자세한 그림을 그렸다.

"자, 이건 내일 아침까지 남아있을 거야."

다시 코트 소매를 내리고 팔을 가만히 다독여주었다. 역사 앞에서 서성이던 헬렌이 모니터에서 열차 시간을 확인했다.

"5분 후에 기차가 도착한대."

할 얘기는 너무 많았지만 시간도, 장소도 깊은 대화를 나누기에는 적절하지 않은 것 같았다. 그리고 니브가 아직 술기운이 남아있는 것 같기도 했으므로. 나는 니브와 헬렌을 런던행 기차 플랫폼으로 데리고 가서 기차가 올 때까지 함께 기다렸다. 기차가 멈추자 헬렌은 곧장 올라가 자리를 잡고 앉았고 니브는 잠시 머뭇거렸다. 그러더니 내 재킷을 열고 티셔츠를 잡아당겼다. 브라이튼에 갔을 때 니브가 골라준 해골 그림이 있는 셔츠였다. 그러더니 내가 미처 입을 열기 전에 다가와 내 머리를 끌어당겼다. 나도 이번에는 피하지 않았다.

니브

일요일 아침, 엄마는 집 안의 문이라는 문은 모조리 쾅쾅 소리를 내며 열었다 닫았다. 아마 어떤 문은 일부러 두 번씩 열었다 닫았을 거다. 화가 났다는 걸 알리기 위해서 말이다. 점심 때쯤 방 밖으로 나가니 엄마는 입을 굳게 다문 채 성난 표정으로 나를 노려보았다.

"술을 마셔? 니브, 너 어떻게 그럴 수가 있어?"

엄마는 마치 내 숙취가 더 심해지게 만들려는 듯, 소리를 쳤다. 그러나 다행히도 나는 일어나기 전에 진통제를 먹었기 때문에 두통이 그다지 심하지는 않았다. 아빠는 어디 있는지 보이지 않았다. 일요일 아침마다 축구 연습하는 사람들 구경하고 있겠지. 마치 그 틈에 레오 오빠가 있길 바라는 것처럼. 어차피 아빠는 집에 있었어도 엄마 편을 들었을 거다. 주로 아예 관여하지 않는 편이기는 하지만.

지난밤의 일은 별로 기억나는 것이 없다. 놀이공원에 갔던 것 같고, 머리에 케첩이 말라붙어 있는 것으로 보아 싸구려 음식들을 사먹은 것 같다. 두통은 견딜만했지만 엄마의 잔소리는 더 이상 견딜 수가 없었다. 더구나 눈물을 보이며 레오 오빠를 들먹이기 시작할 것이 뻔한 이야기를 말이다.

"이미 수도 없이 한 얘기는 이제 그만할 수 없어요, 엄마? 술 마시고 들어와서 죄송해요. 내가 잘못했어요. 됐죠?"

엄마에게 퍼붓듯이 말을 하면서도 내 스스로 말투가 공손하지 못하다는 생각을 했다. 역시 엄마는 나를 노려보면서 커피잔을 주방 카운터에 세게 내려놓았다.

"아니, 니브. 오늘은 제대로 이야기를 좀 해야 할 것 같아. 엄마 아빠는 너를 이해하고 편하게 놔두려고 노력했어. 그런데…" 길게 들이쉬는 엄마의 숨소리가 떨리고 있었다. "밖에서 그렇게 술을 마시다니… 그게 얼마나 위험한 일인지 생각해봤어? 우리가 얼마나 걱정을 할지? 만에 하나라도 무슨 일이 생기면…."

나는 엄마에게 대들지 않기 위해 손톱이 손바닥을 파고들 정도로 힘을 주며 대답했다. "술 몇 잔 마신 것뿐이에요. 샤드 꼭대기에서 로프를 타고 내려가는 것에 비하면 아무것도 아니라고요."

엄마는 내 말에 담겨있는 가시는 신경도 쓰지 않고 말을 이었다. "엄마 아빠를 괴롭히는 새로운 방법이니? 네가 밖에서 술에 취해 잘못되지나 않을까 걱정하게 하는 거?"

나는 폭발하려는 화를 진정시키기 위해 있는 힘을 다해 노력하고 있었다. 그런데 엄마가 작정을 하고 시비를 걸어오지 않는가.

"나도 살아보겠다는 거죠, 엄마. 엄마도 가끔 시도해보시라고요."

엄마가 한층 더 경직된 음성으로 말했다. "난 그런 거 필요하지 않아."

나도 이미 멈출 수 없는 상태였다. "아니, 엄마도 필요해요. 나는 곧 열여섯 살이에요. 그런데도 엄마는 내가 뭔가를 선택할 수 있는 나이가 되었다는 사실을 인정하지 않잖아요!"

"당연히 인정하지!" 엄마의 음성이 숨길 수 없을 만큼 떨리고 있었다. "너는 믿지 못하겠지만 네가 항상 나를 이렇게 미워하지는 않았어. 한때는 엄마한테만 네 운동화 끈을 묶어달라고 하던 때가 있었어, 니브. 엄마가 안아주면 모든 게 풀어지곤 하던 시절 말이야. 그런데 지금은…."

엄마는 호소하는 듯한 표정을 지으며 말끝을 흐렸다. 예전의 그 시절을 기억해달라고 애원하는 것 같았다. 그러나 나는 흔들리는 모습을 보이고 싶지 않았다. 엄마가 내 마음을 이미 무장해제시켰다는 사실을 알게 하고 싶지 않아서 마음을 단단히 추스르며 말했다. "이제 나도 내 앞가림은 할 만큼

컸다고요."

그러자 엄마의 표정이 굳어졌다. "레오도 그렇게 생각했어." 그러고는 단호한 어조로 말했다. "나는 너를 보호하려는 것뿐이야."

"나를 보호한다고요?" 내가 날카롭게 쏘아붙였다. "질식시키려고 하는 거겠죠."

한동안 침묵이 흘렀다. 엄마는 울지 않았다. 다만 어깨를 떨고 있었다. 소리를 지르지도 않으면서 한동안 나를 바라보았다. 마치 내가 누군지 모르는 사람처럼. 그러다가 돌아서서 주방을 나갔다.

"엄마." 나는 벌써 미안한 마음이 들어서 불렀지만, 엄마는 멈추지 않았다.

나는 힘이 빠져 싱크대에 기댔다. 화가 가라앉고 나니 마음이 아프고 쓸쓸해졌다. 엄마도 힘든 시간을 보내고 있다. 악몽 같은 시간을 견디면서 앞으로 나아가기 위해 안간힘을 쓰고 있다. 사실은 우리 모두 그러는 중이다.

하지만 질식시킨다는 표현은 사실이었다. 엄마가 나를 쫓아다니며 다그칠 때는 정말 숨을 쉴 수 없을 것 같은 느낌이다. 그렇다고 해서 내가 엄마에게 못되게 굴어도 된다는 것은 아니다.

시선을 옮겨 냉장고 문에 붙어있는 오빠의 사진과 그 옆에 있는 축구 경기 일정표를 보았다. 엄마와 내가 언쟁을 할 때면 늘 그러듯이 오빠는 입가에 미소를 띤 채 우리를 지켜보고 있었다. 나는 얇은 잠옷 위로 손톱을 세워 가려운 팔꿈치를 긁었다.

"뭘 그렇게 보는 거야, 오빠?" 오빠가 나를 약 올릴 때면 내가 늘 그랬듯이 낮게 쏘아붙였다. "꺼지란 말이야."

그러나 내쳐진 사람은 오빠가 아니었다. 오빠를 잃고 몸부림을 치고 있는 건 바로 우리였으니까.

정신을 차리고자 샤워하려는데 팔에 반쯤 지워진 활과 화살 그림이 눈에 띄었다. 손등에는 검은 얼룩이 묻어있었는데 먼지 같은 거려니 생각하고 닦아버렸다. 나는 팔뚝을 내려다보며 그 옆에 흐릿하게 남아있는 글자를 읽어보았다. 그리고 그림이 무엇을 의미하는지 기억을 더듬어보았다.

기차, 역, 그리고 조니. 나는 급히 방으로 돌아와서 전화를 집어 들고 헬렌에게 문자를 보냈다. 그러나 헬렌이 답을 주기 전에 기억이 먼저 돌아왔다. 헬렌과 나는 세인트 알반스에 갔고, 조니를 불러냈고, 만났다. 기차를 타기 전에 그에게 키스하던 장면이 떠올랐다. 이번에는 훨씬 멋졌다. 헬렌에게서 답이 왔다.

> 11월 6일, 13:16
> 안녕, 술에 취해 정신 못 차리던 아가씨.
> 이제 너는 조니와 화해한 걸로 봐도 좋을 것 같은데….

나는 다시 샤워실로 들어가 물을 틀고 남은 술 냄새를 씻어냈다. 조니와 내가 키스를 했다면 우린 분명 에밀리에 대한 얘기를 먼저 했을 것이다. 조니가 진지한 얼굴로 내 옆에 앉아있는 장면이 머리를 스쳤다. 그가 했던 말들을 기억할 수 없는 것이 너무나 아쉬웠다.

샤워를 마치고 나오니 조니에게서 메시지가 와있었다.

> **13:41**
> 머리 아픈 건 좀 어때?

어떻게 답을 해야 할지 알 수 없었다. 조니는 우리가 화해를 했다고 생각하는 게 분명하긴 한데, 그렇다고 해서 가까워졌다는 느낌이 들지는 않았다. 솔직하게 어젯밤의 일이 잘 생각나지 않는다고 말해야 할 것 같았다.

> **13:52**
> 여전히 아파. 어제 나와줘서 고마웠어.

> **13:54**
> 고맙기는. 그럼 우리 이제 괜찮은 거지?

나는 손톱을 잘근거리며 생각했다. 쿨한 척해야 하나, 아니면 사실대로 말해야 하나?

> **13:59**
> 솔직하게 말해서 잘 기억이 나지 않아.
> 우리 화해했어?

　이번에는 한참 동안 답이 없었다. 나는 내 메시지가 잘 발송되었는지 확인해보았다. 내 술주정에 놀라서 조니가 마음을 닫으려는 건 아닌지 걱정이 되기 시작할 때쯤 전화벨이 울리면서 화면에 조니의 이름이 떴다.

　"여보세요."

　"전화로 얘기하는 게 나을 것 같아서. 이제 우리 사이에 오해는 없는 거 같아." 조니가 말했다. "에밀리는 그냥 친구야. 그 이상은 절대 아니야. 나는 네가 좋아. 어제 네가 기차 타기 전에 그걸 확인해준 것 같은데. 우리에게 박수를 보내준 세 명의 구경꾼들도 그렇게 생각했던 것 같고 말이야. 내가 너는 블랙 위도우고 나는 호크 아이라는 말도 했어. 네가 시간 될 때 다시 만나고 싶은데⋯. 괜찮지?"

　혈관을 타고 기쁨의 전율이 온몸으로 퍼지는 것 같았다. 이제 생각난다. 끝나지 않을 것 같은 키스. 경비원이 호루라기를 불고, 기차 문이 닫힐 때까지. 입술이 약간 부르트고 멍이 든 것 같았다. 그 순간 멈추고 싶지 않다고 생각했던 걸 기억한다. 그런데 블랙 위도우가 호크 아이에게? 그럼 팔뚝에 있는 그림은 그 얘기였던가? 그 정도로 만화광이었다니.

"좋아." 내가 미소를 지으며 대답했다.

"그럼 언제 만날까?"

"지금?" 나는 농담 반 진담 반으로 말했다. "막 집에서 나가고 싶던 참이거든."

잠시 조용하더니 조니가 대답했다. "그러고 싶긴 한데 지금은 일이 좀 있어. 내일은 괜찮은데, 어때?"

나는 혹시 일이라는 것이 에밀리와 관련된 건지 묻고 싶었지만 참았다. 그 대신 아래층으로 내려가 주방 문 뒤에 걸려있는 달력을 확인했다. 세 단으로 나뉘어져 우리 식구가 각자 한 단씩 사용하도록 되어있는 달력이었다. 오빠가 사용하던 공간은 이제 비어있다.

"내일 오후에 엄마 아빠가 외출하셔. 학교 끝나고 이리로 올래? 그런 다음 어디 갈지 생각해보는 게 어때?"

이번에는 좀 더 오랫동안 아무 말이 없었다. "좋아." 조니가 뭔가 깊이 생각하는 듯 느리게 대답했다. "집이 어디야?"

나는 조니에게 주소를 알려주었다. 전화를 끊는데 가슴이 두근거렸다. 약간 흥분한 것 같기도 했다. 그가 말해준 만화 주인공 이야기가 뭔가 의미를 담고 있는 것 같은 느낌이 들었다. 어쩌면 우리는 정말 함께해야 할 운명일지도 모르겠다.

조니

일요일에는 에밀리에게 갔다. 기대했던 것과 달리 에밀리는 여전히 원래의 병동으로 돌아가지 못하고 1인실에 있었다. 병실에 들어가기 전에 간호사가 마스크와 파란색 라텍스 장갑을 건네주어 심각한 상황임을 알아챌 수 있었다.

"에밀리는 지금 면역 반응 억제 상태야." 내가 무슨 일이냐고 물었더니 간호사가 대답했다. "그래서 우리 모두 조심하는 거지."

에밀리를 보는 순간 가슴이 철렁 내려앉는 것 같았다. 너무 많이 수척해져 있었다. 숨 쉬는 것도 힘겨워 보였고, 한번 쉴 때마다 숨이 찬 듯 헐떡이는 소리가 들렸다. 머리맡에는 예전의 그 어느 때보다 많은 수액이 매달려 에밀리의 혈관 속으로 흘러 들어가고 있었다. 그래서 나에게 자기를 보러 오라고 문자를 보냈던 건가? 상태가 너무 악화되어서?

"에밀리," 나는 침대 옆 의자에 앉으며 조용히 불러보았다. "어떻게 된 거야?"

"흉부 감염이라네." 에밀리가 다시 한 번 힘겹게 숨을 들이쉬고 말했다. "나아지질 않아. 더 짜증나는 건 말이지… 의사들이 호흡만 좋아지면 집에 갈 수 있다고 했거든."

에밀리가 나를 돌아보았다. 나는 에밀리의 눈을 마주 보며 혹시 더 심각한 문제가 있는데 둘러대고 있는 건 아닌지 살폈다. 그러나 그런 기색은 보이지 않았다.

"내가 알아야 할 일이 있으면 말해줄 거지?"

"물론이지. 말해줄게." 에밀리가 말했다. "우린 서로에게 모든 걸 털어놓잖아. 그렇지?"

그 말에 나야말로 시선을 피하지 않기 위해 마음을 다져야 했다. 에밀리가 내 속을 훤히 들여다보고 내가 이미 서로 정직하자는 약속을 수도 없이 어겼다는 사실을 알아챌 것 같았다. 그러나 에밀리의 표정은 변하지 않았다. 그 대신 뼈만 앙상하게 남은 손을 올려 자기 머리를 만졌다. 머리는 이제 막 돋아나기 시작한 까만 머리로 얇게 덮여있었다.

"어때?"

"정말 보기 좋다." 내가 거짓말 목록에 하나를 더 보태며 대답했다.

"밥도 잘 먹고 있어." 에밀리가 억지웃음을 지어 보이며 말했다. 손목이 어찌나 가는지 피부 속으로 뼈가 드러날 정도였다. 기침할 때는 가래가 끓으며 숨 가빠해서 차마 듣기가 힘들었다. 기침이 가라앉고 나면 에밀리는 민망한 듯 웃음을 지어 보였다. "이게 현재 내 상태야. 그건 그렇고. 너는 어때? 바깥 생활은 어때?"

숨이 차서 말을 하기가 힘든 에밀리를 대신해서 내가 말하는 역할을 담당해야 할 것 같았다. 나는 마르코와 그의 무리들에 대해 이야기하기 시작했다. 내가 축구에 관심을 갖게 된 이야기와 이제는 오프사이드 규정 같은 것도 설명할 수 있다는 말도 해주었다. 아버지가 기타를 주셨다는 이야기와 곧 레슨을 받기 시작할 거라는 것도 말해주었다. 에밀리는 내가 기타를 배우겠다고 하자 처음에는 무조건 찬성하며 기뻐하더니 나중에는 살짝 미간을 찌푸리며 말했다. "네가 기타 배우고 싶어 하는 줄 몰랐어. 한 번도 그런 말 한 적 없잖아."

"아플 때는 모든 게 귀찮고 관심도 없었으니까." 에밀리는 낯선 사람을 바라보듯 한동안 나를 바라보았다. 지금 내가 관심을 갖는 새로운 취미들 중에는 레오가 좋아했던 것들도 있다는 말은 하지 않는 것이 좋을 것 같았다.

"그런 마음 너도 알잖아."

"그림 그리는 거는? 요즘도 그림 그리지?" 에밀리가 물었다.

요즘에는 니브의 모습만 그리고 있지만, 그 역시 에밀리에게는 말하지 않는 게 좋을 것 같았다. 그러고 보니 내가 그려준 키모 걸의 그림이 여전히 보이지 않았다. 어쩌면 에밀리 역시 그림에는 그다지 관심이 없는지도 모르겠다.

"요즘엔 그림 그릴 시간이 없어."

그러자 에밀리는 의심스러운 눈빛을 하더니 베개에 기대 누웠다. 잠시 어색한 침묵이 흘렀다. 점점 더 어색해져서 더 이상 그냥 있을 수 없게 되었을 때 내가 말했다. "영화 보러 갔었어." 이 얘기를 해야겠다고 마음먹기도 전에 나도 모르게 튀어나왔다. "거기서 먹으면 안 되는 불량 식품들로 배를 채웠지."

"아 그래? 누구랑?" 힘겹게 묻는 에밀리의 눈빛이 뭔가 이상했다.

나는 니브 얘기를 빼고 해야 하나 고민하느라 잠시 머뭇거렸다. 마음 한편에서는 지금까지 말하지 않다가 이제 와서 갑자기 니브 얘기를 꺼내면 안 될 것 같다는 생각이 들었지만, 또 한편으로는 솔직하게 말하고 싶기도 했다.

"니브랑 갔었어. 그동안… 니브와… 연락하고 지냈거든."

나는 에밀리의 반응이 좋지 않은 것 같아서 말끝을 흐렸다. 화를 내지는 않았지만 경직되고 상처받은 표정이었다. 그런 에밀리의 모습이 소리를 지르며 화를 내는 것보다 훨씬 더 마음을 아프게 했다. 내가 미리 말을 하지 않은 것이 슬픈 걸까, 아니면 내가 니브와 갔다는 것이 슬픈 걸까?

"하루 빨리 너랑 영화 보러 갈 수 있게 되면 좋겠다." 나는 얼른 이렇게 말했다. "나초 칩은 내가 살게."

에밀리는 아무런 대꾸도 하지 않았다. 에밀리의 눈에 눈물이 고여있는 것을 보는 순간 나는 너무 놀라 어쩔 줄을 몰랐다. 기분을 전환시킬 거리가 없는지 두리번거리다가 선물 가져온 것을 깜박 잊고 있었다는 사실을 깨달았다. 오는 길에 코벤트 가든에서 산 나비 모양의 머리핀이었다.

"이거 봐." 나는 주머니를 뒤지면서 말했다. "너에게 줄 것이 있어."

머리핀을 꺼내는데 뭔가 걸리는 것 같았다. 며칠 전에 마르코가 던진 빈 담뱃갑이 삐져나오더니 하얀 침대 시트 위로 떨어졌다.

에밀리는 담뱃갑을 집어 들고 말했다. "너 지금 장난하는 거야?"

나는 아무렇지도 않게 웃어넘기려고 했으나 왠지 긴장되고 어색해서 대답이 바로 나오지 않았다.

"당연히 내 건 아니야."

나를 빤히 바라보는 에밀리의 눈에 어느새 눈물은 사라지고 없었다. 그 대신 잔뜩 화가 나서 이글거렸다.

"너 장난치는 거니, 조니?"

나는 손을 뻗어 에밀리의 손에서 빈 담뱃갑을 빼내려고 했으나 에밀리는 손에 더욱 힘을 주며 놓지 않았다.

"아니야. 말했잖아 내 것이 아니라고. 마르코가 공원에 버려서 내가 주운 거야."

"그랬겠지. 공원에 휴지통이 없었어?"

"물론 있지. 깜박 잊고 버리지 못한 것뿐이야." 내가 인상을 쓰며 말했다.

그것이 왜 그렇게 문제가 되는지 이해할 수 없었다. 에밀리가 이렇게까지 화를 내는 건 본 적이 없었다. 그 순간 에밀리는 내가 담배를 피운다고 생각하고 있다는 사실을 깨달았다. 병원에 누워서 흉부 감염으로 호흡이 힘든 상황에서 내가 새로 이식한 심장을 담배의 독으로 채우려 한다고 생각하니 화가 날 만도 했다.

"에밀리, 맹세할 수 있어. 나 담배 피우지 않아. 만약 그랬다면 처음부터 냄새가 났을 거야."

나를 노려보는 에밀리의 가슴이 힘겹게 헐떡였다.

"네가 이렇게 어리석다니 믿을 수가 없어. 병원에는 네가 가진 것을 얻기 위해 모든 걸 걸고 있는 아이들이 있어. 살 수 있는 기회 말이야."

에밀리는 온몸이 부서질 듯 기침을 했다. 에밀리의 볼을 타고 눈물이 흘러내렸다.

"그런데 너는 지금 뭘 하는 거야? 학교에서 만난 지 얼마 되지도 않는 한심한 녀석들에게 잘 보이기 위해 그 생명을 함부로 하는 거야?"

"에밀리, 진정해."

에밀리는 앙상한 손으로 펑펑 쏟아지는 눈물을 훔쳤다. "너는 이제 내가 알던 조니가 아니야. 예전의 조니는 그렇게 멍청하지도… 이기적이지도 않았어. 누군가 죽음으로 해서 너는 새 심장을 얻었어. 그걸 잊은 거야?"

"물론 잊지 않았어." 나는 부당하게 몰리는 것 같아서 귀가 화끈거리는 느낌이었다. 담뱃갑을 줍지 말았어야 했는데…. 그 아기 엄마가 유모차로 밟고 가도록 내버려뒀어야 했다. "내 것이 아니라고 했잖아."

에밀리는 가쁜 숨을 깊이 들이마시고는 말했다. "그리고 이제 니브라는 여자아이나 쫓아다니고 있잖아. 네가 진심으로 그 여자애에게 관심 있는 게 아니라는 거 그 애도 알아? 네가 그 애를 이용하고 있다는 거?"

에밀리의 눈빛이 이글거리고 있었다. 나는 에밀리의 눈을 바라보면서 왜 이렇게 화를 내는 건지 이해하려고 애썼다. 담배까지는 이해하겠는데 니브에 대해서는 왜 화를 내는 걸까?

"무슨 얘길 하는 거야? 니브와는 영화관에 갔던 게 다라고."

그러자 에밀리는 또다시 눈물을 흘리기 시작했다. "거짓말쟁이! 나 바보 아니야, 조니. 네 눈에 다 보인다고. 그보다 더 깊은 감정이 생겼다는 거 말이야."

이제 정말 심각하게 걱정이 되기 시작했다. 에밀리 옆에 놓인 기계장치가 경고음을 내기 시작했고, 이마는 땀으로 범벅이 되어있었다. 왜 갑자기 별일도 아닌 일에 화를 내는 건지 이해할 수는 없지만, 아무튼 에밀리를 빨리 진정시켜야 할 것 같았다.

"에밀리, 맹세할 수 있어. 절대 그런 거 아니야."

"나가!" 에밀리가 어찌나 크게 소리를 질렀는지, 경고음을 듣고 확인하러 들어오던 간호사가 깜짝 놀랐다. 에밀리가 있는 힘을 다해 집어 던진 담뱃갑이 병실 바닥에 떨어졌다.

"너의 거짓말과 이기심, 그리고 냄새나는 담뱃갑까지 다 가지고 얼른 가버려. 그리고 다시는 찾아오지 마!"

다시 한 번 심한 기침이 한동안 이어졌다. 간호사가 황급히 침대로 다가갔고 옆에 서있던 나는 마치 죄인처럼 어찌할 바를 모르고 쩔쩔맸다. 볼이 화끈거리는 것을 느끼며 몸을 굽혀 담뱃갑을 집어 들고 문을 나섰다. 나오면서 뒤를 돌아보니 간호사가 기계장치를 확인하고는 수액 주사의 주입구를 조절하고 있었다. 에밀리는 돌아누운 채 가쁜 숨을 몰아쉬고 있었다. 에밀리를 두고 병실을 떠나고 싶지는 않았지만, 지금은 내가 없는 편이 에밀리를 위해 나을 것 같았다.

> **11월 6일 22:47**
> 니브, 깨어있어?

> **22:48**
> 응, 무슨 일이야?

22:50
잠이 안 와. 누구랑 언쟁을 좀 했는데, 내가 했던 말들을 자꾸 떠올리며 괴로워하는 중이야.

22:51
무슨 말인지 알겠다. 나도 레오 오빠랑 늘 그랬거든. 최근에는 내가 이길 때가 많았지만. 누구랑 싸웠는데?

22:56
에밀리랑 싸웠다고 하면 너 싫어할 거니?

23:08
니브?

23:09
여기 있어. 아니, 싫어하지 않아. 에밀리는 네 친구잖아. 얘기할 수 있지. 그런데 무엇 때문에 싸웠어?

23:12
시시한 일 때문에.
에밀리는 내가 담배를 피운다고 오해하는 거 같아.

23:13
담배 피운 적 있어? ㅇ.ㅇ

23:13
꼭 그렇게 물어봐야 하니? 내 주머니에 빈 담뱃갑이 들어 있었는데 에밀리가 자기 마음대로 그게 내 것이라고 확신하는 거야.

23:15
에밀리가 왜 그렇게 생각하는지는 알겠다. 이유가 그것뿐이야?

23:17
거의 그렇다고 볼 수 있지… 약간은 너 때문이기도 하고.

23:17
나 때문에? 왜?

23:18
에밀리는 내가 너를 만나지 말아야 한다고 생각해.

23:20
아하. 왜 안 돼? 질투하는 거야?

23:21
아니야! 맙소사, 아니야. 절대 그런 건. 좀 복잡해.
사실은 에밀리의 상황이 지금 많이 안 좋거든.

23:22
상황이라….

23:22
그렇구나.

23:25
좀 심각한 일이야. 나중에 다시 만나면 괜찮을 거야.
친구끼리 가끔 그럴 수 있잖아. :)

23:28
음… 그럴 수도….

23:30
아무튼 이제 자야겠다. 내일 특별한 사람 만나야 하거든.
☺

23:31
알았어. 잘 자 ☺

23:33
내 얘기 들어줘서 고마워, 블랙 위도우.
잘 자.

니브에게 잘 자라는 인사를 하고도 한동안 잠들지 못하고 뒤척였다. 죄책감을 한 가지 보태서 더 그랬던 것 같다. 거짓말을 한 것은 아니었으나 완전히 정직하지도 않았다. 에밀리는 질투하고 있었다. 그렇지만 니브가 생각하는 그런 질투는 아니다. 에밀리는 내가 자기 없이 영화를 보러 간 것에 대해 질투를 하는 것이다. 에밀리와 만들었던 언버킷 리스트를 내가 다른 사람과 실행에 옮긴 셈이니까. 그러니까 영화관에 함께 간 게 누구였든 에밀리는 똑같이 반응했을 것이다. 거기에 담뱃갑에 대한 분노도 더해져 감정을 터트린 것뿐이다. 내가 에밀리였더라도 똑같이 했을 것이다.

담뱃갑이 침대 위에 떨어지던 순간이 자꾸 떠올랐다. 에밀리의 성난 얼굴, 그리고 내가 병실을 나올 때 들려오던 그녀의 가래 끓는 숨소리. 내가 왜 담뱃갑을 진작 쓰레기통에 버리지 않았을까? 에밀리가 그걸 보면 어떤 마음일지 왜 생각못 했을까? 내가 사가지고 갔던 나비 머리핀은 결국 에밀리에게 주지도 못하고 바지 주머니에 그대로 있다. 며칠 후에 다시 가서 모든 것은 오해였으며, 내가 그 정도로 한심한 바보는 아니라는 것을 다시 한 번 이야기해야겠다. 언젠가 에밀리와 그날을 생각하며 웃을 날이 있겠지. 어쩌면.

그리고 또 하나 시한폭탄처럼 내 마음속에서 터질 때를 기다리는 죄책감이 있다. 바로 레오의 심장에 관한 진실이다. 그 폭탄을 제거하는 유일한 방법은 니브에게 진실을 이야기하는 것이다. 나는 이번엔 니브에 대해 한참 동안 생각하느라 잠을 이루지 못했다. 결국 나는 스케치북을 펼치고 눈꺼풀이 무거워질 때까지 그림을 그렸다. 그러다가 잠들기 직전에 에밀리에게 메시지를 보냈다.

> **11월 7일 01:36**
> 에밀리, 화나게 해서 미안해. 너는 아직 병원에 있는데 나 혼자 이렇게 나와있어서 미안해. 네 마음을 아프게 해서 미안해, 에밀리. 그렇지만 나를 미워하지 말아줘.

나는 잘못된 표현이 없는지 몇 번을 다시 읽어보았다. 그러고는 전송 버튼을 눌렀다. 잘못된 표현이 있다고 해도, 최소한 화해의 시작이 되어줄 수는 있을 거다.

***

다음 날 니브의 집으로 가는 동안 몸 상태가 썩 좋지 않았다. 간밤에 잠을 잘 못 자서 멍한 느낌이었고, 아침에는 약 먹는 것도 잊어버려서 엄마가 약을 들고 골목까지 따라 나왔어야 했다. 에밀리에게 보낸 메시지에는 아직 읽지 않음 표시가 떠있었다. 하지만 그보다 더 신경 쓰이는 것은 에밀리가 페이스북에서 나와 친구를 끊은 거였다. 나에게 정말 화가 많이 난 거 같아 우려스러우면서도, 내 머리는 온통 니브로 가득해서 애써 마음속 시한폭탄이 째깍거리는 소리를 못 들은 척하고 있다.

나는 잠시 니브의 집 앞에 서서 주변을 둘러보았다. 레오가 살았고, 자랐던 곳이다. 집은 내가 생각했던 것보다 크고 좋았다. 그리고 부자들이 사는 동네였다. 니브의 아버지가 어떤 일을 하시는지는 모르지만 부족함 없이 사는 집임은 틀림없는 것 같았다. 레오가 축구 유니폼을 입고 빨간 현관문으로 걸어 나오는 모습을 상상해보았다. 식구들에게 손을 흔들며 경기장으로 향하는 모습, 그리고 기타를 매고 밴드 친구들과 즉흥 연주를 하기 위해 가는 모습이 상상됐다. 불과 4개월 전에 그가 여기 있었다는 사실을 생각하니 기분이 이상했다. 그의 일부가 내 몸에 담겨 여기 다시 왔다는 사실은 한층 더 묘한 기분을 들게 했다.

초인종을 누르자마자 니브가 문을 열어주었다. 늘 입는 검정색 스키니진에 티셔츠 차림이었다. 그리고 역시 늘 그러듯이 웃음기 없는 표정으로 '안녕'이라고 인사를 건넸다.

"안녕." 나는 인사를 하면서 반가움의 키스를 하면 어떨까 생각했지만, 니브가 나를 들어오게 하기 위해 얼른 뒤로 물러서는 바람에 기회를 놓쳤다.

니브가 내 코트를 받아주며 물었다. "잘 잤어? 에밀리한테서 연락 왔어?"

나는 고개를 저었다. "오늘 아침에 메시지 보냈는데 아직

안 읽은 것 같아. 시간이 지나면 괜찮아질 거야."

니브의 눈에 연민의 표정이 어리는 것으로 보아 내 말이 그다지 희망적으로 들리지 않은 것 같았다.

"에밀리가 너를 차단했을 수도 있어."

나는 순간 읽지 않음 표시가 떠올랐다. 전송되었으나 에밀리에게 닿지 않은 메시지.

"뭐 음료수나 간식 줄까?" 니브가 나를 거실로 안내하면서 물었다. "콜라도 있고, 오렌지 주스도 있어."

나는 배낭을 바닥에 내려놓고 실내를 둘러보았다. 사방에 레오의 흔적이 가득했다. 장식장에는 반짝이는 은 트로피들이 가득했다. 큰 것, 작은 것 모두 레오가 받은 것들이었다. 니브의 이름이 새겨진 것은 없었다. 레오에게 여동생이 있다는 사실을 모르고 그 장식장만 본다면 니브의 존재를 전혀 알 수 없을 것 같았다. 나지막한 서랍장 위에는 사진들이 진열되어 있었는데 그중에는 니브의 모습이 있었다. 초등학교 때의 모습이 담긴 사진들이 제일 마음에 들었다. 레오는 이가 빠진 채 웃고 있었는데, 내가 페이스북에서 본 바로 그 미소였다. 니브는 금발 머리를 양 갈래로 묶은 귀여운 모습인데, 뭔가 자신 없어 보이는 표정이었다. 니브가 웃는 모습이 좀 낯설어 보이긴 했지만 고집스러워 보이는 턱선은 여전했다. 나는 사진을 하나하나 꼼꼼히 살펴보며 기억 속에 저장해두느라 니브가 주방으로 간 것도 모르고 있었다. 한동안 내 대답을 기다리던 니브가 주방에서 고개를 내밀고 물었다. "너 뭐 마시겠냐고?"

"아, 나 물 마실게. 고마워." 나는 거실 중앙으로 나오며 대답했다. 니브는 잠시 후 물 잔을 들고 거실로 왔다.

"너 좀 더 자주 웃으면 좋을 것 같아."

이 말이 입 밖으로 나오는 순간 속으로 실수라는 생각이 들었다. 내가 지금 얼마 전에 오빠를 잃은 니브에게 더 많이 웃으라고 한 건가? 맙소사. 그럴 바엔 아예 '기운 내. 그런 일이 설마 실제 일어났겠어?'라고 하지 왜.

니브가 무표정하게 나를 바라보다가 물었다. "너 꼭 우리 엄마처럼 말할 때가 있다고 내가 말했던가?"

"한두 번 했던 것 같아." 나는 니브의 말을 시인하고는 말을 이었다. "그런데 정말이야. 너 미소가 아주 예뻐."

니브는 잠시 말이 없더니 무슨 말을 하려는 듯하다가 고개를 저었다. "1년 전까지 치아 교정기를 달고 있었어. 치아 전체를 철제 틀로 싸서 영락없는 로봇 같았지." 내가 입을 열려는데 니브가 말을 재빠르게 이었다. "나를 무슨 만화 주인공하고 비교할 생각은 하지 마. 제발 부탁이니까."

니브가 나에 대해 그 정도로 많이 알고 있다는 사실이 기쁘기도 하고, 민망하기도 해서 잠자코 있었다.

"오빠는 치아 교정기를 끼고 있는 나를 늘 놀렸어." 니브가 사진들 중 하나를 자세히 들여다보며 말했다. "오빠는 치아 교정기가 누전을 일으킬지도 모르니까 차라리 이를 모조리 빼고 굶어 죽는 편이 나을 거라고 했지. 그렇게 말했던 오빠가 더 한심했던 건지, 아니면 그걸 믿었던 내가 더 한심했던 건지 모르겠지만 말이야."

그 말을 들으며 내 표정이 어색해지는 것을 느꼈다. 언뜻 들으면 재미있는 일화 같지만 그 이야기를 통해 레오가 어쩌면 내가 생각했던 것만큼 완벽한 사람은 아니었는지도 모른다는 생각이 들면서 그를 닮아가려는 내 마음에 혼란이 빚어지는 것 같았다. 나는 대화의 주제를 바꾸기 위해 트로피들을 가리키며 물었다. "이게 다 오빠가 받은 것들이야?"

"맞아. 2층에 더 있어. 오빠 방에 가득. 예전에는 오빠가 그것들을 쉽게 받아온다고 생각했어." 니브가 얼굴을 일그러뜨리며 대답했다.

나는 물을 몇 모금 더 마시면서 니브의 이름이 붙어있는 게 없는지 다시 살폈다. 하나도 찾을 수 없었다. 그러고 보니 니브가 왜 그렇게 까칠한지 알 것 같았고, 니브의 입장에서 레오의 존재가 어땠을까 헤아릴 수 있었다. 따라잡기 버거운 상대. 그가 죽은 후에도 말이다. 니브의 마음이 불안정한 건 당연하다. 죽은 사람을 질투한다는 건 스스로도 인정하기 힘든 감정일 테니까. 그러자 레오의 심장에 관한 이야기를 하기에 적당한 기회는 영영 오지 않을 것 같다는 생각이 들었다.

"그동안 참 힘들었겠다. 내가 다 이해할 수는 없지만⋯."

나는 니브의 마음을 이해할 수 있을 거 같았지만 그냥 이렇게 말했다. 병원에 있으면서 사랑하는 사람을 잃고 그 슬픔을 이겨내려고 노력하는 사람들, 또는 그렇게 하지 못하는 사람들을 많이 보았다.

니브가 어깨를 한 번 으쓱해 보이며 말했다. "너무 싫었어. 모든 게 무너져 내리는 것 같았거든. 사람들은 무슨 말을 해야 할지 모르니까 그저 상투적인 말들을 되뇌고, 이미 슬픔에 지친 우리에게 자기 감정까지 덮어주려고 하지. 그런데 더 참기 힘든 건 사람들이 모두 내 마음을 이해한다고 생각하는 거야. 아무것도 모르면서 말이지."

니브는 여느 때와 별로 다르지 않았지만, 좀 더 긴장되고 화난 표정인 것인 것처럼 보였다. 자기 감정을 자제하느라 애쓰는 것 같았다. 내가 심리전문가는 아니지만 몇 명의 상담 선생님을 거쳐온 경험으로 볼 때, 니브가 오빠를 잃은 슬픔을 겉으로 보여지는 것만큼 잘 이겨내고 있는 것 같지 않았다. 하지만 그런 말을 하려면 내가 살아온 시간들에 대해서도 말해야 할 것 같아서 그냥 농담으로 대신했다. "그렇다고 쓸모없는 위로는 집어치우라고 말하면 기분 나빠하고, 그렇지?"

니브는 입술을 꼭 다문 채 미소를 지었다.

간호사와 의사들에게 당장 꺼지라고, 나를 혼자 내버려 두라고 소리치고 싶었던 순간들을 떠올리며 나도 모르게 코웃음을 쳤다. 니브가 그런 내 얼굴에서 자기를 이해하는 내 마음을 읽었는지, 내게로 다가와 손을 잡았다.

"자, 가자. 내가 집 구경 시켜줄게."

주방에 가니 역시 그곳에도 레오의 자취가 남아있었다. 냉장고에 붙어있는 레오의 사진을 보려고 다가갔더니 그의 축구 경기 일정도 붙어있었다. 첼시 클럽 기념 자석으로. 다음에는 2층으로 올라갔고, 니브가 닫혀있던 방문을 열었다.

"오빠 방이야." 니브가 말했다. 요란한 밴드 포스터와 첼시 팀의 파란색 로고가 벽마다 어지럽게 섞여있는 방을 둘러보며 나는 눈이 휘둥그레졌다.

"오빠는 정리를 잘하는 편이 아니었어. 엄마가 일주일에 한 번씩 들어와서 오빠가 아무렇게나 벗어놓은 운동복과 빨랫감들을 걷어갔지. 그리고 엄마는 지금도 오빠의 침대 시트를 갈아주고 있어. 마치 어느 날 오빠가 집으로 돌아올 것처럼 말이야."

니브는 아무렇지도 않은 듯 말했지만 난 그녀의 속마음을 안다.

"오빠를 그리워해도 돼." 내가 조심스럽게 말했다.

니브가 시선을 돌렸다. 머리카락이 흘러내려 얼굴을 덮었다. "그렇지만 그리워하지 않아."

거짓말이다. 니브의 모든 말과 행동이 그렇듯, 마치 고양

이처럼 몸을 잔뜩 웅크려 상처를 끌어안고 아프지 않은 척하면서 누군가 다가오면 그르릉거린다. 니브를 도와주고 싶은 나는 그런 모습을 보면 가슴이 아프지만, 과연 내가 도와줄 수 있는지조차 잘 모르겠다. 레오가 우리를 만나게 해주었는데, 바로 그 레오의 존재가 우리를 가로막고 있다. 정확하게 말하자면 레오가 아니라 그의 심장 때문이지만.

2층 복도를 따라 맨 끝에 있는 방문 앞까지 갔다. 그 앞에서 나를 바라보는 니브의 표정은 달라져 있었다. 내가 좋아하는 니브의 그 모습을 보는 순간, 방금 전까지 머릿속을 장악했던 레오에 대한 생각이 순식간에 사라졌다.

"내 방이야. 들어갈래?"

니브가 나를 자기 방으로 초대하는 말을 들으니 설렘과 두려움이 동시에 밀려왔다. 지금까지 한 번도 여자 방에 들어가본 적 없다. 그냥 방을 보여주려는 걸까, 아니면 다른 의미가 있는 걸까? 다른 의미가 있는 거라면 어떻게 해야 하지? 아닐 거다. 그러기에는 너무 이르지 않은가. 니브가 나를 쳐다보고 있다. 내 대답을 기다리는 거다.

"먼저 화장실 좀 사용해도 될까?" 꼭 가야 해서라기보다는 생각할 시간을 벌기 위해서였다.

내 머릿속이 혼란스러워진 것을 아는지 모르는지 니브는 무심히 복도 끝에 있는 문을 가리켰다. 레오의 방을 지나서였다.

"저기야, 길 잃어버리지 마."

니브는 나를 혼자 남겨두고 방으로 들어갔다. 볼일을 보는 동안 손이 떨렸다. 그러고는 되도록 오래 손을 씻었다. 부드러운 타월로 떨리는 손을 닦으면서 천천히 심호흡했다. 화장실을 나오려는데 주머니 속에서 진동 벨이 울렸다. 약 먹을 시간을 알리는 알람이었다. 알람을 끄고 어깨에 맨 배낭을 내려 지퍼를 열다가 망설였다. 여러 가지 약들을 먹기 위해 시간을 지체하다 보면 니브는 내가 자기 방에 들어가기 싫어서 미적거린다고 생각할지 모른다. 그런 위험을 감수할 수는 없다. 그리고 어차피 요즘 들어 약 먹는 게 지겨워지기도 했다. 약 때문에 살이 찌는 것도 싫고, 약에 의지해서 사는 것도 싫다.

니브의 방문은 조금 열려있었다. 레오의 방을 지나면서 잠시 서서 문틈으로 방을 들여다보았다. 레오는 이런 사람이었구나. 지금 내 가슴속에서 평소보다 아주 빠르게 뛰고 있는 심장의 주인. 마치 심장은 내가 이곳에 온 걸 아는 것 같았다. 벽에 걸린 포스터에 있는 밴드가 너바나인 것 같다. 침대 머리맡에 달린 선반에도 트로피가 있었고, 첼시 팀의 로고가 인쇄된 시트가 덮인 침대에는 어쿠스틱 기타가 기대져 있다. 마치 조금 전까지 기타를 치다가 방을 빠져나간 것처럼.

나는 들어가서 기타를 잡고 내가 배운 코드를 쳐보고 싶었지만, 그러면 니브가 내가 여기 들어온 것을 알게 될 것 같왔다. 그 대신 트로피 하나를 집어 들었다. 앞면에 '햄스테드 히스 최고 득점 레오 브로디'라고 새겨져 있었다. 내 손에 레오의 지난 삶의 한 조각이 들려있음을 알고 있는 듯 심장이 조금 더 세게 뛰었다.

나는 트로피를 자세히 살펴보면서 마치 그것이 진짜 금덩어리라고 상상하면서 무게를 느껴보았다. 트로피가 마치 부적처럼 느껴졌다. 레오가 그랬던 것처럼 나를 강하고, 자신감 있고 용감한 사람으로 만들어줄 것 같았다. 승자나 리더 같은 사람. 완벽하지는 않아도 지금의 나보다는 수천 배 더 나은 사람으로. 이성적으로 생각해볼 때 내가 그렇게 된다는 것은 불가능에 가까운 일이겠지만, 그렇게 되기를 꿈꿀 수는 있지 않겠는가. 사람들이 레오를 바라보던 시선으로 나를 바라보게 하고 싶다. 연민이 아닌 선망의 시선 말이다. 레오의 삶처럼 내 삶도 앞으로 좀 더 순조롭게 펼쳐지고 조금은 더 빛났으면 좋겠다.

옆방에서 소리가 들려오는 바람에 정신이 번쩍 들었다. 지금쯤 니브는 내가 왜 안 오는지 궁금해하고 있을 것이다. 그러다가 나를 찾으러 복도로 나올지도 모른다. 내가 레오 방에 있는 것을 알면 여기서 뭘 하고 있느냐 물을 것이고, 그러면 나는 사실을 말해야 한다. 내가 누구인지에 대해 전부 다. 어쩌면 그것이 바람직한 일인지도 몰라. 내 안에서 그런 목소리가 들려왔다. '어차피 진실을 말해야 하는데 지금 하는 것도 나쁠 것 없지 않아?' 어떻게 생각하면 그것이 맞는 것 같기도 했다. 진심으로 니브를 좋아하는데 이렇게 중대한 일을 숨기는 게 진정 내가 원하는 걸까?

그렇지만 진실을 말하고 나면 모든 것이 달라질 거다. 어쩌면 에밀리의 말이 맞을지도 모르겠다. 내가 이기적이라는 말. 그렇지만 이제 막 니브와의 관계가 좋아지기 시작했는데 사실을 밝혀서 문제를 만들고 싶지는 않다. 결국은 진실을 말해야겠지만 오늘은 아니다. 옆방에서 나를 기다리는 니브에게 그 얘길 할 수는 없다.

나는 트로피를 제자리에 놓고 니브가 있는 방으로 향했다.

니브

방으로 들어오는 조니의 얼굴이 상기되어 있다. 열이 나는 것처럼 보일 정도로. 어떤 기분인지 알 것 같다. 침대에 앉아 있던 나도 조니를 보니 아드레날린이 마구 분비되는 것 같으니 말이다. 방 청소를 깨끗이 해놓은 나를 보고 엄마가 의아해하겠지만 그 이유는 짐작도 하지 못할 것이다. 엄마의 놀란 표정을 상상하니 나도 모르게 미소가 지어졌다. 내 방에 남자아이가 들어왔었다는 사실을 알면 아마 기절할지도 모른다.

"여기가 내 방이야." 이렇게 말하는 순간 아차 싶었다. 여기가 내 방인줄은 조니도 알고 있단 말이다. 내가 벌써 말했기도 하고, 문 앞에 써 붙여 놓았으니까. 그렇지만 조니는 그에 대해서는 아무 말이 없다. 방 안을 둘러보는 조니의 표정이 진지하다. 이 집에서 유일하게 레오 오빠의 자취가 서려 있지 않다는 생각을 하는지도 모르겠다. 하지만 조니가 몰라서 그렇지 이 방에도 오빠의 자취는 있다. 베개 밑에 구겨져 있는 점퍼와 내가 바닷가에서 주워 와 가끔 목걸이에 달고 다니는 가운데 구멍 뚫린 조약돌, 작년 생일에 오빠가 나를 놀려먹는 문구를 잔뜩 적어서 내게 준 카드도 있다. 베개 밑에 넣어두었던 항우울제는 옷장 서랍으로 옮겼다. 그런데 조니는 지금 레오 오빠를 생각하는 것 같지는 않다. 내게 시선을 고정시킨 채 초조하고 설레는 듯 땀을 흘리며 내 이름을 불렀다. "니브."

나는 일어섰다. 기대와 초조함으로 다리가 떨렸다. 조니는 더 이상 아무 말도 하지 않았다. 이번에는 내가 먼저 행동하지 않으리라 마음먹었다. 그가 나를 원한다면 행동으로 보여주겠지. 그런데 조니가 너무 불안해하는 것 같아서 과연 그렇게 할 수 있을지 모르겠다는 생각이 들었다. 나는 앞으로 다가서서 그의 손을 잡았다.

"우리는 결국 블랙 위도우와 호크아이는 될 수 없는 건가 하는 생각이 들기 시작해."

나를 바라보는 조니의 눈빛이 갈등하고 있음을 알 수 있었다. 나를 원하는 마음과 거부하려는 마음. 조니가 뭔가 낮은 소리로 말을 했으나 알아듣지 못하겠다고 생각하는 순간 그가 매고 있던 배낭이 바닥에 떨어졌다. 잠시 후 조니는 두 손으로 나를 잡고 키스했다. 그 키스가 너무 강렬해서 나는 숨이 멎을 것 같았다.

침대에 쓰러지기 전까지 얼마나 오래 그렇게 있었는지 모르겠다. 다만 침대에 몸이 닿는 순간에도 키스를 하고 있었다는 건 기억한다. 조니와의 두 번째 키스였다. 기분이 날아갈 것 같았다. 다급하고 열정적인, 그러면서도 기대를 정확하게 충족시키는 그런 키스였다. 전신이 짜릿했고, 모든 말초신경에서 불꽃이 튀는 것 같았다. 조니는 한 손으로 내 허리를 감싸고 다른 한 손으로 내 머리칼을 쓰다듬었다.

"니브." 조니가 내 볼에 대고 낮게 속삭였다. "아, 니브."

나는 가만히 누운 채 경이감에 휩싸여 그 모든 느낌들을 음미했다. 마치 내가 더 이상 내가 아닌 것처럼 자유로웠다. 니브 브로디는 자기 방에 남자아이를 들이지 않으니까. 열정에 휩싸여 신음처럼 자기 이름을 속삭이게 하는 일을 더욱 있을 수 없으니까 말이다. 그런 생각들이 머리를 스치는데 키스를 하던 조니의 입이 갑자기 얼어붙은 듯 굳어버렸다. 그러더니 고통에 겨운 듯한 신음 소리를 내며 몸을 일으켰다.

"왜 그래?" 내가 뭘 잘못했나 싶은 불안감이 들어 다급하게 내가 물었다.

조니는 몸을 굴려 내 베개를 베고 누웠다. 그의 가슴이 헐떡이고 있었다.

"아무 일도 아니야." 조니가 이마를 찌푸리며 약간 멋쩍은 듯 웃으며 말했다. "그냥 좀 쉬어야 할 것 같았어. 괜찮지?"

나는 얼굴이 화끈하게 달아오르는 것 같았다. "아, 그래. 미안."

"아니야. 사과하지는 마." 조니는 숨을 깊이 들이마시며 일어나 앉았다. "아주 좋았어. 다만 너무 서두르고 싶지 않을 뿐이야."

진지한 모습의 조니를 보니 그에게 다가가 또다시 키스를 하고 싶었지만 참았다.

"알아들었어. 이성을 잃지 말자 이거지. 너는 또래의 다른 남자아이들과는 다른 거 같아. 그렇지?"

날카롭게 나를 향했던 조니의 시선이 내가 농담하는 거라는 걸 알아채는 순간 부드러워졌다.

"그럴 수도 있어. 사실은 내가 이런 것들에 대해 너무 모르거든. 네가… 음, 아니 나는… 생전 처음이거든."

그 순간 나는 더 이상의 좋아질 수 없을 만큼 조니가 좋아졌다. "나도 그래." 내가 수줍은 듯 말했다. "너 눈치 못 챘어?"

"응." 조니가 내게 기대면서 다시 한 번 키스를 했다. 이번에는 훨씬 부드럽게 입술만 맞추었다. "아무튼 처음치곤 아주 좋았어."

"정말 그랬어." 나는 손을 뻗어 조니의 뺨을 톡톡 두드려준 다음 입술과 턱을 어루만졌다. 그리고 손가락으로 목과

볼록 올라온 목울대를 지나 티셔츠의 목 언저리까지 내려갔다. 용기를 내서 쇄골 주변의 부드러운 피부를 쓰다듬는데 뭔가 이상한 느낌이 손끝에 닿았다. 울퉁불퉁하고 딱딱한 피부. 상처 같았다.

"이게 뭐야?" 나는 손가락으로 상처를 더듬으며 물었다. 상처의 윗부분이 보였다. 회색빛이 도는 분홍색 선이 티셔츠 위로 드러났다. 상처가 어디까지 이어지는 거지? 그 순간 조니의 얼굴이 굳어지면서 내 손을 밀어냈다.

나는 조니를 보며 물었다. "사고당했어?"

조니의 눈빛이 당황함과 두려움으로 가득해졌다. 나는 그런 조니를 이해할 수 없었다.

"그, 그게… 네가 생각하는 그런 게 아니야."

그러자 나는 더욱 혼란스러워졌다. 내가 생각하는 게 아니라고? "그럼 사고가 아니었다고?"

조니가 눈을 감았다. "아니야." 그러고는 낮은 소리로 말했다. "수술 자국이야."

나도 모르게 인상이 찌푸려졌다. 상처에 대해 잘은 모르지만 시간이 지나면 옅어지지 않나? 그렇다면 이 상처는 어떤 수술이었는지 몰라도 오래되지 않은 거다. 그런데 왜 지금까지 말을 하지 않은 걸까? 내가 뭘 놓치고 있는 건지 알 수 없는 기분으로 물었다. "조니?"

조니는 잠시 눈을 감은 채 그대로 누워있었다. 마치 나는

311

혼자만의 싸움을 하고 있는 것 같았다. 시간이 흐르면서 침묵은 점점 무거워졌고, 우리 사이를 갈라놓는 것 같았다. 마침내 조니가 떨리는 한숨을 길게 내쉬더니 신중하고도 조심스러운 눈빛으로 나를 보며 말했다.

"너에게 할 얘기가 있어."

조니

나를 바라보는 니브의 눈빛을 차마 마주할 수가 없었다. 지난 2분을 되돌려 니브의 손가락이 내 상처를 찾아내지 않도록 할 수만 있다면 모든 걸 걸고라도 그렇게 하고 싶었다. 이제 진실을 얘기할 수밖에 없는데 니브가 어떻게 반응할지를 생각하면 숨이 쉬어지질 않는다. 불길을 잡기 위해 휘발유를 들이부어야 하는 상황인 거다. 맙소사. 어디서부터 시작해야 하지?

"나는 들을 준비가 됐는데." 니브가 말했다.

나는 천천히 심호흡하면서 니브의 눈을 정면으로 마주보았다. "이야기를 시작하기 전에 먼저 너에 대한 내 마음은 온전히 진심이라는 말을 하고 싶어. 너는 정말 멋진 사람이고, 지금까지 내가 살아오면서 받은 가장 큰 축복이야."

니브는 여전히 영문을 모르겠다는 표정을 하고 내 말을 듣고 있었다. "너를 만난 것은 내가 기대하지 못했던 커다란 행운이야. 진심이야."

니브는 거의 웃음을 터트리려는 표정으로 말했다. "알아들었다고. 무슨 일인지는 모르겠지만 일단 그냥 털어놔. 안 좋은 이야기라고 해봐야 얼마나 나쁠 수 있겠어?"

최악의 이야기란 말이다. 니브가 상상도 할 수 없을 만큼. 이 난관을 어떻게 뚫고 나가야 한다는 말인가?

"너에게 거짓말하고 싶지는 않았어. 에밀리도 그건 좋은 생각이 아니라고 경고했었고…."

니브의 표정에 경계의 빛이 서렸다. "에밀리? 이 일이 에밀리와 무슨 관련이 있는데?" 그러더니 나와 에밀리를 엮어서 나름대로의 결론에 도달하고는 불같이 흥분하기 시작했다. "그것 봐. 내가 그럴 줄 알았어! 너희 두 사람 사이에 뭔가 있을 줄 알았다고. 그래서 너와 에밀리가 싸웠던 거고."

"에밀리 때문이 아니야." 내가 두 손으로 머리를 감싸고 절망적으로 낮게 외쳤다. "차라리 그렇게 간단한 일이면 좋겠다."

그러자 니브가 조금 차분해지면서 눈빛이 한결 누그러졌다. "그럼 무슨 일인데? 왜 나에게 거짓말을 한 거야?"

나는 니브를 향해 누웠던 자세에서 몸을 돌려 일어나 앉았다. 방바닥에 토를 하게 될 것 같아 불안할 지경이었지만 진실을 말하지 않고 더 이상 미룰 수는 없을 것 같았다. 모두 털어놓아야 한다.

"처음부터 너에게 말했어야 했어."

그다음에는 모든 것이 실타래 풀리듯 이어졌다. 내가 어린 시절 내내 아팠으며, 대부분의 시간을 병원에 들락거리며 보내야 했다는 것, 마침내 심장을 기부해줄 사람이 나타났을 때는 거의 죽음을 코앞에 둔 상태였다는 것. 내 이야기를 듣고 있던 니브가 진실을 알아채는 순간이 내 눈에도 분명하게 보였다. 얼굴에 핏기가 가시면서 눈에 공포와도 같은 허망함이 가득 차올랐기 때문이다. 나는 말을 더듬거리면서 이야기를 이어갔다. 니브의 볼을 타고 눈물이 흘러내렸다. 잠시 후 니브가 목이 잠기듯 흐느끼면서 내게로 달려들었다. 나는 저항하지 않고 니브가 때리는 대로 나를 맡겼다. 내 잘못이 훨씬 더 크니까. 비할 수 없이 깊고 아픈 슬픔에 빠져있는 니브에게 다가가 처음부터 거짓말을 했고, 그 후로 어떤 것이 진실인지 구분할 수 없을 정도로 수많은 거짓말들을 보탰다.

니브의 주먹이 눈가에 닿으면서 순간적인 아픔에 내가 신음을 하자 니브는 때리기를 멈추고 물러나 앉았다. 두 손으로 얼굴을 감싸고 여전히 흐느껴 울고 있었다. 말하지 않아도 니브가 어떤 마음인지 충분히 알 수 있었다.

나는 나대로 슬픔과 후회에 압도된 채 무력하게 니브가

우는 모습을 바라보았다. 어쩌다가 일을 이 지경으로 만들었을까.

니브가 눈물로 얼룩진 얼굴을 들어 나를 향해 눈을 껌벅이며 물었다. "그러니까 결국 네가 관심을 가졌던 건 내가 아닌 거지? 처음부터 지금까지 모든 게 레오 때문이었어. 내가 아니라."

니브의 눈빛이 너무나 슬퍼서 가슴이 저렸다.

"아니야. 솔직히 처음엔 레오 때문이었지만, 나를 믿어줘, 곧 모든 게 너 때문으로 바뀌었다고." 니브의 손을 잡고 싶었지만 용기가 나지 않았다. 그렇게 말하고 나니 새로운 감정이 물밀듯 몰아쳤다. "나 정말 너를 좋아해, 니브. 나… 나… 너를 사랑하는 것 같아."

니브는 한동안 나를 가만히 바라보았다. 내 말을 믿어야 할지, 말아야 할지 판단을 하려는 것 같았다. 잠시 희망적인 생각이 머리를 스쳤다. 이 모든 상황에도 니브가 나를 사랑하고 있을 거라는.

그러나 다음 순간 니브가 혐오스럽다는 듯 코웃음을 치며 짧게 내뱉듯이 말했다. "나가." 분함과 원망에 가득 찬 니브의 눈빛에 나는 온몸이 조여드는 것 같았다. "우리 집에서 당장 나가. 그리고 다시는 나에게 연락하지 마."

내가 잘못했으니 당연한 결과였다. 그럼에도 고개를 끄덕이는 순간에 뭔가 울컥하고 올라왔다.

"내 모든 잘못에 대해 진심으로 미안하게 생각해." 나는 떨리는 음성으로 겨우 이렇게 말하고는 일어나 가방을 집었다. "이렇게 될 줄은 몰랐어."

니브는 짧게 냉소를 하고는 고개를 돌렸다. "가라고."

2층 복도를 걸어가는데 눈앞에 별이 보이는 것 같았다. 계단을 내려올 때는 다리가 휘청거려서 난간을 잡아야 했다. 현관 앞에 다다라서야 눈앞이 제대로 보였다.

큰길을 향해 걷는데 전화의 진동 벨이 울렸다. 약을 먹으라는 두 번째 알람이었다. 하지만 속이 울렁거려서 약을 삼킬 수 없을 것 같았다.

머릿속에 온통 나 때문에 아파하는 그녀의 슬픈 표정뿐이었다. 이미 너무나 힘든 니브에게 내가 또다시 고통을 안겨주다니. 레오의 심장을 받은 후 처음으로 나는 그의 심장이 차라리 다른 사람에게 갔으면 좋았겠다는 생각을 했다.

니브

마음을 털어놓을 사람은 헬렌뿐이었다. 헬렌은 곧장 달려와 놀란 표정으로 말없이 내 이야기를 들어주었다. 조니에게 중요한 사람은 처음부터 내가 아니었다는 것, 오빠에 대한 정보를 얻기 위해 나를 이용한 것이라는 것, 그가 지금까지 했던 이야기들이 전부 거짓이었다는 것까지. 그중에도 최악은 조니의 구구절절한 사연을 가만히 되돌아보는 동안 조니는 결국 오빠의 심장만 가져간 게 아니라 내 마음까지 가져갔다는 사실을 깨달은 거였다. 다만 내 마음은 소중히 받아서 간직할 만큼 그에게 중요하지 않았을 뿐. 아니, 조니는 내 마음을 갈기갈기 찢어서 땅바닥에 버렸다. 그래서 지금 내 마음에는 커다란 구멍이 하나 뚫렸다.

"와, 니브." 내 이야기를 끝까지 듣고 나서 헬렌이 말했다.

"조니에게 뭔가 미심쩍은 부분이 있기는 했지만… 이 정도였어? 이건 정말 심각하네."

나는 다시 베개에 누워 성이 나서 빨갛게 된 팔꿈치의 건선을 긁어대며 터져 나오려는 울음을 삼켰다.

"머리 아파."

눈알이 마치 소금물에 담가 끓여낸 듯 쓰리고 코가 꽉 막혔으니 두통이 있는 것도 당연했다. 얼굴에도 당연히 불긋불긋 반점이 돋았을 것이다. 그래도 아무 말 하지 않는 헬렌은 정말 좋은 친구다. 나는 지금 내 상태가 어떻든 다시는 내 방에서 나가지 않으리라 마음먹었다.

"자, 여기." 헬렌이 약을 건넸다. "두통에 도움이 될 거야."

나는 침대 옆에 있는 물병의 물로 알약 두 알을 삼키고 약통을 침대 옆 테이블에 던졌다. 운 좋게도 헬렌이 나머지 약을 돌려달라고 하지 않아서 나중에 베개 밑에 모아둔 나머지 약들과 합칠 수 있겠다. 그 약들은 내가 더 이상 버틸 수 없다고 판단될 때를 위해 모아두는 것이다.

헬렌이 고개를 저으며 말했다. "천만다행인 것은 조니가 어떤 사람인지 이제라도 알았다는 사실이야. 더 오래 갔으면 어쩔 뻔했어. 지금보다 수천 배는 더 힘들었을 거야."

헬렌의 말이 맞다. 하지만 그렇다고 지금의 기분이 크게 달라지는 건 없다.

"생각하는 것만으로도…." 헬렌이 말을 하다 말고 내 시선을 피한 채 머뭇거렸다. "좀 기분 나쁘지 않아?"

처음에는 헬렌이 무슨 말을 하는 건지 알아채지 못했다. 그러다가 서서히 섬뜩한 느낌이 피부로 전해졌다.

"조니가 레오 오빠의 심장을 가졌기 때문에?" 내가 천천히 말했다. "그래서 어쨌다는 건데?"

그러자 헬렌의 얼굴이 빨갛게 상기되면서 어쩔 줄 몰라 했다. "아무것도 아니야." 헬렌은 이렇게 말했지만 표정은 아니었다. "그냥 잊어버려. 그렇다고 너와 조니가 무슨 특별한 관계가 된 것도 아니고…."

헬렌이 어색하게 말끝을 흐렸다. 방이 빙글빙글 도는 느낌을 가라앉히려고 눈을 감았다. 이미 충분히 슬프고 불행하다고 생각했는데 이런 일까지 겹치다니. 나는 벽을 향해 돌아누워 내 검은 불행의 심연이 나를 집어삼키도록 놔두었다.

"헬렌, 이제 가 봐. 내가 나중에 문자할게."

"정말? 지금 너 혼자 있는 건 안 좋을 것 같아. 내가 뭐 해줄 것 없어?"

헬렌의 목소리에는 불안과 걱정, 연민이 모두 담겨있었다. 나는 대답하지 않았다. 오빠가 죽었을 때 아무도 우리에게 해줄 수 있는 게 없었던 것처럼, 지금도 누가 나를 위해 해줄 수 있는 건 없다. 테레사 선생님과의 상담을 더 이상 받지 않는 것도 그런 이유에서다. 그동안 상담을 통해 내 마음을 털어내려고 해보았지만 전혀 도움이 되지 않았다.

조니는 진심으로 나에게 관심을 가졌던 게 아니다. 오빠에 대해 알고 싶어서 나를 이용한 거다. 조니가 원했던 사람이 오빠였다는 사실이 다른 무엇보다 나를 아프게 했다. 헬렌은 내 마음을 전부 이해하지는 못해도 자기가 언제 물러나 줘야 하는지는 안다.

"그럼 나중에 연락해." 몇 분 동안 잠자코 있던 헬렌이 이렇게 말했다.

딸깍 소리와 함께 조심스럽게 방문이 닫히고 현관으로 향하는 발자국 소리가 들렸다. 꾹 감은 눈을 비집고 또다시 눈물이 흘러나와 이미 흠뻑 젖어있는 베개에 떨어졌다.

***

헬렌에게 연락하지 않았다. 사실은 수요일 오후에 헬렌이 우리 집으로 날 보러 올 때까지 헬렌과 연락을 주고받지 않았다. 헬렌은 방바닥에 어지러이 널려있는 과자 봉지와 초콜릿 포장지들을 헤치고 다가와 내 등을 사정없이 찔렀다.

"너 왜 학교 안 왔어?"

다른 사람이었다면 무시했을 거다. 엄마가 어제 방문 앞에 서서 무슨 일로 그렇게 우울해하고 있는지 알고 싶어 했을 때도 그랬으니까. 나는 엄마가 들어오지 못하도록 방문을 걸어 잠그고 천까지 숫자를 세면서, 닭고기 스프를 먹으라거나

차 한잔하면서 엄마와 대화를 나누자는 등의 간청에 일절 응답하지 않았다. 나중에는 아빠가 들어와 한동안 내 침대에 걸터앉아 이런저런 이야기를 했다. 아빠는 항상 내 편이라는 말과 함께 도움이 필요하면 언제든 내게 힘이 되어주겠다고 했다. 말도 안 되는 소리다. 아빠는 거의 집에 있은 적이 없을 뿐 아니라, 나에게는 전혀 관심이 없으니까. 내가 이름을 레오로 바꾸면 아빠의 관심을 받을 수 있을지도 모른다.

그러나 헬렌은 다르다. 나에 대해 모르는 게 없고, 특히 이럴 때 어떻게 해야 나를 움직이게 할 수 있는지 너무 잘 알기 때문에 무시할 수가 없다.

"아무것도 신경 쓰고 싶지 않았어." 내가 여전히 벽을 향해 누운 채 대답했다. 헬렌이 인상 쓰는 소리가 거의 들리는 것 같았다.

"너 이러면 안 돼. 기분이 안 좋겠지만, 이렇게 혼자 들어앉아 있는 건 아무 도움이 안 된다고."

나는 대꾸하지 않았다.

"너희 어머니가 계속 나한테 무슨 일이냐고 물어보셔. 뭔가 일이 있다고 생각하신다는 말이야."

내가 날카롭게 헬렌을 쏘아보며 물었다. "그래서 뭐라고 했어?"

헬렌은 기분이 상한 듯 말했다. "당연히 아무 말도 안 했지. 니브, 제발 나가서 뭐라도 좀 하자. 볼링을 치든, 영화를 보든, 뭐든 네가 하고 싶은 걸 하자고."

"나가고 싶지 않아." 나는 이렇게 중얼거리며 다시 벽을 향해 돌아누웠다.

"그럼 나도 여기 있을래. 네가 보고 싶어 했던 새 코미디 쇼 기억해?"

물론 기억한다. 조니와 각자 집에서 동시에 그 프로를 보면서 문자로 이런저런 이야기를 주고받기로 했었다.

"아니."

헬렌은 한동안 아무 말 하지 않더니, 다시 나를 귀찮게 하기 시작했다.

"니브, 내가 뭐 해줄까? 아무리 생각하고, 또 생각해도 좋은 생각이 떠오르지 않아."

헬렌의 목멘 소리가 다시 내 마음을 아프게 했다. 헬렌도 우리 엄마 아빠도 나 때문에 걱정하고 울기도 한다. 내가 그럴만한 가치가 있는 사람이 아닌데 말이다. 지난여름 해변에서 죽은 게 나였으면 모든 게 훨씬 나았을 것 같다. 물론 모두 울었겠지만, 그래도 이내 슬픔을 딛고 일어나 힘을 합쳐 다가오는 날들을 살아갈 수 있었을 거다. 그런데 지금 나는 모두를 불행 속으로 끌어내리고 있다.

그걸 알면서도, 나는 어찌된 일인지 헬렌이 아무리 간절히 애원해도 도저히 털고 일어나질 못하겠다.

"나 피곤해. 내일 다시 와."

"네가 뭐가 피곤해?" 이렇게 되묻는 헬렌의 목소리에 이제 조금씩 짜증이 배어나기 시작했다. 엄마처럼.

"어머니가 그러시는데 너 월요일부터 지금까지 한 번도 침대 밖으로 나오지 않았다며. 방 안에서 냄새나는 것만 봐도 어머니 말씀이 사실인 걸 알겠네."

이 또한 헬렌의 작전이다. 나를 부끄럽게 해서 움직이게 하려는 것 말이다. 나도 왜 이렇게 피곤한지 모르겠다. 하긴 밤에 잠을 잘 못 자서 그럴 수도 있다. 아니면 그동안 겪은 일들의 무게 때문일 수도 있겠다. 그 밑에 한없이 작은 내가 깔려서 어떻게든 지탱해보려고 안간힘을 쓰다가 모든 에너지를 소진해버린 것 같다. 조니의 배신이 마지막 한 삽이 되어 불행의 산사태를 일으킨 것이다. 나도 이런 기분으로 사는 게 정말 싫고 지친다. 이 모든 것을 멈출 수 있으면 좋겠다. 정말 그러고 싶을 때 베개 밑에 숨겨둔 약이 유용하겠지. 모든 것을 한 번에 꺼버릴 수 있는 스위치처럼 말이다.

하지만 이런 말은 헬렌에게 할 수 없다. 이해하지 못할 테니까. 헬렌이 어떻게 알겠는가? 아직 조부모도 여의어본 적이 없이 완벽한 삶을 살고 있는 헬렌이 말이다. 그러니 눈을 감고 아무것도 모르는 척 무시하는 수밖에. 나는 속으로 숫자를 세기 시작했다.

나는 숫자를 좋아한다. 언제나 일정하고 예측 가능하니까. 하나가 오면 그다음에 올 것이 정해져 있는 그 상호의존적인 모습이 뭔가 마음을 편안하게 한다. 그리고 절대로 셀 숫자가 모자라는 일은 없을 거라는 믿음도 마음에 위로가 된다. 숫자를 얼마까지 세었을 때 헬렌이 갔는지는 모르겠다. 수를 세느라 헬렌이 방에서 나가는 걸 알아채지 못했기 때문이다.

금요일이 되자 엄마도 더 이상 참을 수 없었는지 내 방으로 뛰어 들어왔다. 나에 대한 연민 같은 건 이제 찾아볼 수 없었다.

"그만하면 됐어!" 엄마는 거칠게 커튼을 열어젖히며 말했다. 불은 켜지지 않았다. 내가 화요일에 전구를 빼놓았으니까. 엄마가 내 방을 빛으로 가득 채울 생각이었다면 아마 실망했을 것이다. 내가 빛이 못 들어오도록 창문에 검정색 비닐봉지를 붙여놓았기 때문이다. 뭔가 집중해서 할 일이 필요해서였다. 아주 작은 빛도 들어올 수 없게 완전히 차단했기 때문에 잠이 오지 않는 날 뇌가 활동을 중지하고 잠들게 하는 데 도움이 될 것이라 생각했다. 아직은 효과가 그리 좋지 못해서 몇 군데 보강해보기로 마음먹고 있었다.

창문에 비닐봉지 붙여놓은 것을 본 엄마는 한동안 아무 말도 못 하고 가만히 서있다가 이내 입을 열었다. "니브, 계속 이렇게 살 수는 없어." 엄마의 목소리가 떨렸다. "도움이 필요할 것 같구나."

베개 밑에 뭐가 있는지 모르는 엄마를 보면서 작은 미소가 지어지려는 것을 참았다. 약을 꽤 많이 모았다. 엄마의 항우울제도 있고, 지난 몇 주 동안 내가 사 모은 약들도 있다.

"내가 온라인 검색을 좀 해봤는데…." 엄마가 말했다. 목소리가 훨씬 가까워진 것으로 보아 침대 바로 옆에 와있는 것 같았다. 엄마가 깊게 숨을 들이쉬고 말했다. "네가 지금 외상 후 스트레스 장애를 앓고 있는 것 같아. 사실은 우리 식구 모두 그럴 거야."

엄마의 말이 허공에 떠도는 것 같았다. 외상 후 스트레스 장애라니. 그건 전쟁에 나갔던 군인이나 테러 공격의 생존자들이 한참 시간이 지난 후에 나타나는 증상이지 않은가. 나는 오빠가 죽는 것을 지켜보았을 뿐이다. 가족의 죽음이란 모든 사람이 언젠가는 겪어야 하는 운명 같은 거다. 그 때문에 모두가 외상 후 스트레스 장애를 앓지는 않는다.

"니브?" 엄마가 애절한 음성으로 나를 불렀다. "엄마와 얘기하자. 엄마랑 하기 싫으면 의사를 만나자. 엄마는 네가 잘못될까 봐 무서워."

엄마는 이렇게 말하면서 내 어깨에 손을 얹었다. 누군가 내 몸에 손을 대는 것은 며칠 만에 처음이다. 조니 이후로.

땀에 젖은 살 위에 닿는 엄마의 손이 차가워서 나도 모르게 몸이 움찔했지만 아무 반응도 하지 않았다. 엄마가 무슨 말을 해도 도움이 되지 않았다. 누구의 말이라도 마찬가지였을 것 같았다. 차라리 나를 혼자 내버려두는 것이 서로를 위해 제일 쉬운 방법일 것 같았다.

"니브." 엄마의 음성이 갑자기 날카롭게 변했다. "제발 엄마한테 말하란 말이야!" 엄마가 베개 밑에 파묻힌 내 팔을 잡아당겼다. 엄마가 너무 돌발적으로 팔을 잡아당기는 바람에 베개 밑에서 쥐고 있던 약통을 놓을 경황이 없었다. 약통이 내 손을 빠져나가 방 건너편으로 날아가더니, 방문에 맞고는 달가닥 소리를 내며 바닥으로 떨어졌다. 나는 얼른 엄마의 표정을 살폈다. 엄마는 굳은 표정으로 약통에 시선을 고정시키고 있었다.

"저게 뭐야?" 한참 만에 엄마는 모기보다 작은 소리로 속삭이듯 물었다. 그러더니 낚아채듯 바닥에서 약통을 집어서 레이블을 읽었다. 엄마의 손이 떨리기 시작했다. "이건 내 약인데. 왜 그걸 네 침대에 두고 있는 거지?"

나는 생각할 시간을 벌기 위해 머뭇거리다가 아무렇지도 않은 척 대답했다. "별 이유는 없어요."

"별 이유가 없어?" 엄마는 믿을 수 없다는 듯 되물었다. 그러더니 내 베개를 내려다보았다.

나는 침착해지려고 애썼다. 엄마가 제발 나를 내버려 두고 나갔으면 좋겠다고 생각하면서. 엄마의 간섭을 받고 싶지 않았다. 엄마는 결국 자제력을 잃고 내가 베고 있는 베개를 순식간에 잡아 뺐다. 약들이 사방으로 흩어져 날아가더니 엄마

327

의 발치에 떨어졌다. 엄마가 그것들을 내려다보았다. 엄마의 얼굴은 창백했으며, 떨고 있었다. 그러다가 상황 파악이 되는 순간 일그러졌다. 엄마는 두 손으로 얼굴을 감싸고 바닥에 주저앉았다.

"니브… 우리가 겪은 것으로 모자라서 이러는 거니?" 엄마는 흐느껴 울었다.

아빠가 2층으로 뛰어올라오는 소리가 들렸다. 방문 앞에서 상황을 파악한 아빠의 얼굴이 잿빛으로 변했다.

"무슨 일이야?"

엄마가 바닥에 흩어진 약통들을 집어서 하나씩 열어보았다. 아직 새것인 채로 있는지 확인하면서.

"이것 봐, 여보! 니브가 베개 밑에 이것들을 숨겨두고 있었다고요."

아빠는 엄마가 손에 들고 있는 것을 한참 바라보더니 나에게 물었다. "니브, 이것들이 다 뭐지?"

나는 아빠가 불같이 화를 낼 줄 알았는데 의외로 차분하고 부드러웠다. 심지어 진심으로 알고 싶어 하는 듯이, 마치 내가 아빠가 가장 아끼는 장난감이어서 망가질까 조심스러운 듯이. 그 순간 나는 모든 마음의 경계가 풀렸다.

"그냥… 만약의 경우… 아시잖아요."

아빠가 바닥에 흩어져있는 약들을 밟지 않기 위해 조심하면서 침대 곁으로 왔다.

"만약의 경우라니?"

"뻔하지 않아요?" 엄마가 울면서 소리쳤다. "한꺼번에 먹어버리려고 했던 거라고요."

아빠는 아무 말도 하지 않았다. 그러나 고통으로 타는 것 같은 아빠의 눈을 보니 마치 손톱 밑을 바늘로 찌르는 것처럼 마음이 아팠다. 그러나 그보다 더 두려운 것은 아빠와 나 사이를 스치는 공감의 정서 같은 것이었다. 이마에 맺힌 땀이 순식간에 차갑게 식는 것 같았다. 지난날의 나로 돌아갈 수 없다고 느낄 때의 절망감을 아빠가 어떻게 이해할 수 있겠는가? 아빠도 똑같은 감정을 느껴보지 않았다면 말이다.

머릿속에 폭풍이 휘몰아치는 것 같았다. 아빠는 우리 중에 제일 강하다. 세파에 시달리고 상처받았지만 엄마와 나를 지탱해주는 산 같은 존재다. 아빠가 무너진다면 우리가 어떻게 희망을 가질 수 있겠는가? 나는 내 생각이 틀렸기를 바라면서 이불을 움켜잡은 채 아빠를 똑바로 바라보았다.

"아빠는 괜찮잖아요." 내가 말했다. "밤마다 엄마가 우는 소리는 들어요. 그렇지만 아빠는, 아빠는 잘 이겨내고 있잖아요."

아빠의 표정이 갑자기 굳어졌다.

"네가 그걸 어떻게 들었니?"

엄마도 아빠를 바라보았다. 눈물로 범벅이 된 엄마의 얼굴이 놀라고 혼란스러운 표정으로 변했다.

"뭘 들어? 나 이제는 밤에 울지 않는단다."

"아닌 척하지 말아요, 엄마." 내가 손등으로 눈물을 닦으며 말했다. "우리가 자는 동안 엄마 혼자 몰래 오빠 방으로 들어가는 거 다 알고 있다고요! 엄마는 조용히 움직인다고 생각하지만, 그래도 다 들려요."

"난 레오 방에 가지 않아." 엄마가 고개를 저으며 말했다. "차마 들어갈 수가 없어."

도대체 무슨 말을 하는 건가? 엄마가 오빠 방에 가서 청소를 하지 않으면 어떻게 그 방이 그렇게 늘 깨끗하단 말인가? 그런데 엄마가 거짓말을 하는 것 같지는 않다. 엄마도 무척 의아해하고 있는 눈치다. 밤에 우는 게 엄마가 아니라면….

아빠는 궁금해하는 내 시선을 마주치지 않은 채 말했다. "소리가 들릴 줄은 몰랐어. 미안하다."

드디어 엄마가 모든 상황을 이해한 것 같았다. 눈물이 가득 고인 채 아빠를 바라보았다. "당신이었어요?"

이제야 모든 것이, 그간의 의문들이 제자리를 찾는 것 같았다. 아빠가 왜 그렇게 많은 시간을 일터에서 보냈는지, 왜 때때로 나의 시선을 피했는지, 오빠의 물건들을 왜 그렇게까지 껴안고 있으려고 했는지. 그동안 아빠는 아빠의 방식대로 오빠의 죽음을 받아들이기 위해 애쓰고 있었던 것이다. 그동안 나는 계속 엄마가 힘들어한다고 생각했는데 가장 힘들어하고 있었던 사람은 아빠였다. 아빠가 오빠의 방을 치우고,

새 이불로 갈았던 거다. 과거의 어둠 속에 숨어서 슬픔을 감추고 있었던 거다.

"왜 괜찮은 척했어요?" 내가 울음을 참기 위해 손톱으로 손바닥을 찌르며 물었다.

"그럴 수밖에 없었어." 아빠가 조용히 말했다. "매일 레오가 잠깐 어디 외출했다가 돌아올 거라고 생각하며 살았으니까. 레오가 영영 떠났다는 사실을 도저히 받아들일 수 없어서 그런 일은 일어나지 않았다고 스스로를 속였어. 매일 아침 나 자신을 향해 똑같은 거짓말을 하지만, 밤이 되면 현실을 인정할 수밖에 없었어."

엄마는 마치 아빠를 처음 보는 사람처럼 바라보았다. "그렇지만… 한 번도 그런 말을…."

"어떻게 말을 하겠어?" 아빠가 슬프게 말했다. "당신에게 힘이 되어야 하는데. 내가 무너진다면 어떻게 하겠어?"

"세상에, 여보." 엄마가 흐느끼듯 말했다. "당신이 나를 지탱해주지 않아도 된다고요. 나 괜찮아요."

아빠가 고개를 저었다. "여보, 당신 괜찮지 않아." 아빠는 이렇게 말하면서 내 눈을 마주 보았다. "우리 중에 괜찮은 사람은 없어."

아빠 말이 맞았다. 오빠가 죽은 후로 우리는 아무도 괜찮지 않았다. 오빠를 떠올리게 하는 내가 여전히 살아서 숨 쉬고 있다는 사실도 도움이 되지 않는다. 엄마도 아빠도 나를 볼 때마다 아플 테니까. 그런데 모두를 더 힘들게 하는 것은 모두가 그런 사실을 알고 있으면서도 차마 인정하지 못하는 이 상황이다. 아빠는 오빠 대신 내가 죽는 것이 나았을 것이라고 생각할 것이다. 엄마 역시 그럴 것이다. 사실은 나도 그렇다.

아빠가 두 팔을 벌리자 엄마가 아빠의 품에 안겼다. 그 모습을 바라보는데 죄책감이 화살처럼 내 가슴에 꽂혔다. 두 사람이 지금 우는 것은 나 때문이니까.

"죄송해요." 나는 차마 더 이상 보고 있을 수가 없어서 고개를 숙이며 중얼거렸다. "정말 죄송해요…."

"뭐가 미안하니?" 아빠가 내 침대에 걸터앉으며 물었다. "약 때문에? 아빠는 네가 그 약을 먹을 거라고 생각하지 않아."

나는 대답하지 않고 아빠의 시선을 피했다.

"니브?" 아빠가 내 손을 잡으며 말했다. "무엇 때문에 네가 미안하다는 생각을 하는 거지?"

이럴 때 그냥 눈을 감고 마음을 닫아버리면 그만이다. 하지만 그 순간 마음 깊은 곳에서 조니가 했던 말이 떠올랐다. 조니는 레오가 죽음으로 해서 자기가 살 수 있게 되었다는 사실 때문에 죄책감을 느낀다고 했다. 지금 나는 선택할 수 있다. 엄마 아빠에게 또다시 거짓말을 하거나, 아니면 해변에서 사고가 나던 날 이후로 가슴속에 감춰두었던 진실을 이야기하거나.

나는 떨리는 숨을 들이마시고 마음속에 있는 말을 털어놓기 시작했다. "오빠와 함께 바위에 올라가서 미안해요. 오빠를 놓쳐 떨어지게 해서 미안해요." 엄마와 아빠의 눈을 마주하는데 고통의 물결이 온몸을 훑고 지나가는 것 같았다. "오빠는 죽고 나 혼자 살아서 미안해요."

엄마가 숨소리가 떨렸다. 아빠의 눈에 눈물이 고였다.

"니브···."

속마음을 털어놓고 나서 그랬는지, 아니면 아빠가 나를 따듯하게 안아줘서 그랬는지 모르지만 내 안에서 마치 둑이 무너지듯 참았던 울음이 걷잡을 수 없이 터져 나오기 시작했다. 나는 평생 울 울음을 한꺼번에 쏟아내듯 울었다.

오빠가 죽는 모습을 지켜보던 고통과 충격, 오빠가 바위에 올라가게 된 것이 나 때문이라는 죄책감, 그리고 혼자 살아남았다는 사실에 대한 모든 회한의 감정들이 해일처럼 가슴속에서 쏟아져 나왔다. 엄마와 아빠는 최선을 다해 나의 북받치는 설움을 받아주었지만 두 분 역시 깊은 슬픔의 벼랑 끝에 서있었다. 아빠는 내 말을 듣는 동안 소리 없이 눈물을 흘리며 내 머리를 쓰다듬어 주었다. 엄마는 아빠와 나를 꼭 안아주었다. 엄마의 얼굴은 마스카라가 번져 엉망이 되어있었다.

오랫동안 슬픔과 후회, 허탈함의 시간을 지나온 우리 가족에게 뭔가 변화가 일어나고 있었다. 큰 변화는 아니지만 몇 달 만에 처음으로 평화로움을 느낄 수 있었다. 갑자기 눈꺼풀이 무거워졌다. 나는 엄마 아빠가 나를 침대에 눕혀주는 대로 몸을 맡겼다. 그리고 바닥에 흩어진 약들을 주워서 말 없이 치우는 것도 모르는 척 맡겨두었다. 내 방을 나서기 전, 엄마 아빠는 잠시 멈춰 서는 것 같았다.

"니브, 네 잘못이 아니야." 아빠가 말했다. "누구의 잘못도 아니란다."

조니

엄마 아빠의 몸 상태가 좋지 않다는 것을 처음 알아챈 것은 월요일 아침에 엄마가 내 방문 앞까지 약을 가지고 왔다가 방으로 들어오지 않고 문 앞에 두고 가려고 할 때였다.

"그냥 감기야." 문밖에서 이렇게 대꾸하는 엄마의 말소리가 너무 어눌해서 잘 알아듣기 힘들 정도였다. "네 약 쟁반은 문 앞에 두고 갈게. 신중해서 후회할 일 만들지 않는 게 낫지."

내가 아직은 감염을 조심해야 하는 상태이기는 하지만, 그래도 3개월 전만큼 감기가 나에게 치명적이지는 않다. 그럼에도 엄마는 조금이라도 내게 해가 될 수 있는 일은 만들지 않으려고 한다. 그래서 지금도 나와 한방에 있는 것조차 피하려고 하는 것이다. 항상 학교까지 차로 데려다주던 아빠도 감기가 옮을까 봐 나 혼자 걸어가게 했다. 그리고 오후에 돌아와 보니 아빠는 점심 시간쯤에 출근을 했다고 한다. 지금까지 한 번도 아빠는 그렇게 늦게 출근한 적이 없는데 말이다. 결국 화요일 아침에는 두 분 모두 고열이 났고, 나는 엄마 아빠의 만류에도 불구하고 학교를 쉬고 집에서 간호를 했다.

"로즈 이모에게 좀 와달라고 하렴." 두 분이 드실 감기약을 가져가니 엄마가 말했다. "넌 여기 오면 안 돼. 너까지 아프게 되면 어쩌니?"

나는 웃으면서 엄마를 일으켜 앉게 하고 꿀과 레몬이 든 약차를 건넸다. 지난 세월 늘 나를 보살펴온 엄마를 내가 간호해 드리는 건 당연하다. 그리고 로즈 이모는 학교 선생님이다. 그러니 낮 시간에 올 수도 없다.

"내 걱정은 하지 말고 회복하는 데만 집중하세요, 엄마."

아빠는 엄마 옆에서 주무신다. 코가 막혀서 입을 벌린 채 코를 곯고 있다. 창문을 열어놓았고 밖에는 영하의 날씨임에도 아빠는 열이 나서 얼굴이 상기되어 있다.

"너 약 먹었지?" 아빠의 침대 옆에 약을 내려놓는데 엄마가 묻는다. "먹는 대로 적고 있니?"

방에 전등을 반쯤만 켜놓아서 엄마가 내 표정을 정확하게 읽을 수 없는 것이 천만다행이었다. 깜박 잊고 안 먹은 적도 몇 번 있는 데다가, 최근 들어서는 일부러 가끔씩 걸렀기 때문이다.

"네, 엄마. 잘 먹고 있어요."

엄마는 고개를 끄덕이고는 베개에 다시 누웠다. "잘했다."
그러고는 낮게 중얼거렸다. "착한 녀석."

아래층으로 내려가서 책가방을 뒤져 펜을 꺼냈다. 엄마가
지난주에 정성껏 적어 놓은 약 먹은 기록을 이번 주 칸에 베
껴 넣을 참이었다. 무심코 앞장을 넘겨보았다. 그 앞으로도
여러 장의 종이에는 내가 세 달 전 퇴원을 하고 집으로 오던
날부터 지금까지의 기록이 빠짐없이 정리되어 있었다. 지난
이틀 동안의 기록을 채워 넣고 나서 약통을 열어 오늘 먹었
어야 하는 약을 꺼냈다. 그 약들은 내 방 침대 베개 밑에 숨
겨둔 작은 갈색 병에 넣었다. 약을 먹으나 안 먹으나 별 차이
가 없는 것 같은데 열두 가지나 되는 약을 매일 먹는 것이 의
미가 없는 것 같았다. 엄마가 모르게 하면 걱정할 일도 없겠
지 생각했다. 요즘 내 몸 상태는 최상인 것 같았다. 머릿속이
복잡해서 그렇지 신체적으로는 아무 문제 없다.

그런 것들을 내가 선택할 수 있다는 사실이 즐거웠다. 먹
지 말아야 하는 콜라 캔을 따서 들고 TV 앞에 자리를 잡고
앉았다. 별생각 없이 약 설명서 가장자리 여백에 낙서를 하
는데 핸드폰 알림이 울렸다. 혹시 니브에게서 온 메시지일지
도 모른다는 희망을 가졌으나 역시 아니었다. 오랜만에 에밀
리가 보낸 거였다. 그동안 내가 보낸 메시지들에 전혀 응답
을 하지 않아서 나를 차단한 것이라 짐작하고 있었는데 그
렇지 않았나 보다.

11월 15일 09:26
안녕, 조니. 지난번에 네가 왔을 때 내가 너무 흥분해서 미안해. 새로 처방받은 약 때문에 내가 좀 사이코가 되었나봐. 나는 지금 면회를 받을 수 없어. 하지만 지금 의사들이 나를 퇴원시키는 문제로 의논 중이야. 아무튼 난 이제 화가 다 풀렸다는 얘기를 하고 싶었어. 사랑해.
– 에밀리

나는 웃음이 터져 나오려는 것을 참았다. 전에도 에밀리가 약에 대한 부작용을 겪는 것을 여러 번 보았지만 한 번도 그 때문에 사이코처럼 된 적은 없었기 때문이다. 나는 미소를 지으며 바로 답을 했다.

09:37
안녕, 키모 걸. 드디어. 혹시 너 화났을 때 굉장히 무섭다는 말 들어본 적 있어? 얼마나 무서웠으면 암 세포들도 항복을 했겠냐고 ☺

한참 만에 답이 왔다. 그런데 딱 두 글자.

10:22
하하.

어쩌면 에밀리는 지금 새로 처방받은 약 때문에 졸린 건지도 모르겠다. 약의 최적량을 찾아내는 일은 의사들에게도 힘든 일이어서 몇 번씩 조절을 해야 하는 경우도 있다. 아무튼 에밀리에게서 메시지가 와서 반갑고, 화가 풀렸다니 더욱 기뻤다. 그래도 에밀리에게는 내가 아직 좋은 친구로 남아있나 보다.

> **10:24**
> 그럼 이제 우리 다시 페이스북 친구 되는 거야?

이 물음에는 답을 하지 않았다.

니브

지금까지 한 번도 학교 추모 공원에 가서 앉아본 적이 없었다. 오빠가 죽기 전까지는 그것이 거기 있다는 사실조차 몰랐다. 영어 수업을 가기 위해 가로지르는 길목일 뿐이었다. 그런데 가족 상담 선생님이 레오 오빠가 우리 곁을 떠났다는 사실을 현실적으로 직면하기 위해 묘지를 찾아간다거나 하는 방법을 권했는데, 나에게는 이 추모 공원에서 시간을 보내라고 했다. 그래서 오늘은 점심시간을 이용해서 추모 공원의 파라솔 밑에 앉아있다. 프리킥 자세를 취하고 있는 레오의 석상을 보고 있다. 그는 영원히 그 프리킥을 완성할 수 없으리.

지난 5일간은 우리 가족에게 있어 감정적 치유의 시간이었다. 토요일과 일요일 이틀 동안 많은 대화를 하면서 마음속에 있는 이야기들을 모두 꺼내놓았다. 내가 지금까지 지내온 어떤 시간보다도 힘들어서 심신이 탈진될 지경이었다. 우리 모두 더 이상 서로에게 거짓을 말하거나 진심을 숨기지 않기로 약속했다. 그래도 조니의 일은 아직 꺼내기가 조심스러워서 조니의 존재에 대해 막연하게 힌트를 주는 정도로 그쳤다. 엄마도 아빠도 아직 거기까지는 준비가 되어 있지 않은 것 같았기 때문이다. 월요일에 긴급 상담을 했는데 어쩐 일인지 마음이 훨씬 편해지면서 더 이상 상담 시간이 이기고 지는 게임처럼 느껴지지 않았다. 새로 시작한 가족 상담도 도움이 될 것 같다. 처음의 어색한 단계가 지나고 나면 말이다.

그런 시간을 보낸 후 맞이한 이 비 내리는 수요일 점심시간에 나는 추모 공원에 앉아 초조하게 손톱을 씹으며 헬렌을 기다리고 있다. 오늘 아침에 늦게 등교하는 바람에 아직 헬렌을 보지 못했다. 하지만 설사 헬렌이 내가 어젯밤에 보낸 문자를 무시하고 나타나지 않는다고 해도 원망할 생각은 없다. 더구나 비까지 내리고 있으니 말이다.

기다리기를 포기하고 일어서려는데 맞은편 출입구에서 헬렌이 나타났다. 헬렌은 잠시 그대로 서서 빗방울이 뚝뚝 떨어지는 우산을 쓰고 앉아있는 나를 바라보았다. 그러더니 우산을 펼쳐 들고 빗물이 고인 땅 위를 철벅철벅 걸어와 내 옆에 앉았다.

"아주 좋은 날씨를 골라서 학교에 나왔네."

"어쩔 수 없었어." 내가 대답했다. "어차피 일주일 내내 비 왔는데 뭘."

"하긴 더 끔찍한 일이 일어날 수도 있지." 헬렌이 잠깐 뜸을 들이다 말했다. "'상어 비' 같은 거 말이야."

나는 조심스럽게 헬렌의 표정을 살폈다. 우리가 함께 졸작으로 꼽은 영화 이야기를 농담으로 내놓는 걸 보면 내 짐작대로 화가 풀린 게 아닐까? 헬렌의 입꼬리가 비꼬는 듯한 투로 살짝 올라간 것 역시 나를 용서했다는 신호다.

"맞아." 나는 얼른 맞장구를 치고 안도의 숨을 내쉬었다. "어떻게 지냈어?"

"별일 없었어." 헬렌이 인상을 찌푸리며 말했다. "사실 우리 싸운 지 일주일밖에 안 됐는데, 뭐."

나도 헬렌을 향해 눈살을 찌푸려주었다. 제일 친한 친구 사이에 일주일은 평생과 같단 말이다.

"정말 나에게 전해줄 만한 아주 작은 소식도 없어?"

헬렌이 고개를 저으며 말했다. "없어. 내가 시험 때문에 스트레스를 받으니까 엄마가 요가를 배우라고 한 것 빼고는. 너는 어때?"

어디서부터 얘기를 해야 하나? 나는 이런 생각을 하면서 볼에 공기를 넣어 불룩하게 만들었다.

"나 다음 달에 빌딩에서 로프 타고 내려오기로 했어. 너도 마음 내키면 기금으로 후원해주든지."

헬렌이 눈썹을 치켜올리며 말했다. "가족이 단체 자살을 시도하기로 한 거야? 아무튼 멋지다."

나는 웃어야 할지 말아야 할지 마음을 정할 수가 없었다. 헬렌은 아직 내가 약을 모았던 사실은 모른다. 그렇지만 아직 헬렌에게 털어놓을 마음의 준비가 되지 않았다. 머릿속에서 정리가 되고 나면 얘기하겠지만 말이다. 그런 면에서 상담이 도움이 되기는 한다. 오랫동안 소원했던 가족 관계가 이제 훨씬 친밀해졌다. 여전히 불완전하고 두렵기도 하지만.

언젠가 물에 빠져 죽는 사람에 관한 기사를 읽은 적이 있다. 물에 빠져 정말 죽기 직전에 이르렀을 때, 사람들은 팔을 휘젓거나 물을 요란하게 튀기면서 살려달라고 외치지 않기 때문에 남들이 알 수 없다고 한다. 그들은 숨을 쉬는 게 너무 바빠서 그럴 수가 없다는 것이다. 건장하고 수영을 잘하는 사람도 물에 빠져 죽을 수 있다. 조용히, 소란 피우지 않고, 남들이 모두 잘 있는 줄 알고 있는 동안. 내게 바로 그런 일이 일어나고 있었던 것이다. 머리를 수면으로 올려 숨을 쉬기 위해 안간힘을 쓰느라 도움을 청할 여유조차 없었다. 오빠의 죽음을 받아들이고 그로 인한 충격과 슬픔을 이겨내고 있다고 생각했는데 사실은 그렇지 못했던 것이다. 실제로는 오빠를 잃은 상실감에 빠져 한참을 허우적거리고 있었다. 우리 가족 모두가 그랬다.

1월에 엄마가 기금 마련을 위해 샤드 꼭대기에서 로프를 타고 내려갈 때에 아빠와 나도 동참하기로 했다. 소피도 함께. 아직 소피를 좋아하는 것은 아니지만 이제 그런대로 지낼만은 하다.

"사실은 그 반대야. 긍정적인 자세로 삶을 다시 껴안는 거라나 뭐 그런 거지. 상담 선생님 말에 의하면 그렇다는 거야."

"그럴듯하다." 헬렌이 말했다. "새로운 상담 선생님을 만나는 거니?"

"응. 가족 상담을 시작했거든."

헬렌이 인상을 쓰며 물었다. "와, 어떻게 하는데?"

"익숙해지는 데 시간이 좀 걸릴 거 같아." 내가 말했다. "거짓말을 하면 안 돼."

헬렌이 흥미롭다는 표정을 지었다. "거짓말을 하는지 어떻게 알아? 거짓말 탐지기에 연결하는 거야?"

"꼭 그런 건 아니고."

설명하기에 적절한 말이 생각나지 않았다. 거짓말을 할 수도 있지만 그러고 싶지 않았다는 걸 말이다. 그건 속이는 거니까. 상담 선생님이 그동안 상담을 하면서 알게 된 사람들의 비밀을 병에 담아 팔 수 있다면 엄청난 돈을 벌 수 있을 거란 생각이 들었다.

우리는 또다시 한동안 말없이 앉아있었다. 우산에 떨어지는 빗소리만이 적막을 채워주고 있었다. 우리 가족의 상담 치료 이야기를 하려고 이 빗속에 헬렌을 불러낸 건 아니다. 우리의 관계를 정상으로 돌려놓기 위해 만난 거다. 몇 년 만에 처음으로 정상적인 감정을 느껴보고 싶어졌다. 화가 나거나, 원망스럽거나, 외롭거나, 방황하는 기분이 아닌, 정상적인 기분 말이다. 그러기 위해서는 헬렌과 화해해야 한다.

"미안해." 나는 좀 허둥대며 말했다. "내가 너에게 너무 못되게 굴었어. 그러면 안 되는 건데."

"맞아." 헬렌이 오빠의 동상에 시선을 고정시킨 채 대답했다. "하지만 그럴만한 이유가 있었잖아."

나는 헬렌이 말하는 이유라는 게 오빠의 일인지, 조니의 일인지 확실치 않아서 잠시 머뭇거렸다.

"조니에게 연락 왔어?" 헬렌이 물었다.

그럴만한 이유란 조니였던 거다. 나도 헬렌이 그런 뜻이길 바랐다.

"아니."

헬렌이 호기심 어린 눈으로 물었다. "지금 조니에 대한 네 마음은 어때?"

"괜찮아." 나는 한참을 머뭇거리다 대답했다. 개인 상담 시간에 이야기한 내용들 중에서도 조니에 관한 내용이 가장 정리가 안 된 상태였기 때문이다. "많이 힘들지는 않아. 이제 조니에 대한 마음이 정리되는 것 같아."

"다행이다." 헬렌이 고개를 끄덕였다. "정말 다행이야. 절대로 이루어질 수 없는 관계였어. 너도 알지?"

"알아." 나는 되도록 아쉬운 느낌이 담기지 않도록 신경을 쓰면서 대답했다. 조니를 그리워하지 않으려고 아무리 애를 써도 여전히 마음 한편에서는 그가 보고 싶었다. 매일 아침 나는 조니가 나에게 최악의 거짓말을 했다는 사실을 스스로 상기시켜야 했다. 그가 했던 말들 중에서 얼만큼이 진실이고, 얼만큼이 레오에 대해 알아내기 위해 꾸며낸 거짓인지는 모르지만 말이다.

테레사 선생님은 근본적으로 조니의 행동이 오롯이 나로부터 비롯된 것은 얼마 되지 않는다고 말했다. 나에게 전혀 관심이 없었다는 뜻으로 한 말이 아니라, 조니 역시 자신의 문제를 풀어가려다 보니 그런 행동을 하게 되었다는 뜻이었다. 그렇게 여러 해 동안 아프다가 새로운 심장을 이식받는다는 것은 너무나 큰 변화이고 중대한 사건이라고 했다. 조니 역시 그러한 자신의 현실에 적응하는 데 시간이 걸릴 것이다. 그렇다고 해서 조니의 행동이 옳다고 할 수는 없다. 하지만 이제는 조금 더 조니를 이해할 수 있을 것 같다.

그렇지만 헬렌에게 그런 말을 할 수는 없다. 나의 배심원인 헬렌이 판단하기에 조니는 변명의 여지가 없다. 그리고 우리가 현재 가지고 있는 모든 정황에 근거해서 볼 때, 그러한 헬렌의 생각에 이의를 제기할 수 없을 것 같다.

조니

토요일 아침에는 로즈 이모가 와서 나를 집 밖으로 내쫓다시피 했다.

"밖에 나가서 바람 좀 쐬고 와." 내가 괜찮다고 하자 이모도 고집을 부렸다. "안색이 꼭 죽은 사람 데워놓은 것 같잖아."

그럴 만도 했다. 화요일부터 거의 집 밖으로 나간 적이 없으니까. 덕분에 스케치는 많이 했다. 오랜만에 연필과 종이를 만지니 기분이 좋았다. 스케치에 집중하니 다른 생각을 할 틈이 없어서 좋았다.

기차를 타고 니브의 집으로 갈까 하는 생각도 했었다. 니브가 나를 자기 곁에서 쫓아낸 후 일주일 가까이 매일 그런 생각을 했으니 새삼스러울 건 없다. 에밀리에게 갈까 하는 생각도 들었다. 하지만 아직 방문해도 좋다는 신호는 없었기 때문에 망설여진다. 이번에 가서는 편안하게 정감 어린 농담을 주고받을 수 있으면 좋겠다.

나는 잠시 정처 없이 돌아다니다가 마르코의 무리가 토요일마다 공원에서 축구를 한다는 사실이 떠올라 공원으로 향했다. 마르코가 벌써 몇 주째 나에게 같이 하자고 졸랐었다. 마르코는 멀리서 나를 보더니 서리가 덮인 잔디밭을 건너왔다. 오자마자 내 안부를 물었다.

"잭슨은 네가 죽은 거였으면 좋겠다고 하더라." 무리에 섞여 이야기를 나누고 있던 마르코가 가볍게 뛰어오면서 외쳤다.

"잭슨을 실망시켜서 미안하네." 나는 이렇게 응답하면서 잭슨과 에비스를 곁눈으로 힐끗 보았다. 둘은 잔뜩 못마땅한 눈초리로 내 쪽을 보고 있었다.

"난 잘 살고 있었는데 부모님이 편찮으셨어. 그래서 자식 노릇이라는 걸 좀 하느라고 말이야." 나는 어쩔 수 없었다는 뜻으로 눈알을 굴려 보였다.

"그런데 말이야." 마르코가 입가에 웃음을 지어 보이며 말했다. "그 여자 친구와 어떻게 됐는지 물어보고 싶었거든. 용기를 내서 잘한 거야, 아니면 잘 안 된 거야?"

나는 눈을 깜박이며 시선을 돌렸다. "헤어졌어."

마르코는 진심으로 당황한 듯한 표정을 지었다. "아쉽게 됐구나. 그런 줄 알았으면 묻지 않았을 텐데."

"그런데 왜 관심 갖는 건데?" 내가 팔짱을 끼고 방어적인 어조로 물었다. 다른 아이들에게 퍼뜨리고 다닐 거리를 찾는 건가?

그러자 마르코가 의외의 대답을 했다. "네가 그 애를 좋아하잖아." 그러고는 곁눈질로 나를 흘끔거리며 말을 이었다. "그리고 우리는 친구니까. 난 친구들은 확실하게 챙기거든."

마르코는 한동안 진지한 눈빛으로 나를 바라보았다. 그가 농담을 하는 것이 아니라는 걸 느낄 수 있을 정도로 길게. 그러더니 무리를 향해 엄지를 까닥해 보이며 말했다. "축구 한 판 할래? 한 명 모자라."

아침 기온이 차가웠다. 숨을 내쉴 때 나온 입김이 금세 하얗게 얼 정도였는데도 나는 미열이 있어 몸이 더웠고 자꾸 오한이 났다. 엄마 아빠의 감기가 나에게 옮겨진 모양이었다. 집에 가서 감기약을 먹고 누워야 할 것 같다. 그런데 여기 한 명이 모자란다니 어쩌지? 신선한 공기를 마시며 운동을 하면 감기를 떨쳐버리는 데 도움이 될지도 모른다.

나는 코트를 벗었다. 지난주에 잭슨이 나보고 아침마다 살쪘냐고 빈정거렸던 것이 생각났다. 그 순간 몹시 불쾌했었는데 다시는 그러지 못하게 해야겠다는 생각이 들었다.

"좋아, 그렇지만 골키퍼는 안 한다."

그러자 마르코가 어깨를 한 번 으쓱해 보이고 외쳤다. "찰리, 네가 골키퍼다."

우리가 다가가자 모두 돌아보았다. 대부분 아는 얼굴이었다. 학교에서 늘 보는 찰리, 빌리, 잭슨, 에비스. 처음 보는 아이들도 몇 명 있었다. 마르코가 소개해주어서 간단한 인사를 나눴다. 잭슨이 나를 보며 쓴웃음을 지었다. 나는 곧 잭슨이 유치한 협박을 할 것이라 예상하고 속으로 열을 세기 시작했다. 역시 잭슨은 날 실망시키지 않았다.

"너 오늘 죽었어, 뚱뚱이."

나는 침착하게 눈썹을 한 번 까닥거려 주었다. "왈시 선생님이 네 꿈속에서 그렇게 말하든?"

찰리가 큰 소리로 웃음을 터트렸고 곧 모두 따라 웃었다. 잭슨이 목 언저리까지 새빨개진 채로 애꿎은 공을 냅다 찼다. 그러면서 아무 대꾸도 못 하는 잭슨을 보면서 나도 조금씩 이들의 맞수가 되어가고 있다는 생각이 들었다.

열 명이 함께 뛰어도 경기를 하는 건 쉽지 않았다. 달리기도 많이 해야 하고 끊임없이 쫓아가고, 방어해야 했다. 그동안 가벼운 연습에 참여하면서 체력이 좋아진 덕분에 처음에는 괜찮았으나, 15분쯤 지나자 숨이 가빠지기 시작했다. 땀이 목을 타고 흘러내려 옷을 적셨고, 땀이 식으면서 계속 한기가 느껴졌다. 갑자기 기침이 나기 시작했고 나는 달리던 속도를 늦추고 손으로 무릎을 짚었다.

"조니, 조심해!"

고개를 들어보니 공이 나를 향해 날아오고 있었다. 동시에 잭슨도 나를 향해 달려들고 있었다. 그의 입가에는 증오에 찬 냉소가 번져있었다. 나는 힘겹게 몸을 일으켜 공을 잡고 잭슨을 피한 다음, 골을 향해 달렸다. 가슴에 둔탁한 통증이 느껴졌다. 하지만 수비하는 아이들 사이로 달릴 수 있는 틈이 보였고 어느 지점으로 공을 차 넣어야 골키퍼를 피할 수 있을지도 보였다. 나는 통증을 참으며 달렸다. 마지막으로 한 번 더 고개를 들어 방향을 확인한 다음 공을 힘껏 찼다. 그러고는 숨을 멈추고 공이 날아가는 모습을 지켜보았다. 공이 골 안에 들어간다면 레오의 심장이 드디어 내 안에 자리를 잡았다는 느낌이 들 것 같았다.

골키퍼가 다급하게 공을 향해 몸을 날렸으나 잡지 못했다. 골대 뒤편에 공이 맞으면서 네트 전체가 흔들렸다. 네 명의 팀원들이 환호를 지르며 달려와 나를 덮쳤다. 마치 월드컵 우승이라도 한 것처럼.

통증을 참기가 점점 힘들어졌다. 나는 찬 바닥에 엎드린 채 친구들의 무게에 눌려서 그런 줄 알았다. 그런데 그들이 모두 일어난 후에도 통증은 가시지 않았다. 오히려 더 심해졌다. 산소가 부족한 느낌이어서 신선한 공기를 들이마시고 싶었으나 폐에 경련이 나는 듯 심한 기침이 나와 숨을 들이쉴 수가 없었다. 눈앞에 검은 점들이 보이면서 헬륨 풍선에서 바람이 빠져 풍선이 휘릭 날아가듯 내 정신도 빠져나가는 느낌이었다. 고장 난 증기기관차에서 나는 것 같은 이상한 소리가 들렸다. 내 안에서 나는 소리였다. 다급한 외침이 들렸다. 희미하고 아주 멀리에서. 친구들의 부름에 응답을 해야 한다고 생각했으나 이미 의식이 내 의지를 빠져나가는 중이었다. 모여드는 얼굴들이 시야에 들어왔다. 나를 향해 뻗어 오는 팔에 기대 쓰러지면서 나는 캄캄한 어둠 속으로 빠져들었다.

*　*　*

의식을 찾았을 때 제일 먼저 눈에 들어온 것은 정사각형이었다. 커다란 흰색 사각형의 조각들이 구름처럼 머리 위에 떠 있었다. 눈을 깜박일 때마다 초점이 맞았다 흐려졌다 했다. 전에도 이런 사각형들을 본 적이 있다. 그것도 아주 여러 번.

"깨어났구나." 누군가가 말했다. "다시 보게 돼서 반갑다."

목소리의 주인공이 누군지 알아보기 위해 고개를 돌리려고 했으나 쉽지 않았다. 너무 기운이 없었고, 온몸이 무력하고 삐걱거리는 게 마음대로 움직여지질 않았다. 겨우 고개를 돌려보니 바토진스키 선생님이었다. 선생님은 클립보드를 들고 철제 침대 끝에 서있었다. 머리 위에 많이 보던 사각형이 떠있는 이유를 알 수 있었다. 나는 다시 병원에 실려 왔던 거다. 인상을 찌푸리려는 순간, 그조차 힘이 든다는 사실을 깨달았다. 마치 중국의 만리장성을 한 바퀴 달리고 난 것처럼 탈진 상태였다.

"어떻게 된 거예요?" 나는 겨우 이렇게 물었다.

바토진스키 선생님은 웃음기 없는 얼굴로 대답했다. "심장에 합병증이 왔단다. 한동안 위태로운 상태였지만 다행히거부 반응을 제어할 수 있어서 이제 회복 단계에 들어갔어."

처음엔 선생님의 말을 믿을 수가 없었다. 아무 이상도 못느꼈었다. 컨디션도 정말 좋았고, 수치도 모두 정상적이었다. 몇 달 동안 괜찮다가 왜 갑자기 내 면역 체계가 심장을거부했던 걸까? 나는 이해할 수 없다는 표정으로 바토진스키 선생님을 바라보았다.

"한동안 약을 안 먹었더구나." 선생님은 꾸짖거나 화내는기색 없이 부드럽게 말했다. "적정 수준의 면역억제제를 복용하지 않으면 네 몸이 심장을 공격한단다. 이번엔 손상이아주 적어서 다행히 심장이 제 기능을 회복할 수 있었어. 정말 감사한 일이지. 또 한 번의 기회를 얻는다는 건 불가능에가깝다고 봐야 하니까."

또 한 번의 기회란 다시 새 심장 이식을 의미하는 거다. 레오의 심장만큼 나에게 꼭 맞는 심장이 다시 한 번 내 차지가된다는 것은 불가능하니까. 이번에 그의 심장이 내게 온 것도 이미 기적 같은 일이다. 그런 생각을 하니 갑자기 내 행동이 부끄러워졌다. 처방받은 약 중의 일부를 내 마음대로 필요 없다고 판단하고 안 먹다니….

"그렇지만 괜찮을 것 같았어요···." 바토진스키 선생님이 고개를 끄덕이며 말했다. "그랬을 거야. 얼마 동안은." 선생님의 얼굴에 체념 어린 미소가 번졌다. "장기 이식을 한 후 약 먹기를 중단한 환자가 네가 처음은 아니란다. 특히 청소년기의 환자들은 이식 수술 후 지켜야 하는 일들을 힘들어하지. 더구나 몸이 정상적으로 돌아가기 시작하면 마치 천하무적이 된 듯한 기분이 들면서 약의 도움 없이도 잘 버틸 수 있을 것 같은 생각이 들거든."

그 순간 아이언맨의 모습이 떠올랐지만 혹시 선생님이 알아챌까 봐 얼른 지워버렸다. 의사의 지시를 따르지 않은 환자가 내가 처음이 아니라고 해서 자책하는 마음이 덜어지는 건 아니었다. 심장 이식을 기다리면서 죽어가는 사람들도 있는데 나는 기적적으로 내 차지가 된 심장을 망가뜨릴 뻔하지 않았는가.

"하지만 불행하게도 그건 환상일 뿐이야." 바토진스키 선생님이 말을 이었다. "너의 건강함은 결국 처방 약 덕분이고, 그 약들을 먹지 않으면 사실은 아주 빠른 속도로 나빠질 수 있단다. 이번에 경험한 것처럼 말이지."

내 자신이 점점 작아지는 느낌이었다. 엄마 아빠를 생각하면 더욱 그랬다. 수년간 한 치 앞도 내다볼 수 없는 불안과 두려움에 가슴을 조이다가 이제 힘든 일들은 다 지나갔다고 생각했을 텐데 이런 일이 생겼으니 처음으로 돌아가 다시 시작하는 기분이 들지 않았겠는가. 내가 얼마나 밉고 원망스러울까.

바토진스키 선생님이 내 마음을 알아채고 말했다. "네가 위태로운 상태였을 때 부모님이 계속 옆에 계셨단다. 그러다가 네 몸이 치료에 반응하기 시작하자 마음을 놓으셨지. 조금 전에 아침 식사하러 가셨을 거다."

그 말을 들으니 미풍이 불어오듯 마음의 긴장이 풀리면서 편안해졌다. 엄마 아빠에게 깊이 사죄해야겠다.

"제가 병원에 온 지는 얼마나 되었어요?"

"48시간 되었단다. 거부 반응을 멈추기 위해 센 약을 주입했기 때문에 지난 이틀간의 기억은 아마 희미할 거야. 일부 부작용도 있고 해서 아마 기운이 없고 독감을 앓는 것 같은 느낌일 거다."

선생님의 말이 정확했다. 정말 독감을 앓는 것 같은 느낌이다. 그리고 병원에 와서의 일들은 전혀 기억이 나지 않는다. 공원에서 축구를 하던 것까지는 기억이 나는데 그 후로는 캄캄하다. 어떻게 병원까지 왔는지도 모르겠다. 짐작해서 상상할 수는 있을 것 같다. 그러자 갑자기 울컥 목이 메었다. 내가 이렇게 두 번의 기회를 가질 자격이 있는지 모르겠다.

바토진스키 선생님은 내 기록부에 몇 가지 기록을 한 다음 다시 침대 발치에 꽂았다.

"너무 자책하지는 말아라. 신장 이식의 가장 힘든 과정은 이식을 받은 후에 살아가는 방식을 익히는 거니까. 우리가 도와줄 수는 있지만, 결국은 네가 자신을 잘 돌보는 것이 무엇보다 중요하거든." 선생님은 연민 어린 눈빛으로 나를 보며 말했다. "좀 쉬도록 하렴."

선생님이 병실을 나가고 나서 나는 한동안 천장을 바라보며 누워 병실 밖에서 나는 소리를 듣고 있었다. 병원이라는 곳이 이렇게 시끄러운 곳이라는 걸 잊고 있었구나 하는 생각이 들었다. 딸각거리며 부딪히는 소리와 말소리들이 끊임없이 들려왔다. 중증 병동만 조용했다. 심장 병동인 이곳은 일상의 업무들과 대화로 넘쳐났다. 예전에는 무심히 흘려보낼 수 있었는데 이번에는 그 모든 소리들이 신경을 자극해서 나 자신의 한심한 행동에 대한 반성하는 마음을 더욱 예민하게 했다. 내 잘못으로 나빠진 것들에 대해 생각해보았다. 에밀리와의 관계, 니브와의 관계 그리고 이번 심장 문제. 이 일을 통해서 새로운 마음으로 다시 시작해야 할 것 같다. 최소한 의료진들은 내 심장을 고쳐놓을 수 있을 테니까. 그들이 나의 나머지 부분까지 고쳐줄 수 있다면 얼마나 좋을까.

니브

수요일 아침, 헬렌은 평소와 달리 조용했다. 무슨 일이냐고 물어도 대답하지 않았고 눈을 맞추려고 해도 피했다. 드디어 점심시간이 되어 과학관 앞에 앉았을 때에야 헬렌은 나의 끈질긴 질문에 항복을 하고 깊은 한숨과 함께 입을 열었다. "내가 이 말을 하고 나중에 후회할 것 같기는 하지만 그래도 네가 알아야 할 것 같아서…."

"뭔데 그래?" 내가 미간을 찌푸리며 물었다. "내가 뭘 알아야 한다는 거야?"

코트 지퍼를 만지작거리는 모습이 여전히 말하기가 망설여지는 것 같았다. 내가 너무 답답한 나머지 헬렌을 잡고 흔들려는 찰나에 헬렌이 다시 한 번 한숨을 내쉬고는 말했다. "좋아. 만약에 말인데, 조니가 병원에 입원했다는 사실을 알았다면 너는 어떻게 했을 것 같아?"

나는 헬렌을 잠시 멍하게 바라보다가 물었다. "만약이라니?" 갑자기 뱃속이 요동을 치는 느낌이었다. "심장에 무슨 문제라도 생겼단 말이야?"

레오 오빠의 심장 말이다.

"응, 그런 것 같아." 헬렌이 대답했다. "그동안 조니의 페이스북을 주시하고 있었거든. 혹시라도 너에 대해 허튼소리를 할까 봐."

"그런데?" 내가 다그치듯 물었다.

헬렌은 어깨를 한 번 으쓱해 보이더니 말했다. "너에 대한 말은 한마디도 없더라고."

"그런 거 말고, 바보야!" 내가 초조하게 언성을 높였다. 조니로부터 심장 이식에 관한 이야기를 듣고 나서 관련 자료들을 찾아보면서 알게 된 장기 이식에 따르는 문제들이 떠올라서였다.

"조니가 왜 다시 병원에 간 거래? 지금은 괜찮은 거야?"

"나도 몰라." 헬렌이 대답했다. "페이스북에 쾌유를 비는 메시지들이 달렸고, 병문안을 가자는 얘기들도 하더라고. 그런데 조니가 전혀 답글을 달지 않는 것으로 보아 혹시…."

나는 헬렌이 말을 마칠 때까지 기다릴 수 없었다. "보여줘 봐." 헬렌의 핸드폰을 가리키며 말했다.

헬렌은 반쯤은 나의 반응이 궁금하고, 반쯤은 체념한 상태로 내 손에 핸드폰을 건네주며 말했다. "너 나한테 거짓말했지, 니브 브로디."

하지만 나는 조니가 무사하다는 힌트를 찾는 데 너무 열중해서 헬렌의 말은 귀에 들어오지 않았다. 쾌유를 빈다는 메시지는 5일 전, 그러니까 토요일부터 올라오기 시작했다.

"좀 전에 뭐라고 했어?"

"조니를 잊었다고 한 거 거짓말이라고." 헬렌은 나를 똑바로 바라보며 말했다. "넌 조니 잊지 못했어. 잊을 생각도 안 하고 있다고."

조니의 페이스북에서 드디어 아는 이름 하나를 찾았다. 나는 그가 남긴 메시지를 읽어 내려갔다. 헬렌의 말이 틀렸다고 해명을 할 수도 있다. 단지 조니의 몸속에 들어있는 오빠의 심장을 걱정하는 거라고 말이다. 엄마 아빠를 대신해서 오빠의 심장이 여전히 잘 뛰고 있는지 확인하고 싶은 거라고. 그러나 마음 깊은 곳에서는 헬렌의 말이 맞다는 걸 인정한다. 다만 그런 내 진심을 어떻게 해야 할지 모르겠다는 거다.

* * *

저녁 면회 시간이 시작되기 전부터 한참을 병원 밖에 서 있었다. 들어갈 용기가 나지 않아서였다. 조니를 보고 싶지 않아서가 아니다. 사실 그것도 이유이기는 하지만, 더 큰 이유는 조니에게 내가 무슨 말을 해야 할지 모르겠다는 것이다. 그가 누군지도 모르겠다. 조니 생각을 하지 않으려고 노력했지만 헛수고였다. 그래서 만나야 한다. 그가 아무리 내 마음을 아프게 했더라도 나는 그가 무사하다는 사실을 확인해야 한다. 그리고 레오 오빠를 통해 내가 깨달은 것이 있다면, 사랑이란 내가 더 이상 마음 쓰고 싶지 않다고 해서 스위치처럼 꺼버릴 수 있는 게 아니라는 것이다. 사랑은 영혼에 배어들고, 심장으로 통하는 길을 새겨놓기 때문에 떠나고 나면 견딜 수 없는 공허가 남는다. 나는 조니를 사랑한다.

그래서 나는 지금 여기에 왔다. 내 마음을 알려주기 위해. 그에게 마지막으로 한 번 더 기회를 주기 위해. 그 역시 조니가 원해야 하는 것이지만.

침대에서 몇 미터 떨어진 거리에서 보니 조니의 얼굴이 마치 그림 같았다. 혼자 있는 것은 아니고 두 사람과 함께 있었는데 조니의 부모님 같았다. 조니가 나를 발견하고 눈을 크게 뜨자 두 사람도 나를 돌아봤다. 그 순간 나는 방금 들어온 문으로 달아나고 싶었다.

"니브!" 조니가 놀라움과 반가움이 섞인 음성으로 외쳤다. "난, 네가… 어떻게…?"

조니는 마치 내가 사막에서 만난 오아시스라도 되는 양

한동안 말없이 바라보았다. 이렇게 병원에서 조니를 본다는 것이 나에게는 충격이었지만, 그래도 내가 생각했던 것보다는 몸 상태가 좋아보였다. 얼굴에 붓기를 제외하고는 내가 아는 조니의 모습 그대로였다. 아니, 내가 알았던 조니라고 해야 하나.

"안녕." 내가 한발 다가서며 인사를 건넸다.

조니의 부모님도 나를 바라보았지만 내 이름을 아는 것 같지는 않았다. 그러니까 아직 조니가 부모님께 심장 기부자의 신원을 알아냈다는 사실을 말하지는 않은 것이다. 가까운 거리에서 보니 조니는 어머니와 아버지를 고루 닮았다는 사실을 알 수 있었다. 매혹적인 황금빛을 띠는 회색 눈동자는 아버지를 닮았고, 긴 속눈썹과 도톰한 입술은 어머니를 닮았다. 두 사람 모두 키가 크고 날씬했는데 조니의 체격을 봐서도 그건 전혀 놀라운 일이 아니었다. 심장 이식에 대해 내가 찾아본 바로는 이식 수술 후 첫 1년 동안은 약의 부작용으로 체중이 느는 경우가 많다고 했다. 그리고 키스할 때 느껴졌던 목 뒤의 보송한 솜털에 대해서도 설명이 되어 있었다. 스테로이드 성분 때문에 털이 많이 자란다고 했다. 하지만 그런 건 하나도 문제가 되지 않는다. 중요한 건 조니라는 사람의 내면이고 내가 사랑하게 된 것도 조니의 마음이니까. 조니의 심장에 관해 알게 됨으로써 이렇게 많은 의문들이 한꺼번에 풀린다는 사실이 놀라웠다.

조니의 어머니가 의아한 표정으로 환하게 웃으며 다가와 인사를 건네셨다. "만나서 정말 반갑구나, 니브." 그러고는 나를 아래위로 훑어보며 손을 내밀었다. "모를 일이네. 조니의 친구를 만나게 되는 날을 그렇게 오래 기다려왔는데, 이렇게 일주일 사이에 두 명이나 찾아오다니 말이야."

뒤에 누워있는 조니의 얼굴이 빨갛게 상기되는 것 같았다. 조니와 나는 서로의 마음을 이해한다는 눈빛을 주고받았다. '부모님들은 도무지 뭘 모르셔.'

나는 조니의 어머니가 내민 손을 잡고 가볍게 흔들었다. 그리고 조니의 아버지와도 인사를 나누었다. 잠시 어색하게 서로를 바라보다가 조니의 어머니가 목청을 가다듬고 병실 안을 둘러보며 말했다. "마침 우리는 커피 마시러 가려던 참이었어. 그렇죠, 여보?"

그러자 조니의 아버지가 미간을 모으며 물으셨다. "우리가 그랬어?"

"그랬죠." 조니의 어머니가 명랑하게 대답하셨다. "그러니 둘이서 밀린 얘기 나누고 있으렴."

그러고는 나를 보며 활짝 웃었다. 조니가 어머니의 웃는 모습도 닮았다는 걸 알 수 있었다. 병실에 우리 둘만 남자 또다시 어색한 침묵이 흘렀다.

"어떻게 알았어?" 조니가 물었다. "내가 여기 있다는 거 말이야."

조니가 손짓으로 침대 옆에 있는 의자에 앉으라는 시늉을 했다. 나는 의자에 앉아서 조니의 몸으로 흘러 들어가는 주사액을 애써 외면하며 말했다. "헬렌이 온라인으로 너의 안부를 확인하려다가 쾌유를 비는 메시지들이 많이 올라와 있는 것을 봤대." 나는 눈길을 돌려 조니를 보며 말을 이었다. "그래서 내가 마르코에게 연락해서 무슨 일이냐고 물었어."

그러자 조니가 한탄 섞인 신음 소리를 냈다. "오, 맙소사. 그 녀석이 너에게 뭐라고 했어? 한심하게 굴진 않았어?"

나도 모르게 입가에 미소가 지어졌다.

"아니, 아주 점잖던데. 너를 진심으로 걱정하는 것 같았어. 마르코가 면회 왔었어?"

"응." 조니가 대답했다. "엄마가 말한 또 한 명의 친구가 마르코야. 마르코를 처음 봤을 때는 엄마가 거의 기절 직전이었는데 나중에는 좋아하시더라고. 내가 쓰러졌을 때 앰뷸런스를 불러준 사람이 마르코였다는 사실을 알고는 더 마음에 들어 하셨지."

그렇다면 에밀리는 오지 않았다는 거다.

"친구가 최소한 두 명은 더 되지 않아?"

그러자 조니의 표정이 밝아졌다. "알고 보니 그렇더라고. 부모님이 안 계신 동안에도 전문학교 친구들 몇 명이 더 왔었거든. 나를 미워하는 잭슨도 왔더라고." 조니는 이렇게 말하면서 미간을 살짝 찌푸린 채 내 표정을 살폈다. "솔직히 네가 와줘서 정말 놀랐어. 헬렌이 네가 면회 오는 걸 허락했다는 건 더 놀라운 일이고."

나는 어깨를 한 번 으쓱해 보이고 말했다. "헬렌은 내가 이렇게 와서 너를 만나고 나면 마음을 정리하는 데 도움이 될 거라고 생각한 것 같아."

조니의 표정이 갑자기 어두워졌다. "정리한다는 말이지…." 조니가 내 말을 낮게 되뇌었다. "그렇구나."

조니의 마음을 외면한 채 소소한 이야기를 나누다가 병실을 나갈 수도 있다. 조니가 무사하다는 사실을 확인한 것으로 만족하고 말이다. 조니도 내가 지난번에 너무 흥분했던 것에 대해 사과하고 제대로 된 작별 인사를 하리라는 것 외에 별다른 기대를 하는 것 같지는 않다. 최소한 내가 또다시 소리를 지르며 흥분한 상태로 헤어지는 것보다는 나을 테니까. 솔직하게 말하자면 나도 병원에 와서 조니를 보기 전까지는 내가 뭘 원하는지 정확하게 알지 못했다. 그런데 이제 알 것 같다.

나는 조니의 시선을 똑바로 마주한 채 물었다. "조니, 왜 그랬어? 매일 많은 사람들이 장기 이식을 하지만, 그들 대부분은 익명성을 존중하며 살아가고 있어. 그런데 왜 너는 그렇게까지 레오에 대해 알고 싶어 한 거야?"

조니는 잠시 눈을 감고 있더니 긴 한숨을 내쉬며 말했다. "좀 복잡해. 나도 내 마음을 제대로 이해하고 있는지 확신할 수 없기도 했고."

나는 조니가 마음을 가다듬으며 이야기의 갈피를 잡는 동안 조용히 기다렸다. 그가 어떤 말을 하느냐에 따라 내가 어떻게 할 것인지를 결정할 것이니만큼 그에게 충분한 시간을 주어야 한다고 생각했다.

"아마 나는 레오가 되고 싶었던 것 같아." 조니는 내 눈을 똑바로 들여다보면서 간단명료하게 말했다. "너무 오래 병원 생활을 하다 보니 내가 누군지 알 수 없었어. 어쩌면 내가 새로운 삶을 얻을 자격이 있을 만큼 잘난 아이가 아닐지 모른다는 생각에 두렵기도 했고. 그래서 레오의 정체성 뒤에 숨으려고 했던 거 같아."

순간 얼굴에 핏기가 가시는 느낌이었다. 조니가 그런 행동을 했던 이유에 대해 여러 방향으로 예측을 해보았지만 이런 건 아니었기 때문이다.

"난 그동안 살아오면서 별로 해본 게 없어." 조니가 말을 이었다. "스포츠를 해본 적도 없고, 다른 아이들처럼 운동장에서 뛰어 놀아본 적도 없어. 우리 엄마의 반응에서 알 수 있듯이 친구도 별로 없고. 병이라는 게 사람을 별종의 인간처럼 만들어버리거든." 조니는 고개를 저으며 말을 이었다. "나는 머리가 좋은 편도 아니야. 그렇다고 그걸 만회할 만큼 친구들 사이에 인기가 많은 것도 아니고." 조니는 계속 말을 이었다. "하긴 병원에 입원하고 난 후부터는 그런 게 별로 중요하지도 않게 되었지만. 물론 몸이 너무 아프고 힘들어서 그렇기도 했고, 또 병원에 있는 아이들끼리는 서로를 너무 잘 알게 되기 때문이야. 나도 생전 처음으로 친구가 생겼어." 조니는 여기까지 말하고는 나를 바라보며 살짝 웃음을 지어 보였다. "거기서 에밀리를 만난 거야."

조니의 말을 듣고 나니 에밀리가 처음 내게 메시지를 보 냈을 때 병원에서 찍은 사진들을 봤던 것이 생각났다. 그러 자 갑자기 가슴에 실제로 아파 왔다. 그동안 나는 그런 에밀 리를 질투했다는 말인가? 에밀리 인형이라도 만들어서 핀을 꽂고 세상에서 사라지기를 기원하고 싶은 심정으로…. 조니 가 병원 생활을 하는 동안 동지였던 에밀리를 말이다. 미안 하고 부끄러운 마음에 속이 메스꺼울 지경이었다.

"거의 희망을 버리고 있던 때에 심장을 이식받을 수 있게 되었다는 소식을 전해 들었어. 그 후로는 심장을 기부한 사 람에 대해 생각하지 않을 수가 없더라고. 자신의 죽음을 통 해 내가 새 삶을 얻을 수 있게 해준 사람이잖아. 내 또래의 남자아이라는 이야기를 들었어. 누구의 심장이었는지는 이 제 중요하지 않다고 아무리 스스로에게 다짐을 해도 도저히 포기할 수가 없는 거야. 그러다가 심장의 주인을 찾고 보니 그에 대해 알고 싶어졌어." 조니는 여기까지 이야기하고는 베개에 기대 누웠다. 조니의 시선이 내 얼굴을 찬찬히 살폈 다. "그러다가 너를 만나게 된 거지."

너무 엄청난 진실을 한꺼번에 알게 된 느낌이었다. 입이 바싹 말랐다. 나는 그 후의 이야기가 듣고 싶어서 초조한 마음으로 얼른 물 한 모금을 마셨다.

"에밀리는 어디가 아픈데?"

조니는 긴장이 어느 정도 풀린 듯 조금 느긋해진 것 같았다. "급성 골수성 백혈병이야." 조니가 말했다. "암 중에서도 제일 악성인데 지금 잘 이겨내고 있어."

이렇게 말하는 조니의 얼굴에 흐뭇해하는 기색이 역력한 것을 보니 또다시 나도 모르게 질투심이 스쳤다. 암 투병 중인 여자아이를 질투할 수는 없다. 조니가 정말로 나 아닌 에밀리를 사랑한다고 해도 말이다.

"에밀리는 아직도 병원에 있어?"

"지금은 격리병동에 있어. 새 약을 처방받는 중이거든. 곧 퇴원하게 될 거라고 했어." 조니가 미소를 지으며 말을 이었다. "너도 나중에 에밀리를 만나면 그 애를 좋아하게 될 거야."

나는 조용히 안도의 숨을 내쉬었다. 에밀리가 아무리 좋은 사람이라 해도 지금은 그 애를 만날 수 있는 기분이 아니었기 때문이다.

"나도 그럴 것 같아."

"여기까지야." 조니가 말했다. "시시한 내 얘기는 그게 다야. 말하자면 나는 멋진 레오의 삶을 스펀지처럼 빨아들여 닮고 싶었던 거지. 결과적으로는 네 마음을 아프게 하고 말았지만. 그 점에 대해서는 정말, 정말 미안해."

조니는 진심으로 후회하는 것 같았다. 구름 속에 빛나는 햇살 같다고 느꼈던 그의 회색 눈동자에 점점이 빛나는 황금 별들이 너무도 진지하고 슬퍼 보였다.

"그래서, 너는 누구야?" 이렇게 물으면서도 나는 막상 조니의 대답을 듣기가 두려웠다.

"레오를 닮으려고 하는 부분을 뺀, 진짜 조니는 어떤 사람이냐고?" 조니는 잠시 아무 말도 하지 않고 나를 바라보았다. 그러다가 침대 옆에 있는 옷장을 가리켰다. "저 안을 보면 알 수 있을 거야."

나는 일어나서 천천히 옷장으로 갔다. 그 안에는 뭐가 들어있을까? 첼시 팀의 기념품들이 나온다면 나는 그대로 방을 나갈 것이다. 하지만 옷장 안에서 내가 발견한 것은 그런 게 아니었다. 스케치북이 하나 있었다. 나는 의아한 표정으로 조니를 돌아보았다.

"펼쳐 봐." 조니가 눈을 감으며 말했다. "그게 진짜 나야."

스케치북의 겉장을 들추는 순간 놀라지 않을 수 없었다. 첫 페이지에 있는 그림이 믿을 수 없을 정도로 훌륭했기 때문이다. 밝은 파랑색 머리에 밝게 빛나는 눈동자를 가진 만화 속 인물 스케치였다. 양 볼에 보조개가 파이도록 귀엽게 웃으면서 거대한 핑크색 괴물의 급소를 힘껏 걷어차는 모습이었다. 하지만 내가 놀란 이유는 그림의 소재보다는 그림 실력이 너무나 출중해서였다. 나는 그림에 빨려들 듯 다음 장을 넘겼다. 그리고 또 다음 장. 뒤로 갈수록 그림이 점점 더 멋있어졌다. 만화만 있는 것은 아니고 연필 스케치도 있고 파스텔화도 있었다. 소재도 인물, 동물, 나무, 건물 등 다양했다. 복숭앗빛 노을이 퍼진 일출과 황홀한 황금빛 석양을 스케치한 것도 있었다. 파랑 머리의 여주인공은 여러 가지 포즈로 스케치되어 있었다. 에밀리다. 나는 혼자 확신했다. 이 그림의 여주인공은 에밀리이다. 그러자 마음 한구석이 쓰렸다. 몇 장 걸러 하나씩 그려져 있었기 때문이다. 이렇게 자주 그리는 걸 보면 사랑하고 있는 게 분명해. 작품에 영감을 주는 대상을 예술가들이 뭐라고 부른다던데. 뭐라더라? 뮤즈?

그림을 보는데 너무 빠져든 나머지 내가 어디에 있는지도 잊을 정도였다. 어느새 마지막 장을 펼쳤다. 그 순간 환상의 세계에서 깨어나 내가 있는 시간과 장소로 돌아오는 느낌이었다. 마지막 페이지는 여러 개의 스케치들로 채워져 있었는데 같은 얼굴이 반복해서 그려져 있었다. 페이지를 가득 채우고 있는 소녀의 얼굴이 한여름에 정원 담장을 타고 피어나는 장미꽃 같았다. 페이지 중앙에는 연필로 스케치된 초상화가 있었는데 그중에 가장 크고 정밀하게 묘사가 되어있었다. 연필의 터치가 대담하면서도 밝은 톤이었다. 세세한 묘사들이 숨이 막힐 정도로 정교하고 빼어나서 마치 살아 있는 얼굴 같았다. 경이로울 만큼 아름다운 그림이었다.

그 그림의 주인공은 바로 나였다.

순간 마음이 혼란스러워졌다. 가슴이 두근거려서 차분하게 세어볼 수는 없지만 그 페이지에 그려져 있는 내 얼굴이 어림잡아 서른 개는 넘는 것 같았다. 에밀리를 자주 그린 것이 조니가 그 애를 사랑한다는 증표라면, 이렇게 한 페이지 가득 나를 그린 것은 어떻게 설명해야 하나?

"막상 네 얼굴을 보니 내가 코를 맞게 그렸는지 자신이 없어지네." 조니가 초조한 듯 말했다. 목소리가 떨리는 것을 느낄 수 있었다. 내가 마음에 들어 하지 않을까 봐 걱정하는 것이다. 그 모습이 싫지 않았다. 사실은 아주 기뻤다. 나는 진심으로 조니를 사랑한다.

"정말 대단해." 나는 목이 메어 눈물이 흘러내리려는 것을 막으려 눈을 깜박거렸다. "너 정말 멋진 재주를 가졌어. 그런데 무엇 때문에 레오 오빠를 닮으려고 한 거야? 레오 오빠가 너 같은 재주를 가질 수만 있다면 무슨 일이라도 했을 거야."

조니가 어깨를 으쓱이며 말했다. "내게는 그런 게 너무 시시하게 느껴졌어. 달리 할 수 있는 게 없어서 그림만 그리는 거였으니까 말이야."

나는 다시 스케치북으로 눈길을 돌렸다. 온통 내 얼굴이 그려진 페이지를 보려니 어지러워지는 것 같아서 다시 페이지를 뒤적이기 시작했다.

"이 그림들 정말 멋있어." 내가 다시 한 번 말했다. "네 그림에 나도 있기 때문에 이런 말을 하는 건 아니야."

잠시 침묵이 흐르고 나서 조니가 말했다. "네가 내 마음을 온통 차지하고 있어. 알지?"

나는 순간 숨이 막힐 듯 놀라 그를 멍하게 쳐다보았다. "뭐라고?"

조니는 볼이 발갛게 달아오르면서도 내 시선을 피하지 않았다. "자선 행사에서 너를 처음 본 순간부터 내 머릿속에는 온통 네 생각뿐이었어. 그 후로는 너의 모습 외에 다른 건 그릴 수 없었지. 그러면서 동시에 뭔가 내가 잘못하고 있다는 생각이 드는 거야."

나도 모르게 손에 들었던 스케치북이 침대 위로 떨어뜨렸다. "도대체… 왜?"

"내가 말했잖아." 조니는 점점 더 얼굴이 붉어졌다. "너를 처음 본 순간부터 네 생각뿐이었다고. 그런데 내가 과연 너에게 다가가도 되는 건지 확신할 수가 없었어."

"무슨 뜻이야?"

조니는 고개를 떨어뜨렸다. "바보같이 들릴지 모르지만 왠지 레오의 심장을 가지고 있는 한, 너에게 다가가면 안 될 것 같았어. 그런데 네가 키스를 해왔고, 나는 더 이상 너 없이 살 수 없다는 생각이 들었지."

조니의 말을 마음으로 이해하는 데 시간이 좀 걸렸다. 그러자 빙빙 도는 것 같던 어지러움이 가라앉았다. 마음속에 뭔가 변화가 일어난 것 같았다.

나 역시 테레사 선생님과 상담을 하면서 조니와 레오 오빠를 연관 지어 생각하는 것에 대해 이야기한 적이 있다. 이러한 문제에 대한 답을 얻고 싶어서였다.

"나도 그 문제에 대해 생각해봤어. 처음엔 나도 그 사실이 충격이었거든." 나는 이렇게 말하면서 손 내밀어 조니의 손을 감싸고 깊이 숨을 들이마셨다. "하지만 레오 오빠는 이제 없어. 우리가 간직하고 있는 기억 말고는 아무것도 남은 게 없어. 너의 몸에서 뛰기 시작하는 순간 그 심장은 이미 레오 오빠의 것이 아니었던 거야."

조니는 입을 꾹 다문 채 고개를 끄덕였다. 지금까지 조니에게서 한 번도 본 적이 없는 어둡고 복잡한, 고뇌에 찬 눈빛을 하고.

"내가 모든 걸 망쳤다는 거 알아. 그래도 너에 대한 마음은 변하지 않았어. 그러니까 솔직하게 말해줘. 너와 내가 함께 미래를… 그러니까 내 말은 내가 희망을 버려야 하는가 묻는 거야."

드디어 마음을 정해야 하는 순간이 왔다. 나는 꼭 잡은 손을 내려다보았다. 얽혀있는 서로의 손가락 사이로 수액 주사와 의료 장비들에 연결된 튜브가 지나가고 있었다. 조니가 내게 했던 거짓말들을 용서할 수 있을까? 내 마음을 아프게 했던 기억들이 가슴 밑바닥에 남아서 앞으로 조니가 하는 모든 말들에 의심을 품게 되는 건 아닐까? 그에 대한 답은 지금 알 수 없다. 지금 알 수 있는 것은 내 곁에 조니가 없는 어두운 삶으로 다시는 돌아가고 싶지 않다는 것이다. 처음에는 쉽지 않을 수도 있다. 우리 둘 다 각자의 문제를 안고 있으니까. 그렇지만 시간이 지나면서 서로에게 좋은 반려자가 될 수 있을 것이다. 힘든 것을 감수해야 하는 일이 될 수도 있다. 하지만 함께하지 않고는 온전히 살아있다고 할 수 없는 것을.

나는 다시 스케치북을 내려다보았다. 조니는 나의 좋은 면들을 빠짐없이 모아서 그의 스케치북에 담아놓았다. 내가 보지 못하는 나의 좋은 면들 말이다. 조니와 브라이튼에 갔던 날이 떠올랐다. 정원 한가운데 서서 그가 내게 키스해주기를 간절히 바라던 순간의 아픈 기억도 되살아났다.

"아니." 나는 침을 꿀꺽 삼키고 말했다. "희망을 버리지 말아줘."

조니

니브와 나는 엄마 아빠가 병실로 돌아온 줄도 모르고 키
스를 하고 있었다. 나는 정말 운이 좋은 사람이라는 생각이
들었다. 내가 한 일을 생각하면 니브는 나를 미워하고도 남
을 텐데 그러지 않으니 말이다. 게다가 바토진스키 선생님이
하루 이틀 뒤에 퇴원해도 좋다고 했다. 앞으로 나의 건강에
희망을 주는 소식이었다. 이제 에밀리와 화해만 하면 더 이
상 바랄 것이 없을 것 같았다.

침대에 누운 채 에밀리가 격리병동에서 나왔을까 궁금해
하고 있는데 커튼 뒤에서 친숙한 얼굴이 나타났다.

"페미!" 나는 반갑고 기쁜 마음에 환하게 웃으며 외쳤다.
몇 달 만에 만나는 거였다. 그동안 페미가 보이지 않아서 다
른 병원으로 갔거나 나이지리아로 돌아간 줄 알았다. 런던

슈퍼 코믹콘에 같이 가기로 한 우리 계획은 잊어버리고 말이다. 그런데 간호복을 입고 있는 걸 보니 여전히 이 병원에서 일하고 있었나 보다.

"그동안 어디 갔었어요?"

"내가 어디 갔었냐고?" 페미는 이렇게 되물으며 침대 곁으로 다가왔다. "늘 그랬듯이 여기서 일하고 있었지. 나야말로 너는 여기서 뭘 하는 거냐고 묻고 싶은데?"

내 차트를 꺼내 읽어 내려가는 페미의 표정이 조금 어두워졌다.

"약 처방에 약간의 문제가 있었어요." 나는 페미가 차트를 끝까지 읽지 않기를 바라면서 이렇게 말했다. "그렇지만 이제 좋아졌어요. 내 걱정은 말고, 그동안 어떻게 지냈어요?"

페미는 차트를 내려놓고 말했다. "난 잘 지냈어. 휴가 다녀왔지. 보면 모르겠어?"

나는 내가 본 아프리카인 중에 가장 짙은 피부색을 가진 페미를 보며 미소를 지었다.

"잘 모르겠는데."

"휴가 다녀왔어. 2주 동안 푹 쉬며 놀았지." 그러더니 입가에 미소를 조금 거두고 말했다. "아무튼 다시 만나니 반가워. 병원에 다시 입원해야 했던 건 기뻐할 일이 아니지만 말이야."

페미와 나는 한순간에 예전처럼 친근해졌다. 내가 병원에 있는 동안 줄곧 페미는 내가 제일 좋아하는 간호사였다. 에밀리도 페미를 좋아한다. 페미는 내가 들려주는 축구 이야기들을 재미있어 하면서도 스케치를 멀리했다는 점에서는 조금 실망하는 듯했다.

페미는 침대 위에 놓인 스케치북을 집어 들고 들춰 보면서 감탄사를 연발하다가 마지막 페이지를 보더니 물었다. "이 사랑스러운 여인은 누구지?"

나는 순간 볼이 화끈 달아올랐다. "그냥… 내가 만나는 친구예요."

페미가 눈을 가늘게 뜨고 나를 쳐다보았다. "별로 중요하지 않은 사람처럼 말하지만, 연필의 터치에서 느껴지는 건 그게 아닌데?"

나는 어느새 모든 이야기를 페미에게 술술 털어놓기 시작했다. 페미가 실망스러운 표정을 지을 때는 베개에 얼굴을 묻고 몸을 움츠리면서도 나는 이야기를 멈출 수 없었다. 내가 이야기를 마치고 나서도 페미는 한참 동안 말이 없었다. 그러더니 한숨을 내쉬며 고개를 저었다.

"회복하는 과정을 정말 힘들게 겪었구나. 그래서 그 가여운 소녀는 지금 어떤데?"

나는 회복이 되면 만나기로 하고 손을 흔들어 작별 인사를 하던 니브의 모습을 떠올렸다.

"괜찮은 것 같아요. 마음이 훨씬 편안해진 것 같고요. 앞으로 시간을 갖고 천천히 해결해나갈 거예요."

"넌 정말 많은 축복을 받은 아이야." 페미가 말했다. "어쩌면 어른들이 너에게 너무 많은 것을 기대했는지도 모르지. 오랜 병마가 몸뿐 아니라 마음에도 상처를 남겼을 수 있는데 말이지."

"나도 내가 운이 정말 좋았다고 생각해요." 내가 말했다. "그렇지만 이번 일을 통해서 깊이 깨달았어요. 이제 에밀리만 만나면 더 바랄 게 없을 것 같아요. 에밀리 상태는 어떤지 알아요?"

페미의 표정이 굳어졌다. "에밀리?" 페미가 물었다. "그게 무슨 말이야?"

"에밀리는 아직 격리병동에 있어요?" 내가 다시 물었다. "예전에 있던 방에 가보았는데 거기 없더라고요. 에밀리가 이제 항암 치료가 끝났다고 말했거든요."

페미는 어깨너머로 뒤를 돌아보았다. 도움을 청하는 표정이었다. 그러다가 다시 나를 돌아보는 그의 눈에 슬픔이 가득했다. 그가 힘겹게 다시 입을 열었다. "에밀리의 치료를 중단한 것은 사실이야. 그렇지만 회복이 되어서는 아니란다."

차가운 전율이 온몸에 퍼지는 것 같았다. "그게 무슨 말이에요? 격리병동에 있긴 했지만 곧 퇴원하게 될 거라고 했어요."

"퇴원해서 집으로 갔어." 페미가 차분한 음성으로 말했다.

"그렇지만 네가 생각하는 그런 상황은 아니야. 정말 유감이다, 조니. 너도 알고 있는 줄 알았어. 에밀리는 지난 토요일에 죽었단다."

무슨 말인지 알아들은 거 같지만 받아들일 수는 없었다. 적어도 한동안은 그랬다.

"죽었다고요?" 나는 차마 믿어지지 않아서 다시 물었다. "그럴 리가 없어요. 지난주에도 나에게 문자를 보냈다고요. 죽었다니 말도 안 돼요."

그러나 이렇게 말을 하는 동안에도 지난번에 만났을 때 몹시 수척해 보이던 에밀리의 모습이 떠올랐다. 열이 나는 중에도 핼쑥한 눈으로 웃으려 애쓰던 에밀리. 그런데도 나는 자존심 때문에 감염된 사실을 숨기고 둘러대느라 바빠서 에밀리의 상태를 좀 더 세심히 살펴보지 못했던 것 아닌가? 지난주 내내 보냈던 메시지에 답이 없었는데도 나는 그저 에밀리가 새로 처방받은 약 때문에 힘들어서 그러려니 생각했다. 토요일이라고? 그럼 내가 다시 입원하던 날이다. 의료진들은 나를 구하기 위해 이리저리 바삐 움직이면서 동시에 에밀리의 몸에서 생명이 빠져나가는 것을 지켜보았을 것이다. 나는 얼굴을 두 손으로 감싸고 호흡을 가다듬었다. 어떻게 이런 일이 있을 수 있단 말인가.

"에밀리가 남긴 편지 아직 못 읽었니?" 페미가 물었다. "너에게 부쳐주지 않았으면 다음 검진 때 전해주려고 네 파일에 보관해 놓았을 거야."

"편지요?" 나는 머릿속이 아득한 채로 고개를 들었다. "검진은 받으러 가지 못했죠. 이렇게 입원하게 되었으니까."

페미가 입술을 굳게 다문 채 잠시 생각하더니 문을 닫고 나가면서 말했다.

"잠깐만 기다려. 곧 올게."

페미가 자리를 비운 동안 나는 지난번 에밀리를 만났을 때를 다시 한 번 처음부터 끝까지 떠올려보았다. 에밀리가 심각한 상태라는 걸 알아챌 수 있었던 단서를 내가 놓쳤던 것은 아닌지 되짚어 보았다. 하지만 단서가 있었더라도 그때 그랬던 것처럼 지금도 내가 찾아내기는 힘들 것 같았다. 에밀리가 왜 자신의 상태를 내게 숨겼을까? 우리는 서로에게 늘 진실을 말하기로 약속하지 않았던가. 무자비할 정도로 솔직하기로 말이다. 물론 나도 에밀리에게 니브와의 관계에 대한 이야기를 숨기기는 했지만, 그래도 이 일에 비하면 그건 아주 사소한 일이다. 에밀리의 편지를 읽어보면 조금 이해가 될지 모른다. 그렇지 않고는 도무지 이해할 수가 없다.

페미는 손에 봉투 하나를 들고 돌아왔다. 페미는 침울한 표정으로 봉투를 건네주고는 혼자 읽을 수 있도록 시간을 줄 테니 혹시 자기가 필요하면 부르라고 했다. 페미가 복도를 걸어가면서 다른 간호사들과 이야기하는 소리가 들렸다. 페미가 간호사들에게 나를 신경 써서 보살펴주라고 당부하는 것일 거라고 생각하면서 흰 봉투를 이리저리 뒤집어 보았다. 혹시라도 실수로 소중한 편지를 망가뜨릴까 봐 조심스러웠다. 그러다 보니 내가 요즘 들어 부쩍 바보 같은 실수들을 연발하고 있다는 생각이 들었다.

봉투를 열자 처음 손에 잡히는 것은 레오의 기금 마련 행사에서 내가 사 온 우정 팔찌였다. 은으로 만든 하트가 달려 있는. 그 팔찌를 물끄러미 내려다보고 있으려니 목이 메면서 슬픔이 밀려왔다. 편지를 꺼냈다. 구겨진 종이에 쓰인 편지였다. 처음에는 편지가 잘못 전달된 게 아닌가 생각했다. 편지지에 쓴 게 아니라 내가 그려준 키모 걸 그림에 쓴 편지였기 때문이다. 에밀리는 격리병동으로 옮긴 후 간호사들이 그 그림을 다시 옷장에 붙이는 걸 잊어버린 것 같다고 했었는데…. 그림 뒷장을 보니 에밀리의 흘려 쓴 필체로 적힌 편지 글이 있었다.

안녕, 조니.

결국 너는 이기고, 나는 진 것 같네. 재밌다. 우리가 만들었던 언버킷 리스트 기억해? 누구보다 열심히 살면서, 울었던 시간보다 더 많이 웃고, 하고 싶었던 것들은 무슨 일이 있어도 한 번씩은 해보기로 했잖아. 우리 중 한 사람은 살고 한 사람은 죽는다면 어떨까 하는 얘기를 할 때마다, 우리는 둘 다 살거나 둘 다 죽는 걸로 결론을 내리곤 했었지.

그런데 그 생각은 틀렸던 것 같아.

너는 분명히 내가 왜 암이 재발되었던 것을 너에게 말하지 않았는지 궁금해할 거야. 사실은 나 자신도 계속 그럴 리가 없다고 생각했기 때문이야. 기록이 바뀌었거나 다른 사람의 조직 검사 결과를 의사가 잘못 본 거라고 말이지. 내가 그렇게 힘들게 이겨낸 치료들이 모두 허사였다는 건 말도 안 되잖아, 그렇지 않니? 키모 걸이 암을 무찌르지 못한다면 누가 할 수 있겠어?

최근에 네가 나를 보러 왔을 때 내가 신경질적이고 못되게 굴어서 미안해. 혹시 네가 아직까지 알아채지 못했을까 봐 말해주는 건데, 질투가 나서 그랬던 거야. 너는 회복했는데 나는 그렇지 못한 것에 대해 한심하지만 질투심을 느꼈던 것 같아. 너에게 좋은 친구가 되어주지 못했던 거지. 그 점에 대해서도 미안하게 생각해. 내가 운이 없었던 것이 내 잘못이 아닌 것처럼, 네가 운이 좋았던 것도 네 잘못이 아니야. 우리가 마지막으로 만났을 때, 늘 그랬듯이 나는 딸꾹질이 터지고 너는 얼굴이 파랗게 질릴 때까지 웃을 수 있었더라면 참 좋았을 것 같아. 내가 너를 떠밀어 보내지 않았더라면 말이지.

그렇지만 너는 '…했더라면' 따위의 생각으로 시간을 낭비하지는 말아줘. 이미 일어난 일은 일어난 대로 털어버리고 앞으로 나아가는 거야. 너에게 몇 가지 당부할 것이 있어. 두려움에 싸여 주저앉지 말고 위험부담을 감수할 것. 언버킷 리스트를 실행할 것. 그리고 싶지 않을지 모르지만 꼭 그렇게 해야 해. 그리고 마지막, 이게 가장 중요한데, 사는 방법을 배울 것.

조니, 너는 평생 동안 새 심장을 기다리며 살아왔어. 그렇지만 내 심장은 언제나 너를 향해 뛰고 있었다는 걸 알아주길 바라.

— 에밀리

잠에서 깨어보니 늦은 밤이었다. 누군가 스케치북을 접어서 치워놓았고, 에밀리의 우정 팔찌는 침대 옆 탁자에 놓여 있었다. 팔찌에 달려있는 은 하트를 보니 나의 어리석음에 새삼 가슴이 저렸다. 눈이 따갑고 쓰렸으나 마음이 아픈 것에 비하면 아무것도 아니었다. 기회가 남아있었을 때 에밀리와 화해하기 위해 좀 더 노력했어야 했다. 내 가장 친한 친구가 고통받고 있는데 눈뜬장님처럼 에밀리를 키모 걸로만 생각하지 말았어야 했다. 그리고 에밀리가 마지막 문장을 쓰지 않았더라면 좋았겠다는 생각이 들었다. 그런 에밀리의 마음을 알아채지 못한 것에 대해 내 어리석음을 또 한 번 절감해야 했기 때문이다. 무엇보다도 에밀리가 지금 여기 있었으면 좋겠다. 내가 미안하다는 말을 할 수 있도록 말이다. 그럴 수만 있다면 내가 가진 것 전부를 내어줄 수 있을 것 같다.

병원에 있을 때는 생각할 시간이 많아진다. 에밀리가 죽었다는 사실을 알고 난 후 나는 몇 가지 사실을 깨우쳤다. 다시는 같은 실수를 반복하지 않을 것이다. 내가 조심만 한다면 부모님과 내 스스로가 자랑스러워할 만한 멋진 삶을 살 수 있다. 그건 내가 에밀리와 레오에게 갚아야 할 빚이다. 에밀리가 그토록 원했던 미래를 나는 선물로 받았고, 레오는 그 자신도 생각지 못했던 엄청난 선물을 나에게 주었으니까.

진부한 표현이기는 하지만 '오늘이 내 남은 인생의 첫날이라면' 해야 할 일이 있다. 사실은 몇 달 전에 했어야 한다. 나는 스케치북을 집어서 한 장을 뜯고 펜을 들었다. 펜 끝을 잘근잘근 씹으며 생각하다가 적기 시작했다.

안녕하세요,

저를 모르시겠지만 저는 지난여름, 두 분께서 숭고한 결단을 내려주신 덕분에 새 삶을 얻었습니다. 기부해주신 아드님의 심장을 제가 받게 되었기 때문입니다.

그 일이 제게 얼마나 큰 변화를 가져왔는지, 저의 삶이 어떻게 바뀌었는지 보여드리고 싶은 마음입니다. 하지만 그렇게 할 수 없으니 대신 제가 약속드리고 싶습니다. 제게 주신 심장을 항상 잘 보살필 것이며, 건강하게 뛰어주는 심장과 아드님의 희생에 감사하는 마음으로 살겠습니다. 그리고 제가 그것을 얻기까지 한 사람의 미래를 잃어버린 깊은 슬픔이 있었다는 사실을 잊지 않겠습니다. 헤아릴 수 없는 큰 은혜를 입었습니다.

저의, 아니 아드님과 저의 심장에서 우러나는 진심을 모아 감사의 뜻을 전합니다.

내일 편지를 페미에게 주며 심장 이식 담당자에게 전해달라고 부탁할 것이다. 그러면 이식 담당자가 알아서 전달해주겠지. 그리고 언젠가, 니브와 내가 내 미숙함에서 비롯된 어려움을 극복하고 만남을 이어가게 된다면 니브의 부모님께도 내가 누구인지 말씀드릴 수 있을 것이다. 아직 희망 사항이긴 하지만.

니브

"너 정말 괜찮겠어?"

조니가 불안한 듯 물었다. 무엇을 걱정하는 걸까? 나에겐 묘지에 오는 게 낯선 일이 아닌데 말이다. 그렇지만 조니와 함께 왔다는 사실이 좀 어색하긴 하다. 10대 연인들이 데이트할 때 흔히 찾는 곳이 아니니까 말이다.

"응, 정말 괜찮아."

에밀리의 묘는 금세 눈에 띄었다. 새로 만들어진 묘였기 때문이다. 일렬로 늘어선 몇 개의 작은 묘들 중 하나였는데 각각의 묘들이 인생은 결코 영원하지 않다는 진리를 일깨워주고 있었다. 에밀리의 묘가 있는 구역은 새로 꾸며진 듯 현대적인 느낌마저 들었다. 지나쳐온 묘들 중에는 화병에 색이 바랜 조화가 꽃혀있는 것도 있었고, 오래전에 시든 듯한 생화가 놓인 묘도 있었다. 그 꽃을 가져올 정도로 가까웠던 사람들도 어쩌면 이미 이 세상 사람이 아닐 수 있겠다는 생각이 들었다. 에밀리의 묘는 그렇지 않았다. 싱싱한 꽃과 애정의 손길이 넘쳐나고 있었다. 레오 오빠의 묘가 처음 몇 달 동안 그랬듯이. 시간이 지나면서 에밀리의 묘도 지금 오빠의 묘처럼 되어갈 것이다. 보살피는 사람들의 사랑과 슬픔은 여전하지만 좀 더 간편하게 관리하는 방식으로. 그러나 지금은 모든 이의 애달픈 상실감이 에밀리에게 집중되어 있다. 묘비 위에 우정 팔찌 여러 개가 연결되어 화환처럼 걸려있었다.

묘비 앞에 서있는 동안 조니는 말이 없었다. 나도 오빠의 묘를 찾았을 때 종종 조니처럼 아무 말 없이 서있곤 했다. 왜 왔는지는 모르지만 그냥 왔어야 했다는 느낌으로. 하지만 지금 조니는 작별 인사를 하기 위해서 여기에 왔다.

풀들이 젖어있었다. 물기가 부츠에 스며들었다. 11월의 저녁 해가 구름 사이로 숨어들자 환했던 주변이 순식간에 어두워졌다. 주변엔 우리 말고도 사람들이 많았다. 일요일 오후는 묘지를 방문하는 시간인가 보다. 서로 낮게 인사를 나누기도 했는데 우리에게는 말을 걸지 않았다. 우리의 침묵을 존중해주려는 배려인 것 같았다.

조니는 나보다 약간 앞에 서서 묘비에 새겨진 에밀리의 이름을 내려다보고 있었다. 그러더니 몸을 구부리고 비닐 코팅이 된 카드에 쓰인 글들을 읽었다. 대부분 빗물에 젖어 번져 있었지만 그중에 읽을 수 있는 것들도 있었다. 나도 그랬던 생각이 났다. 조니는 코트 안에서 투명한 A4 용지 크기의 비닐 서류 봉투를 꺼내 조심스럽게 꽃들 사이에 놓았다. 조니가 그린 에밀리의 초상화였다. 짙은 곱슬머리의 에밀리가 활기찬 눈빛으로 환하게 웃고 있는 모습이었다. 키모 걸이 아니라 훨씬 더 진심이 담긴 친근하면서도 완벽할 정도로 멋진 그림이었다.

"여기 놓으면 결국 망가질 텐데⋯." 내가 조용히 말했다.

"그럼 또 하나 그리지 뭐." 조니가 고개를 숙이고 그림을 보면서 대답했다. "어차피 지금은 그림 그리는 것 외에는 아무것도 할 수가 없어."

조니는 그러고 나서 한동안 말이 없었다. 해가 짙은 구름 속으로 들어가고 빗방울이 떨어지기 시작했다. 소리 없이 내리는 은빛 빗줄기가 옷을 적셨다.

"에밀리가 그리우면 마음껏 그리워해도 돼." 내가 말했다.

"나도 알아. 다만⋯." 조니는 말끝을 흐리면서 먼 곳을 바라보았다. "에밀리를 마지막 만났을 때 말다툼을 했거든. 시시한 이유 때문이었는데, 에밀리가 그 일에 대해서 편지에 쓴 거야. 그걸 읽고 나니 어떻게 해야 할지를 모르겠더라고."

"편지에 뭐라고 했는데?" 나는 이렇게 물으면서도 정말 그 답을 듣고 싶은 건지 내 마음을 알 수 없었다.

"내가 앞으로 어떻게 살면 좋을지에 대해서 몇 가지 당부를 했어. 두려워하면서 주저앉지 말고 용기 있게 앞으로 나아갈 것. 언버킷 리스트를 실행하고 진정한 삶을 살 것." 조니가 잠시 말을 멈추자 사방이 너무 고요해져서 조용히 옷을 적시는 빗소리마저 들릴 듯했다. 조니가 한숨을 쉬며 일어나 내 곁에 와서 섰다. "그리고 자기의 마음은 언제나 나에게 향해있다고 했어."

그 순간 가슴이 철렁했다. 에밀리가 조니를 사랑했다는 말인가? 그걸 미리 알았더라면 조니는 지금과는 다른 선택을 했을 거라는 말인가? "아….."

조니는 손가락으로 머리에 떨어진 빗물을 털었다. "왜 진작 말하지 않았을까? 왜 이제야 말을 해서 내가 그 말의 의미를 물어볼 수조차 없게 만드느냐 말이야."

나는 에밀리의 입장이 되어 생각해보았다. 조니를 사랑하지만 자기는 곧 죽을 거라는 사실을 알고 있다면….. 난 에밀리의 마음을 이해할 수 있을 것 같았다.

"너의 미래에 함께할 수 없을 것 같아서 그런 거 아닐까? 결국 너에게 고통만 안겨주게 될 테니까 말이야. 시간이 많이 남아있지 않았으니까."

조니가 고개를 끄덕였다. 그러다가 내 눈을 마주 보며 말했다. "아니면 내가 에밀리의 사랑에 같은 마음으로 응답할 수 없다는 걸 알아서 그랬는지도 몰라. 내가 너를 사랑하고 있다는 걸 알았던 거지."

슬픔과 희망이 뒤섞인 조니의 표정을 보니 마음이 아려서 꼭 안아주고 싶었다. 그 순간 마음속에 남아있던 응어리가 모두 사라지는 것 같았다.

조니가 손을 내밀며 물었다. "어떻게 생각해? 내가 에밀리의 당부를 따를 수 있도록 도와줄 수 있을 것 같아?"

나는 조니가 그린 에밀리의 그림을 내려다보았다. 처음 내게 문자를 보냈던 모습을 상상해보았다. 아직 조니에게 말하지 않았지만, 에밀리는 메시지로 조니에게 한 번 더 기회를 주라고 했었다. 그때 에밀리는 나에 대한 조니의 마음을 알고 있었던 걸까? 조니의 마음을 빼앗길 수 있다는 걸 알면서도 나에게 메시지를 보낸 걸까? 레오 오빠의 모습이 떠올랐다. 데본의 해변에 서서 금빛 머리칼을 바람에 날리며 환한 얼굴에 장난기 가득한 표정을 짓고 있는 모습이었다. '망설이지 말고 용기를 내.' 오빠가 이렇게 말하는 것 같았다. '한 번 해봐.' 나는 눈을 꼭 감았다 뜨고는 고개를 저어 머리에 떨어진 빗물과 함께 눈물을 날려버렸다.

"해볼게." 나는 천천히 조니의 손을 맞잡으며 말했다. "할 수 있을 것 같아."

조니는 내 손을 그의 입술로 가져갔다. 온기가 내 몸 구석구석에 전해졌다. "정말 기쁘다." 조니가 말했다. "너 없이 그 일들을 하고 싶지는 않았거든."

레오 오빠의 웃는 모습이 머릿속에 그려졌다.

작가의 말

    이야기를 시작하기 전에 먼저 2012년 9월로 돌아가보고 자 한다. 나와 친한 작가인 조조 모예스가 휴가 중에 안타깝 게도 목숨을 잃어 장기를 기증하게 된 어느 10대 소년의 소 식을 전하는 링크를 공유했다. 당시 내게도 한 살이 채 되지 않은 아들이 있었는데, 그 소년의 이야기 중에 뭔가 가슴에 깊이 와닿는 것이 있었다. 남겨진 가족에 대한 생각이 머릿 속에서 떠나지 않았고, 떠나간 아들이 다른 사람의 생명을 구한다는 사실에서 위안을 얻는다는 것이 어떤 심정일지 생 각하게 되었다. 또한 소년의 도움으로 새 삶을 찾은 사람들 에 대해서도 궁금해졌다. 그러다 보니 어느새 이야기 하나가 시작되고 있었다. 맨 처음에 조니라는 인물이 태어났고, 그 다음에 레오, 마지막으로 니브가 탄생했다. (처음에 니브는 레오의 쌍둥이 동생이 아니었고, 심지어 사내아이였는데 만 약 첫 설정 그대로 갔다면 전혀 다른 이야기가 되었을 것이 다.) 초고가 완성된 것은 2014년이었는데 글을 쓰면서 참 많 이도 울었다. 그러고 나서 책으로 낼 수 있을 정도로 다듬는 과정이 훨씬 더 오래 걸려서 2016년이 되어서야 만족할 만한 이야기가 완성되었다.

이런 소재로 책을 쓰려면 자료 조사를 많이 할 수밖에 없다. 나는 우선 온라인에서 조니의 심장 상태에 대한 자료를 찾기 시작했다. 그러는 중에 현대 의학의 기적이라고 하는 베를린심장에 대해 알게 되었다.

그리고 생명을 위협하는 병마와 싸우며 오랜 시간 병원에서 생활하는 어린이들에 대해 알고 싶어졌다. 그래서 BBC에서 제작한 그레이트오스먼드스트리트 병원(Great Ormond Street Hospital)에 관한 다큐멘터리를 여러 편 보았다. 그중에는 심장병을 앓는 어린 환자와 암 투병 중인 어린 환자의 이야기도 있었다.

조니와 같은 아이들의 이야기를 접하고 나자 레오에 대해 생각하게 되었다. 그래서 국민보건서비스(NHS, National Health Service) 내에 있는 혈액 및 이식 센터에 연락을 하여 부팀장인 제임스 뉴버거(James Neuberger)를 만날 수 있었다. 그에게 전문용어들부터 장기 기증에 따를 수 있는 복잡하고 예민한 문제를 이해하는 데까지 많은 도움을 받았다. 조니가 자신이 이식받은 심장의 기부자를 찾을 수 있는가에 대해서도 자문을 받았는데, 물론 가능하고 실제로도 그런 일이 있다고 한다.

수많은 시간을 NHS 웹사이트에 들어가 혈액형이나 조직형과 같은 요인들이 조니의 이야기에 미치는 영향들을 알아보며 보냈다. 혈전과 뇌졸중에 대해서도 찾아보았다. 이 두 가지는 베를린심장을 연결하고 있는 경우 일어날 수 있는 특징적인 위험요인이었다. 심장 이식을 받은 10대 청소년과 성인의 블로그들도 찾아서 읽어보았다. 새 심장을 이식받고 나서 삶이 어떻게 달라지는지 이해하기 위해서였다. 그중에서 이식 수술을 받은 후 런던 마라톤에 열다섯 번이나 출전해 완주한 사람의 이야기는 얼마나 감동적이었는지!

등장인물 중 에밀리는 급성 골수성 백혈병을 앓고 있는데 이는 암 중에서도 특히 공격성이 강하다. 그에 따르는 복잡한 치료체계를 이해하는 데에도 많은 시간을 할애했다. 치료는 세 단계로 이루어지는데 그동안 환자는 엄청나게 힘들고 고통스러운 시간을 보내야 한다.

가장 쓰기 힘들었던 부분은 레오의 병원 장면이었다. 물론 감정적으로 너무 슬퍼서였기도 하지만, 관련 내용을 찾아보기가 무척 어려웠다. 특정 병증과 그에 따르는 치료에 대한 내용은 온라인에도 잘 정리되어 있었다. 하지만 응급실 환자의 경험이나 중환자실에서 일어나는 의료진과 환자 가족들의 이야기에 대한 내용은 좀처럼 찾아볼 수가 없었다. 그래서 내 경험을 바탕으로 해서 레오 가족의 입장에서 상상을 해보았다. NHS 장기 기증 담당자 교육 영상도 찾아보았다. 그 영상을 보면서 레오의 가족이 병원에서 의료진과 나누는 대화들이 연민과 배려가 가득한 가운데서도 현실적이라는 사실을 확인할 수 있었다. 그 외에도 여러 의사들의 전문적인 자문도 구했다.

니브의 이야기는 거의 전적으로 내가 겪은 슬픔과 우울에 기반을 두고 쓴 것이다. 많은 사람들이 그렇듯 나 역시 가족을 잃고 상실감과 외로움에 빠졌었고, 그것을 견디는 가족들을 보면서 힘들었던 경험이 있다. 가까운 사람이 자살로 생을 마감하기도 했고, 사랑하는 사람이 우울증으로 고생할 때 옆에서 돕기도 했다. 그러한 내 경험들이 이 이야기를 생생하고도 현실적으로 그리는 데 도움이 되었으리라 믿는다. 사마리탄즈(Samaritans, 우울증 및 자살 관련 무료상담을 해주는 영국 단체 – 옮긴이)의 회원들에게 많은 도움을 받았다. 그들은 내 이야기의 장면들을 읽고 다듬고 향상시킬 수 있는 조언들을 해주었다. 나는 또한 형제들 간에 종종 있을 수 있는 애증의 감정을 묘사하고 싶었다. 니브가 친해지기 어려운 성격을 갖게 된 데에는 오빠나 부모와 겪는 갈등에서 비롯되었다. 그래서 다른 어느 인물보다 사실적이다. 니브에 대한 묘사도 대부분 내 개인적인 가족관계를 통해 그려진 것이다.

마지막으로 내가 많이 생각했던 것은 심장이 우리에게 어떤 의미인가 하는 문제였다. 조니가 상담사에게 새 심장을 이식하면 다른 느낌일까 묻는 장면이 있는데, 내가 자료를 찾는 동안 알게 된 사실에 의하면 심장 이식을 받은 많은 사람들이 공통적으로 이러한 의문을 갖게 된다고 한다. 이는 심장이 단지 박동함으로써 체내에 혈액을 공급하는 기관 이상의 의미를 갖는다는 우리의 일반적인 관념에서 비롯된 것 같다. 심장은 우리의 영혼이 깃들어있는 곳으로 사랑의 원천이자 자신이 어떤 사람인가를 결정하는 곳으로 여겨진다. 그렇다면 다른 사람의 심장을 이식하면 그 사람의 정체성도 함께 내 안으로 따라 들어 오는 걸까? 그 사람의 소망과 꿈, 감성까지도? 그래서 조금은 그 사람을 닮게 되는 것일까?

조니의 이야기는 바로 그런 내용을 담고 있다. 오랜 투병 생활로 자신의 정체성을 확립하지 못한 조니가 명석하고 모든 면에서 선망의 대상인 레오에 집착하는 것은 충분히 이해 가능한 발상인 것이다. 조니의 마음 한구석에는 자신이 새 삶을 찾을 기회를 가질만한 자격이 없을지 모른다는 불안이 자리 잡고 있다. 레오의 선물을 받을만한 사람이 아니라는 생각 때문에 결과적으로 그를 닮아가려고 노력하는 것이다. 자료를 찾고 소재를 연구하면서 그러한 사실들을 깨닫게 되자 심장 이식을 받은 후의 삶도 쉽지 않을 거라는 생각을 하게 되었다. 물론 건강을 되찾은 기쁨과 평안도 있겠지만, 의료적인 면에서도, 감성적인 면에서도 극복해야 할 것들이 많기 때문이다. 이러한 힘들고도 감동적인 여정이 조니라는 소년을 통해 진실성 있게 그려졌기를 바라는 마음이다.

감사의 말

　이 책을 완성하기까지는 4년이라는 시간이 필요했다. 그랬던 만큼, 도움을 주신 분들도 많다.

　첫 단계부터 이야기하자면, 외면할 수 없는 이야기가 소개된 링크를 공유해서 이야기의 씨앗을 심어준 조조 모예스(Jojo Moyes)에게 감사의 인사를 표한다. 그다음에는 국민보건서비스 혈액 및 이식센터의 부팀장인 제임스 뉴버거의 도움을 받았다. 제임스는 나 자신도 내가 무엇을 묻고 있는지 모를 정도로 불안하고 미숙한 내 질문을 참을성 있게 들어주었으며, 전문적인 지식을 바탕으로 내게 필요한 것을 얻을 수 있도록 도와주었다. 이야기가 완성된 후에도 다시 한 번 내 글을 읽고 틀린 곳을 바로잡아준 그의 배려와 너그러움에 대해 감사하는 마음은 말로 다 표현하기 힘들 정도다. 지금은 그의 분야에서 베스트셀러 작가가 된 조 캐넌(Jo Cannon) 박사에게도 감사의 마음을 전한다. 이 책의 초입부에서 레오의 경우와 같은 응급 상황을 어떻게 처리해야 하는지에 대해 윤곽을 잡는 데 큰 도움을 주었다. 이 책을 처음부터 끝까지 읽고 잘못된 곳을 바로잡아 준 필리파 버만 (Philippa Berman) 박사에게도 깊은 감사를 전한다. 끝으로 니브의 정신건강을 엿보게 하는 줄거리에 조언을 해준 사마리탄즈의 로나 프레이저(Lorna Fraser)에게도 감사하다는 말을 전하고 싶다. 의료 전문가인 이 분들 모두 내가 이 책에서 그리고자 하는 내용이 올바르게 전달되고 있는지 확인하는데 성심을 다해준 것에 대해 진심으로 감사하다는 말을 전하고 싶다. 혹여 의료적인 사실이나 묘사에 실수가 있거나 불분명한 점이 있다면 그것은 전적으로 내 부족함 때문일 것이다.

늘 나를 지지해주고 격려해주는 동료 작가들이 있다는 건 정말 커다란 행운이다. 그중에도 으뜸은 줄리 코헨(Julie Cohen)이다. 줄리가 내 초고를 읽고 내게 꼭 필요한 따끔한 충고를 아끼지 않은 덕에 내 이야기가 책으로 나올 수 있게 되었다. 그녀에게 술 한잔 대접해야 할 것을 잊지 않겠다. 줄리 못지않게 신세를 진 동료들이 또 있다. 내 영웅이자 매일같이 내게 새로운 영감을 주는 로완 콜먼(Rowan Coleman), 미란다 디킨슨(Mirada Dickinson), 케이트 해리슨(Kate Harrison), 캘리 타일러(Cally Taylor). 언제나 나를 지지해주고 충고를 아끼지 않는 친구이자 동료 작가들도 소개하고 싶다. 우선 질 맨셀(Jill Mansell)이 있다. 지난 20여 년 동안 그의 책을 읽고 감동해온 나는 그가 나의 친구라는 게 아직도 믿어지지 않는다. 그리고 루시 로빈슨(Lucy Robinson)으로도 알려진 로지 왈시(Rosie Walsh), 알렉산드라 브라운(Alexandra Brown), 밀리 존슨(Milly Johnson), 케이티 리건(Katy Regan), 크리시 맨비(Chrissie Manby), 맥 샌더스(Meg Sanders). #UKYA의 멋진 작가 친구들, 그중에서도 특히 크리스 스테인튼(Keris Stainton), 수지 데이(Susie Day), 케렌 데이비드(Keren David), 소피아 베넷(Sophia Bennett), 캣 클라크(Cat Clarke), 루이자 플라자(Luisa Plaja), 캐티 데일(Katie Dale), 레이첼 루카스(Rachael Lucas), 리사 윌리암슨(Lisa Williamson), 리즈 케슬러(Liz Kessler), 조 매리엇(Zoe Marriott), 리안 아이보리(Rhian Ivory), 리사 글래스(Lisa Glass), 클래어 퍼니스(Clare Furniss), 루스 워버튼(Ruth Warburton), 레이 얼(Rae Earl)에게 감사를 전한다. 여기서 미처 언급하지 못한 숨은 영웅들에게는 진심 어린 사과의 뜻을 전한다. 그러나 당신 자신은 스스로의 진가를 알 것이니 계속 정진하기 바란다. 책의 홍보를 위해 애써준 일레인 펜로즈(Elain Penrose)에게도 깊은 감사를 전한다. 그리고 작중 조니가 에밀리에게 준 우정 팔찌를 맞춤으로 50개 이상 만들어준 크리에이티비티 웰(Creativity Well)의 카티나 라이트(Katina Wright)에게도 특별한 감사를 전하고 싶다. 과로로 아파진 손가락이 지금쯤 나았기 바란다.

매 순간 나를 이끌어주고 안내자 역할을 해준 나의 에이전시 안소니 하우드사(Anthony Harwood Ltd.)의 조 윌리엄슨에게도 진심으로 감사의 말을 전하고 싶다. 2008년부터였으니 함께 걸어온 세월이 어느새 길다! 조니와 니브의 이야기에 나만큼이나 관심을 가져준, 내가 가장 존경하는 어스본의 편집자 스테파니 킹(Stephanie King)에게도 감사를 전한다. 그녀의 정성스럽고 세심한 관심 덕분에 흡족한 작품을 완성할 수 있었다. 그 외에도 편집에 관여해준 레베카 힐(Rebecca Hill), 앤 피니스(Anne Finnis), 사라 스튜어트(Sarah Stewart), 베키 워커(Becky Walker)에게도 감사를 전한다. 멋진 표지를 디자인해준 하나 코블리(Hannah Cobley), 책 내부를 꾸며준 사라 크로닌(Sarah Cronin)에게도 깊이 감사한다. 이 책의 홍보와 마케팅을 위해 애써준 어스본의 모든 분들, 특히 에이미 돕슨(Amy Dobson)과 스티비 호프우드(Stevie Hopwood)에게도 감사하다는 말을 하고 싶다. 그리고 끝으로 상상 속의 아이들을 위해 오랜 시간 동안 끙끙거리는 이 엄마를 참아주고 기다려준 우리 아이들 T와 E에게도 끝없는 감사의 마음을 보낸다. 너희들 덕분에 진정한 사랑이 무엇인지 알았고, 이 책을 쓰는 일이 버거워졌을 때 너희들을 끌어안지 않았더라면 나는 결코 이 책을 쓰지 못했을 것이므로. 언제나 내 마음은 너희들의 것이므로.

너와 마주할 수 있다면

초판 1쇄 인쇄 2022년 2월 23일
초판 1쇄 발행 2022년 3월 7일

지은이 탐신 머레이
옮긴이 민지현
펴낸이 김문식 최민석
총괄 임승규
책임편집 조연수
기획편집 이수민 김소정 박소호
　　　　　 김재원 이혜미
디자인 배현정
제작 제이오

펴낸곳 (주)해피북스투유
출판등록 2016년 12월 12일 제2016-000343호
주소 서울시 성북구 종암로 63, 5층 (종암동)
전화 02)336-1203
팩스 02)336-1209

© 탐신 머레이, 2022
ISBN 979-11-6479-593-2　03840